光文社文庫

本格推理小説集

クライン氏の肖像

鮎川哲也「三番館」全集 第4巻

鮎川哲也

光 文 社

目次

クイーンの色紙

1

それがいつの日だったか、場所が何というホテルであったか、全く記憶にはない。そのために日記をつけているのだが、日記というやつは誰しも覚えがあるとおり、いざ必要な記録を探そうとすると、これが容易なことでは見つからない。今回もその例に洩れず、数冊の日記を取り出してページをくってみたが、遂に必要な記事を発見することはできなかった。が、仮りに日付や会場が判明したところで、この小篇を綴る上でさほど役にたつというものでもない。何でも、光文社から招待状が届いたことだけははっきりと覚えている。

会場にあてられたホテルは赤坂近辺にあり、クイーン夫妻は（正確にいえばダネイ夫妻だが）そこに泊ったようであった。このときの日本旅行の思い出は、未亡人となったローズ夫人が「EQ」に書いている。夫妻にとって楽しい旅であったのは結構なことだと思う。

昨今の若い人は市電といわれても何のことか解るまいし、都電といいなおしてもやはり話が通じないだろう。いまは取り払われて姿を消した東京都交通局経営の路面電車を都電と呼んだのである。市電は東京都に昇格する前の、市内電車の略称であった。この都電の神田神保町から九段へ向けて一つ目の停留所が今川小路で、専修大学前ともいった。今川小路なるものがどの横丁の名であるかというと、数年間神田に住んだことのあるわたしも確認しなかったのでいまもってはっきりとは知らないのだが、この停留所で降りて幅広い道路を左へ向った左側のビルの半地下に、熱心なミステリーの読者なら古本の奥付でおなじみの筈の日本公論社があった。戦前の一時期にヴァン・ダインの後期の長篇をハードカバーの立派な本で紹介してくれた出版社である。

わたしがその編集部を訪ねたのはヴァン・ダインを求めるためだったろうと思うが、お目当てが何であったかきれいに忘却している。しかし編集者から「キミは探偵小説が好きですか」「好きです」「じゃ、これを上げましょう」といって渡されたのがクイーンの「ローマ帽の秘密」だったことはよく覚えている。その際に読者カードに住所氏名を記入させられたとみえて、後日満洲の自宅にクイーンの「途中の家」を発行する旨の案内状が届き、早速書店に買いに行ったものだ。七十年間人間をやっているとフロッピーのところどころに虫が喰った孔があるのは当然のことで、右のクイーン作品の訳題にしても「変装の家」だったかもしれない。

早稲田の鶴巻町にあった黒白書房も海外の探偵小説を紹介してくれた小さな出版社だった。ミステリー好きで知られた某氏がとうとう自分で出版業を始めたのだそうだから、刊行される諸作品はみな面白いものばかりであった。クイーンの「チャイニーズ・オレンジ」と「スペイン岬」の初訳はここから出された。カタカナという便利なものがありながら固有名詞をむりやり漢字に当てはめるという理解し難い風習があった時代だから、「スペイン岬」は「西班牙岬の秘密」となっていた筈である。

その頃「ぷろふいる」では「フレンチ・パウダー」の訳載が始まったし、柳香書院からはバーナビイ・ロス名義による「X」「Y」「Z」をふくむ長篇探偵小説全集がスタートしようとしていたのだから、クイーンはかなり早い速度で読者のあいだに浸透していったことになる。熱心なクイーン・ファンは戦前から沢山いたのである。そしてわたしもそのなかの一人であった。

その時分は完訳が少なくて、大半が抄訳だったことはよく知られていると同時に意訳、自由訳も多かったようである。「ルパンはチャカホイなんていわないよ」というのは原書を読んだことのある渡辺紳一郎氏の座談会における発言で、それを読んだわたしは思わず笑ってしまったものだが、松村喜雄氏もまた原書を読んだ熱心な読者の一人であった。氏は、原文でルパンを読んだらどれほど面白かろうと考えたことがフランス語を学ぶきっかけの一つになったと語ったことがあるが、いざ原書に眼をとおしてみると期待したほどではなく、ルパンにチャカホイといわせた保篠龍緒氏の訳文によって面白さが増幅していたことを知ったそうである。この伝でいけば黒白書房版「西班牙岬の秘密」に登場するクイーン探偵が「どんとどんとと波乗り越えて」と唄ってもさして不思議はないだろうが、わたしが違和感を抱いたのも事実だった。

　わたしがクイーンの作品を好むのはそれが謎解き小説だからである。だがＲＯＭ(Revisit Old Mysteries ワセダ・ミステリ・クラブのＯＢである加瀬義雄氏を中心とする同人誌）によると、いわゆる本格派という名のもとに紹介された米英の作家のなかには、伏線あるいはフェアプレイといった幾つかのポイントをチェックしていくと必ずしもすべての作品が合格点に到達しているわけではないことが指摘されているのだが、その意味からしてもクイーンは優等生なのである。わたしがクイーン好きなのは他にも幾つか理由が挙げられる。が、全作品に手ぬきがなく信用して読める点がクイーンに傾倒する所以であることは否定するわけにはゆかない。

　そうしたわたしであったから、クイーンの顔を望遠することができる、ナマのスピーチを聴くことができるという期待に胸をおどらせて会場へ向った。パーティ嫌いのわたしだが、このときばかりは光文社の配慮が大変ありがたかった。

2

　会場まで誰と同行したかということも記憶のなかから跡形もなく消えている。わたしは東京生まれではあるが赤坂一帯の地理にはうといから、単独で出かければ迷い児になることは明らかだった。誰かに連れていって貰ったことは間違いがなく、もしかするとそれは「幻影城」の島崎博編集長ではなかったかと思う。

夜であった。会場のホールでは荒正人氏と初対面した。氏は戦後の日本推理小説界を側面から援助してくれた人で、わたし個人のことをいうと仕事の上で三度か四度お世話になった覚えがあり、常に氏が背後にかくれていたせいもあって、礼状一本したためたことがなかった。それなのに氏はわたしのぶしつけな態度に気分をそこなうこともなく、この夜は自分のほうから名乗って挨拶されたのであった。わたしは恐縮した。

その夜の会話でわたしの記憶に残っているのは、

「平野君がすっかり痩せてしまいましてねえ」

という一言だった。それに対して肥満体をもてあましていたわたしは体重が減るなんて羨ましいことだという意味の応対をした。だがその頃の平野謙氏は手術をして退院したばかりで、結局はその病気が再発して亡くなったのであるから、わたしの返答は無神経であったといわれても仕方がない。だが荒氏はわたしを非難する様子はみせず、にこやかな笑顔で終始した。

主客がクイーンだから翻訳関係の人が多いとみえて、出席者のほとんどがわたしとは面識がない。知った顔といえば草野唯雄、山村美紗氏ぐらいのものだった。

やがてクイーン夫婦が現われる時刻となった。拍手でお迎え下さいというアナウンスがあると私語が急に止んで、全出席者が開け放たれた入口のほうを注視した。クイーンの半身のダネイ氏とはいかなる人物なのか、人々は固唾(かたず)を呑んで見守っていた。

ダネイ氏は日本人と変わらぬ体つきの人だった。作中のクイーン探偵から受けるイメージとは違って小柄で、その意味で親近感を抱かされた。顎ヒゲのせいか一瞬メフィストめいた雰囲気を感じたものだが、それはわたしだけかもしれない。それにつづくローズ夫人は、わたしの記憶によれば光沢のあるバラ色のドレスを着ていたようだが、色の点は自信がない。似合いのカップルだ、とわたしは思った。

型どおりの歓迎のスピーチや答礼のスピーチがあったものと思う。それが終って各所で雑談が始まった頃に光文社の編集者が近づいて来て、クイーンさんと話をして下さいという。主賓席のほうに振り向くとすでに列ができており、先頭の人がダネイ氏と挨拶をかわしているのが見えた。遠来の客人に対してはこうするのが礼儀というものだろう。わたしはそう考えて列の後尾につらなった。

ダネイ氏と何を語ったか、ローズ夫人に何を話しかけたかということは何年か前に随筆に書いたから繰り返さないが、クイーンのそつのない応答を聞いて頭の回転のはやい人だという印象をつよく受けたことは、もう一度書いておきたい。

会はそれから一時間かそこらでお開きとなった。わたしは銀座へ行くという島崎博編集長と権田萬治（ごんだまんじ）氏のタクシーに便乗して、新橋駅へ向った。

「色紙を用意して来てサインして貰っている人がいましたね」

「そう、益子田（ますこだ）さんが大事そうに抱えてニコニコしている姿はボクも見たです」

うかつなことにわたしは署名のことなど念頭になかった。まして色紙を携えて会場に赴くことは思いもしなかったのである。クイーン好きのおれともあろうものが……。わたしは心のなかで地団駄（じだんだ）踏んでいた。

「ですがね、マンフレッド・リー氏と二人のサインなら値打ちもあるがダネイ氏ひとりのサインではねえ」

心にもないことをいった。わたしはやきもち焼きであり、多分に強情な性格の持主なのである。

3

若き日のエラリイ・クイーンが「ミステリ・リーグ」という推理専門誌を編集発行したものの、売れゆきがわるくてやがて廃刊したという話は、名古屋の故井上良夫（いのうえよしお）氏が戦前の「新青年」に書いた。井上氏は海外推理の評論家としてパイオニア的な存在というべく、読者は海の向うのミステリーについてさまざまなことを教えられたものだが、「ミステリ・リーグ」

を巡る話もまたそのなかの一つであった。戦後になってクイーンが「ＥＱＭＭ」を発刊したというふうニュースを耳にしたとき、われわれ古い読者は、「ミステリ・リーグ」の弔い合戦というふうにこれを受け取ったものである。井上良夫氏の話では「ミステリ・リーグ」はなかなか充実した内容だそうで、アメリカの熱心なミステリーの理解者がそろって購読していた模様だが、純粋でマニアックな雑誌であればあるほど赤字経営になるのは「幻影城」の例を引くまでもない。

その「ミステリ・リーグ」全冊を翻訳復刻しようではないかという噂を聞いたのはダネイ氏が死去してから半年としない頃のことだった。版元は文庫本で知られた大手の出版社で、何人かの翻訳家のほかに、外国ミステリーを専門に手がけている評論家、主として翻訳書の装幀を描いている画家たちの企画だという。このなかでわたしが知っているのは国産の推理小説もよく読んでくれる翻訳家の益子田蟇ただ一人だった。クイーンの訳が多く、クイーンのスペシャリストとして知られている。この妙なペンネームはポルトガルの航海家ヴァスコ・ダ・ガマをもじったこと一目瞭然だが、ガマに憧れるくらいだからみずからも小型のヨットを持っていて、夏になると日本を一周したりする。浅草の衣装店にいって高級船員の制服を買ってくると、そいつを一着に及んでいっぱしの船乗り気取りでいるんだから、ほほえましいといえばほほえましい、アホらしいといえばアホらしい話だった。

そうした或る日、ひょっこりと立ち寄った編集者の武井から、益子田のところで開かれるパーティに出ないかと誘われた。

「ぼくも招かれているんですけれどね、今日集まるメンバーは『ミステリ・リーグ』に関係のある連中ばかりでして、装幀の絵かきさんも来るし、新聞で宣伝をやるときのコピーライターも顔をみせます」

「知らない顔ばかりじゃないか」

「じつをいうと月報に鮎川さんの原稿をお願いしたいと思ってるもんで、この機会に皆さんと顔を合わせていただきたいんですよ」

ボクが編集を担当するという武井の話を聞いた途端、断わろうにも断われなくなってしまった。長篇を書くからといって、三、四回に及ぶ取材旅行をしたにもかかわらず、そしてそれから六、七年が経過しているにもかかわらず、一行も書いていない。それが負い目になっているのだ。武井は何かの拍子にそのことを思い出すと、チクリと皮肉をいったり嫌味をいったりするのである。

「わたしが顔を出したら迷惑じゃないかな」

「そんなことがあるもんですか。それに鮎川さんはほとんどアルコールも呑まないし意地がきれいだからおつまみを一人で喰っちゃうということもない。鮎川さんみたいなお客はふえようが減ろうが、あちら側にとってはなんてことないのですよ」

「早くいえば空気みたいな存在なんだ」

「そう。ですけど空気ってものはなくなったら大変だ、レーガンさんもゴルバチョフさんもみんな死んじまう。正に鮎川さんは空気なんだなあ」

なにが「正に」か知らないが彼のすすめ上手にのせられたわたしは、おっくうな気がしないでもなかったが出かけることにした。

「でも何だね、いきなり顔を出すのは失礼だと思うな。やはりまず電話で先方の意向をたずねるべきじゃないか」

「古いなあ、戦前派は。いまの新人類にはそんな考えは通用しませんよ、そういうところが鮎川さんの古さなんだなあ」

嫌味っぽくいわれて、わたしも彼の説に同調する気になった。彼等にしてみれば何気なく発言するオジンだの老体だのという言葉が、昭和ひと桁生まれのわたしの胸にグサリとくるのである。

近所のそば屋でかるく腹ごしらえをしてから彼の車に乗った。カメラと車は天才ですと自称するだけあって、衝突事故も起さずに、二十分と少々で麻布のマンションに着いた。

赤坂もそうだが麹町だの麻布なんていう一帯にも土地勘はない。豪華なマンションが軒を並べて建っているのを見て、わたしはお上りさんのようにキョトキョトしていた。そして、家賃は月にどのくらいするのだろうかなどとさもしいことを考えていた。

「こっちです」

と、武井は先に立った。原稿をもらいに何度か来たことがある、といったふうな慣れた態度だった。入口も適度に堂々としていて華美で、これで紫色のネオンでもついていたらラブホテルと間違えそうである。

エレベーターで十二階に昇った。廊下に出ると毛脚のみじかいダークグリーンのカーペットが敷いてあり、その両側にスチールドアが並んでいる。益子田の部屋は内庭に面したところにあって、通路を距(へだ)てた反対側は白い唐草模様の手すりになっていた。わたしは高所恐怖症ではないが、あまり気持のいいものではない。ここから落ちたら万事休(ばんじきゅう)すだな、などと思う。

武井はベルを鳴らし、インターフォンをつうじて「珍しいお客さんをお連れしました」と告げている。

すぐに扉が開いて益子田が顔を出した。ずんぐりとした小肥りの四十男で、強度の近視らしく厚いレンズの眼鏡をかけていた。顔の下半分は黒いヒゲでおおわれており、本人はどう思っているのか知らないがわたしは不精でむさくるしい印象を受けた。頭に水玉模様の黄色いスカーフをかぶって、横で結んでいる。これで片方の目を黒い眼帯でおおえばどう見ても山賊か海賊である。

「よオ、よく来てくれました」

山賊は顔に似合わぬ愛想のいい挨拶をした。

「迷惑じゃないですか」

「とんでもない、迷惑なことがあるもんですか。さあどうぞ」

片側によけて二人を通してくれた。

4

三ＬＤＫであることは後で知ったが、部屋が広くて専門の室内装飾店の手が入っているのだろうか、壁紙から家具にいたるまで明るい色に統一され、わたしの暗い仕事部屋とは大きな違いであった。わたしは自分の怠け癖を棚に上げて、こんな処で仕事をしたらさぞ能率が上がることだろうと考えた。

奥の部屋で笑い声がおきた。若い女の声もまじっている。

益子田は武井を振り返ると「鮎川さんをみんなに引き合わせてくれ、おれはオードブルを用意してくる」といってキチンらしき部屋に入っていった。

「こちらミステリー作家の鮎川さん」

大きなリビングルームに入ると武井は簡単に紹介してくれた。笑い声が急におさまって視線がわたしに集中した。細身の若い女性が柔和な笑顔で会釈した。猪頸の小柄の男が小腰を浮かせると頭をさげた。如才ない頭のひくい青年だ。一座のなかでいちばん年長と思われる和服の四十男は興味なさそうにそっぽを向いていた。洗濯しすぎて色があせたようなジーンズの若者が、左手をあげて「よろしく」と声をかけた。右手には罐ビールを大切そうに持っている。

「パコは何処に行ったんだ？」

と一人が訊き、

「お化粧なおしよ」

と答えるのを聞いて、もう一人女性の客のいることを知った。パコとは妙なニックネームだと思ったが、後になって「あれはペンネームなの。パコ山田という目下売り出し中のカメラマンよ」と教えられた。カメラマンの場合にペンネームというのもおかしな話だが、いまはマルチタレントの時代だから彼女も小説や随筆のたぐいを発表しているのかもしれない。

そのパコがリビングルームに戻って来たのは五分ほどたった頃であった。

「こちら鮎川さん」

と、細身の女性が紹介してくれた。さっきの青年がそうしたようにわたしは罐ビールを右手に持ったまま「よろしく」と挨拶した。女流写真家は（彼女をカメラマンと称すべきかカメラウーマンと呼ぶべきか、わたしには正確な知識がないので、敢えて女流写真家といわせて貰う）女子高校生みたいなセーラー服に真赤なベレーという恰好で、ひところ流行したトンボ眼鏡をかけていた。首から下は女子学生であるが、顔を見ると頭の切れる評論家といった感じがする。

「あたし知ってる。イラストレーターだわよ、ねえ」

というのが彼女の挨拶だった。間違えられるのはしょっちゅうのことだから、わたしも慣れている。

「イラストレーターとはちょっと違うんですが」

彼女に恥をかかせまいとしてわたしは曖昧に答えた。そこに益子田が武井とわたしのために皿に盛ったオードブルを持ってあらわれた。

「ちょっと益子田さん、クイーンの色紙は何処にあるの？」

「そこの壁だよ」

と、彼はパコが出て来た通路の扉を指さした。そこを通って行った処が手洗いと浴室、洗濯室になっているのだった。

「ほかの人の色紙はあったわよ、でもクイーンは見つからないのよ。じっくり探して来たんだから」

「そんなことがあるもんか、さっきハタキをかけたときは確かにあった」

益子田がミステリー作家の色紙を集めているという噂は、わたしも知っている。わたし自身も頼まれていやいやながら書いたことがあったからである。それらのなかで彼が最も大切にしているのはダネイとアルレーの色紙だった。後者は来日したアルレーが銀座の書店でサイン会をやったときに、色紙を持参して書いて貰ったものだという。

「沢山あるから見落したんじゃないのかい？」

「見落すわけはないわよ、時間をかけて見たんだもの。ちょうど真中あたりが空間になっているから、額縁（がくぶち）ごとどっかへ行っちゃったんじゃないの？」

「わるい冗談はよしてくれよ」

「冗談か冗談じゃないか、見て来たらどう？」

気のせいだろうか、ヒゲのなかからわずかに覗いている益子田の顔が急に赤くなったように見えた。くるっとくびすを返すと、先程女流写真家が出てきた黒い扉を乱暴に押しあけて、なかに姿を消した。パコが後を追い、残った連中もそれにつづいた。武井とわたしはちらと視線を交わして頷き合うと、彼等に合流した。

5

この通路も幅があって二人の大人が肩をふれ合うことなしにすれ違えるほどだったが、居合わせた全員が集まって来るとさすがに狭く見えた。

色紙は片側の壁に三段にわけて吊されていた。上段と中段が五枚ずつ、下段だけ六枚である。廊下の向うの壁に大きな窓があるので採光は充分だった。これは人情として当然なことながら、わたしはクイーンの色紙よりもわたしの色紙が何処に掲げてあるか、それが気にかかった。

「鮎川さんはここよ」

とパコが教えてくれたので気づいたのだが、わたしのそれは下段のいちばん右の端に、一つだけはみ出した形で吊されていた。

「ときどき上下を替えるんです。今日は生憎なことに下段になっていますが」

益子田はよく気がつくたちとみえ、わたしにそう言葉をかけると、また難しい顔つきになった。

中段の真中に一見してアルレーと解る横文字の色紙がある。そして写真家の表現を借りれば、その右隣りがぽっかりと穴の開いた虚ろな空間になっていた。

あのときの写真家は「額ごとどこかに行ってしまったのではないか」ときわめて婉曲な言い立をしていたが、率直な表現をすれば誰かに盗まれたといいたいところだろう。武井がクイーンにどの程度の関心を持っているかは知らない。しかしあとの者はわたしを含めて「ミステリ・リーグ」の復刻にうつつを抜かすような極めつきのクイーン好きなのである。ここに掲げられていたダネイの色紙は、俗なたとえをすればトンビを前にした油揚げの如きものだった。機会さえあれば盗んでやろうと思っていた不届者がいたとしても不思議はない。

「おい、妙な眼でみるのは止めてくれ、失敬じゃないか」

憤然として声をあららげたのは和服の男だった。これも後で知ったのだがコピーライターの坂本曲斎(さかもときよくさい)という男。曲斎というのは本名ではなく、つむじ曲りであることを自認してそう名乗ったのだそうだ。

「クイーンの歓迎パーティにはおれも出席した、そのことはきみも知っているじゃないか、そしておれも色紙にサインして貰った。一列に並んで、きみの前におれがいたことは覚えている筈だ。忘れるほど耄碌(もうろく)したわけでもあるまい」

「いや、ちょっと考え事をしていたんだ、妙な眼で見たわけじゃない。ぼくの前にきみがいたことは覚えているさ」

「当然おれはシロってことになる、いいな」

曲斎は念をおすように重々しくいった。

「さあ、どうかしら」

すぐ隣りでパコが発言した。

「曲斎さんがつむじ曲りならばあたしは臍(へそ)曲りなの。臍曲りというよりも疑り深いのね。だからあなたの弁明を聞いてハイそうですかって納得できないのよ」

曲斎は虚(きよ)を突かれたように小柄な写真家を見おろした。彼は鼻の孔を思いきりふくらませて息を吸い込むと、感情を爆発しそうになるのを必死で押えているように見えた。

「いってみなよ、きみの考えを」

と、意外にやさしい声を出した。

「これは仮定の話だからそのつもりで聞いていただきたいんだけど、誰かに頼まれたってことも考えられるじゃないの。たとえばさ、あなたが首ったけだという評判の銀座のお店の朱実さん。あの人にわたしも欲しいわって鼻声で甘えられたら、あなたは忽ちぐんにゃりとなるんじゃありませんこと？」

「仮定の話でおれを追及するのはナンセンスだ。それにあの女の欲しがるのは宝石なんだ、彼女にとってはクイーンの色紙も猫に小判さ」

「だからたとえてみればと申し上げたでしょ。それじゃこういう考え方はどう？　アルレーの色紙なんてタカが知れてるけど、クイーンは絶対よ。ヴァン・ダインがハイドンならクイーンはモーツァルトだわ、不滅の天才よ。あたしがいいたいのは、時間がたてばたつほどクイーンの色紙には価値がでてくるってこと。だから色紙を一枚持っているよりも二枚持っているほうが得になるのよ」

「そのくらいの初等数学はおれにも解るさ。だがきみの大演説にはきみが気づいていない欠陥がある。時間がたてばという話だったが、その時間というのは具体的に何時間のことかね、それとも何十年のことかね。何十年も先のことならおれは死んでいる。墓の下に入ってから色紙が高く売れたところでおれには関係ないことだ。旨い物を喰ったり楽しい思いをしたりするのは生きているうちに限る。妻子がいれば話はべつかもしれないが、生憎なことにおれは独身主義でね」

坂本曲斎は鼻の先でせせら笑った。それからゆっくりと益子田のほうに向き直った。

「ずばりいわせて貰いたいんだが蟇さん、ぼくはあんたの仕業じゃないかと疑っているんだ」

「わたしが？　自分で自分のものを盗んでどうなるというんだ。わたしがクイーンの色紙を珍重しているからといって、保険をかけるのは筋が違う。保険金詐欺だと考えたらとんだ間違いだぜ」

「そんな常識はずれのことをいってるんじゃないさ。あんたはジョークだとかブラックユーモアが大好きだ。だから自分で色紙をかくしておいて、われわれがどんな反応を示すか見物しようという魂胆じゃないのかね？　われわれは舞台の上の大根役者で、見物人はきみ一人だ。客がたった一人というのはよほど台本がお粗末だってことになるんだが」

益子田は黙っていた。呆れ返ってものもいえない、といった顔つきだ。

「蟇さんに訊きたいんだがよ、もしわれわれのなかの誰かが盗ったとしたら、それを何処にかくしているというのかね？　どうやって持ち出すというのかね？　額縁ってものはだな、ざっと見て一辺が四十センチ、厚みが六、七センチはあるんだぜ。かなりかさばった荷物になるんだ。手品師なら帽子のなかにしまい込むって手もあるだろうが、われわれ素人にはそんな器用なまねはできやしない。それともあんたは、われわれを納得させ得るような合理的な説明ができるというのかい？」

益子田はうす汚いヒゲを太い指でいとおしそうに撫でた。そうすることで気をしずめようとしたのかもしれない。

6

蟇は細い目をいっそう細くして相手を見つめた。

「解りきった質問をするなよ。だが、同じことをきみに対してもいえるんだぜ。わたしが色紙を盗んだというなら何処にかくしてあるか教えて貰いたいもんだ。きみがいうとおりかさばった物だから、カーペットの下にちょいと隠すというわけにもゆくまい。痛くない腹をさぐられるのも不愉快だ、きみ等が手分けをして家のなかを捜してみたらどうだ？　洋服だんすの隅とか冷蔵庫のなかなんかは徹底的にチェックしたほうがいい。前の女房はヘソクリをかくすときにしばしば利用していたもんだ」

その話の間中、益子田はヒゲを撫でつづけていた。曲斎が皮肉と嫌味に終始したのとは逆に、彼はゆったりとした口調で反論した。相手の質問内容を予期していたのではないかと思いたくなるほど、落ち着いた態度だった。

「どうするかね、諸君」

曲斎は益子田に対するときとは打って変った穏やかな訊き方をした。

「蟇先生のＯＫがでたんだ、家宅捜索をやらせて貰うことに賛成のものは手を挙げてくれんかね？」

「あなたいつから幼稚園の先生になったの？」

パコが紫色にぬった唇をねじったように歪めて揶揄した。彼女はよほどこの色が好きだとみえて爪まで紫色に染めていた。

「その前にすることがあるんじゃない？」

「パコが何を考えているのか知らないけど、することがあるという説にぼくも同感だな。曲斎さんが家宅捜索といったのは勿論冗談だと思うが、その七面倒くさい作業に入る前にチェックすべきことがあると思うんだ、ぼくは」

ジーンズの若者がおっとりとした調子でいった。長身でそのわりには顔が小さく、どことなくジラフを連想させた。レンズが飴色の眼鏡をかけている。売り出し中のイラストレーターなのだそうだ。

「何をやるというんです？」

と、武井が口をはさんだ。童顔のこの編集者はクイーン夫婦の京都旅行に同道して、のちローズ夫人の日本旅行記のなかにベビーフェイスの若き編集者として登場してくるのである。彼の毒舌にはさんざん悩まされている作家たちはその旅行記を読むと一様にニヤリとして、

「彼が可愛いベビーフェイスだなんてローズ夫人も買いかぶったな。よっぽど上手に猫をかぶっていたに違いないね」と囁き合ったものだった。

武井と挿絵画家とは仕事の上でつき合いがあるから、遠慮のない口をきく。

「色紙というやつは折り曲げて小さくすることはできないけども、他の色紙に重ねることは可能なんですよ。だから、たとえば鮎川さんの色紙の下にクイーンの色紙が重なっているってこともあり得る話なんです。三枚以上となるとちょっと無理だけど」

「着眼点がいい。画かきになるよりも探偵を開業したほうが成功するかもしれんぞ」

と翻訳家が割り込んできた。彼はペットの猫を愛撫するように頰っぺたのヒゲを撫でていた。

「まず引き合いにだされた鮎川さんの色紙から調べていこう」

わたしの色紙は下段に並んでいるから、小柄な益子田でも容易に手がとどく。色紙には「誠」と書いてあるだけであった。なんだか新撰組の旗印みたいだが、誠実に生きるというのはわたしの信条なのである。それに、打ち明けたところを告白すると、字画の多い漢字はわたしの悪筆を誤魔化す上に効果があるのだ。

「いい字だ」

と、益子田は見えすいた世辞をのべた。わたしの色紙をいちばん下段のいちばん端にぶらさげていたことで、いささか良心が痛んでいたのかもしれない。

「どうも恥かしいな。裸を眺められているみたいだ」

わたしの色紙だけが金粉入りである。けばけばしく見えるだけに逆に字の下手さ加減が増幅されるような気がした。

「いやいや、立派な字ですよ。昨今の若い人はすごい字を書くからね。そればかりじゃない、字を知らないから満足に読むこともできないやつがいるんだ。と同時に誤字も多い。クイーン・ファンだという読者から手紙がくるが、十通に一通は藁の字を間違えて墓と書く。今年の年賀状にも堂々と墓様としたものが三通もまじっていたよ」

彼は喋りながら壁際の小テーブルから花瓶を床におろすと、はずした額をその上にのせて色紙を取り出した。

「ほら、一枚しか入っていない」

益子田がわたしの色紙を大切に扱うのを見てわるい気持はしなかった。それはわたしの色紙に限ったものではなく、藁はすべての色紙を自分自身がチェックして他人には触れさせなかった。汚れた手でいじられて、指紋がついたりすることを彼が嫌がっているのは、誰の眼にも明らかだった。しかしうすっぺらな千円札や万円札を数えるのとはわけが違う。厚みのある色紙が相手なのだから、瞳をこらして注視していればそれで充分だった。二枚重なっていたらすぐに解る。

面倒な作業ではあったが色紙はクイーンのそれをさし引いて十五枚だから、仕事は三十分とちょっとで片づいた。

「じゃ今度は部屋のなかを徹底的に調べて貰おう。何処にもないことが解ったら、みんなの検査をする。恨みっこなしだろう？」

客は互いに顔を見合わせていた。この家の主人の自信ありげな表情あるいは発言から考えれば、彼は潔白なのかもしれない。とすれば犯人は客のなかにいることになる。彼等の眼のいろが多分に疑心暗鬼に充ちているように思われたのはわたしの気のせいであったろうか。

「さっき誰かが手分けをしてとかいっていたが、見落しがあってはわたしも迷惑だ。ふた手に分かれて、複数の目でしっかりと見て貰いたい。鮎川さんと武井君は局外者だから、これもふた手に分かれてオブザーバーとしてつき合ってくれ。きみたちは第三者だ、公平な立会人という意味でわたしも期待している」

なりゆき上わたしは嫌だとはいえなかったし、武井も思いは同じことだったろう。心なしかベビーフェイスが翳っているように見えた。どういうつもりだろうか彼は眼鏡をはずすと、ポケットからうす汚れたハンカチを取り出して、レンズをせっせと磨き始めた。

わたしが組んだのは曲斎とパコの班だった。武井のグループは細身のわかい女性と装幀画家の加藤清正（かとうきよまさ）、それにイラストレーターの大林雪（おおばやしきよし）の四人であった。これも後になって知ったことだが痩せた女性は神殿原ミチヨという詩人で、その名前はわたしも聞いたことがあった。まだダネイ氏が生きていた時分のことだが渡米したパコがインタビューをして、われわれクイーンの読者からするとこの上なく貴重な写真をとって来た。そして一巻の写真集として上梓したのだが、そこにはダネイとリーの生家を始めとして両名の足跡を丹念に追い、若い日の二人がストーリイを練ったホテルまでおさめられていた。そのときパコに同行したのが彼女であり、写真集に解説を書いたのもこの詩人だったのである。だから神殿原ミチヨの名はよく覚えていたのだが、依然として解らないのは彼女の姓の読み方だった。仕方がないからわたしはシンデンバラと読んでいた。後日知ったことだが、正確な読みはコードンバルというのであった。

イラストレーターの雪という名をキヨシと読むことはわたしも知っていた。他にも雪さんという男性の文筆関係の人がいたからである。そして彼等に共通するのは生まれた日が大雪であったことだった。加藤清正のほうはおおよそ見当がついていたが、酔っ払った父親が前後の見さかいなしに付けたものだった。トラになった親爺がトラ退治の張本人の名を持ってきたというのも出来すぎた話だ。

武井たちもそうだろうがわたしの班も熱心に色紙を求めて家中を調べた。寝室では布団カバーをはがしてまで探したし、浴室ではゴムのマットまで引っくり返してみた。リビングルームと書斎は武井のグループが当った。だが結果はというと額縁も発見できなかったし色紙を見つけることもできなかった。

「残念ながら何処にもなかったよ」

キチンで雑誌を読んでいた益子田に曲斎がそう報告した。

「ご苦労さん」

ページを閉じると彼はそう答えた。

「これで気がすんだろう」

「ああ。じゃおれ達の身体検査をして貰おうか」

益子田は頭にかぶっていた黄色い布をとってテーブルの上に投げ出した。

「身体検査なんてする気はないよ。客人に対してそんな無礼な仕打ちができると思うのか」

「じゃどうするんだ」

「何もしない。何もしないが、わたしにとってあの色紙が大事なものであることは変わりない。だからみんなが帰るときに眼を光らせる。誰かがいったようにかさばるしろものだから、こっそり持ち出すことは不可能だ。それ以外に奪回するチャンスはないからな」

彼はヒゲを撫でることをしなかった。そのせいか声の調子が少しずつ激してくるように聞こえた。

「だがもう手遅れかもしれない。色紙はとうに人手に渡っているんじゃないか、そんな気がする」

遅れて来た連中も思い思いの場所に陣どって益子田の話を聴いていた。

「どうもよく解らないが」

「解らぬことはあるまい、みんな謎とき小説の読者なんだから。色紙を失敬したやつは人目を忍んでベランダから額を吊りさげる、下に待っていた仲間がそいつを受け取ってトンズラする、それだけのことだから五分とはかからんだろう」

「われわれの眼を盗んでやったとしても、近所のマンションの窓から誰が見ているかわかったもんじゃない。危険すぎる話だ」

「危険なことはないさ。コソコソやるから怪しまれるんだ、堂々とやれば荷物を運び出そうとしていると思う。心理的な盲点を突くってやつだ」

「もしきみのいうことが正しいとすると色紙は絶望的だな」

「ああ。もう手の及ばない処にいってしまった。わたしが身体検査をする必要はないといったのはそうした意味もあったんだ。わたしはきみ達が家捜しをしている時分から絶望していたんだよ」

いったん激しくなった彼の調子はいつの間にか穏やかなものとなっていた。

「もし益子田さんの話が当っていたとしても、犯人がぼく等のなかにいることは変わりがないでしょう」

口数の少ない加藤清正がめずらしく口をひらいた。おでこにひと握りの髪をたらしているのが唯一のお洒落といった感じの青年である。そのかみの清正はトラを退治したが、この青年が退治に出かけたら、逆にたべられちまうこと請け合いだ。それほどおとなしそうな若者であった。だが腕力はなくても画家としての才能には恵まれているとみえ、この装幀家が手がけた本は例外なしに好く売れるというので、いまや出版社から引っ張りだこなんだそうだ。そのうちに是非わたしの本もお願いしたいもんだ。そして洛陽の紙価を高からしめたいものだと思う。

7

武井は敬虔なクリスチャンだ。だから一切のアルコール類は口にしない。当然のことながら奥さん以外の女色はこれを遠ざけている。カクテル・パーティなんぞで独りオレンジスカッシュかなんかを呑んでいる童顔の中年男がいたら、それは間違いなく武井である。

一昨日のことだが、大学時代の友人で独文学の助教授をやっている男がいて、茶飲み話に例の色紙紛失事件のことを語って聞かせると、この先生急に身を乗り出して、おれがよく行く会員制のバーにものすごく頭の切れるバーテンがいる、おれが連れてってやるから是非とも相談してみろとすすめた。

「ぼくはそんなお助け爺さんなんてものは信用しないことにしているんだけどな」

「なにも知らないからそんな御託を並べているんだ。騙されたと思って相談してみろ、エラリイ・クイーンを地で行くような名推理を聞かせてくれる」

「だって相談料が高いんだろ、ぼくは月給前だから――」

「心配するな」

助教授は胸を叩かぬばかりにはずんだ声をだした。

「そうか、わるいな」

武井は思い違いをした。助教授が払ってくれるものとばかり思っていたのである。

「じゃ明後日の夜ということにしよう。明晩は家内の誕生日なんだ」

愛妻家らしいことを助教授はいった。

約束の夜がきた。武井は有楽町駅前の喫茶店で落ち合うと、昔の数寄屋橋（すきやばし）のあとを抜けて電通（でんつう）どおりに入った。

三番館ビルは五分とかからぬ処にある。助教授は建物の側面に廻ると茶色に塗られたスチールドアを押した。銀座に近いくせに貧乏たらしい構えだ、と武井は思う。廊下を歩くと靴音がいやに大きく反響する。人影一つ見えなかった。

「バーはてっぺんにあるんだ」

エレベーターのなかで助教授がいった。

「いやしくもきみは大学の先生なんだぜ、もう少し上等なバーを選んだらどうだい。いつ学生に見られるかわかったもんじゃないだろ」

相手が返事をしないうちにエレベーターが停まった。

一歩廊下に踏み出した途端に、武井は前言をとり消したくなった。毛足のながい真紅の絨毯はふかふかとしていて、うっかりすると足をとられてつんのめりそうになる。武井はこんなに上等のカーペットの上を歩いたことがなかった。

バーの内部は明るかった。いままで照明を必要以上にしぼった酒場しか入ったことのない武井には、これも意外なことだった。入ったすぐ左手に壁を背にしたスタンドがしつらえられている。蝶ネクタイを小粋にしめたバーテンダーがスツールに腰をかけた会員たちと談笑していた。

右手は、やはり絨毯をしきつめたホールで、それを横断した向う側の壁の辺りに幾つかのテーブルやボックス席があって、それ等の半分はふさがっていた。大きな窓越しに銀座のネオン街が見える。テーブルの数に比べてホールの空間が広く、しかも天井が高いものだから見るからにゆったりとして、贅沢な感じがした。照明が明るいのでいかにも健全で健康的である。

助教授はあいているスツールに武井を腰かけさせ、皆に紹介した。

「大学で同じクラスで学んだ武井君です。学生時代から堅物でとおったクリスチャンでして、卒論には同級生のほとんどがゲーテやシラーを選んだのですが、彼はカルビンを取り上げたんです。いまは大手の出版社で文庫の編集長をしてます」

「ほう、まだお若いのに大したものですな」

ベビーフェイスは得である。何処へ行っても褒められてしまう。

「何をおつくり致しましょう」

エルキュール・ポアロ型とでもいうのだろうか、バーテンは美事に禿げている。左右に残った黒髪をピッタリと撫でつけて、チョッキの脇に右手の指をひっかけた姿は粋であると同時に上品でもあった。白い歯を見せた笑顔は男にとっても魅力的に映る。

「あの、甘酒ありますか」

「バーカ、ここはしるこ屋じゃないんだぞ。バーテンさん、ジンジャーエールを呑ませてやって下さい。ところでバーテンさん、武井君を連れて来たのは同君が遭遇したミステリーを解いていただきたいからなのですよ。おい、話してみろよ」

そこで武井はジンジャーエールを手に、益子田のマンションで経験したことを、主観をまじえぬように注意しながら細大もらさず語って聞かせた。バーテンはグラスを磨きながら熱心に耳をかたむけていた。その視線はグラスを見つめているようでもあり、またグラスをとおして窓の向うの暗い空を見ているようでもあった。他の会員達はこうした場面に何度となく遭遇しているのだろうか、万事心得たといった顔付になって、ただ黙々と呑んでいた。

話が終ると、バーテンは緊張から解放されたとでもいうふうに笑顔になった。その辺のバーテンが酔客に対する営業用の笑顔ではなく、難問をとどけてくれた武井に心から感謝をしているような笑みをたたえた顔だった。

武井はこのバーテンが好きになりそうであった。

「ちょっと質問してもよろしゅうございましょうか」

「いいですとも、どうぞ」

武井ははずんだ声になった。隣りの助教授は長身をおり曲げて顔を突き出していた。身長に比例して顔もながい。その隣りに並んだ三人の会員もグラスをなめながら、興味津々たる表情をうかべていた。

「失礼なことをうかがいますが、その鮎川さんという方はそそっかしい方だとか。何かの随筆で拝見したように記憶しますが」

予期しない質問に武井は出鼻をくじかれた顔をした。

「まあ慌て者でないといっては正確ではないですね。本人は慎重に考えて行動するのですが、それが裏目にでる場合がある、いってみればそんなことでしょうか」

武井自身が慎重な言い方になった。それが当の作家の耳に入って怒られるのがこわいのだ。とにかく気難しいことで知られた男なんだから。

「よく解りました」

磨き終えたグラスを背後の棚に叮寧（ていねい）に並べながら、バーテンは笑顔を絶やさなかった。

助教授は、学生には見せたことのないたるんだ表情をうかべた。何が解ったのか、彼にはさっぱり理解できなかったからである。

「鮎川さんの色紙は一段と上等のものに見えたそうでございますね？」

「ええ、金箔だか銀箔だかをふりかけたみたいにキラキラしていました。本人はそれが自慢のようでしたが」

「よく解りました。もう一つうかがわせていただきますが、クイーンさんの歓迎パーティのときに、あなたは益子田さんを誘われたというお話でしたですね？　それは急に思い立たれたのでしょうか」

武井は自分の記憶をチェックするためにちょっと目をつぶった。

「……そうです。招待状を出し忘れたことに気づいたのが当日の夕方でした。二度ダイアルしたんですがお留守だったので、会場に行く途中でお寄りしました。ちょうど外出先から戻られたところで、益子田さんは大のクイーン・ファンですから大喜びで……」

「色紙を三、四枚持って——」

「いえ、やっとのことで一枚だけ見つかったとおっしゃって。もう買いに行く時間がなかったのです」

「バーテンさん、それが何か……」

と、助教授が先を催促するようにいった。

「はい、わたくしはこう考えましたので。金箔が散っているのは色紙の裏側でして、裏と表を間違えるのはよほど慌て者でなくてはならない、そう思いましてお訊きいたしました。鮎川さんからその色紙をもらった益子田さんはすぐ裏表を間違えていることに気づいたでしょうが、先方に恥をかかせるわけには参りませんから、ありがたく頂戴しておいたという次第でして」

「鮎川さんならやりかねないな」

「はい。その益子田さんは藪から棒に招待を受けました。大好きな作家に会えるということで踊り出したい気持でしたでしょう。このチャンスに色紙にサインでもと考えたのですが、色紙のスペアがございません。そこで思いついたのが鮎川さんの色紙の裏側でして、正確に申しますと表側になるわけでございますけど、それを利用することに思いつきました」

「一挙両得ということになる、名案だな」

と、助教授が口をはさんだ。

「はい、それをお宅に飾っていました処に、いきなり鮎川さんの訪問を受けました。鮎川さんの眼に触れたら弁解のしようがありません。といって、色紙を反転させて鮎川さんのほうを表に向ければ、お客さんから、自慢のクイーンの色紙を見せてくれといわれたときに困ります。そこで急遽あたまを働かせて、クイーンのほうは盗難に遭ったということにしたのでございましょう」

「いつもそうだが、説明されてみると簡単なことだ。それに気づくことができなかったわれわれが凡庸ということになるんだが」

そう感想を洩したのが常連の税務署長であることを武井は知らない。

「な、すごいだろ?」

武井を見る助教授の表情はそう語っているようであった。そして彼は、武井が頬をあからめたことに気づいて不思議そうに小首をひねった。

編集者は「お助け爺さん」といったことを思い出して、胸中をひそかに恥じていたのである。

人形の館

1

桜が咲いたといって世間が浮かれているのに、わたしは花を見る気もしなかった。ここ二カ月ほど仕事がなくて、わずかの預金は使い果してしまい、財政的なピンチに追い込まれていたからだ。喰うことのほうはインスタントラーメンでやっていけるが、月極め契約で抱えている「愛人」に対してこれ以上手当てを遅らせるわけにはいかなかった。彼女としては別に愛情あってわたしとデキているわけではないのだから、金の切れ目が縁の切れ目とかいうとおり、支払いが遅れればサヨナラの挨拶もしないで別れていくだろう。わたしも異性にかけては豪の者だ、女の一人や二人が消えようが蒸発しようが気にすることはないのだが、彼女だけは違う。今迄の女に比べると段違いのべっぴんで、しかも床上手ときている。わたしがいつまで生きられるかは神様だけが知っていることだ。しかし、仮りに八十歳まで生きることができたとしても、わたしのながい人生において、二度とこんな美人と遭遇することはまずなかろう。早くいえばわたしはぞっこん参っているのだ。

金がほしい。切実にそう思った。そのたびに不機嫌になった。支払い日は二日あとに迫っているというのに、財布のなかには三千円と数個の十円玉しかない。一体あの肥った弁護士は何をもたもたしているのか。

未知の男から電話がかかってきたのはそうしたときであった。てっきり酒屋の借金の督促かと思ったものだから、受話器をとり上げるとぶっきり不愛想な返事をした。案に相違して、それが仕事の依頼だったのである。

「お願いしたいことがあるんですが」

分別ありげな口調だった。

「いま忙しいんですがね」

一応ポーズをとってみる。

「それは承知してます。そこを曲げてなんとか……。あなたがご多忙ならば、助手のかたにでもやらせていただきたいのですが」

助手がいるとはまた買いかぶられたものだ。

「そこまでいわれると断わることもできないですな」

わたしは一歩後退した。予定の退却というやつだ。

「あまり時間のかかる調査は困るんだが……」

恩着せがましくいってみる。

「いえいえ、簡単な尾行をおねがいしたいのです。あまり易しすぎて、牛刀を以て鶏を割くといった感がしないわけでもありませんが」

曖昧にうなずいた。わたしは「論語」が苦手なのだ。

「お忙しいということですから、二日間に限定してはどうでしょうか」

「どんな理由で尾行をするんですか」

「それはちょっとね。縁談の調査とでもいうことにしていただきましょう。悪い虫がついていないかということに焦点を絞って……。この人物が会社にいるあいだは、衆人の環視下にあります。われわれが知りたいのは会社を出てからのことなのです。それも、ここ二日間がヤマなのです。彼がやるとすればこの二日間以外には考えられない。そこでお願いしたいのは、彼が出勤及び帰宅の途中で誰と出会ったか、同性であるか異性であるか、親密だったかが、何処で何分間話し込んだか、時間はどのくらいかかったか。内容が盗聴できればいうことはないですが、等々を報告していただきたい。勿論、気づかれないように他人行儀だったか、写真もとって下さい」

「それはわれわれにとって常識ですよ。もっと完全な報告書を提出します」

これはハッタリではなくて事実なのだ。あの口うるさいデブの弁護士ですら、わたしの報告書にはいつも敬意を払っているくらいだ。

「ところで報酬ですが――」

「高いですよ」

すかさずそう答えた。とにかく稼がなくてはならない。女を引き止めるためばかりでなく、わたし自身を飢えから守るために、一円でも多く……。

「わかりました。いま申したとおり、自宅と会社の往復に限定しておねがいするとして、一日十万円というのはいかがでしょう。経費はべつにご請求あり次第お払いすることにして」

「自宅と会社はどこにあるんですか」

「会社は駒込。自宅は、新宿から私鉄に乗って三十分ほどの新多摩川駅の近くです」

私鉄国鉄と合わせて小一時間である。途中で何事も起らなければ、朝夕の実働時間が六十分弱で十万円をもらえるのだから、その限りにおいて気楽な商売ということになる。

「よろしい、引き受けます」

とわたしは応じた。

「で、尾行する相手は誰です？」

「唐丸五郎次(とうまるごろうじ)といいます。退社したあとで同僚と酒を呑むなんてことは、絶対にしない男です。三十五歳、色白の痩せ型で黒縁のめがねをかけています。いちばんの目印は傘です。今日も持って出社しているんですが、それがこうもり傘ではなくて和傘なんです。唐傘(からかさ)というやつですね。昨今は舞台かなんかでなくてはお目にかかれないあの傘です。ですから、退社時刻の五時に駒込駅の改札口のあたりで待機していれば、ひと目みただけで彼であることがわかります」

「歌舞伎にでも凝っているとみえますな」

「さあ、それはどうでしょうか。唐丸君が芝居の話をしたことは一度もなかったですから。といって目立ちたがり屋でもないし……」

「了解」

「あ、それからもう一つ。彼は早寝をするかわりに起きるのも早くてね、気が向くとジョギングをやるんですが、唐丸君にとって誰かと会うのは、このときが一つのチャンスなのです。そこであなたも早起きをしていただいて、ジョギングの用意をお願いしたいのです。多摩川堤は有名なコースですから、沢山の人が走っています。新顔のあなたが走ったからといって怪しまれることはありません」

わたしもときどきジョギングをやっているから、途中で息切れがして坐り込むなんていう醜態を演じることはない。

「トレーニングパンツもジョギングシューズもあります。そいつを車にのっけて行けばいい」

「それは結構です、ぜひ」

「ところで調査料はどこに請求したらいいのですか。小切手なんかじゃなくて即日銀行に払い込んでもらいたいんだが」

相手は笑いをおびた声になった。

「たぶん引き受けていただけると思ったものですからね、もう支払い済みです。お宅の窓から外を覗くと、通りの向うのタバコ屋に赤電話がありますね。その電話機の底に、二十万円入りの封筒が隠してあるんです。お改め下さい」

「そりゃ手廻しがいい」

と、わたしも笑った。

「領収証やリポートは誰宛てに送ればいいんですか」

「また電話をします。今日の夕方からスタートして下さい」

それだけいうと唐突に切れた。

すぐにタバコ屋にゆき、自分のオフィスのダイヤルを回転して、通話をするふりをしながら白封筒を引っぱり出した。部屋に戻って開封する。いま刷り上がったばかりとでもいうようなインクの匂いのする新しい壱万円紙幣が二十枚、ゴムバンドでくくって入っていた。わたしの名は書いてあるが先方の名も住所も記されていない。正体を知られたくないというのか、二十万なんて端金にすぎないと考えているのか、貧乏探偵のわたしには判断がつかなかった。

先方には先方の事情があるのだろうから、べつに妙な依頼だとは思わなかった。金さえ貰ってしまえば、後はそれに見合う仕事をすればいいのだ。うまい話でおびき出しておいて、留守のあいだに空巣に入るという話も聞いたことがあるが、仮りにこの事務所に賊が忍び込んだとしても、盗られるのはボロ雑布が一枚ぐらいのものでしかない。二十万円を投資した泥棒のほうが口惜しがってじだんだ踏むのがオチである。

2

四時を過ぎると部屋をでた。

傘は邪魔になるから持ったことはない。使い捨て式のうすっぺらなレインコートをポケットに入れれば、たいていの雨はしのげる。

カメラに双眼鏡、録音器に懐中電灯などの入った小型の鞄を肩にかける。もう一つ読み古したアメリカのハードボイルド本が入っているが、これは読むためではなく、敵を監視するときにテーブルの上にひろげて、いかにも読書中といった恰好をするための小道具だった。わたしはハードボイルドなんてちっとも面白いとは思わない。わたしの好きなのはなんとかいう作家の官能小説なのだ。電車のなかで夢中になって読んでいるうちに、尾行の標的がいつの間にか下車して、視界から消えていたという苦い経験が一度ある。

五時を過ぎたばかりの駒込駅は、乗降客の姿もそんなに多くはなかった。だから横断歩道を渡ってくる和傘の男性が視野に入った途端、あれが唐丸五郎次だなと直感した。傘はまだ新品で、いうところの蛇の目である。色は黒とあざやかな水浅葱。が、傘にかくれて顔は見えない。

構内に入るところで傘をつぼめると、男はひと振りして雫を切った。そうした動作が板についており、和傘を常用していることがよく解る。電話で聞かされたとおり瘦せ気味で、顔は白いというよりも蒼白い感じだった。慢性の胃病患者じゃないかと思ったほどである。念のために駅前を見渡したが、和傘をさしている酔狂な人間はほかにいなかった。

わたしは彼を唐丸と断定して尾行を開始した。これから新しい任務につくときの胸のときめき、心のたかまり、わたしはそれが大好きだった。唐丸五郎次はどんな秘密を持っているのか。わたしにはわたしなりにプロとしてのプライドがある。その自負心にかけても、決定的瞬間をキャッチせずにはおくものかという思いがある。

だが、この仕事は最初からわたしの期待を裏切るものとなった。ホームに上がった彼はプラスチックのベンチに腰かけると、鞄からとりだした本を読み始めた。この時間帯の電車は四分間隔で運行されているというのに、彼は寸暇を惜むかのように背を丸めて活字を追っていた。

内廻りの電車がくると、しおり替りに指をはさんでページを閉じた。わたしも隣りの扉口から乗車する。ラッシュアワーにはまだ間があるので車内はすいていた。唐丸は近くのシートに腰かけると早速ページを開いて読書を再開する。そのままの姿勢で、新宿駅に到着するまでただの一度も顔を上げなかった。わたしは何だか拍子ぬけした思いだった。

新宿駅で私鉄に乗り替えるあいだも、新多摩川駅で下車するまでの二十五分間も、彼は寄り道一つしなかったし誰とも接触しなかった。わたしも刑事時代から今日まで何百回となく尾行をやっている。駆け出しのデカみたいに、相手に気取られるといったヘマをやらかす筈もないのだ。彼が、監視されていることに感づいて計画を変更したとは思えなかった。

ポプラ並木の通りを七、八分いったところの多摩川を見おろす位置に、四階建ての小型のマンションがある。彼は入口ですれ違った主婦と挨拶をかわすと、階段を歩いてのぼった。あとで知ったがこの建物にはエレベーターがないのだった。

唐丸は三階の307号室の前までいくと服のポケットから鍵をとりだして鍵孔にさし込み、部屋のなかに消えた。わたしはなおも十分間ちかく様子を見ていたが、唐丸は二度と姿をあらわさなかった。わたしが依頼されたのは会社に往復する途中の監視であってそれ以上のことではないのだ。十分間が過ぎたのをしおに、わたしはそっとその場を離れた。

そして翌朝。洗面をすませるとジョギングの服装に着替えて、直ちに「埴生(はにゅう)の宿(やど)」を飛びだして多摩川のマンションへ車を走らせた。早朝だから渋滞することもなく、到着したのは五時少し前だった。彼の住み家(すみか)はマンションと呼ぶにはいささかちゃちな感じのする小さな建物だが、わたしのひと間きりの安アパートに比べると王侯貴族の城館のように立派にみえた。おれもいつかはこんな家に住んでみたい。胸のなかでそうした月並みなことを考えた。

　昨日はうっかりしていたが、建物の入口には「第一日輪荘」と彫りつけたブロンズ板がはめ込まれてあった。試みに指先で叩いてみるとボコボコというにごった音がしたから、青銅色に染めたプラスチックなのかもしれなかった。

　庭の一部が駐車場になっていることは前回来たときに見ておいた。わたしはそこに車をとめ、後部座席に移るとレースのカーテン越しに様子をうかがった。

日輪荘は階段が両端にあってすべての部屋が南の庭に面している。入口の扉の前は東西に廊下が走り、金属製の手すりがそれに平行していた。住人のすべてはまだ眠っているらしく、一階から四階まで、どの部屋の窓にもカーテンが引いてある。唐丸の307号室も例外ではない。

　六時を少し廻った頃にようやく唐丸の部屋に電灯がついた。さてはジョギング……と思ったが、この朝の彼は気がすすまなかったのか出て来る気配がなかった。身仕度をととのえて来たわたしはちょっとばかり落胆した。

　そのうちに一階のはずれの部屋で電灯がついた。雲が低くたれ込めているので、点灯しなくては朝刊を読むこともできまい。わたしの車のなかも事情は同じだったが、こちらは隠密作戦を遂行中なのだから、このままじっと我慢をするほかはない。窓を開けて思い切り新鮮な空気を吸いたかったがそれもできなかった。

次第に視界が明るくなってきた。改めてあたりを見廻す。

さすが郊外だけあって敷地は広い。わたしはそっと庭におりて、そこから彼の部屋を観察することにした。全体像を見て気づいたのは、どの部屋も恨みっこなしの同じ大きさにできていることだった。強いて相違を指摘すれば、両端の部屋にかぎって側面に窓がついている点で、その分だけ購入費も高かったことだろうと思った。われながら自分の考えることがいじましい。

六時半になろうとする頃に扉があいて、鞄をかかえた唐丸が姿を見せた。服は昨日とおなじグレーのスーツだが、遠目にもネクタイの色が違っていることがわかる。今朝のそれは臙脂色である。曇り日だから殊更に派手なものを締めたのかもしれない。

敷地のはずれに電話ボックスが立っている。わたしはそこに入って受話器を片耳にあて、目で唐丸の動きを追った。彼が道路にでたらすぐに後をつけるつもりでいた。

庭の中程まで来たときに唐丸の足がとまった。空を仰ぎ、出来損いのギリシャ彫像みたいな恰好で何事かを思案するふうだった。そして一分ちかくそうしていただろうか、決断がついたとでもいうようにいきなり向きを変えると、いま来た道を戻り始めた。

しまった、気づかれたか。さては建物の裏口から出て尾行をまくつもりだな。そう直感すると、わたしは間をおいてボックスから出、唐丸を追った。

わたしの予想ははずれた。彼が裏口へは向わずに階上へ昇っていったからだ。が、屋上には非常梯子がある。それをつたって地上に降りる気なのかもしれない。

ふたりのあいだにはワンフロアの差があった。足音をしのばせて三階まで昇り、廊下をそっと覗いてみると、唐丸は自室の前に立って、昨日の夕方とおなじようにポケットからキイをとりだし、それをドアの鍵孔に差し込んでいるところだった。早起きしているから時間はたっぷりとある。そう思っているせいだろうか、彼の動きには悠揚(ゆうよう)せまらぬところがあった。ほかの住人はまだ眠っているとみえ、廊下にも階段にも人の気配はない。当方にとってはそれが幸いだった。

再び扉が開いた。わたしは少し大胆になって、首をつきだして監視をつづけた。

唐丸は小脇に例の傘を抱え、靴をレインシューズに履き替えていた。べつに尾行をまこうとしたのではなかったようである。わたしは早とちりした自分が滑稽に思え、そっと苦笑をもらした。わたしは車のなかで着替えをすませることにした。

唐丸が近づいて来た。小走りに四階へ通じる踊り場までいくと、いったん相手をやりすごしておいて、あとから階段をおりた。外に出ると彼は庭をつっ切って道路へ曲ろうとしているところだった。わたしは乗って来たフォルクスワーゲンを駐車させたまま、小走りに後を追った。そして昨日のコースを忠実に逆になぞって、また駒込へ向ったのである。

空いている電車のなかで彼は昨日とおなじようにシートに坐ると、本をひろげて活字のなかに没入した。高田馬場駅を発車したところで、大柄のふるいつきたいような女子学生が彼のとなりに坐ったが、唐丸はまったく気づいていないようだった。そうした次第で彼の身辺には何一つ起らず、わたしのカメラは遂に期待されるような「決定的瞬間」を写すことなく終った。

駒込駅を出ると広場の向うの喫茶店に入り、モーニングサービスの朝食をとった。トーストにハムエッグ。モーニングカップになみなみと注がれる珈琲。彼はその店の常連客らしく、ウエイトレスのサービスもいいようである。

唐丸は相変らず本を読みつづけている。表紙が書店のカバーでおおわれているのでタイトルは解らない。それにしても分別盛りの三十男をこうも夢中にさせる本の内容は何なのだろうか。専門書か、わたしの苦手な「論語」か。いくら何でも朝からポルノを読んでいるわけでもあるまい。

唐丸はときどき思い出したようにカップを持ち上げてほんのひと口だけ飲む。甘い物が嫌いなのか砂糖ぬきでクリームも入れずに、ブラックのままである。まさか通ぶっているわけもあるまい。そのカップがまた廃業した床屋から格安に譲ってもらったヒゲ剃りカップそっくりで、見るからに重たそうであった。

そうしたことの一切を、わたしは反対側の珈琲店の窓際の席から観察していた。わたしの双眼鏡は超小型だが性能はすこぶる上等なのである。

唐丸はゆっくりと食事を終えるとウエイトレスに声をかけて立ち上がった。彼女も白い歯をみせて何か答えている。飲みかけの珈琲に未練はあったが、わたしも席を立ってレジで支払いをすませ、そ知らぬ顔で外にでた。駅の改札口をぬける降車客の数がいつの間にふえている。歩道をいく人々の三人にひとりは傘を抱えているが、和傘を持っているのは唐丸以外にはなかった。人々の奇異な視線をあびながら、彼はそれをまるきり無視して、超然とした態度で歩いていた。

その朝のわたしの尾行は正確に六分後に終った。道路の右側にマンションと並んで大きなビルが建っており、彼はその入口からなかに姿を消した。外壁のネームプレートを見ると十社あまりの中小企業が入っている。が、唐丸がどの会社の社員かは解らなかったし、わたしには知る必要もなかった。

3

早くも四月になっていた。

あの二十万円はとうに使い果していて、一カ月前と同様に呑むにもこと欠く状態にあった。囲い者だった女は、「お手当て」の払いがわずか二日おくれただけだというのに、わたしを捨てて何処かに行ってしまった。

「大阪のバーからくちがかかったの。とてもいい条件なのよ。だからしばらくあっちへ行ってみるつもり」

電話でそう伝えてアパートを出ていったのである。あんな手合いの言葉を真(ま)にうけるほどウブではないから、大阪云々というのは口からの出まかせであり、錦糸町(きんしちょう)あたりの酒場にでも就職してるんじゃないかと思っている。

彼女のことはすぐに忘れた。女に未練たらしくするのはわたしの好むところではない。

肥満した法律家が重たい体をはこんで来たのはちょうどその頃のことで、桜はとうに散ってしまい、眠くなるような春の盛りだった。「全財産」を蕩尽(とうじん)してしまったわたしの眼に、予告もなしに訪れたこの肥満漢が大黒様みたいに映ったのは当然だ。

「いい気候になったね」

「気候なんてどうでもいい。爺さんみたいな挨拶はするな」

のっけから一本とられた。むくんだような大きな顔はみるからに不機嫌そうに歪んでいる。

「汚い部屋だな、相変らず。整頓しろとはいわないが、掃除ぐらいしたらどうだ」

「いや申し訳ない。今度来るまでにはびっくりするように綺麗(きれい)にしておくぜ」

すなおに謝った。机の上には即席めんを喰ったあとの発泡スチロール製の丼が三つものせてある。いずれも一週間あまり前に喰ったやつの残骸なのだから、不精だといわれても反論できないのだ。

「早く女房をもらえといっているんだ。インスタントラーメンばかり喰っていると、栄養が片寄って、病気になるのがオチだぞ。悪いことはいわん、早く貰っちまえ」

「ああ、そのうちにね」

わたしはハンカチをひろげると、彼のお尻がのるべきスツールの表面を拭いてやった。

「やけにサービスがいいな」

法の番犬が鼻でわらった。だが貧すれば鈍するというとおり、いまのわたしは彼がいくら嫌らしい笑い方をしようと腹が立たなかった。

「きみは新聞を読んでいるか」

わたしは首を横にふった。いつも駅のスタンドで買っていたのだが、計算してみると新聞代だって馬鹿にできないことが解った。で、先月から買わないことにしている。

「ちょっと油断していると溜るからね。近頃はご町内のみなさんてやつも来ないしねえ」

「テレビは見ているだろう？」

わたしはまた首をふった。電力会社に協力する義理はさらさらないから、ほとんどスイッチを入れたことはない。そしてわたしが発見したのは、俗悪な茶番劇から遠ざかると、血液が浄化作用でもされたように気分が爽快になることだった。

「すると小日向紗織（こひなたさおり）が殺された事件も知らないのか」

わたしはまた首をふった。そんな名は聞いたことがない。

「占い者ですか」

「違う」

「霊能者かな?」

「そうじゃない。郊外に住む女流カメラマンで二冊の写真集をだしたことがある。殺されたのは一カ月ばかり前だがその死にざまが異様でね、それで話題になったんだ」

「初耳だな」

「サディズムやマゾヒズムがきみの好みに合うのかどうか知らないが、犯人はどうやらサディストらしいんだ。時間をかけて、彼女を念入りに縦横無尽に縛り上げた上で、心臓をひと刺ししている。女物のパンティでさるぐつわをはめてね。発見されるのが早かったので凶行時間はかなり正確に割り出された。朝の六時から八時にかけてなんだがね。それに加えて、現場からネーム入りのライターが発見されたものだから、当局は事件が簡単に解決できると考えた」

「犯人が他人のライターを落っことしておいたんじゃないのかな。よくある話だ」

「そうじゃない。草間健という青年が、自分が置き忘れたものであることを認めたんだ。同君にいわせると二人は単なる友人で、互いに遊びに行ったりパーティに誘ったりするという仲だった。だから彼のライターが小日向紗織の家に忘れてあっても不思議ではない。草間君の部屋にも彼女のペンダントが忘れられているくらいだ、とね」

「へたないいわけだな。もう少しましな嘘をつけないものかね」

「当局もそう考えているんだ」

捜査本部連中が考えることは似たりよったりだ。弁護士はそんな意味のひとりごとを皮肉な口調でいった。

「草間君には縁談が持ち上がっている。見合いをしたところウマが合ったというか、当人同士も乗り気になった。双方の親御さんも喜んでいる。ところが捜査本部の連中は考えることが月並みでね、草間君は婚約者と女流カメラマンをなかにはさんで三角関係にあったというんだな。俗物らしい発想だよ」

「すると草間青年がカメラウーマンの家に押しかけていってサドマゾごっこにこと寄せて殺した、当局はそういうのですか」

「そうだ。だが、入念な捜査にもかかわらず小日向紗織がマゾヒストだったという情報も摑めなかったし、草間君は草間君で、サドっ気なんてこれっぽっちもない」

「それじゃ、問題はないではないですか」

「まあな。だが捜査本部はそう簡単にはあきらめないんだ。そこで解釈を変えた。女流カメラマンにマゾっ気がなくとも、草間君がノーマルであっても一向にかまわんというんだ。草間君が小日向紗織を緊縛したのは擬装工作だというんだな。本物のサディストにいわせると縛り方にも一定の法則というものがあるんだそうだが、彼女を縛ったやり方はでたらめでね。つまり犯人はサディストの犯行に見せかけるのが狙いで、自分は至極ノーマルな人間であるというのが当局の見解なのさ。こうなるとノーマル人間である草間君は不利になるんだ」

「アリバイはどうなんです」

「当人は自宅で寝ていたといっている。自宅といっても世田谷のマンションだが。草間君は朝刊をとりに廊下に出たときに誰かとすれ違った気がする、そのひとがアリバイの証人になってくれるといっているんだが、マンションの住人は他人のことには干渉しない主義だからね、名乗り出るものはいない」

「しかし状況証拠ばかりじゃないですか」

「そう。だから当局は参考人として事情を訊くという姿勢で押しとおしているんだが、困ったのは縁談だよ。相手の女性もいうところの新人類だからな、どこまでもあなたを信じますなんてことはいってくれない。彼女の両親も、もしかすると殺人犯かも知れない男に娘を嫁がせるわけにはいかないという態度にでてきた。そんな冷たい女と連れ添うのは考えものだと思うんだが、草間君は簡単にあきらめられない。ぞっこん参っているもんだからね。そこでだ、きみにひと肌ぬいでもらいたいのだ。草間君がシロであることを立証してくれてもいいし、真犯人を指摘してくれてもいい」

わたしは立ち所に承知した。承諾することがわたしを飢えから救う唯一つの手段だった。

4

警察の組織力を以てしてもいい成績が上がらなかった事件である。徒手空拳のわたしにそれ以上のことができるとは思えなかった。

あれこれ考えた末に、これという名案がうかばぬまま、ともあれサディストの世界をさぐってみることにした。犯人はサディストだったが、それを素人の犯行に見せかける目的で、故意にアマチュアっぽい縛り方をしたという考え方もできるではないか。

そうはいっても極めて健康的な趣味の持主であるわたしに、その方面の知己はいない。こうした場合わたしが頼りにする唯一の友人は、SM雑誌「失楽園」の山根編集長であった。わたしは九段下の古ぼけたビルの一室に彼を訪ねた。一般の会社だったら退社時刻である。

断っておくけれど、SM誌の編集をやっているからといって彼がサド・マゾであることにはならない。これも身すぎ世すぎのためであり、当人はラグビー好きの明るい中年男で、自分でもプレイする。ポジションはバックだ。

「あの事件ねえ。なにしろ異常な状態で殺されていたから、無関心じゃいられないやね」

近所の店で紅茶を飲みながら、山根はセーヴした声でいった。話の内容が内容だから、大きな声をだすわけにはいかない。

「蛇の道はヘビというが、こうした仕事をしているとそちら関係の情報はよく入ってくる。あいつがと思うような役者がマゾだったり、有名な女性舞踊家がサドだったりね。その噂がまた意外に正確なことが多いんだ。だが、小日向紗織がマゾだという噂は一度も聞いたことがないから、彼女にはその気はなかったんじゃない？」

山根は筋肉質のしまった体つきの男だった。額の毛こそ後退しておでこがいやに広くなっているが、スポーツマンらしく動作も口調もきびきびしていた。

「話は違うが、彼女に恨みを持つ人間がいる。知ってるか」

「いや」

思わず乗りだした。

「その人物がSMに興味を持っているかどうかは知らないが、特別な嗜好(しこう)を持つ人間であることは確かだ。それが小日向女史に手痛い目にあわされたことがあるのさ」

「誰だ？」

「いや、それはいえない。うちの雑誌はSM愛好者たちの信用によって成立しているようなものだ。仲間内の秘密は絶対に外に洩らすことがない、それがいまいった信用なのだがね。彼がSM畑の人間であろうがなかろうが、彼らについては、おれとしてはきわめて慎重でなくてはいけないんだ」

「それはわかるけどもさ、こっちも仕事なんだ。世間話として聞いているわけじゃないんだぜ。せめてヒントぐらい教えてくれよ」

山根はちょっと考え込むふうだったが、結局わたしの願いを聞いてくれた。

「漠然とした言い方になるが勘弁してもらいたい。『人形の館』の蝶子(ちょうこ)というマダムに会ってみることだな」

「ありがとう。早速探し出して質問してみる。この件が落着したらゆっくり呑もうじゃないか」

立ち上がりながらいった。口先だけの発言ではない。こうした約束を決して忘れたことのないのがわたしの自慢である。

『人形の館』という名の喫茶店やバーは『人形の家』ほどではないにせよ、かなりの数にのぼっている。わたしは電話帳からピックアップした同名の店に片端からダイヤルして、「蝶子ママはいる？」と訊いた。こうしたときは、いかにも店の常連客であるように、親しげな調子で話しかけるのがコツだった。

「冗談は止せ、うちは風俗営業なんかじゃない！」

つっけんどんな返事をしやがったのは本物の人形屋だった。

「あたしはハナコ。蝶子さんなんてどうでもいいじゃん、うちに来てぇ」

と、鼻声で甘えるマダムもいた。わたしは道心堅固(どうしんけんご)ならざるほうだから、なまめかしい声で誘われるとついその気になってしまうが、今は仕事を遂行中だと自らの心にいいきかせて、プツンと通話を切った。こういうときは辛い。

一時間近く経過する頃には、人差指の第一関節のあたりがむずむずしてきたほどだ。だが、まだ蝶子の店にはぶち当らない。この分だと隣接県にも手をのばさなくてはなるまいなどと思いながら、大田区内の酒場にダイヤルしたときに手応えがあった。

「あたくしが蝶子ですけど」

と涼し気な声がもどってきた。

「同名異人だったら謝りますがね、小日向紗織さんについて話をお聞きしたいのです」

「小日向さんって、あの、カメラマンの?」

その一言で間違いないと確信した。

一時間後に『人形の館』の片隅にいた。色彩をアイボリーで統一した落着いた雰囲気の店だが、むやみやたらに人形が並べてあるのは酒場らしくなかった。人形は大半がフランス人形で、それらにまじって一体だけセルロイド製の古ぼけたものが大切そうに飾られている。

「何?　これは」

「あたくしの卒業した小学校にあったのよ。用務員さんから貰っちゃったんだけど、後になって、アメリカの親善使節として贈られて来たものであることが判ったの。ほら、青い目をしたお人形さんって童謡があるでしょ、あれなのよ」

「そいつは貴重だね」

「そうなの。お店の名はそこからつけたのよ」

もう四十に近い年輩だが、人形の話をするときはいきいきとした表情になり、丸い眼が一段とかがやきを増してくる。何人かの先客がいたが、店の縁起については何度も聞かされているとみえ、いずれも馬耳東風といった顔でひたすら酒を呑んでいた。

「電話でいったように、小日向紗織について調べているんだがね」

「あなた刑事さん」

「二枚目役者にゃ見えないだろ」

笑って質問をはぐらかす。だが元来わたしはデカづらをしているのだ。先方が刑事だと思ったのは必ずしも間違いとはいえなかった。

「よくは知らないのよ。だって会ったこともないんだもの。でも強いていえば、間接的だけど細い糸でつながっているの」

「聞かせてくれないか、ぜひ」

わたしは上体を更にひとひねりして、彼女とまともに向い合うようにした。二人はボックス席ではなくてスツールに腰をおろしていたのである。

「ここで働いていたナオミって子が独立したので『人形の館』って名乗らせたのよ。川崎駅のそばの、大きなマンションのお部屋を借りて開業したの。一度覗いてみたけど看板も出していないし、場所は十三階建てのマンションの十階にあるし、こんなところでお客がつくかしらって心配したのよ。後で知ったんだけど、あれはなんていうのかしらね、ゲイバーでもないし」

ママは声を細めている。勢いわたしは身を乗りだして拝聴することになった。わたしの顔にかぐわしい息が吹きかけられるので、それがまた嬉しくもあった。

「はっきりいえば、女装趣味の男性を対象にしたお店なの。会員制で、来るときはどこから見ても男性なんだけど、ロッカーのなかに女の服や化粧品が入っていて、それで変身しちゃうわけよ。ゲイバーと違うところは会員同士でお喋りしたりお茶を飲んだりするだけ。ナオミも、要するにお部屋を貸すのが商売なのね。たまにはお酒をだすこともあるけども、会員は呑むために集って来るわけじゃないんですから」

世間に、女装することに情熱を燃やすという男性がいる話は、わたしも聞いたことがある。わたしみたいに武骨な男は、白粉はたいて紅をつけると化け物に見えるものだけだが、それが美男子であれば話はべつだ。自分が想像もしなかったような美人に変身すれば、鏡にうつったおのが姿に惚れぼれすることもあるだろう。そしてそれが病みつきになる。

「女装して外に出るわけじゃないんですから、マンションの住人に迷惑をかけることもないのよ。やって来るときはちゃんとした男性なんだから、まさか女に化けて楽しんでいるなんて想像もしなかったでしょうね。ですからあの事件が起るまでは天下泰平だったの」

わたしはナポレオンを口にふくんだ。言葉を切ったママは華奢な指にラッキーストライクをはさんで、カチリとライターを鳴らした。

「春だったわ。あとでナオミから聞いた話では、造花の桜の花をかざって、その下でお花見をしたんですって。勿論みんな女装姿だったわけよ。お花見ですからお酒もでるわ。重箱につめたお料理もでたんですって」

いくら美形がそろったとしても、所詮は野郎ががん首を並べていることに変りはないのである。どう考えてもおれの趣味ではない。心のなかでそうしたことを思いながらブランデーをなめていた。

「Aさんという会員がいたのよ。お酒に強くないAさんは酔いをさまそうとしてベランダに出たのね。そこを向う側のビルに待機していたカメラマンがフォーカスしちゃったの。一般の人だったら綺麗な女のひとがベランダに立っているなと思うだけでしょうけど、このカメラマンはそうじゃないの。『人形の館』の噂を聞いて、いつか撮ってやろうと考えて気長に張り込んでいたわけ。そこに被写体のほうから現われたんだから、しめたとばかり真正面から写されちゃったのよ」

ママは吸殻を灰皿に捨てた。

「じゃカメラマンのほうもその趣味があったんだな。おれなんかは女装した男性なんてちっとも興味はないからね」

「そうじゃないの。AさんはQ省のエリート課長だったのよ。そのAさんが『人形の館』に出入りしているという噂を聞いたカメラマンが、これを撮って雑誌に売り込もうとして何カ月も前から狙っていたの。まあ、蛇に睨まれたカエルみたいなものね、Aさんは」

「で、雑誌にでちゃったのかい?」

「ええ、派手なキャプションをつけられて大きく……」

「そりゃひどい。Aさんにしても役所に居たたまれなかったろう」

役人だのエリート課長なんてものに好意を持ったためしのないわたしだが、このときばかりは相手に同情した。

「そうなの。お勤めはやめなくちゃならないし奥さんは実家に帰っていくし、隣近所からは軽蔑の目でみられるしで、とうとうAさんはどこかへ引っ越していったという話だわ」

「告訴しなかったのかい? 明白な人権侵害じゃないか」

「そこは雑誌のほうも用心してるわよ。本名は伏せてあるし。でもAさんを知っている人が読めば、誰だってハハーンと思うような書き方をしているのね」

わたしは自分に女装趣味のないことをそっと祝福した。

「そのカメラマンが小日向さんだったのよ」

5

A氏の人生は小日向によって大きく狂わされたことになる。その後彼が一念発起して南米へでも渡り、そこで牧畜王にでもなったというなら話はべつだ。しかしそんな空想譚が現実にあったとは思えないから、彼の後半生は暗いものとなったろうし、挫折するたびに、あのカメラマンに対する怨念が火を吹いたことは容易に想像できるのである。

一体A氏はいま何処でどんな人生を歩んでいるのか。わたしはそれを知ろうと考えた。ほかに打つ手を思いつけなかったせいもあった。問題の写真を掲載した『ズームドルフ』の編集者に訊けば消息をつかめるかもしれない。そう考えたわたしは、一張羅のスーツを着て出かけていった。朝からよく晴れた気持のいい日だった。

その出版社は銀座四丁目の交差点のすぐ裏にある。受付で来意をのべると編集部に通じてくれ、七階に昇るようにといわれた。エレベーターのなかではやけに派手な服装の、大きなおしゃれ眼鏡をかけた女と一緒だった。去年高校をでたとでもいったふうな若者である。七階に着いたとき、いかにも勝手知ったといった歩き方で廊下の角を曲っていった。あんなけばけばしい編集者もいまいから、あの細腕で年収何億かを稼ぎだすマンガ家ではあるまいか。

わたしはぼんやりとそうしたことを思いながら、指定された待合室のレザー張りのイスに腰をおろしていた。廊下の三方を板の衝立で囲ったきりの、いかにも一時しのぎに造りましたといった感じの空間であったが、わたしの趣味からいえば仰々しい贅をこらした客間よりも、こちらのほうが好きだった。灰皿をのせたテーブル、電話機をおいたサイドテーブル、そしてシュロの植えられた大きな鉢、それがこの小部屋のすべてである。

五分ほど待たされて中年の男が入って来た。髭が濃い。顔をみるとまだ四十歳にはなっていまいと思われるのに、早くも半白の状態である。きちんと上衣を着ており、袖からのぞいたワイシャツの先端には紅サンゴのカフスボタンがついていた。

彼は入って来るときから片手をポケットに突込んでいたが、わたしの前に立つと名刺をひきぬいて「青山です」と自己紹介した。さわやかな口調だった。名刺に目をとおすと編集長・青山兵衛としてある。

わたしは、いちばん汚れていそうもない名刺をえらんで彼の前においた。向うは私立探偵なる生物を見るのはこれがはじめてであるらしく、名刺を「熟読」してからおもむろに顔を上げて、わたしの不細工な顔をまじまじと眺めていた。

「小日向さんについて何かお知りになりたいのですか」

「何年か前に、女装趣味の役人のスナップが載ったことがありますね。その人の名を教えていただきたいのです」

「そうですか。もう風化してしまった事件でもあるし、構わんでしょう。ただ、あれは前の編集長時代のことでして、わたしはタッチしていないのですよ。したがって当時の編集者に訊ねてみないとわからないのです。少し時間がかかるかもしれませんが、よろしいですか」

「いいですとも」

彼が戻って来るまでに十五分ほどが経過した。ガラスの灰皿にはわたしの吸殻が半ダースあまりたまっていた。青山編集長は『ズームドルフ』の合本をテーブルにのせると、付箋がはさんである個所をひらいてわたしのほうに向けた。

一ページに二枚のカラー写真が載っている。上の一枚は化粧の濃い女の全身像で、夜間にシャッターを切ったものとしてはわりによく写っていた。髪といっても金髪だから、恐らくかつらをかぶっているのだろう。ひだの沢山ついた藤色の長いドレスが見るからに豪華だった。顔が小さいせいかプロポーションが見事である。化粧映えのする派手な容貌をしており、彫りが深い。

下段の写真には三十男が写っていた。白いドアをバックにしてグレーのスーツを着たその男はたじろいだ表情をうかべ、大きくひらいた目は脅えているように見えた。片手を上げようとしているのは顔をかくそうとしたからだろうか。それとも、カメラマンを制止させようとしたのだろうか。

写真の男女は顔が小さい点と鼻筋がとおっている点、それに寸のつまった輪郭がよく似ていた。兄妹でなければ同一人物ということになる。

「これが女装した男性なんです。どうです。綺麗な人でしょう」

「いや全く。戦前の映画女優のことは知りませんが、いまの映画界にもこんな美女はいないですな。正直の話、男であることが解っていても惚れぼれとする」

「しかし素顔のほうは格別二枚目というわけでもない。妙なもんですね」

改めて編集長は感服のていであった。

「鉢ノ木敏夫さんといいまして当時は三十三歳でした。ある官庁の課長で、やがては次官になり大臣になるだろうと囁かれていた英才です。源氏名というんでしょうか、女装趣味の仲間ではサリーさんと呼ばれていたそうです」

「因果な趣味を持っていたもんですな。あたら人生を台なしにしてしまって」

「おっしゃるとおりです。何かの拍子で、例えば中学校の学芸会かなにかで女の役を振り当てられる。おしろいを塗り紅をはいて鏡を覗いたところが想像もしない美少女になっていた……。それがきっかけで女装趣味に傾いていったのではないか。これはわたしの想像ですがね」

たぶんそんなことに違いあるまい、とわたしも思う。これほどまでの美人に変身できると知ってから、女装の魅力にとり憑かれても無理はない。

「小日向さんは一カ月あまり尾行をつづけたのだそうです。こちらの素顔のほうは『人形の館』から出て来たところを写したものなんです。編集部でも掲載するか否かで意見が二つに分れたそうですが、小日向さんにしてみれば苦心の上でようやく撮影に成功した作品なんですから、何がなんでも陽の目をみせたかったでしょう。この写真を公表すると、鉢ノ木さんがどれほど迷惑をこうむるかということは、殆ど念頭になかったもののようですね」

わたしは黙って頷いた。

「鉢ノ木氏は役所をやめたそうですが、その後どうしているでしょうか」

「当時の編集者に訊いたところでは、近県の郷里に帰って塾の先生になったのだそうです。ところが父兄が騒ぎだしました。あんな趣味の持主に子弟を預けるわけにはゆかないというんですね。止むなく先生をやめた鉢ノ木さんはしばらく大道易者をしていたそうですが、やがて消息を絶ってしまいました。それから後、彼がどこで何をやっていたか誰も知りません」

わたしはことわっておいて、タバコに火をつけた。

「何年か経過したある日、県民は鉢ノ木さんが県立病院で死亡したことを知ったんです。それが奇病だったというので新聞にでたからです」

「そいつは気の毒ですな。ところで奇病というのはなんです？」

「鳩からビールスをうつされると発病するんだそうです。なんでも脳の組織をおかされるという、恐ろしい病気なんです」

鳩がそんな悪さをするとは初めて知った。

「遺族は?」

「いません。最初の奥さんと離婚したあと、ずっと独身をとおしていたという話です」

青山編集長はかげった表情になると、あの事件に自分は関係ないが、それでも何となく寝覚めがわるいということを、ぼそぼそした声でいった。

「そんなことがあるもんですか。寝覚めがわるいといえば小日向紗織ですが、彼女はどう考えていたんですかね?」

「内心はどうか知りませんけど、表面はけろっとしていましたね。新人類の考え方は、わたしにはどうも理解できないのですよ」

『ズームドルフ』を閉じながら編集長は嘆息した。

6

鉢ノ木の本籍地の区役所へ出かけていって、彼が死亡したこと、遺族のいないことの確認をとった。と同時にわたしの調査は暗礁にのり上げたわけで、進むも退くもできなくなった。つまるところ小日向殺しの動機を持つものは被害者の「おともだち」だった草間健以外にはいない、ということになったからである。

当の草間はひどく落胆したという。その情報を持って来たのはあの肥った弁護士だが、彼もまた絶望的になってヒステリーを起す一歩手前の状態にあった。わたしのことを能無しとまではいわなかったが、胸のなかでそう思っていることは彼の表情がはっきりと語っていた。

なんとかしなくてはならない。そうは思うものの、では何をしたらいいのかということになると見当がつかなかった。思いがけなく青山兵衛から電話がかかってきたのは、落ち込んだわたしが安アパートの部屋で布団をかぶり、不貞寝(ふてね)をしているときだった。時計の針は午後の四時を指そうとしている。

「お見せしたい写真があるんですが。写したのは小日向さんです。但(ただ)し、あなたの役に立つかどうかは解りかねます」

奥歯にものがはさまったような、といういい方をする人がいるが、『ズームドルフ』の編集長の話の調子はまさにそれであった。

行き詰っていた折りでもあったので早速飛んでいった。彼は有楽町駅につうじる地下通路の喫茶店で待っていてくれた。

「これですがね」

わたしがレモンティを注文するのを待っていたように、編集長は社名入りの封筒をテーブルの上でさかさにした。

「先日お見せしたバックナンバーの写真は、トリミングしたものだったんです。あの後で、ネガを見ていて気がついたんですが」

そのネガを、わたしは天井の蛍光灯にかざしてみた。白黒でもカラーでもネガとなると内容を把握しにくいものだが、そこには二人の男が写っていた。片方の、片手を上げかけている人物が鉢ノ木であることは見当がついた。その傍にもう一人の男性がつっ立っている。当時の編集部としては利用価値なしと思ったのか、第三者に迷惑をかけまいと考えたのか、とにかくこの男をオミットして、鉢ノ木だけを掲載したことになる。

「故人のことをあれこれいうのは好きじゃないのですけど、殺されたカメラマンの小日向さんの悪評の一つに、金銭に対する執着がつよいということがあります。わたしはこのネガを見ているうちに、ひょいとそれを思い出したんですね。つまりです、小日向さんはこの脇役の男性が誰か知っていた。そこでこれをネタに相手を恐喝……といっては表現がどぎつくなりますが、要するにお金をせびっていたということも考えられるのではないか、とですね。まあ、そんなことはないと思いますが、これも殺人の動機になり得るのではないでしょうか」

内容が内容だから、彼の発言も当然のことながら歯切れがわるい。わたしは、甚だ興味があると答えた。事実そうだったからである。

青山編集長はわたしの返事を聞いて元気づけられたというか、踏ん切りがついたとでもいうのか、ギャンブラーがカードを投げ出すような手つきでポジを置いた。

トリミングしていない原版のままである。鉢ノ木の横に立った男はいきなりシャッターを切られ、呆然自失といった恰好で軽く口をあけている。だが、呆然自失しているのはわたしも同様だった。男はまぎれもなく若き日の唐丸五郎次であったからだ。

「どうです、参考になりますか」

「やってみなくては解らんですが、やってみるだけの価値はおおいにあります。ありがとう、ほんとにありがとう」

だらしのないことだが声がふるえた。

編集長と別れると、有楽町駅の手前のボックスから弁護士に報告を入れた。

「そうか、そうか、きみのことだから必ず朗報をもたらしてくれるものと確信しておったよ」

大正ヒトケタ生まれの男だから、いうことがいささかゴツゴツしている。だが彼が最大級に喜んでいることはよくわかった。

迂闊（うかつ）なことであったけれど、そのときまでわたしは、小日向紗織がいつどこで殺されたかということを聞いていなかった。だから通話の内容がそこに及んだとき、わたしはまたまた呆然とさせられたのである。

事件が起ったのは、わたしが日輪荘で唐丸の動きを監視しているその朝のことだった。現場は３０９号室だというから、唐丸の一つおいた隣の部屋である。本部の発表によれば、六時から八時までのあいだの犯行ということだが、わたしは当日の午前五時から張り込んでいたのである。文字どおり目と鼻の先であった犯行だが、唐丸に小日向紗織を殺害する機会のなかったことは、このわたしが証人なのだ。

「おい、どうした? 返事をせんかい」

大声でわめいている。その見幕でわれにかえった。

「ちょっと考えたいことができてね、これで失敬する。また後でな」

早口でまくし立てて、受話器をかけた。

一体どうなっているんだ? 唐丸がシロだとなると犯人はほかにいるのか。自失したまま電話ボックスを出た。これから出勤しようとするホステスが不審そうにわたしを見ていく。覚えているのはそのことだけだった。

気がついたときには数寄屋橋公園の横をとおって電通通りに入っていた。意識の下で三番館のバーテンに相談し、あわよくば明快な解答をだしてもらおうなどと、虫のいいことを考えていたに違いなかった。

三番館ビルの角を曲って横道に入る。建物の端に灰色の扉が閉っており、それを押すとすぐ右手にバー専用の小型エレベーターがあるのだった。よくここで会員と鉢合わせをするのだが、今日は少し早いせいかわたし一人だった。そしてそれが、バーテンのご託宣をうかがうわたしには好都合なのである。プロの探偵たるわたしが、事件のたびごとに三番館にやって来てバーテンの高説を拝聴するなんて、誰が見ても呆れ返るだろう。わたしにしてもそんな図は、なるべく他人さまに見せたくない。いつも早目にやって来るゆえんである。

　思ったとおり会員の姿はなく、バーテンが陣頭に立って店内の掃除を指揮していた。といっても殆ど済んでしまったところで、バーテンは石鹼をつけて手を入念に洗うと、真白なタオルで水気をぬぐって、たくし上げていたワイシャツの袖をおろした。

「失礼申し上げました」

「いや、こっちが悪いんだ。少し早過ぎた」

　すぐれたバーテンはみなそうだが、彼も客の心を読むのは早い。早いばかりではなくて、常にその読みは的確だった。このときも黙ってバイオレットフィズをこしらえてくれた。

「お顔の色がすぐれませんね。どうなさいましたか」

「例によってバーテンさんの知恵を借りたくてね」

　グラスを口にもっていった。氷が涼し気な音をたて、レモンとバイオレットの香りが鼻孔をくすぐる。バイオレットフィズのいいところはそこまでで、アルコールの度は低い酒だから、あとは水を飲むのと変らない。

　わたしの話を、彼は心持ち首をかしげ、熱心に聴いていた。が、指は絶え間なく動いてグラスを磨きつづけている。ホステスたちは控室に入って化粧を直しているのだろうか、店内には人影がなかった。

「わかりましてございます」

グラスを棚に伏せて振り返ると、バーテンは歯切れのいい口調でいった。周囲の毛を残してきれいに禿げ上がった顔がいかにも聡明そうに見えた。切れ長の目は柔和ではあるが、それでいて鋭くかつ輝いていた。

「最初に感じましたことは、唐丸氏の尾行を依頼しました人物でございますが、報告書を送られたときの宛名はどうなっておりましたでしょうか」

「あの翌日、というのは小日向紗織が殺された翌日のことなんだが、電話で尾行の結果を訊いてきた」

「手紙ではなかったと致しますと、つまるところ住所氏名を明かさなかったわけでございますね。つまり、正体を明かしたくなかったわけでして。わたくし、それは唐丸氏の一人二役ではあるまいかと存じますので。目的はあなたをアリバイの証人に仕立てようという……」

「何だって？」

思わず声が大きくなった。唐丸はわたしを利用したというのか、あのふやけた男が？

「はい。ベテラン中のベテランが監視しておいでなのですから、これ以上立派な証人はどこを探してもおりませんわけで」

わたしの心をくすぐるような言い方をした。

「だがね、あれを実行するのは最低二十分間はかかるんじゃないかな。とにかく念入りに縛り上げていたという話だから。そんな時間が彼にはなかった。これは確かなことなんだぜ」

「でございますから、縛り上げたのは前の晩のことではないかと考えますので。殺したのは一夜明けたつぎの朝でございましょうが」

「ま、そういわれればそうかも知れないな」

バーテンの前に出ると、わたしは羊の如く犬の如く素直になってしまう。われながら情けなく感じるほどである。

「しかしね、彼には犯行のチャンスはなかったんだ、終始わたしの眼が光っていたんだからね」

「お言葉ではございますが、そのチャンスは一度だけございました。身動きのできない相手を刺すだけでございますから、ものの一分か二分あればよろしいわけで」

「そういわれてもなあ」

「いったん外に出たあの人が、戻って来たじゃございませんか。さも忘れ物をしたように、いともさりげなく。各部屋のドアは、一様にあなたのほうを向いていたのでございましたね。ドアの前に廊下が走り、廊下にそって柵が連なっているということで……。となりますと、遠い端からご覧になったのでは、扉を開けたことは判りましても、どの部屋に入ったかはっきりとしませんでしょう?」

「それはそうだ。しかしね、唐丸は傘をとりに入ったんだぜ。それに雨靴もはいて出て来た」

「そこでございますよ、敵ながら感心いたしますのは。雨靴も雨傘も、前の晩に小日向さんの部屋に持ち込んでおけばよろしいではございませんか」

「それじゃ今まではいていた靴はどうしたんだ？」

「鞄のなかでも入れたんでしょう。わたしの記憶は曖昧になっておりますが、あの頃は雨の日が続くという予報があったとおぼえています」

確かにそうだった。わたしは連日おりたたみ式のレインコートをポケットに入れて出かけていたのである。

「あの野郎、おれをペテンにかけやがって……」

またムカムカしてきた。

「まあまあ、何事も経験でございます。また一つ賢くなったと思えば腹も立たないではございませんか……」

バーテンは暖かな笑顔でわたしを見ると、手早くギムレットをつくってくれたのである。

鎌倉ミステリーガイド

1

鎌倉は怪談の多い処だという。大昔のことは知らないが、新田勢と北条勢が攻防に血道をあげていたときは鎌倉中が死屍累々としていて、野犬がそれを喰いあさり、夜になると各所で陰火が燃えていたという。怪談が生まれる素地はあるわけだ。

蔵王光子が所属している「ホラーの会」は、メンバーたちが勝手にホラを吹き合うところから「法螺の貝」がなまったものである。この会では年に四回ほど近県に小旅行をすることになっていた。カメラマンの光子は宮仕えの身だから気ままに休暇をとることはできない。いつも何か用があって参加しそこね、そのたびにくやしい思いをしてきた。が、今回はうまい工合に代替休暇をとることができたものだから、喜び勇んで同行する気になった。光子は案内状を手にしたとき、即座に諾の文字の上に赤いペンで丸印をつけた。

彼女が行く気になった理由はほかにもう一つあった。鎌倉在住のミステリー作家宇田川白髯斎が案内役をつとめてくれる、としてあるからだった。白髯斎はどちらかというと通俗派に属する作家で、通俗ミステリーには関心のない人だったが、それはともかく、小説家がガイドをつとめてくれるというのは滅多にないチャンスだから、これを見逃すてはなかったのである。彼を口説きおとした幹事に乾盃しなくてはなるまい。

会員のなかには、特に女性会員のなかには、誰それさんが参加するなら自分は行かないとダダをこねるものがいる。が、積極性に富んだ性格の光子はそうしたことはべつに気にするほうではなかったから、幹事に問い合わせようとも思わなかった。誰と誰が参加して誰が欠席するかは、当日集まってみてはじめて知ることができる。光子にとってはそれがまた楽しみの一つなのだ。案内状によれば集合場所は江ノ島電鉄（通称江ノ電）藤沢駅フォーム、六月一日午前十時（時間厳守のこと）というのであった。追而書には軽装で、としてある。

2

江ノ電は江ノ電デパートの二階から発車するということを、弘前信人は現地に来て発見した。藤沢もはじめてなら江ノ電なる電車に乗るのもはじめてだし、元来旧蹟だのお寺だのにはまったく無関心なたちだったから、鎌倉を訪ねることもしなかった。何から何までが初体験なのである。これは楽しい小旅行になりそうだ。彼は胸をおどらせて改札口をぬけた。

到着したのが十時五分前ということもあって、すでにすべての参加者がフォームに揃っていた。

「やあ、来たね。遅刻したら置いていこうと話し合っていたんだよ」

幹事の上ノ山紀彦が笑いかけた。五十二歳、職業は古本屋。いつも店の奥に坐って万引きに目を光らせているせいか眼光するどく、顔の色は蒼白い。いや、目つきのわるいのは生まれつきだというのが当人の弁だが、陽にあたるのが大好きだとかで、春夏秋冬の一泊旅行にはつねに参加し、毎度幹事役を買ってでるのだった。

「さ、紹介しよう。宇田川白髯斎さんだ」

そのいささか爺むさいペンネームから、漠然と年寄りくさい男を想像していた信人は、相手がスマートな中年紳士であることを知って意外な感じがした。少し下腹が出ている点をのぞけば中肉中背、柔和な目つきをしている。

白髯斎にすれば初対面の人がこうした表情をうかべるのは毎度のことであろうから、黙って笑顔をみせているのだろう。作家というのはとかく気むずかしい連中が揃っていると聞いていたので、いささか気づまりな思いがしていたのは事実だが、少なくとも白髯斎は気軽に声をかけられそうな男だった。信人はほっとした思いになって意味もなくフォームを見廻す。

江ノ電は小さな電鉄だと聞いていた信人にとってみると、藤沢駅は考えていたよりも大きくて清潔で、感じがよかった。

「ぶしつけで恐縮ですが、どういう理由で白髯斎というペンネームをつけられたのですか」

信人は、気になることを胸にたたんでおくことができない性格だった。白髯斎はべつに気をわるくしたふうもなく、明るく笑った。

「わたしは広重が好きでしてね。その広重ですが、江戸の生まれですから、自分の姓名を正確に発音できなかったに違いない。つまりヒロシゲといえなくてシロヒゲといっていただろうと思うのです。白髯斎とした所以ですよ」

推理作家が語り終えたとき、それを待っていたかのように上ノ山紀彦が会員たちに呼びかけた。

「点呼をとります。まず女性から」

そして幹事はポケットからゴムバンドで束ねたハガキを取り出し、おもむろに老眼鏡をかけた。急に十歳も年をとったような顔になる。

「蔵王さん」

「はい」

「米沢さん」

「はい」

「天童さん」

「ここでーす」

「よろしい。今度は男性。乱川さん」

電車を待っている人々がとまどった顔で見ている。まるでひねた幼稚園児の遠足みたいではないか、といった目つきで……。

点呼をとり終えると、待っていたように白髯斎がいう。

「それではつぎの電車で行くとしますか」

「そうお願いします」

古本屋が頭をさげた。

フォームにはかなりの人が電車を待っていた。大半がスニーカーをはいているからハイカーであることは間違いない。ウイークデイですらこんなに来るのだから、休日の人出がどれほどすごいか想像がつこうというものである。

「ホラーの会」のメンバーはざっと見て七、八名というところ。例会でしょっちゅう顔を合わせるのもいれば、信人が見なれないのも混っている。女性会員はみな若かった。

まもなく電車が入って来た。降車客のほとんどが日常着姿で、片手に買い物袋をさげている。沿線から藤沢へ日用品の買い出しに来た、とでもいった恰好である。

入れ替りに信人たちが乗車した。白髯斎の指示で後部車輛に、一同は固まって席をとった。作家は片手で吊り革にぶらさがり、もう一方の手に黒革の鞄を大切そうに抱えている。

高架を走っていた電車はやがて平地におりて石上駅に停まる。

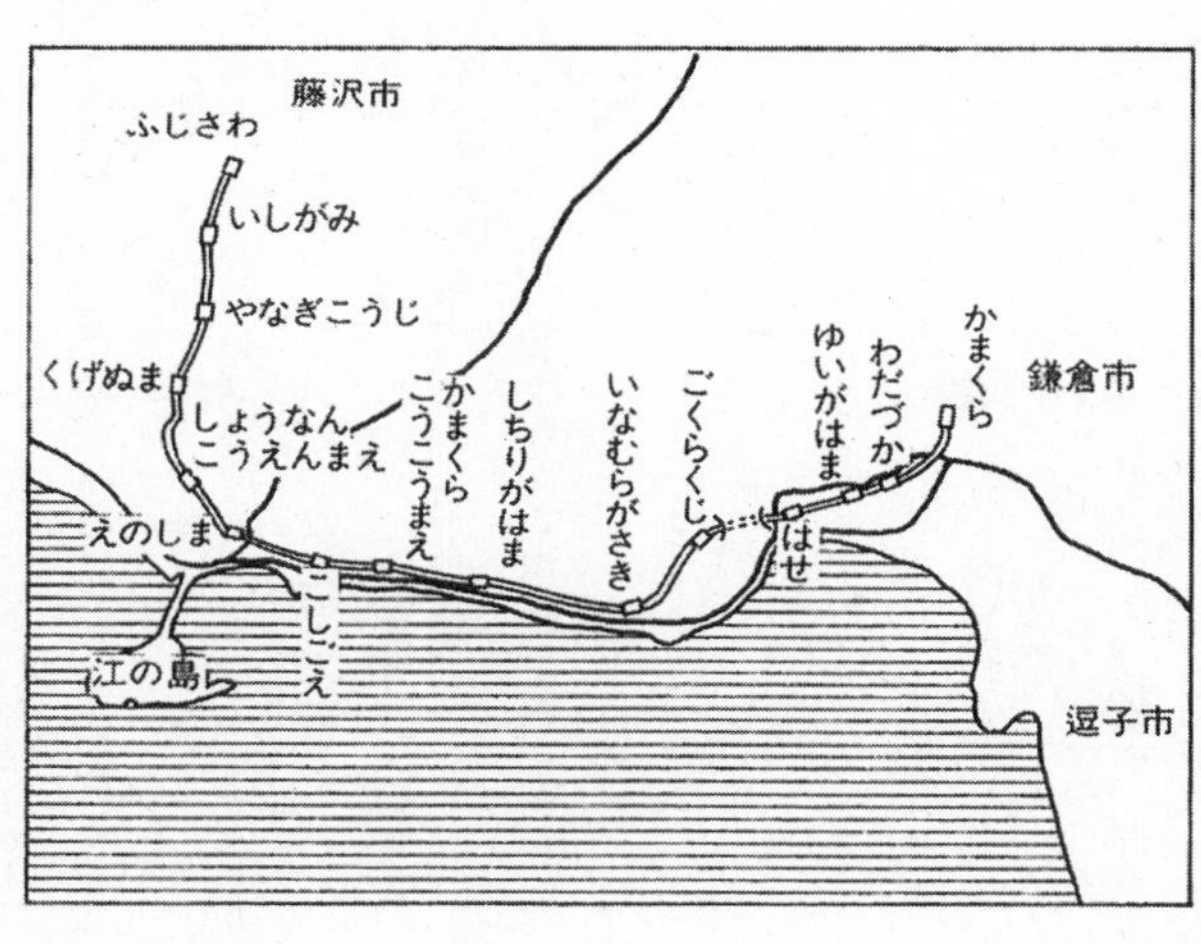

「あら、いしがみと読むのね。変わってるゥ」

と甲高い声を出したのは米沢酉枝(とりえ)だ。頬紅をつけないのに赤い頬っぺたをしている。てっきり東北生まれだとばかり思っていたら、これが岐阜の産なのであった。福々しくて元気溌剌(はつらつ)のサンプルみたいな女性である。

「いそのかみっていうのが普通じゃなくて？」

「そう、いそのかみ神社というのがあるからね。関西に石上玄一郎さんという作家がいるけど、この人もいそのかみと読むんだよね」

そう応じたのは大曲半九郎(おおまがりはんくろう)だった。どこかのセールスマンだそうだが誰に対しても如才なく、男のくせによく喋る。軽薄そうでいながら頭の回転が早い。一度レストランのコーナーで電話をかけている彼を見かけたことがあったが、平素の彼とは別人のようにドスのきいた喋り方をしているのを聞いて、びっくりしたものだ。

二つ目が柳小路。なんだか三味線の音でもしそうな粋な駅名なのでいささかの期待をこめて見廻した。だが、べつにどうってこともない駅。

鵠沼（くげぬま）の手前で鉄橋をわたる。

「この右手にかつて新庄文子（しんしょうあやこ）さんの家があったんです、十年余り昔のことですが」

「いまどちらにお住いなんですか」

「東京の隣りだということは聞いています。以前のように活発な創作活動をして貰いたいものですね」

メンバーは頷きながら指さされた辺りを見ている。

弘前信人は、白髯斎が一個所に集まって坐るようにといったわけがやっと理解できた。

鵠沼駅に到着する。見たかぎりではちょっとリッチな印象をうける。

「太地総一朗（たいちそういちろう）さんはこの辺でしたね？」

乱川梨平（なしへい）が訊いた。今日のメンバーのなかでは上ノ山につぐ年長の四十歳である。そのせいでもあるまいが戦前作家のことはくわしい。

太地氏は「探偵文学」を発刊していた人である。

「おなじ鵠沼でも太地さんが住んでいるのは小田急線の本鵠沼なんです。ここからかなり離れていますよ。『探偵文学』は横浜の県立神奈川近代文学館に全巻が揃っているそうで、どうやって集めたんだろうと不思議がる人もいます。あそこには『新青年』も全巻があるんです。いままでは東京の三康(さんこう)図書館まで行かなくてはならなかったんですが、便利になりました」

白髯斎はときどきアンソロジーを編む。芝(しば)の三康図書館へ行くのもそのためだろう。信人はそう察しをつけた。

「小田急の本鵠沼には矢部(やべ)さんもいますね、矢部主計(かずえ)さん。カーの『パリから来た男』をはじめて紹介してくれた人です。先頃、東京から帰るときに同じ電車に乗って無声映画のことを語り合ったんですが、記憶がいいのには驚きました」

3

江ノ電は単線だから途中で停車して道をゆずり合わなくてはならない。

「数えたことはないんだが五、六個所はありますな」

江ノ島駅で上り電車を待っているときに、梨平の質問に白髯斎はそう答えた。江ノ電は藤沢駅行が上りで、当然なことだが鎌倉行が下りになる。

「全線がつながる前の時代に、つまり電車が藤沢・江ノ島間を走っていた時分に、藤沢行を上りと呼んでいたんじゃないですか。のちに鎌倉まで開通したのですが、藤沢行を上りとする呼び方はそのまま踏襲(とうしゅう)されたんでしょう」

ミステリー以外のことに話題が及ぶと、白髯斎の口調は忽ち自信なげになった。

江ノ島駅は江ノ電の中心ともなる処だからさぞかし立派な駅舎だろうと思っていただけに、梨平は、うす汚い貧弱な建物を見て内心がっかりしていた。

「すぐそこにモノレールの江ノ島駅があるんですが、これは綺麗ですよ。明日はそれに乗って大船駅まで行かれたらいいんじゃないですか」

上りが到着すると下り電車はすぐに発車した。江ノ島でかなりの人が降りたので、心なしか車輪のひびきが軽快に聞こえる。電車は道路の中央を大手をふった形で走った。

「二十年前の東京を思い出すね。いたる処を走っていた都電のことをね」

と、梨平「老」が感想をもらす。しかしそれも一瞬のことで、せまい通りに入った江ノ電は肩をすぼめるようにして走らなくてはならなかった。梨平までが息をひそめかけたときに、いきなり視界がひろがった。右手は相模湾である。ヨットが、そしてサーフィンが水を切って走っている。

「高見彬公さんの別荘があったのはあの辺りです」

白髯斎が反対の方向を指さした。

光子と信人が並んで窓の外を覗いている。

「どの辺かしら」

と彼女は興味ありげだった。こうして見ると、信人より五センチばかり高い。踵の低いシューズをはいていて、である。近頃の若い女はよく伸びるもんだな。

「ここは漁村ですから新鮮な魚がたべられる。そういうメリットはあるんですが東京に比べるといかにも不便です。そのせいかどうか、高見氏の鎌倉時代というのはそう長いものではなかった」

「大島はどれですの？」

光子が切り返すように問いかけた。光子はものおじすることを知らないのではないか、と梨平は思う。編集長に命じられれば重たいカメラを肩に何処へでも飛んで行って、取材をして来なくてはならない。引っ込み思案ではやっていけぬことは確かだ。そう考えて納得した。

「それは、そう、後で話します。つぎの駅は鎌倉高校前というのですが、皆さんが今夜泊まるホテルはそこにあります。食事もいいが眺めもいい。夜中に病気になっても近所に病院が二つも三つもあるから心配はいりません」

一同が崖の上を見た。リゾートホテルの白い壁が目にまぶしかった。

「夜は三浦半島の灯りが見えるし、真正面の水平線の辺りで三崎の灯台が光ります。特に女性にとってはこの上なくロマンチックな眺めで、何時間見つづけていても飽きない。ところで、三浦半島のつけ根にあたる処が崖になっていて、トンネルが口を開けているのが見えるでしょう？　逗子、葉山方面へ行くにはあのトンネルを抜けなくてはならないのですが、このことをちょっと覚えておいて下さい」

白髯斎はそう注意を喚起したきりで、理由は説明しようとしなかった。今回は光子も黙っている。

「さて大島ですが、今日は見えていないですね。台風でにごった空気が吹き払われたときなんかに、くっきりと姿を現わすんです。東京の人は、よほど運がよくないと見ることはできない。尤も、三原山の噴火はよく見えたそうです」

電車は七里ヶ浜の手前で海岸から離れる。江ノ電の路線と海岸道路とのあいだにはさまれた恰好で、瀟洒な住宅がつづいた。

「日本のバレエを育成したといわれるエリアナ・パブロワ女史の住宅兼レッスン場はこの右手にあったんですが、近々そのあとに記念館が完成するとか、すでにオープンしたとかいう話です」

「こんな土地に住みたいな。眺めはいいしオゾーンをたっぷり吸えるし」

と光子が太い声をだした。白髯斎は何か答えようとするふうだったが、思い返したのか口を閉じてしまった。お喋りの相手をすることに疲れたのかもしれない。

稲村ヶ崎駅で上り電車をやり過ごすと、つぎは極楽寺駅で停まる。乗車券はここまでだったから、誰もが腰を浮かしかけて白髯斎の顔を見ていた。

「当駅で下車です」

短く告げると先に立ってフォームに出た。

4

駅員が一人という小さな世帯の駅である。切符をわたして改札口をぬけた途端、酉枝は小さくあッといって足を止めてしまった。

「どうしました？」

そう訊くのがガイドの役目でもあるかのように、白髯斎がすかさず声をかけた。

「なんでもないんです、緑がきれい……」

うっとりとした目つきで正面の山を見上げた。酉枝はある著名な作家のよく知られた長篇ミステリーを暗記するほど繰り返し読んでいる。その作者は、改札口を出ると目の前に海が見えると記していたので、てっきり相模湾が視界に入るものとばかり信じていたのである。

察しのいい白髯斎は顔を空にむけると、喉骨(のどぼね)をひくひくさせて笑った。

「作家を責めてはいけませんな。作家はね、そんな些細(ささい)なことを取材するために鎌倉までやって来る暇はないんです。その程度のことは想像で書くのが普通でね。世間には細かいミスを突っ込んでくる読者もいれば、おおらかに読んでくれる読者もいる。要は、楽しく読めればいいんじゃないですか」

白髯斎は度量の大きいところを見せた。自分もしょっちゅう出鱈目(でたらめ)な描写をしているのかもしれない。

「この極楽寺駅付近はどういうわけかテレビ映画のロケに使われることが多くてね。このあいだ通りかかったらタコ焼の屋台までこしらえて撮影していました」

線路に沿った道は上り勾配になっている。その頂上に達したところで線路をまたぐ恰好で赤い欄干の陸橋があった。白髯斎はそこで足を止めると、いま来た道を示して、ここから先の降り道を極楽寺坂というのだと説明した。

「そら、唱歌にあるでしょう、極楽寺坂を越えゆけば長谷観音の堂近く……というのが」

答えるものはいなかった。そんな古ぼけた唱歌は教わった覚えがないのである。

白髯斎は失望をかくしたように話題を変えた。

「この赤い橋は桜橋という名なんですが、ここでもロケを見たことがあります。少女が悪漢の車に連れ込まれる、車は極楽寺坂のほうへ走り去るといったシーンでしたが。それから和久信三さんの『妄執の女』というテレビ映画には、お手伝いさんがここを渡って陶芸家の邸宅へ向うという場面がありました」

知っている作家の名がでたので、一同は急に顔をそちらに向けて白髯斎の整った顔を見た。だが彼は話は終ったとでもいったふうに、顔を前方にむけて橋を渡りはじめた。

陸橋を渡った斜め左に、極楽寺の古びた山門がある。

「これは女流ミステリー作家の井渕康子さんから以前に聞いた話です。彼女自身そんなお喋

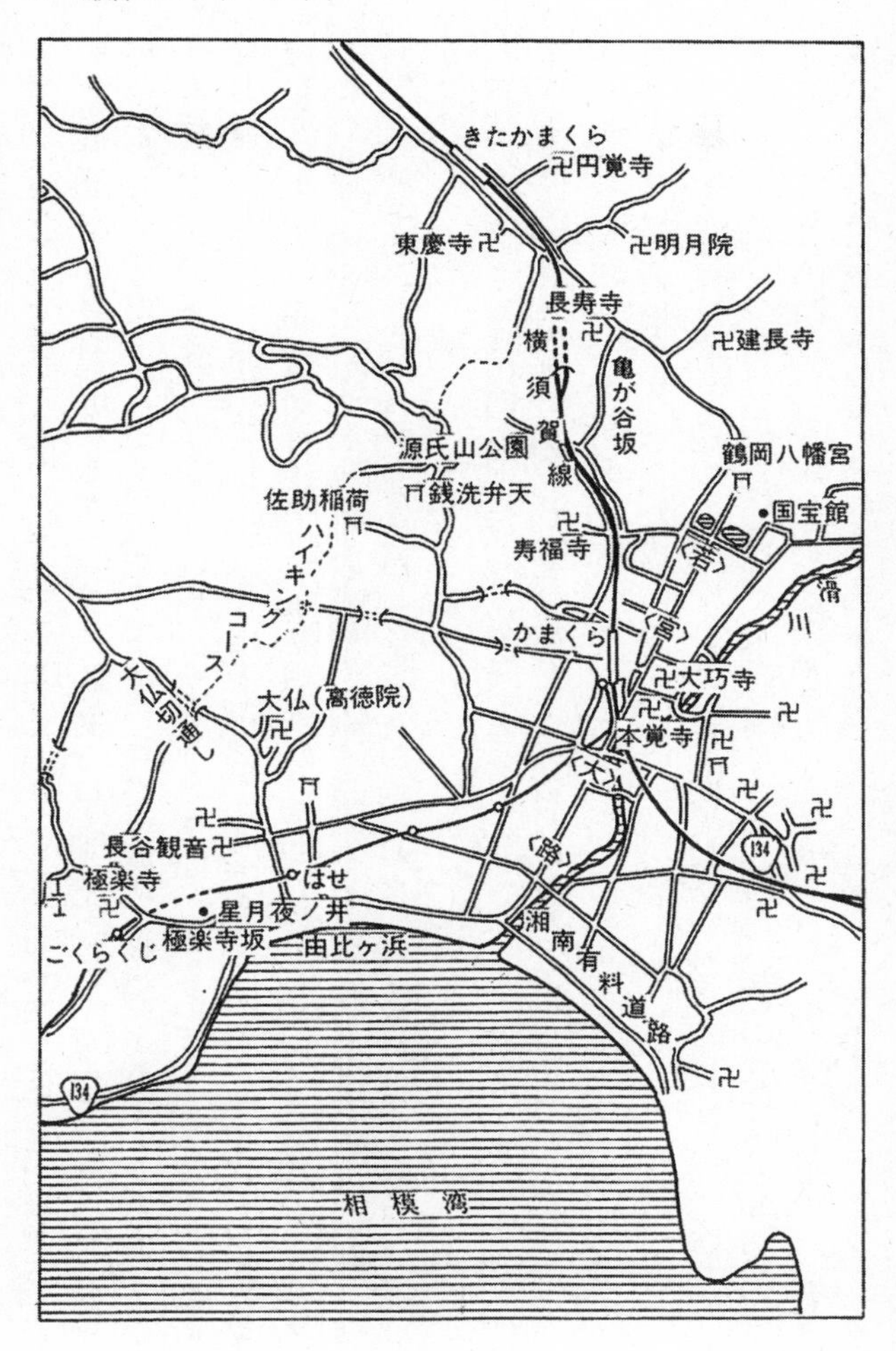
きたかまくら
円覚寺
東慶寺
明月院
長寿寺
建長寺
横須賀線
亀が谷坂
源氏山公園
鶴岡八幡宮
銭洗弁天
佐助稲荷
国宝館
ハイキングコース
寿福寺
〈若〉
滑川
かまくら
〈宮〉
大仏切通し
大巧寺
大仏（高徳院）
本覚寺
〈大〉
長谷観音
134
〈路〉
極楽寺
はせ
星月夜ノ井
湘南有料道路
ごくらくじ
極楽寺坂
由比ヶ浜
134
相模湾

りをしたなんてことはすっかり忘れ去っているんじゃないかと思いますが、まだ郷里にいた時分の井渕さんが鎌倉観光に来たついでに、極楽寺にも立ち寄った。そして、そろそろ日が暮れかかったものですから極楽寺坂をくだると、長谷の旅館に投宿しようとした。ところがすんなり泊めてくれないのですな。結局は一泊することができたのですが、後でその間の理由を訊くと、独り旅の女客には自殺志願者が多いから警戒したのだそうです。なのになぜOKしたのかと重ねて質問すると、井渕さんは傘を持っていたので大丈夫だろうと判断した、という答えが返ってきた。自殺志願者は傘を持たないんだそうです。なんだかホームズ先生の話を聞かされたみたいな気がしたもんだから、わたしの印象に残っているんでしょう」

語り終ったときには山門の前に立っていた。

「歌舞伎の『白浪五人男』が勢揃いをしたのはこの山門の屋根という設定ですが、見ればわかるように大の男が一人でも乗ったら一瞬にして穴があいて転落します。あの芝居の作者も、取材をしないで書いたのかもしれませんね」

西枝は歌舞伎には少しも関心を持っていないが、友人に誘われて二度ばかりつき合ったことがある。一つは『東海道四谷怪談』であり、もう一つが『五人男』であった。舞台いっぱいにつくられた山門のセットがなかなか豪華なものだっただけに、実物を前にしたときは正直のところ拍子抜けがした。それほどちんまりとしている。

一同は右手の通用門をくぐった。

「名刹で五輪の塔は有名ですが、今回は素通りします。目標は裏の墓地にあるんだから」

「その目標って何ですの？」

例によって光子が喰いさがる。

「ついて来れば解ります」

白髯斎がニベもなく突き放した答え方をして、歩き出した。そして勝手知ったように参道を奥に行くと、左手の木造の建物の窓口に首を突っ込んで短い問答をしていたが、やがてこちらを向いて一行に手招きをした。手に木札のついた鍵を持っている。何をする気だろう、と西枝は好奇心をかきたてられた。

「こっち」

先に立って裏に出ると更に山裾の道を二、三百メートル進んだ。その行手を、にわかに立ちはだかるといった形で鉄の門がさえぎっている。白髯斎は器用な手つきで錠をはずした。

墓石の並んだ墓地はそこからすぐの処にあった。

白髯斎は墓標の名を一つ一つ確めていたが、そのうちに求めるものにゆき当ったとみえ、一行を振り返った。

「これです、延原謙さんのお墓は」

そういわれても大半のものが理解することができないで、黙って説明を待っていた。

「翻訳家ですよ、戦前に活躍した人です。ドイルが専門で、だからわたしどもは延原さんの訳でホウムズを知りミステリーの面白さに開眼させられた。延原さんのホウムズに行き当らなかったら、わたしはミステリー作家にはならなかったと思うんです。わたしばかりではない。特に戦前派や戦中派のミステリー作家は、例外なしに延原さんの歯切れのいい訳文に酔ってこの道に入ったようですね」

「ぼくが読んだのは延原さんじゃなかったな」

といったのは福島三五八だった。ぶあついレンズの近眼鏡をかけたずんぐりした男。三十の半ばになろうという編集者だが、どうしたわけかいまだにニキビが出る。まちがっても女に慕われる筈のない醜男なのに、思われニキビだなどと自分で吹聴して悦にいっている。嫌味だなあ、と西枝は思う。

「誰の訳です?」

「さあ。戦後はいろんな人が翻訳したから」

「いまも延原さんの訳で充分に通用すると思うけど。新訳をするなんて無駄なことじゃありませんか?」

「そんなことといったって、きみ」

と、三五八が西枝を振り返った。愚かなことをいうな、といった目つきをしている。

「べつの出版社がホウムズ全集をだそうとしても、従来の出版社は延原ホウムズを手放そうとはしない、となるとあらためて翻訳するほかはないだろう」

「出版社の事情なんて知らないわよ」

西枝が一蹴する。

「延原さんは鎌倉の生まれですの？」

光子が訊いた。それは西枝も知りたいことだった。

「津山です。岡山県の中央にある小都市ですよ」

光子はまだ納得のゆきそうにない表情をうかべている。

「姫路で姫新線（きしんせん）にのりかえて二時間ちかく走った処です。急行でね」

「あの辺は行ったことがないんです」

「一つ先が院庄（いんのしょう）です。児島高徳（こじまたかのり）の唱歌で有名な。ほら、船坂山（ふなさかやま）や杉坂（すぎさか）と御後（みあと）したいて院庄……という。知らない？」

白髯斎はととのった顔を歪めて苦笑した。先程の「鎌倉」の失敗を三十分のうちに二度繰り返したことになる。

「さ、行くとするか」

お参りをすませると、彼は元気をとり返そうとするかのように、明るく声をかけた。

5

小さな商店の並んだ通りを曲ると、谷に入った。この辺では谷のことをヤトとかヤツと呼んでいるという話を、古本屋の主人は誰かから聞いたことがある。が、それが誰であったか幾ら考えても思い出すことができない。つい一、二年前までは記憶のいいことを秘かに誇りにしていたのに、いまは違う。からっぽになった抽選器のハンドルをいくら回転させても玉が出てこないように、どう脳髄を絞ってみてもしたたり落ちるものはなかった。おれの大脳は乾燥したスポンジみたいになっているのではないか。上ノ山紀彦はそう考えて暗い気分になることがよくある。

「ここは？」

「姥ケ谷(うばがやつ)といいます。昔、お婆さんが沢山住んでいた、どの家にも九十歳百歳のお婆さんがいる、そういうことで姥ケ谷という名がついたんだそうです」

「おめでたい話ではあるのですが、不気味だなあ。谷に入ると、すれ違うのは白髪の老婆ばかりなんていうのはね」

「ま、そういうなよ。どのお婆さんだって八十年前はピチピチしたギャルだったり、におうような美人の新妻だったりしたんだぜ。いまテレビの公開番組でケラケラ笑ってばかりいる花の女子大生にしたって、確実に婆さんになって老いさらばえる。盛者必衰会者定離っていうからなあ」

「あァ全くだァ全くだァ……」

乱川梨平の詠嘆を信人がまぜ返した。女たちはずっと後ろを歩いているので二人の話は聞こえないようである。信人は面長で、正直にいえばいささか長すぎる嫌いはあるが、気のいい若者だった。誰からも好感を持たれている。

「この谷にはミステリーに縁のある人が何人かいるんです。推理作家とか翻訳家とか詩人とかがね。これからそれを案内しようと思う」

「そのミステリー作家って男ですか、女ですか」

紀彦の背後から大曲半九郎の声がした。本職がセールスマンだから弁舌さわやかなのは当然として、それを武器に、女性会員を口説いて問題となったことがある。彼女はこの事件がもとで退会していった。その際、大曲を除名すべしと強硬に叫んだのが編集者の三五八であった。ところが大曲がホラー映画のディスクやテープの蒐集家であることが解った途端、三五八の態度が軟化した。大曲は独身のマンション住まいだから、ウイークエンド毎に同好の士を自宅に招いて、往年の怪奇映画をとっかえ引っかえ見せてくれる。怪奇映画やB級映画のファンである三五八は、その会合に招かれたくてたまらなくなって、あっさり動議を撤回し、仲間の嘲笑をかったのである。

大曲はソフトの蒐集も盛んであったが、女遊びのほうも依然として旺盛であった。

「みんな男性です、生憎(あいにく)だが」

白髯斎の返事は素っ気ないように聞こえた。が、それは紀彦の気のせいだったかもしれない。

谷の道は舗装されている。両側は途切れることなく人家がつづいており、なかには背後がすぐ山になっている家もあった。誰も興味津々といった顔で丹念に一軒一軒標札を読んでいる。

「あの、その人たちペンネームで出ているんですか」

「そういうのもあります。本名のもあります」

白髯斎は急に下を向き足早やになった。しばらく無言がつづいた。

「いま庭で水まきしているお爺さんがいたでしょう」

しばらく行った処で白髯斎が唐突に足を止めた。後の連中が玉突き衝突みたいな止まり方をした。

「肥った人でしょう?」

「シャツのあいだからおヘソが出てたわ」

女性に共通したことだが観察がするどい。おれは何も見なかったのに、と紀彦は胸のなかで呟いた。

「あれが綾川竜哉さんです」

「あらま」

女性の一人ががっかりしたような声をあげた。

「庭の手入れをまめになさるのね」

光子は感心した口調だった。

「水まきだけは熱心にやるそうです。三百六十五日、一日も休まない」

「偉いわ」

すると白髯斎は咎めるような目で彼女を見た。

「わたしはそう思わない。いいですか、どんなに水飢饉の年でも五日や十日は雨が降るんですよ。一日も欠かさず撒水するというのは、雨の日も水をやっていたことを意味するんです。というのも園芸の本に、毎日水をやるようにと書いてあったからで、変人といわれる所以ですよ。変人というよりも融通がきかないんだな」

口調に棘があった。ことによると白髯斎と綾川竜哉とはソリが合わないのかもしれない、と幹事の紀彦は思った。
四、五軒行ったときに白髯斎はまた立ち止まった。目の前に白亜の鉄骨住宅が建っている。
「以前は二階建てのバラックといってもいいような木造の建物でした。そこに若い芸術家の卵たちが住みついてね、男ばかりで賑やかに暮し始めた。そこまではいいんですが、次第に図々しくなって酒を呑んで夜半まで騒ぐ、なかには真夜中にトランペットを吹くという非常識な男まで現われて、住民が閉口したといいます。綾川さんの『死者を笞打て』のなかに当時の日記が引用されていますがね」

夜毎の騒音に住民が迷惑したことはよく解る。だが、白髯斎がその話を蒸し返したのはなぜだろうか。何か理由があるにちがいなく、上ノ山紀彦は興味をもって話の続きを待った。

「しかしなかにはまじめな青年がいた。その若者が社会人となって小説を発表しているんです。それも、われわれの畑のミステリーをね」

「若い人といわれましたね?」

「当時は若かった。そういう意味です」

「新人ですね?」

「まあね」

「誰だろうな」

紀彦は小首をかしげて心当りの誰彼を思いうかべた。が、近頃は新人作家が輩出する。なかには作品は読んだことがあるが、どうしても名前を思い出せないというものもいる。

「解りませんか」

いつまで待っても埒があかないとみてとったのか、先方から種明しをしてくれた。

「へえ、麻井計一郎さんが綾川さんと隣り同士だったとはね」

「まだあるんです」

白髯斎は反対側の家を示した。

「余技に、フランスのミステリーの翻訳がある大学教授のお宅です。わたしが知っているのはピエール・ヴェリーの二冊ですが」

「わたしも読みましたわ。『サンタクロース殺人事件』でしょ」

「そう」

やがて昇り坂になり、蛇でもでそうな細い山路に一変する。白髯斎を先頭に一列縦隊の形で進んでいく。登りつめた頂上は貯水池になっていて、路はそのわきをかすめて下り階段につづく。コンクリートのそれはところどころが歪んでいる。油断をすると足を踏みはずして遥か下のバス通りに転落しそうであった。

「バスは藤沢行です。大仏さんはこの見当です」

指さされても視線を向けるわけにはいかない。うわの空で返事をするのがやっとのことだった。幾ら自分だけが気をつけたところで、後ろの誰かが足をすべらせて転げれば、重なり合ってバス道路に叩きつけられることは目に見えている。

階段を降り終えた紀彦は心の底から太い息をした。

「まだまだ、これから先が難業です。スニーカーをはいて来るようにいったのはそのためなのです」

ガイド役の言葉どおりに、いままでの谷の道は平坦なアスファルトの道路だった。スニーカーの必要はない。

「いま歩いて来た道もこれから行こうとする道も、鎌倉の代表的なハイキングコースです。先生に引率された遠足の小学生がよく通る道なんです」

皆の呼吸が整うのを待っていた彼は、ひと声高く「それ！」というと先に立って歩き始めた。

6

いきなり傾斜の急な山道になる。なるほど、こいつは手ごわいぞ。一瞬、みなはいい合わせたように緊張した色をうかべる。白髯斎は歩きなれているのだろうか、先頭に立ってときどき背後を振り返りながら、身も軽そうに前進していく。そのすぐ後を光子がついていく。こちらは若い上に細っそりしたタイプだから、足取りが軽いのは当然だ。

人家も人影もない。道は林のなかを曲り、昇り下りを繰り返した。会話が途絶える。息切れするものがでてくる。次第に間隔がひろがっていくうちに、やがて長い縦隊ができあがった。誰が先頭で誰が後尾にいるかも解らない。途中に山小屋ふうの珈琲店があって、二、三人のハイカーが旨そうに何かを呑んでいる。ここで三十分ほど休憩できたらとは思ったが、そんなことをしていたら迷い児になってしまう。三五八は急に喉のかわきを意識した。

「ご免なさいよ」

声をかけて悠然と追いぬいていったのは信人だ。若い上に身長が十センチも違うからコンパスも大きく、忽ちのうちに林のなかに姿を消した。何を急いでいるんだ、一緒に歩いてもよさそうなもんじゃないか。

取り残された恰好の福島三五八はがむしゃらに登った。一行にはぐれるのが恐ろしかった。地図も磁石も持って来なかったし鎌倉の地理にもうといから、いまいる場所がどの辺にあたるのかまるきり見当がつかない。前を歩いている米沢酉枝のあとを、しゃにむについていく他はなかった。

「米沢さん」

「……何よ」

間をおいて苦しそうな返事が聞こえる。

「もっとゆっくり頼むよ」

「……わたしも必死なのよ。遅れたら路に迷っちゃうじゃない」

酉枝も同じことを考えていやがる。三五八は苦笑した。途中、林のなかにもう一軒の珈琲店があったが、定休日でもあるのか店は閉じたままである。三五八はいっそう珈琲が呑みたくなった。

意外だったのは路を昇りつめたところで白髯斎の声が聞こえたことだった。頂きまで行って向う側を覗くと、光子をまじえた三、四人が路端に腰をおろして休んでいる。ひと足はやく着いた酉枝も脚をもんでいた。

「ここから長谷の大仏の背中が見えるんです。鎌倉中を探し歩いてもほかにそんな場所はない。斉戸栄さんの長篇にうまくこれを利用したものがありますがね」

彼はそこまで語ると三五八の姿に気づいて、言葉をかけた。

「だいぶ疲れたようですな」

「ええ、予想したより難しいコースでした」

「少し休憩するといい。われわれは源氏山公園に向って、そこで本格的な休止をします。これから先は一本道ですから迷う心配はないです。遅れて来る人と一緒に後を追って下さい」

「そんなことはいわずに同行させて下さいよ。西も東も解らない土地で置いてけ堀を喰うと、それはもう心細くて……」

大の男にあるまじき泣き声になり、自分でもそれに気がついて、こんな図を編集部の連中に見られたらさぞかし軽蔑されることだろうと苦笑した。

「それじゃおいでなさい。しかし一本道なんだけどなあ」

彼は手慣れた動作で手帳のページを破り、サインペンで略図と簡単なメッセージを書くと、白髯と署名して、路の真中に置いた。

光子が彼女らしく気をきかせて、細い指で手頃の石をそっと紙片の上にのせた。三五八は体中の毛孔からいっせいに汗が吹き出るような気がした。頭がくらくらする。

その後も二度ほど急な坂の昇り下りを繰り返した。すると忽然として視界がひろがり、三五八は突き出されたような感じで林をぬけた。

道は幅がひろくなり、ゆるやかな起伏はあるにせよ、いままでに比べると平坦といってよかった。三五八は疲れを忘れ、藤沢駅のフォームにいたときのように元気になった。

三五八に歩調を合わせるように白髯斎はゆっくり歩いた。光子も一緒である。彼女は三五八よりも小柄のくせに健脚だった。軽量のせいか呼吸一つ乱れてはいないようだ。

やがて道の両側に人家が見えてきた。無人の世界をさまよっていた三五八には、それが人の住む建物だとはにわかに信じられなかった。視力がどうかしたのかと思い、はげしくまばたきをしてみた。

そこは小さな集落になっていた。家の数は五戸前後だが、庭を広くとっており、そして何よりいいのは庭から海が眺望できることだった。

白髯斎が誰にともなくいう。

「わたしはね、ここを通るたびにもっともっと仕事をして、金満家になったらこの辺に家を建てたいと夢想するんです。しかし実際に住んでみるとどうでしょうかね。台風をまともに受けるし、豆腐屋に一里酒屋に二里といった処ですから、生活する上でさまざまな不便があるでしょう。そうしたことを考えると多少見てくれはわるくとも、現在の家のほうがいいんじゃないか……」

ウイークデイだというのにのんびりと洗車している中年男を見かけた。綾川とは違って、クリーム色の半袖シャツにブルーのパンツという軽快な初夏のよそおいである。なるほどね、これが白髯斎のいう金満家の生活なのか。三五八は羨望の思いを抱いてその家の前を通りすぎた。

その一帯から徐々に家が目につきだした。しかしまだまだ淋しい。三五八は決して女のように臆病ではないが、夜間ここを一人で歩くことはできないだろうと思った。通りすがりに小さな公園があったので何気なく碑を見ると、昔の処刑場の跡だったりした。

白髯斎が指定した源氏山公園はそのすぐ近くにある。春の季節には市民が見物にくりだしてタコ焼屋の屋台まで出るという話だが、普段は日中でもほとんど人の姿を見ない。

白髯斎はベンチに腰をおろすとハンカチで額の汗をぬぐった。当然のように、光子もその隣りに坐る。三五八たちもそれを真似るように汗を拭いた。酉枝ひとりが水呑み場にかけ寄って、からになった水筒に冷たい水を補給していた。

「いま処刑場があったでしょう。あそこに建っているのは、京都の鹿ケ谷（ししがたに）で革命の準備会議をひらいていたお公卿（くげ）さんの碑なんです。発覚して捕えられるとはるばる鎌倉まで送られて来て、首をはねられた主謀者なんです。革命家ですからそのくらいのことは覚悟の上だったのかもしれないが、われわれから見るとまことに気の毒でね、いつもはあの前を避けて通ることにしています」

白髯斎が語り始めると、あとの連中はレクチュアを聴く学生のようにその周囲の草の上に坐った。

「K社編集部のIさんは鎌倉住まいのながい人です。家は先程の姥ヶ谷の入口をもうすこし先にいった処なんだが、この人がある晩おそく鎌倉駅からタクシーに乗ったら、運転手が問わず語りに幽霊にあった話をしたというんですな。さっき通りかかった集落ね、あそこにお客を送りとどけた帰りに、ちょうどこの辺でそれを見かけたというのです。終電車の乗客ですから時刻は午前一時をすぎている。見たといっても、ただ白いものがヘッドライトのなかに浮んだというだけのことのようですが、時刻が時刻だし場所が場所だからこわかったでしょう。怪談の多い土地でもあることだから、一概に幽霊噺(ばなし)を否定するわけにもいかんのです」

あまりこわい怪談ではない。三五八は拍子ぬけした思いがした。

「逗子、葉山、その先の油壺や三浦海岸へ行くには海岸線に沿って少し走ったのち、山の裾をぶちぬいたトンネルをぬけなくてはならない。これは電車のなかで説明したことです。もう十年もしくはそれ以上も昔のことになりますが、深夜ドライブの若者たちが逗子方面からあのトンネルを通って鎌倉へ入ろうとした。ところが天井がくずれて車の屋根を直撃するような物音がした。彼等は慌てて車を降りると走ってトンネルをぬける。するとそこに鎌倉のタクシーがやって来たので事情を話して運転手に同行して貰ったんですが、戻ってみると運転席に独り残っていた青年は、よほど恐ろしい経験をしたとみえて、すでに正気を失っていたというんです」

「音だけではなくて本物の岩が崩れ落ちたのではないですか」

鎌倉の崖下を通ると、岩石転落ノ危険多シ、御注意アレといった意味の札をよく見かける。大体が地盤の弱い処なのだろう。三五八はそう考えて、車を直撃したのは石塊だったのだろうと解釈した。

「ま、そうした説もあるでしょうな。二年前でしたか、このトンネルの逗子よりの出口に近い個所で崩壊があったということが、新聞にのっていましたからね」

白髯斎は三五八説に理解を示した。

「全長二百メートルかそこらのトンネルですから、血気の若者が走りぬけるのに二分とはからないでしょう。タクシーの運転手に出遭うまでに更に二分。事情を説明するのに一分もあれば事足りる。ですからトンネルの現場に戻るまでに十分前後要したものとみて、わずか十分間で精神に異常を来す人間がいるとは信じ難い」

白髯斎の考えは否定的でもあった。

「いまの怪談をわたしが読むか聞くかして数年たった頃に、ある女性のジャズシンガーが、テレビで体験を語っていました。その車に乗っていた若者の一人が自分であり、精神を患った青年は医大の学生でいまだに病院に入院中だというのです。もう一つ、フロントグラスの外側に泥だらけの手型が逆さにおしてあったとも語っていました。ちょうど屋根に坐って運転席を覗きこむようにして、ペタンとやったんですが、尤も民間テレビというのはヤラセが多いそうですから、わたしも信じてはいませんが」

結論があやふやだから怪談になるのだろう。合理的な説明がついて一切が割り切れたのでは、面白くもなければおかしくもない。

「横浜市との境界の近くに十二所神社というバス停があります。ベンチがおいてあって雨風がしのげるようにトタン板で囲ってある。以前にわたしはHミステリ・マガジンの編集長と朝比奈の切通しを歩いたんですが、途中で大雨にあって、慌てて朝比奈のバス停まで走って行ったことがあります。ところがそこは屋根も何もないもんだから、二人ともずぶぬれになったんですな。それに比べると十二所神社のバス停は非常に親切なつくりになっているんです。……枕をふるのはこの程度にしておきますが、今度の話の登場人物も深夜ドライブを楽しんでいた若者たちでして、鎌倉方面から飛ばして来た彼等はこの十二所を過ぎ、鎌倉霊園の脇を通り越して、横浜側へぬけようとした。日中は鎌倉駅と京浜急行の金沢八景駅とを結ぶバスが走るコースです。もう一つついでにいえば、若くして死去したSF作家の大伴昌司さん、この人のお墓もいまいった霊園にあります。さて話を元に戻して、若者たちが十二所神社の停留所の前を通過したとき、そのなかの一人が、いまお爺さんがバス停のベンチに坐っていたといい出した。半袖のシャツを着て麦わら帽子をかぶっていたと具体的な描写をするんで、まんざら寝言をいってるわけでもあるまいということになった。そこで車をバックさせて確かめに行ってみると、そんな老人の影も形もない。終バスが通るのは九時過ぎですから、深夜にバスが運行されることもなければ、来ないはずのバスを乗客が待っているわけもないのですね。やはりお前は寝ぼけたんだろうということでオチになったのだそうです」

「ホラーの会」の会員だからそうした種類の話には興味がある。少々パンチの欠けたところはあると思いながら、熱心に聴いていた。

「老人が出現したのはその晩きりなのですか」

「ええ。あの停留所の近くにサラリーマンの住宅地があるんですが、そこのある家のお爺さんが高熱を発して病床にあった。その人が夏になるとそうした恰好でしばしば鎌倉に買い物に出かけた。鎌倉まではちょっと距離がありますから、バスを利用するほかはないんですが、熱にうかされたお爺さんが買い物に行く夢を見ていたのではないか、魂が肉体から離脱してバス停に坐っていたのではないかというのが世間の結論でした。いわば生き霊ですね」

「生き霊って話はときたま聞きますが、そんなことを信じる人はいないんじゃないですか」

「そう、懐疑的になるのは当然です。が、生き霊としか考えられない現象もあるんです。否定するのは資料を見てからにして下さい。それにはわたしも関係している」

7

タバコに火をつけたのは福島三五八ひとりだった。あとの連中は、白髯斎も含めて、喫煙の習慣はない。
「J社は明治時代の創立という古い出版社なんだが、そこから雑誌のグラビアにのせる写真をとらせてくれという申し入れをうけたんです。わたしも雑誌をもらっていたものだから、むげに断わることはできない。そう、わたしは写真嫌いなんです。写すことも嫌いですから旅行にカメラを持ってでかけたこともないし、写されるのも大嫌い。中学校の卒業記念の写真にわたしだけが写っていないのは、腹が痛いとか何とかいって早退してしまったからです。そんな写真嫌いですから雑誌にわたしの顔がでるなんて不愉快のきわみなんだが、いまいった事情で断わるわけにもいかない。で、当日になると編集者とカメラマンが来てくれました。わたしの生活日記とでもいったテーマだったんでしょう。和服を着て玄関に立っているところや、池のほとりにしゃがんで鯉を眺めているところなんかを撮影して、さて服に着替えて鎌倉に出ました。いまいったとおりわたしの日常がテーマですから、行きつけの店で買い物をしたり書店で本を手にとったり、近代美術館で絵を見たりするところを写された。勿論、美術館側のＯＫを得た上でのことです。後で編集者から、あのカメラマンは自然光のもとで撮影するのが主義で、室内でとるのは嫌いなのだという話を聞かされました。そのせいか、美術館で写したものは雑誌にも出ませんでしたな」

膝の上にのせた黒革の鞄を、彼は所在なげに撫でている。光子には、写真嫌いだというこの作家の心理が解らなくて、胸のなかで小首をひねっていた。金を出してもいいから雑誌に写真をのせたい、というのが昨今の人々の一般的な考え方だろうに。

「わたしの乏しい経験からいっても、後日カメラマンは、出来のいい数枚の写真を送ってくれるのが普通です。このときも四、五枚のモノクロの写真が届いた。そのなかに、有名な橋をバックにとられたものがありました。橋を側面から写したのではなくて正面から狙ったものです。つまりわたしは、いま橋を渡り終えてこちらの岸を踏んだ、解り易くいうとそうした構図のものでした。ヌーッと突っ立っているのがわたしです」

話の途中から白髯斎は鞄のファスナーをひらき、なかの四つ切りサイズの写真を取り出していた。それを、いちばん前にいた三五八が手を伸ばして受け取った。視力のいい光子は横からそれを覗き込んだ。

正面の手前に、白髯斎がレンズに向って立っている。両脇に欄干。写真を見てはじめて橋というのが太鼓橋であることが解った。どこかのお寺か神社なのだろう、観光客らしき人影が散見する。

これがどうだっていうんです？　といったふうに、三五八が無言で訊ねた。

「梢をよく見て下さい」

欄干の後ろの辺りに松が植えられている。植えてからやっと十年かそこらが経過したとでもいったような、若い松の木だ。梢の辺りはまだ葉が少なくて、あいだから空が見えている。

「まだ解らない？　ここですよ、ここ」

農夫のような太い指が梢の一部をさした。まばらになった枝と枝とのあいだに、男の顔が写っている。年輩は三十半ばから四十半ばぐらい。美男子ではないが鼻筋のとおった好男子だった。どちらかというとインテリだろう。笑ってもいないし怒ってもいないが、といって無表情ではない。

誰かが早く見せろと声をかけたので、写真はその男の手にわたった。

「生き霊ねえ。たしかに死霊ではありませんね」

三五八が慎重な言い方をした。光子も同感である。男はべつに恨めしそうな顔をしているわけでもない。自宅か職場の机でとろとろと昼寝をしているうちに、かつて行ったことのある鎌倉を思い出した、あるいはまだ一度も訪れるチャンスのなかった鎌倉、その鎌倉に夢のなかで飛んでいった……とでも想像するほかはない。顔が空中の梢にひっかかっていることから判断しても、彼は街の雑踏のあいだを縫って歩いて来たのではなくて、宙を飛んで来たに違いなかった。

「このことをK社のHさんという編集者に話しますとね、彼は腹をかかえて笑いました。そして、宇田川さん（これがわたしの姓ですよ）はそのカメラマンにからかわれているんだ、と主張するんです。K社のある雑誌の編集長がこのテのいたずらが大好きで、毎年お盆の季節になると合成写真をグラビアにのっけて、読者の心胆（しんたん）を寒からしめていたというんですな。読者が投稿した心霊写真傑作展、なんて銘打ってね。ですからこの鎌倉の写真も合成した偽物だ、宇田川さんは人が好いから手もなく騙されているんですよ、ケッケッケと笑うんです。わたしもそれは否定しません。腹の中ではそうかもしれない、とは思っています。ですがねえ、このカメラマンはまじめな人柄だったのですよ。それに、わたしと十年来の呑み友達とでもいうなら、ふと、いたずら気を起してわたしをからかおうとしたかもしれませんが、二人が顔を合わせたのは後にも先にもそのときの三時間ほどの短いものでしかない。冗談が通用するような間柄ではないのです」

皆のあいだを写真は一巡して、ふたたび白髯斎の手に戻った。

「無念の形相（ぎょうそう）ものすごく、といったものでもないし、恨（うら）めしやといったものでもない。おだやかな顔をしている。したがって死霊なんてものではありませんね」

「宙に浮かんでいるということは決定だわね。並みのホモ・サピエンスじゃないわよ」

「結局生き霊としか考えられないけどさ、UFOみたいに存在を証明できないのが歯がゆいね」

居合わせた「ホラーの会」のメンバーは全員一致でそうしたなまぬるい答を出した。

「編集部に連絡されたのですか」

「いえ。こいつは面白いということで心霊写真集の本なんかに売り込まれたくないからです。もし無断でそんなまねをされたら、われわれは肖像権の侵害でただちに告訴しますよ。ただ困るのは生き霊氏の住所氏名が解らないことでねえ」

話が一段落した。西枝が反り返った恰好で水筒をくわえた。あの人がやると何でもサマになるからいいわねえ、光子はそう思う。

西枝は、口の廻りについた水を手の甲でこすっている。ほんとにやることが勇ましい。

「午後は何処へ行きますの」

「そう、鎌倉アルプスを縦走しようかなとも思ったんだが、皆さん思いのほか脚が弱いらしいんで、平地に降ります。昼食の後で、戦前から戦争直後にかけて怪奇短篇を発表した西尾正さん、といっても知る人は少ないだろうが、この人の材木座の旧居を訪ねようと思っているんです。少し離れた由比ケ浜に、戦前はドロシー・セイヤーズを専門に訳された黒沼健氏のお宅がある。主として『ロック』に短篇を書いた原子物理の北洋氏の寓居もその近所です。それから歩いて瑞泉寺の辺りまで行く。早川ポケミスの装丁をながいこと担当している絵描きさんの住居、瑞泉寺の近辺なんでね。そして最後に、さっきいった大伴昌司さんのお墓に案内しましょう。夭折したSF作家のね」

それにしても腹が減った、と彼は独りごちた。

乱川が疲れきった顔で辿りついたのは、そのときであった。

「え？　何か、おっしゃいましたか？」

「独り言です。あなたがラストかな？　といったんです」

正直の話、白髯斎の怪談に魅了されていたメンバーは、遅れた仲間のことなど念頭になかったのである。

「じゃないですか。石ころの下のメッセージは読んだんですが方向音痴ときてるもんで、迷ったんです」

光子は指を折ってぶつぶつと口のなかで人数を数えていた。

「一人足りないわよ」

「誰だい？」

「幹事さん、誰かしら」

何といっても、メンバー全員の顔から名前までそらんじているのは幹事の上ノ山紀彦しかいない。

「そうだな、待てよ、大曲君の顔がみえないじゃないか」

そう指摘されて気がついた。お喋りのセールスマンがいない。

「足にマメができたとかいって、ホテルへ直行したのかもしれなくてよ」

「そんなことないわよ。今日のハイキングをとても楽しみにしていたんだもの」

異論百出。とどのつまりは皆で探しに行こうということになる。

「へたり込んでいるとしたら何処だと思う？」

西枝が誰にともなく訊ねる。その発言を光子がたしなめた。

「標準語でおねがいするわ。あなたはお嬢さまなんでしょう？」

「あらあなた皮肉うまいのね」

「おいおい止めろよ。喧嘩している場合じゃないだろ。彼、のんびりひる寝でもしているといいんだが」

「いいんだが、何よ」

白髯斎がわけて入ると殊更おだやかな口調になった。

「いまのコースをバックして捜すんですな。スタート地点はあのとおり難所だから転落する場合もあるんだが、それから後は息が切れることはあっても、谷底に辷り落ちるような危険な場所はない。しかしあそこを通過する頃の同君は至極元気だったことご承知のとおりなんだから、事故を起したとすると、それからこっちだな」

「悲観的になる必要ないわよ。あの人のことだから通りすがりの美人と意気投合しちゃって、時間がたつのを忘れているんじゃない？」

そうしたやりとりがあって、元気な連中が迎えに行くことになった。白髯斎と光子、梨平の三人は疲れたということで、出発は見合わせた。

「全く人騒がせな男だよ、あいつは」

本心かどうかは解らないが、梨平はそう口汚く罵(ののし)った。

8

いま来た道を逆に辿っていったのは、男女合わせて五人であった。最初のうちは五人が揃って大曲の名を呼んだりしていたが、これでは時間もかかるし埒があかないと上ノ山幹事がいい出したので、手分けをして探すことになった。一度歩いただけだが地理はある程度呑み込んでいる。分散して一人になったとしても迷う心配はなかった。それに、往路と逆のコースをとると物のたたずまいが一変して、あらたな興味をそそられることもあった。いい天気で風もなく、上々のハイキング日和(びより)なのに、すれ違うハイカーは一人もいなかった。江ノ電に乗っていた彼らは何処を歩いているのだろうか。

「おかしなもんだね。さっきからずっと気にしていたんだが、スズメの声がしない。ヤブウグイスやホオジロばかり聞いていると、スズメが恋しくなるね」

「あら、わたしそんなことないわ。こんな日こそ思う存分にウグイスを聞いておきたいことよ。そう思わない？」

五人のメンバーはのんびりしたことを語り合って前進した。一度だけ、大曲に似たのっぺりとした男が草のなかに若い女を引きずり込んでいるところに出会い、さすがは大曲だ、手が早いと感心して立ち止まったら、それが全くの別人と解って早々に退散した。

「やい、デバガメ！　せっかくの気分が滅茶苦茶になったやないか、このドアホ！」

五人の後ろ姿に青年がどなっている。

「わざわざ大阪から来てはりまんねん、ご苦労はんなことやね」

西枝が仲間だけに聞こえるように関西弁でいい、忍び笑いをした。

五人が別行動をとったのはその直後である。基本は、メンバーを二班に分けて一方はハイキングコースの左側を、他方は右側を担当するというものだった。

「ヘビなんていないでしょうね」

「そんなこと知るもんか」

早速やり合っている。女性会員の声はなかば本気である。

「大曲さーん」

幹事は掌でメガホンをこしらえて呼びかけ始めた。だが、何回繰り返しても反応はなかった。

「おーい、みんなバラバラに別れろ。ヘビを踏んづけるなよ」

業を煮やした彼は作戦を変更した。やがて林のなかや草のしげみのなかから大曲の名を呼ぶ会員の声が聞こえてきた。大半は真剣な調子だが、なかにはいまいましそうに怒鳴る者もいる。

「おい、大曲君、いたら返事をしろ、世話を焼かせるな……」

それから十分ほど経った頃に、思わぬ発見があった。

「大変だ、幹事さん、大変なんです。早く……」

緊迫した声から只事ではないことが解る。

「どうした」

上ノ山は大声で問いかけたつもりだが、緊張のあまりヒステリカルな口調になっていた。

往路で見かけたが珈琲店が二軒あって、そのうちの一軒は店仕舞いをしている。前者は道端で営業しているが、こちらは林のなかである。水々しい緑の若葉にかこまれて、白塗りの山小屋は全体があわいグリーンに染められているように見える。

戸外には白い木製のテーブルの上にやはり白い木製のイスが積み上げてあり、水商売のむずかしさを語っているようだった。

一同が駆けつけたのはその裏側である。営業中はその裏庭にもテーブルをおいて客席としていたらしいのだが、大曲はそこに積んであったイスを勝手におろして、腰かけていたらしい。しかしそれは生きていたときのことであり、幹事が到着したときの大曲は叢の上に転がり落ちて、虚空をにらんで息絶えていた。

胸に、近頃はやりのサバイバルナイフが突き立てられている。人々の注目をあびたのは右手の第二指が血で染まっていたこと、そして白いテーブルの上に血で書かれたNの字が残されていたことだった。陽光に照らされていたため、それはすっかり乾いていた。当日の空気が乾燥していたせいでもある。

上ノ山をはじめ全員が茫然としてものもいわずに立ちつくした。

小説はそこで唐突に切れている。

三月も末で彼の家の前で山桜の白い花が満開だというのに、作者はカゼを引き、それをこじらせて寝込んでしまった。

原稿を受け取りに行ったとき、それは郵便受けに入れてあって、大型封筒の余白に「スマヌ、オレ重態」と書かれていた。しかし編集者は、それが未完の原稿だとは思いもしなかったのである。そのときの彼は、高熱をおして机に向い、締切までに脱稿したこの作家に感謝の念でいっぱいだった。彼の稿料を一ランク上げてやらなくっちゃいけないな。そんなことまで考えたほどだった。

「ありがとうございます。いただいて帰ります。早く元気になって下さ――い」

玄関の前に立ってそう怒鳴ると、若い編集者は電車に乗ってから原稿を読んだ。尻切れトンボである。解決の部分がないのだ。呆れ返った編集者は、その原稿を窓から放りなげたい衝動にかられた。たかがカゼぐらいでなんたる無責任。こんな作家は死ね！

社に帰ると早速編集長に読ませた。読了したボスはヒステリーこそ起さなかったが、浮かぬ顔をした。

「まだ締切には二日ある。ライターを二、三人待機させておいて、いざとなったら一潟千里に書いて貰おう。だが、それには結末が解っておらんと指示を与えるわけにはゆかん。そこでどうだろう、いつかきみが話していた『三番館』のバーテンさんね、あの人に原稿を読ませて犯人探しをして貰ったらどうかね」

「名案です」

編集者はすぐに大学の研究室にダイアルした。友人の助教授がそのバーの会員なのだ。うまいことにその助教授はまだ残っていて、話にのってくれた。

「いいとも、すぐバーテンさんに電話をしておく。今回は同行できないから一人で行ってくれ」

「ああ。ありがとう」

「開店前がいいと思う。会員に私立探偵がいるんだが、もて余した事件を抱えたときにはちょくちょく相談に来ているらしいぜ」

助教授は機嫌のいい笑い声とともに受話器をおいた。

「色よい返事だったらしいな」

と、編集長も笑った。

「バーテンさんがどんな解答を出すか知らないが、宇田川さんは作中の蔵王光子が好きらしいな。だから彼女については終始完璧なアリバイを用意している。いつも白髯斎と一緒だからな」

「同時に、白髯斎にも自動的にアリバイが成立することになりますね。こんなところが怪しいなあ」

「幾らきみが怪しいと頑張ったって、はっきりしたアリバイがあってはどうにもならんじゃないか」

そうこうしているうちに時間になった。

若い編集者が三番館ビルのエレベーターを昇るのはこれが二度目のことになる。

助教授が語ったとおり会員の姿はまだなくて、バーテンだけがせっせとグラスを磨いていた。

「あ、いらっしゃいませ。電話でお話はうかがっております」

ヒゲの剃痕が蒼々としている。周囲の毛を残して頭はみごとに禿げ上がっているが、みるからに聡明そうな印象をうけた。小粋に結んだ黒の蝶ネクタイがよく似合う。

編集者は事情をのべ、原稿をわたした。これは自分のサービスだとことわって、バーテンはアルコール分の少ないカクテルを振ってくれた。客商売である以上は当然かもしれないが、彼は編集者が酒に弱いことをちゃんと覚えてくれていたのだった。

それを少しずつなめながら、黙って読了するのを待っていた。しずかな部屋のなかで原稿用紙をめくる音だけが聞こえた。

三十分近くかかってようやく読み終えた。さらに前のほうに戻って二、三度確認するふうだったが、やがて笑顔で彼を見た。頼り甲斐があり、それでいて優しそうな顔であった。

バーテンはゆっくりと語りかけた。

「N一文字ではダイイング・メッセージにはなりにくうございますから、まず順当に考えまして、もう一字書く意志はありながら、書かないうちに意識を失ったということになりましょう。あのグループのなかには弘前信人さんのN・H、上ノ山紀彦さんのN・K、それに乱川梨平さんのN・Mの三人がおりますから、犯人が彼等三人のうちの一人であることは簡単に見当がつきますものの、これだけのデータではそれ以上の推理はできませんですね」

だが、その点は編集長と検討ずみなのだ。いまさら説明されるまでもない。

「往き路では多くの人が疲労して隊列を乱していたそうでございますから、誰にも犯行のチャンスはありましたわけで」

何をのんびりしたことを語っているのか。若い編集者はここに来たことを少し後悔しかけていた。

「まあ、除外してよろしい登場人物は光子さんと白髯斎氏のお二人だけ。あとは全部怪しゅうございます」

そのこともチェックしてある。いわれるまでのこともない。編集者は、ここに来た自分が間違いだったことをはっきりと知った。表情に出しこそしないが、胸のなかでは絶望していた。

「わたくしが気づきましたことをお話いたしましょう」

とバーテンは達磨（ダルマ）に似た顔を編集者に向けた。柔和な達磨だ。

「作者は第六章で、光子は三五八よりも小柄なのに健脚だと書いておりますね？」（一一一頁）

原稿をひらいて編集者の確認を求めるようにいった。

「書いてありますね」

バーテンは綴じられた原稿を叮寧に繰（く）って、前のほうに戻った。

「つぎに同じ章の少し前を見ますと、若い信人が中年の三五八を追い抜いていったとしてございます。信人のほうが十センチほど丈が高いと……」（一〇九頁）

編集者は原稿に眼を近づけ、文字を読んだ。この作家は稀代の悪筆として知られており、じっくりと取り組まないと文章を理解することができない。

「……ええ、確かに」

それにしてもバーテンが何をいおうとしているのか、編集者にはさっぱり見当がつかなかった。

「つまり作者は、登場人物の身長が光子、三五八、信人の順で高くなっていくことを記述しておりますので」

読み流していたが、指摘されてみるとそのとおりである。が、バーテンが何を語ろうとしているのかは依然として解らない。ただおぼろげに理解できるのは、謎の解明に一歩ずつ近づいているということであった。

「では恐れ入りますが、もう一個所おつき合い下さいませ。第三章の江ノ電のシーンがございます。光子と信人が並んで窓の外を眺める場面でして、光子のほうが五センチ高いと記されております」(九二頁)

「あ、ほんとだ」

「つまり三人のなかでいちばん小さかった筈の光子が、いつの間にかトップになっておりますことでして」

「うっかりしていました。早速作者に連絡をとって訂正していただかないといけませんな。多忙な方ですから、しばしばケアレスミスをされるんです」

そう忙しくもないのにミスがやたらに多いことで有名な作家であった。だが、本当のことをいうわけにもゆくまい。

達磨が白い歯をみせてにっこりと笑った。人なつこそうな暖か味のある笑顔だ。

「不注意による誤記ということもございますけれど、書き間違いではなかったという解釈も成立いたしますわけで……」

編集者は惑った表情をうかべていた。バーテンの発言を即座に呑み込めなかったからである。

「ですが、小柄な光子を大柄だと書いたのは明白なミスではないですか。小柄なら小柄に、大柄なら大柄に統一しなくては……」

「お言葉を返すようで申しわけございませんが、作者が正しく書いていたといたしますと――」

「だってバーテンさん」

と、編集者は相手の発言を遮った。編集者は多少のエチケットを心得ているつもりだから、こういう不躾(ぶしつけ)なことは滅多にしない。

「いいえ、おっしゃらなくてもよく解ります。でございますから、作者が正しいことをお書きになったといたしますと、三人のうちで光子は背がいちばん高かった、と同時にいちばん低かった――」

「ですからバーテンさん……」

再度発言を遮られたにもかかわらず、バーテンは編集者の非礼を咎めようとはしなかった。依然として白い歯をみせ、おだやかな笑顔をうかべている。

「まあまあ、落ち着いてお聴き下さいますように。正直なことを申しますとわたくしの言い方が悪うございました。わざとあなたさまを混乱させようと企みましたので」

「少し解りやすく説明していただけませんか」

いわれたとおりはやる気持ちをおさえて、セーヴした声で訊ねた。

「はい。わたくしは三人の男女のなかでと申しましたが、これは正しくはございません。正確には、光子と三五八と信人という男女のなかで、というべきでして……」

編集者は理解し易い説明を求めているのである。だがバーテンの言葉はちっとも呑み込み易くはないではないか。

バーテンは素早く編集者の表情を読んだようだった。そして軽く一礼すると話をつづけた。

「つまり一言で申しますとこういうことでございますので。一行のなかには丈の高いのと背の低いのと、二人の光子がいたと。上背のあるほうは明らかに蔵王光子でございますから、低いほうは、江ノ電藤沢駅のフォームでただ一度だけ登場した、苗字が天童さんという会員のことになりますですね」

バーテンの説明を、編集者は半分しか聴いていなかった。光子が二人いたという指摘は、編集者にとって強烈なショックだった。しかも作者は、そのデータを三回にわけてそれとなく暗示し、いや、明白に堂々と明示していたのである。それに気づかなかった編集者の頭は、カルメ焼きのように空疎だったことになる。

驚きからさめるにつれて編集者は少し冷静になってきた。そして、本格物とはこうした書き方をするのだと教えられたような思いがした。多くの読者はこれを古いというかも知れない。しかし、これが本来の本格物なのだ……。

「この作家は周到でございますね。当日参加しましたメンバーの数を、八名とは書かずに、七、八名という曖昧な書き方をしておいでです。よくお気のつく方で……」

それは決して過褒（かほう）ではなかった。この作者に対する観方が、編集者の胸のなかで徐々に変わっていくようであった。

「さて、息絶える前の被害者が犯人の名を残そうという場合に、なぜ外国文字を用いたのでしょう。その理由をわたしはカタカナで書くよりも早くて効果的であること、そして一文字で犯人の名を示せることの二点にあると考えましたので。蔵王さんの場合はZと書けば、それ一文字で目的を果せますね？　Zのイニシャルの人は彼女以外にはないのですから」

「それなら、なぜNと書いたんです」

「大曲さんはZと書いたのですよ。蔵王さんはナイフのひと突きで絶命したものと思って立ち去ったのでしょう。その後で探索隊に加わってそっと現場を覗いてみると、自分を告発する血文字が残されています。蔵王さんは必死の思いで頭をしぼって、テーブルを90度回転させることを考えたのでございましょうね」

しばらく沈黙がつづいた。

若い編集者はいまの推理をまとめることで多忙だった。

バーテンはあたらしい酒をこしらえると、グラスに充してそっと置いてくれた。

「作者の頭のなかまでは解りませんでございますけど、動機は何でしょうね」

「作者はですね、T商事事件からヒントを得たといっていました。騙したセールスマン、騙された自殺した老婦人、その姪のあいだに起こる復讐譚だ、とですね。たまたま『ホラーの会』のメンバーに当のセールスマンが入会していたんですね」

と編集者は答えた。ふと喉のかわきを覚えて、あったかい甘酒が呑みたくなった。

クライン氏の肖像

1

ながい冬だったという人もいる。暖冬だったという人もいる。

慢性金欠症候群にかかっているわたしは、事務所の暖房費もケチらなくてはならなかったから、冬の寒さは痛切に身にしみた。ながくて寒い冬だったというのが実感である。誰がなんといおうと、きびしい冬だった。

冬が去り梅の花もしぼんで、新聞やテレビで桜前線が話題になりだした頃に、その依頼客から電話が入った。わたしにしてみれば電話のベルが鳴れば呑み屋の借金の催促に決まっているので、応対もついつっけんどんになる。それが仕事の依頼だと解った途端に、われながら嫌になるほどの低姿勢になるのだから情けない。

「まず初めに、あんたが禁煙主義者であるかどうかを知りたいですな」

相手は予想外のことをたずねた。こういう質問は滅多にないが、迂闊な返事はできないから困る。

「どちらともいえないですな。ただわたしには特技がありましてね、禁煙しようと思えば、その瞬間から縁を切ることができるんです。菓子でも酒でも同じことですが」

「結構。少なくともわが家のなかではタバコを止めてもらいたい。わたしは元旦から禁煙しているんだが、目の前でプカプカやられるとつい自分も一服つけたくなる。だからわたしの家にいるあいだはタバコの夕の字も口にされては困る。これが条件です」

変わった依頼者だとは思ったが、禁煙した男が必死になって誘惑と闘っている気持もわからぬではない。

「で、どんな仕事です？」

「これから出向いて話します」

みじかくいって通話が切れた。

私立探偵という職業柄、わたしは電話の声で相手の姿かたちを想像することができるようになっていた。まあ八卦見と同様に当たることもあれば当たらぬこともあったが、占い師よりはましだと思っている。いまの声をわたしなりに分析すると、力づよい語調からみて健康な中年男だろう。自信に充ちた押しつけるような口調から考えると社会的にみとめられた地位にいるに違いない。飴玉を呑み込んだみたいな声は、どちらかというと肥満体……。

だがさしものわたしにも解らないのは距離だった。こればかりは幾ら聞き耳を立てようが、どこからかけているのか見当がつかない。で、そのときもごく大雑把に都内と考えていた。

まさか九州の果てからダイヤルしているわけもあるまい。そう考えていたわたしは、のんびりと机の上のサンドイッチの空き箱を片づけ、パンくずを掃き集めた。そして珈琲カップを炊事場に持って行こうとしたときにノックの音がして、当人が入って来たのである。

それが先程電話をかけてきた男であることはすぐに解った。健康そうな中年男で、ちょっと胸を張った様子なんかは自信に充ちていた。加えて小肥りである。わたしが予想できなかったのは気障(きざ)な形の黒いサングラスをかけていることと、てっぺんの毛がうすくなりかけていること、それに上質のツイードの服を着て胸のポケットに赤い絹のハンカチを突っ込んでいることぐらいであった。

彼はほこりのたまったイスにかけるときに、わかるかわからないかといった程度の躊躇(ためらい)を見せた。わたしはベテランだからそれを見逃すはずがない。すぐ自分のハンカチでほこりを拭き取った。

磯部鉱吉(いそべこうきち)とゴチックで刷られた名刺を差し出した。名刺をくれる客なんて初めてのことである。肩書は音楽評論家となっていた。

「ちょっと窓を閉めてくれんですか。話の内容が少々ばからしいことなので、他人に聞かれたくないのです」

いわれたとおり窓を閉じた。隣りの商事会社に入ったニューフェイスの邦文タイピストが、わたしの商売に興味があるとみえ、なにかあると聞き耳を立てるのである。

「お茶をいれますか。烏龍茶のいいのがあるんですが」

「いえ、結構。早速ですが話を聞いて下さい」

せっかちな性格なのか、この小汚い部屋に長居は無用と考えているのか、先方からそう切り出した。

「わたしの誕生日は来月の一日です」

名刺をくれる客も初めてだが、話を誕生日から始めるのも初めての客だった。

「誕生日には毎年のようにお客を呼んでパーティをやります。音楽の好きな連中を世田谷の拙宅に招待して、珍しいレコードを鳴らしたりするのです。お客のなかには常連もいれば新顔もまじっています」

わたしだったら頭痛がしてくるだろうな、と思った。とにかく音楽は苦手だ。

「ところが先日妙な手紙がとどきました。差出人は春野弥生という聞いたこともない名前で、住所は書いてありません。原稿を書いていると、ときどきこんな投書が来ます。ほとんどの場合がわたしの評論に対しての反論なんですが、反論するなら堂々と名乗るべきなのに、無記名だったり変名だったりします。そんなわけで今回もその手のものだろうと思って開封してみると、それが違うんです」

わたしは黙ったまま一つうなずいた。

「わたしの家の壁にかけてある油絵を盗んでみせるというのです、わたしの誕生パーティの席上で。せいぜいご用心召されよという、時代小説の読みすぎみたいな文章でした」

「よほどの名画だとみえますな」

「わたしの手に入ったときはそうでもなかった。さる画商から二束三文で買ったのです。十八世紀の人物画で、『ベルンハルト・クライン氏の肖像』としてあります。タイトルが気に入ったというただそれだけの理由で買いました」

そんな標題がなぜ気に入ったのだろうか。しかしそう質問するのはいかにも自分の無知をさらけ出すみたいな気がしたから、黙ってうなずいて先をうながした。

「クラインというのはアマチュアの作曲家といいますか、本職の音楽家であっても作曲は余技としてやっていた人らしいんです。どの音楽事典をひいてもクラインのことは載っていません。わたしがクラインの肖像画を買ったのは、クラインの風貌を知っているのはおれ一人だという、自己満足のためでした。いってみればわたしが好事家だったからです。ですがわたしの周囲にもひと握りの物好きがいて、これがときどきクラインに興味を示す。そうした状態が数年間つづきました」

どうも退屈な話だ。わたしは好事家でもなし音楽にはからきしうといものだから、ともすると欠伸が出そうだった。ときは春！　である、そうでなくても眠たい季節なのだ。

「まあそれだけでは話題にもならなかったのですが、画家のサインが気になりました。カスパール・フリードリヒとしてあるからです。まさかあの有名な十八世紀のロマン派の画家が無名作曲家を描いたとは思えない。しかしどうにも気になるものですから鑑定家に見てもらったところ、正真正銘のフリードリヒだということが判りました。一挙に絵の値段が数千倍にはね上がったものです。それからのことです、我が家の門前が市をなしたのは。画家が来る、絵画史の研究家が来る、本国の東独から来るかと思えばフリードリヒが後半生を送ったザクセンの市立美術館からも館長さんが来る。大変なさわぎになりました。春野弥生はそれに目をつけたというわけです」

磯部は息もつかずに語り終えると、白いハンカチを取り出して額ににじんだ汗をふいた。胸ポケットの赤いハンカチは飾りだから、それで汗をぬぐうことはしない。

「初めにいったようにわたしは四月一日の生まれです。いうまでもなくエイプリル・フールの日です。だからこれは四月一日にひっかけた冗談ではないのか、ということも考えられます。わたしが本気にして目の色をかえると、それを見て、やあひっかかった、ひっかかったといって手を叩いて笑う、そんないたずらなのかもしれません」

わたしが、いっそのこと誕生パーティを中止にしたらどうかと提案したのに対して、磯部はそう答えた。

「何人ぐらいですか、招待される人は」

「馬鹿でかい家じゃないですからそんなに大勢来るわけではありません。半ダースかそこらですな」

「お客さんの予備知識を得ておくと役に立つと思うんだが」

小肥りの評論家はぽってりとした顔をたてつづけに三度うなずかせて、尤もなことだといった。

「権現三郎(ごんげんさぶろう)という歌手が来ます。五年ぐらいになりますな、うちのパーティに招くようになったのは。わたしも、彼の誕生日には呼ばれます」

「演歌の歌手ですか」

と訊いたからニべもなく否定された。

「クラシックの歌手ですよ。秋のリサイタルでゲーテ歌曲をうたうことになっていて、クラインの曲もそのなかに入っているんです。以前からクラインに関心を持っていてね、二度ばかり絵を譲ってくれないかといわれたことがあります。フリードリヒの作だと判明して以来、そんなことはいわなくなったですが、絵に対する執念が消えたとは思えませんな」

要点をメモした。

「つぎも歌手でイタリアのオペラを得意にしているリリックテナーです。楢原悟(ならはらさとる)といって彼がステージに立つと『悟さァん』という黄色い声が上がります。親衛隊ができているという噂だが、クラシック歌手にファンクラブがあるなんてことはどんなもんですかね」

楢原悟、女にモテる。わたしはそうメモした。

「いや、あとはパーティの席上で、現物を前にして説明しましょう。そのほうが解りやすい」

　磯部は、わたしがこの仕事を引き受けるものと頭から決めてかかっているようないい方をした。

「ところであんただが、私立探偵と名乗るのはまずいですな。雑誌の編集者というのはどうだろう。どんな小説が好きですか」

　わたしはポルノ以外は読まない。だが、正直にそんなことを告白するわけにもいかないじゃないか。

「そいつは無理だ、どう見ても編集者って柄じゃない」

「プロレス雑誌の記者というのはどうです」

　とどのつまり、そういうことにされてしまった。

「それにね、彼らはそろってプロレスなんかに興味はないんです。知らないことを訊かれてボロを出すという心配もいらないしね」

　磯部は喉の孔をまるめたような甘ったるい声でいった。この声は女を口説くときに効果を発揮するんではないかな。わたしは飛躍したことを考え、うわの空で相槌をうっていた。

2

四月一日の夕方、約束の時刻に赴いた。

広い敷地に豪邸が建っている。たかが評論家の実入りがそんなに多いものとも思えないから、先代の遺産でも引き継いだということなのだろうか。磯部の家は白壁の二階建てで部屋数もかなりありそうな、用賀のこの辺りでも群を抜いた立派なものだった。傾斜の急な屋根はみどりがかったコバルト色の瓦で葺いてあり、壁は白。窓枠はおちついた色のチャコールグレーで統一されている。まさかサンタクロース用というわけでもなかろうが、北側のはずれに四角い煙突が突っ立っていた。

ベルボタンを押す。鳴った気配がないのでもう一度押そうとしたときに重たそうな扉が開かれて、磯部が福々しい顔をのぞかせた。黒いレンズのサングラスをかけたままである。

「やあ」と彼は白い歯をみせた。「待っていたんだ、さあ入りたまえ」

そこで急に声をセーヴした。

「どうもねえ、誰が絵を狙っているんだか見当もつかない。みんなはしゃいでね、楽しそうにやっている」

「泥棒がそのなかの一人だとすると——」

「いや、一人とは限らないでしょう。二人かもしれないし、彼ら全員が徒党を組んでいるのかもしれない。いったん人を疑い出すと誰もが怪しく思えてくる。われながら異常だとは思っていますがね」

そう囁いているときも、彼のふっくらとした顔は陽気に楽しそうにみえた。そして急にもとの大きな声にもどった。

「失礼だが、ほかの諸君と同じようにボディチェックをさせて貰いますよ」

一瞬呆気に取られて、両手を上げて彼のするがままになっていた。わたしは一張羅のスーツに着替えて来たのだが、その上衣のポケットからバットと百円ライターを見つけると、取り上げられてしまった。

「帰る際にお返しします。それまでは預かっておきます。あんたたちタバコのみは、習慣的にライターに火をつける。それがこわいのです」

わたしは敢えていわれるままになっていた。

やがて、ふかふかのグリーンの絨毯を踏んで案内されたのは、舞踏会でも開かれそうな広い部屋だった。片側の壁だけで窓が六つもあるという豪勢さである。天井のシャンデリアはシンプルなデザインだったが、それが四個もぶら下がっていると、これまた見事な眺めだった。ひと晩の電気料は、わたしの安アパートの一カ月分の部屋代に相当するんじゃあるまいか、と思った。

話に聞いたカクテルパーティとでもいうのだろうか、六、七人の男女が幾組かにわかれて喋っている。フォーマルな服装の紳士もいれば、カジュアルなスタイルの男もいる。見るからに気のおけない集まりという感じがした。床には廊下同様にカーペットが敷きつめられていた。色は真紅である。

「諸君、ニューカマーをご紹介しよう。プロレス専門誌の編集者、大鰐豪輔(おおわにごうすけ)氏です。尤もこれはペンネームだが」

まばらに拍手が起った。人から拍手をもって迎えられるのは生まれて初めての経験で満更わるい気分ではなかったが、わたしの方を見向きもしない男女が何人かいたことは、彼らがプロレスなんぞに興味も関心も持っていないことを語っていた。磯部が語ったとおりであり、わたしにとってそれが好都合なのだった。

「どうです、見当がついたですか。わたしにはどれもこれもルパンに見える」

余裕のあるところをみせようとしてだろうか、磯部は冴えない冗談をいった。まだまだ、とわたしも笑った。

「紋付(もんつき)の男がいるでしょう、あれが楢原悟です。リリックテナーですが、人と変わったことをするのが好きでしてね、だから袴(はかま)スタイルが気に入っているんです。要するに目立ちたがり屋なんですよ」

楢原悟は色白のやさ男だった。ポマードを塗った髪をオールバックにしている。大きないかつい形の眼鏡をかけており、それが目鼻のととのった顔にアンバランスな感じを与えていた。アンバランスといえば、手首に巻いている腕時計がまた、華奢なこのテノールには不似合いなほどにでかかった。

「なんですか、あの時計は」

「ダイバーズ・ウオッチです。彼は海にもぐるのが好きで、暇があれば真鶴半島のとっぱずれに行ってます。あれは水圧に耐えられるようにできた時計で、いうなれば彼のステイタス・シンボルですな」

磯部は声を立てて笑った。

「楢原と親しそうに喋ってる女がいますね、あれはあなたと同業なんです。記者は記者でも音楽雑誌のほうですが。八重垣フミといいます」

フミは髪をショートカットにしている。顔が小さく、デパートの婦人服売り場に突っ立っているマヌカンを連想した。ドレスが黒いので象牙色のネックレスがいやでも目につく。

「音楽家のうけがいい女性でスポーツウーマンです。冬はスキーで夏は水泳。春と秋はテニスに熱を上げている。わざわざ軽井沢まで行ってね。それから……」

目立たないようにそっとヒゲづらの偉丈夫を指差した。胸板が厚くて上背がある。猪首で、大きな顔の下半分は黒々としたヒゲでおおわれていた。わたしは人から圧倒されたことはただの一度もなかったが、この男と向かい合ったら威圧感を受けるに違いないと思った。

「あれが権現三郎です。若い頃はバスケットの選手として鳴らしたもんですが、途中で方向を転換するとバスバリトンの歌手になったんです。異色の歌手ということがよくいわれていますが、そのとおりだと思いますね」

権現三郎は顔が大きいだけではなく、目も大きければ鼻も大きい。にぎりめしをひと口で飲み込めそうなでかい口をしていた。要するに道具立てが立派なのだ。

「権現氏と一緒の女性は?」

アイシャドウの濃い、派手な顔立ちの女性がグラスを片手に、バスバリトンと語り合っている。高価そうな藤色の和服を着て、ちょっと見には銀座のバーのママといったところ。

「家内です」

「え?」

「わたしの女房ですよ。あんたの正体が私立探偵だということを知っているのは彼女だけなんです。招待された客ではない。だから挨拶にも来ないのです。合理主義者といえばいいのかな、家内はそうした考え方をする女なのですよ」

わたしが気を悪くしては困る。彼の語調からそうした配慮がうかがわれた。鈍感というべきかどうか知らないが、わたしには、そんなことを気にかけるデリカシーが先天的に欠けていた。

女性の客はもう一人いる。乗馬服を着込んで、室内だというのにひさしのついた帽子をかぶった、傍若無人の三十女である。すべての客がゴージャスな飾りのついたスリッパを履いているのに反して、彼女は白の乗馬靴を脱いでいない。

「橋田(はしだ)むつ子、独身生活をエンジョイしている金持ち女です。自分では馬に乗れないが競馬マニアでね、馬を一頭持っています。もう一つつけ加えれば、磯部鉱吉前夫人でもある」

サングラスをかけているので彼の表情の動きは解らないが、唇の端が痙攣を起したように小刻みに動いていた。

「性格の不一致ということで別れたんだが、わたしはひと月もたたぬうちにいまの家内をもらった。むつ子にすれば体(てい)よく追ん出されたと思いたくもなるだろう。以来、わたしの誕生日にはああやってやって来ると、好きなように振舞っている。単なるいやがらせのつもりか、われわれ夫婦の円満度をチェックする気か、よく解らない。わたしの妻だった時分から、何を考えているのか解らない、というところのある女だったんですがね」

いや彼女だけではあるまい。男性にとってはすべての女性が不可解な生き物なのだ、とわたしは思う。

「ですからあの予告状をよこしたのは彼女ではないか、わたしはそう考えているんです。わたしがあたふたする様子を横目でながめてせせら嗤(わら)おうという……。彼女らしいやり方でしょう、陰険で」

わたしは曖昧にうなずいた。橋田むつ子が彼のいうように陰険な女であるかどうか、わたしに解るわけがない。

自分が話題になっていることを知ってか知らずか、彼女はわたしたちの前を、拍車の音を立てて通りすぎて行った。胸をそらせ、右手に鞭を持っている。

「いま、むつ子が近づいて行った相手の男ね、何だと思います」

職業を当ててみろ、といわれたのだと思った。わたしの服は下が色違いの替えズボンだが、その男は遠目にもドスキンとわかる正装である。髪をきちんと七三に分け、眉の秀でた見るからに秀才づらをしている。秀才といっても蒼白きインテリなんぞではなくて、陽に焼けた腕っ節のつよそうな青年だった。

「商社マン……ですか」

「さすがは探偵さんだ、勘がするどいです。二年間アラビヤに駐在していた男ですが、金銭感覚の鈍い音楽家と違って数字につよい。わるくいえば、がめついんです。誰だって高価な絵を欲しいと思うでしょうが、その最右翼にいるのはあの小野寺君でしょうな。彼とわたしが知り合ったのはあるオークションで一枚のレコードをせり落とそうと競争したからなんですが、わたしが欲しかったのは演奏をたかく評価したからであるのに対して、同君は数年間寝かせておけば確実に値段が二十倍になるという考えからでした。こと金儲けとなると抜け目のない人でね」

疑心暗鬼にとらわれれば無理もないことだが、彼には招待客のすべてが絵を狙っている賊のように見えるらしく、福々しい顔からは想像しがたいほどいうことが辛辣だった。

小野寺は二個のグラスに酒を注いで、その一つをむつ子に手渡そうとしている。彼女が少女歌劇に出て来る軍人みたいにピシリと踵をそろえると、拍車が音を立てた。

壁には額入りの絵が幾つかかけてあった。版画もあれば油絵もある。肖像画は三枚で、なかの二枚が男性を描いたものだった。どちらも時代おくれの服装をした西洋人だから、どれがクラインだか解らない。

わたしは磯部の方を向いた。

「クラインはどれです？」

「あれです、あれがそうです」

五つ目の窓のそばに大きなグランドピアノがある。その背後の壁に三〇号ばかりの油絵がかかっていた。わたしは部屋を横切って前に立った。くすんだ色彩の絵だった。頬に赤味を差した若者が正面を見つめている。唇も血をなめたように赤かった。頬骨のたかい痩せた男で、右手で左の肘を抱え、左の拳を顎に当てている。指は細くて異常に長かった。茶色の上衣を着て、衿首にはワイン色のマフラーのような大きいネクタイを締めていた。

「なんという名前でしたっけ？」

「ベルンハルト・クラインです。解っているのは一七九三年に生まれて一八三二年に死んだということだけです。フリードリヒのほうは一七七四年にドイツの北部で生まれて、成人してからはドイツの南部に行くと、死ぬまでそこで暮らした。つまり画家のほうがずっと年長になります。彼とクラインの接点も解っていません。謎が多いんですね。その意味ではミステリアスな絵だが、わたしにとっては春野弥生の正体は何者なのかということのほうがミステリーですね」

そう語っているときに初老の婦人が現われて、磯部に食事の仕度ができたことを告げた。

「通いのおばさんです。今日は特別に遅くまで残ってもらった。家内は料理が嫌いでねえ」

「身許は確かなんですか」

「元陸軍中将の娘さんですからね。三十代の後半で後家さんになったんですが、再婚をせずに二人の息子を育て上げたところが、いかにも職業軍人の娘らしいと思っているんです」

白い割烹着姿が板についている。髪は半白で引きしまった顔立ちであった。だが、プロの軍人の娘だからという理由で容疑者からオミットするわけにはゆかない。

わたしのその考えに、磯部は賛同しかねるといった面持で小首をかしげた。

「なんといっても職業軍人の家庭に生まれた人ですからね」

不満気な顔つきの彼の案内で、人々は食堂に案内された。わたし一人が夕食はすませて来たという口実で広間に残った。旨いものをしこたまつめ込むチャンスだというのに残念なことだが、絵を警護するのが仕事だから止むを得ない。

3

人々は一時間ほどで戻って来た。権現三郎はヒゲだらけの顔のなかで目を細め、それでなくても大きな腹をしきりになでている。商社マンと橋田むつ子は人前もはばからずに手を取り合っていた。乗馬服のこの女のどこが気に入ったというのだろうか。

それに負けまいとでもいうふうに、紋付姿のテノールが音楽記者の八重垣嬢と顔を寄せ合って、壁際のイスに坐った。見た目にはひどく仲むつまじそうだが、おれのリサイタルの批評をもっと派手にとり上げろと要求しているのかもしれないし、先日もらった随筆は悪文でいわんとするところが理解できないから引き取ってくれないか、などと文句をつけているのかもしれない。楢原はしきりに羽織の紐をもてあそんでいる。

最後に磯部夫婦が入って来た。彼はすばやく壁の絵に視線を投げて、それが無事であることを確認すると、わたしの労をねぎらうように白い歯をちらとみせて会釈した。わたしはただイスに腰を下ろして絵と睨めっこをしていただけだから、べつにねぎらわれるほどのことはしていないが、旨い料理にありつけなかったのは何とも無念であった。謝礼をもらったあかつきには、その十分の一ぐらいを持ってレストランに入り、フランス料理か何かを思いっきり喰ってみようと思った。

誕生パーティの呼び物は、磯部が手に入れた珍しいレコードを聴かせることなのだそうだ。いうまでもなくクラシック音楽だから、わたしにすればお経を聞いているようなものである。面白くもないものを、解ったふうをよそおって耳かたむけているのは、苦行以外の何物でもない。料金を少し割増して貰いたいところだ。

クラインの絵が見下ろす位置に、LPやCDの再生装置が並べてあり、そのとなりにマホガニー色をしたSPレコード用の蓄音器が置かれていた。四本脚のどっしりとしたなかなか見事なもので、かつては名器と称されたものなのだろうが、いまは存在していること自体が時代錯誤的なしろものである。

「クラインの作曲したリートを聴いてくれたまえ。曲目は『魔王』だが、その前にシューベルトのおなじ曲を鳴らしてみる。歌手はゲオルク・オーツでエストニヤ語でうたっているんだ。ことわっておくがロシヤ文字の綴りではオートスとなっているから、発音どおりに綴るロシヤ式が正しいのではないかと思うが、ポーランドのモニューシコのことを、ソ連のレコード会社はモニュースズコと綴った例もあるから、あまり当てにはならない」

「そこまで神経質になるならぼくからもひとこというけども、ドイツリートを外国語でうたうのは邪道だな」

「たしかにそうだ。だが聴き手としては、歌詞の意味が解らなくては歌曲の面白味が半減することも事実だ。フランス人はフランス語のシューベルトを聴いているし、ロシヤ人はロシヤ語のシューベルトを聴いている。それにね、ぼくは歌手を聴きたいのだ。その演奏家が英語のシューベルトしか歌っていなければ、英語の演奏を聴くほかはないだろう」

よくは解らないが、権現とのあいだにそんなふうな応酬があって、オーツとかオートスとかいうバリトンの歌が流された。わたし以外のすべてのものが尤もらしい顔つきで聴いている。

磯部が簡単に説明してくれたところによれば、『魔王』の詩の内容は紙芝居みたいなストーリーだった。真夜中に父親が息子を抱いて馬を走らせている、という前説で歌が始まる。子供が、魔女がぼくを連れて行こうとする、こわいよと訴え、父親があれは魔女なんかじゃない、霧だ、柳の木だと答える。と、魔女が猫撫で声を出して、楽しい遊びをするから一緒においでよと誘惑をする。こうした問答が二度繰り返されて、気味がわるくなった父親が全力疾走で帰宅してみると、息子は腕のなかで息絶えていた、というのである。

シューベルトは、魔女が甘い声で囁くところに美しい旋律をつけており、その部分はとうしろうのわたしにもよく解った。

曲が終るとLPを取り換えた。

「今度はクラインの『魔王』だ」

すべての客が身を乗り出した。仕方がないからわたしもポーズをとった。

「とくに魔女が誘いをかける部分に注意して聴いてくれ。クラインはシューベルトやレーヴェが想像もつかなかった発想をしている。凡手(ぼんしゅ)じゃないということがよく解る筈だ」

今度の歌手はマルクスという名だ。

序説が終り子供と父親の対話がつづく。詩は同じものだから、ははァ、これは親父のセリフだな、などと少しは見当がついてきた。そして、魔女の誘惑のシーンにさしかかった。つり込まれてわたしも聴き耳を立てていた。

魔女のセリフは一本調子のものだった。これに比べれば坊さんのお経のほうがまだ抑揚(よくよう)がある。詩の朗読ともなればアクセントを誇張したり微妙にテンポをゆすったりして効果をたかめるのだろうが、これはかけ値なしのモノトーンなのである。そのかわり、伴奏のピアノの旋律が美しかった。平素は音楽などは毛嫌いしているわたしですらうっとりとなるくらいの、それはそれはきれいなメロディだった。

曲が終っても、しばらくのあいだは喋るものがいなかった。やがて魔法がとけたように話し声が起ったが、居合わせたすべての連中が感に堪えたようにクラインを褒め、彼のほかの作品を聴いてみたいといっていた。

「残念ながら、クラインの作品を聴きたくとも日本には楽譜も売っていないし、外国でもレコードになっているのはこの曲のほかに、ピアノソナタがあるだけなのだ。謎の作曲家だなあ……」

みなが関心を示してくれたことが満足だったとみえ、磯部はふっくらとした頰をいくらか紅潮させているみたいだった。

　彼は移動して蓄音器の前に立った。

「今度は何だい？」

「ロ短調のシンフォニーさ、シューベルトの」

「SP時代の『未完成』というと、ワルターか？　今さらワルターでもあるまい」

「もちろんだ、もっと珍しい指揮者だよ」

「アロイス・メリハルという人もいたな」

「メリハルは日本でも発売されたさ。これから聴いてもらおうというレコードはデンマークのTonoというレーベルだ。トーノとでも発音するのかね。コペンハーゲン歌劇場のオーケストラで、指揮しているのがキング・フレデリック九世なんだ。ちょっと興味をそそられるじゃないか」

　興味をそそられなかったのはわたし一人だ。あとの客は興味を感じたのか、それとも感じた振りをしたのか知らないが、熱心な面持で針の下ろされるのを待っていた。

「竹針かね？」

「違う。あれは音が小さ過ぎるから小部屋向きなんだ。ここでは鋼鉄針のいちばん太いやつを使う」

やがて第一楽章というやつが始まった。外国から取り寄せた中古レコードのせいか、音楽はほとんど聞こえないで針音ばかりがひびいてきた。何だい、これは？　と思っているうちに徐々にオーケストラの音が大きくなり、音楽の好きな人にいわせれば「演奏は佳境に入った」といったふうになった。

電灯が消えたのはそのときである。

四つのシャンデリアの光がいっせいに失せたものだから、その反動でというか、ホールのなかは文字どおり鼻をつままれても解らぬ真っ暗闇となった。賊が予告どおりにやったのか、たまたま何かがショートしたのか、それともこの区域一帯が停電したのか解らない。カーテンを開けて外の様子をうかがいたくとも、窓がどこにあるのか見当がつかないのだ。そのなかでシンフォニーの音だけが朗々と鳴りつづけていた。漆黒の闇ともなると回転盤を止めることができない。下手に手を伸ばすとレコードを疵つけることにもなりかねないのだから、手をだす客もいなかった。

「小野寺君、きみの後ろに文机がある。その引出しに懐中電灯が入っているんだ。ゆっくりでいいからそいつを出してくれないか。つまずいたりすると危ないからゆっくり頼むよ」

目を開けていても真っ暗である。瞼を閉じても真っ暗であった。鼻の先に手を持ってきても何一つ見えない。われわれは完全に視力を失い、動くこともできなかった。

「ああ。急げといわれたって……危なっかしくて……急げやしないさ」

商社マンの声は悲鳴に近い。

「無駄口を叩いていると柱の角におでこをぶつけるぞ。ほかの諸君もじっとしていてくれ」

カーテンの開く音がした。しばらく磯部があたりの様子をうかがっているようだった。

「どうやら停電はわが家だけらしい。お隣りの庭園灯はちゃんと点いている」

わたしはさらに緊張した。全身の皮膚のひきつる音が聞こえたような気がした。客のなかに賊がいることは間違いない。わたしは使命感に燃えていた。絵を奪われてなるものか、と思う。興奮のため歯が小刻みに鳴っている。これは武者ぶるいであり、恐怖のためではけっしてない。

それまでかすかに聞こえていた物音が急に止んだ。

「あったぞ、懐中電灯」

「よし、早く点けてくれ」

何度かスイッチを押す音がした。音はむなしくひびいただけで、一向にあかりは点かない。

「おかしいな、電池が切れているのかな」

小野寺が調子のはずれた声を出した。

「仕方がない、ヒューズを取り替えてくる。いまもいったように、つまずいて転んだりするといけない、その場を動かないで下さい」

いつになくきびしい命令口調である。

「それからもうひとことことわっておく。クラインの絵には近づかないように。先程プロレス雑誌の大鰐君と紹介したが、ほんとのことをいうと敏腕で知られた私立探偵です。とくに足技は得意中の得意だから、あばら骨をへし折られないように願います」

おどかすようにいい残しておいて出て行った。

4

「ヒューズは何処にあるんです」

バスバリトンの野太い声がした。さすがは発声の練習で鍛えただけのことはある、腹の底にずしんとひびくようだ。

「地下室ですわ」

と、磯部夫人が答えた。方向も解らなければ距離もつかめないから、彼らがどこにいるのか見当もつかない。

「地下室の階段はどこにあるんです」

「キッチンの隣りですけど」

「ヒューズはすぐに見つかるのですか」

権現はしつこく訊いた。

「作業台の上に道具箱が載せてあるんですが、いつもそのなかに入れてあります」

ちょっと沈黙した。

「……もしかすると全部使い切ったかもしれないわ」

「でも奥さん、ローソクは買ってあるんでしょう？」

替って、バスバリトンに比べると甲高い声がした。胸郭のなかで増幅したような、明らかに声楽家の声だった。楢原悟である。

「ええ。リビングルームとキッチンに」

「そんなら大丈夫だ。ちょっと辛抱すれば光が戻ってくる。わたしは暗闇が大の苦手でね。まだ税務署のほうがいい」

テナー歌手は下手な冗談をいうと、声を立てて笑った。

「大鰐さん」

今度は女の声がした。わたしは自分が呼ばれたとは思わなかったから、黙っていた。わたしにはわたしの姓がある。

「探偵さん」

やっと自分が呼ばれたことに気がついた。が、相手の女が誰なのか判断できない。磯部夫人の声はいま聞いたばかりだが、あとの女性編集者と磯部前夫人の声はまだ聞くチャンスがないのだ。

「磯部さんはなぜあなたを招待したの？　編集者だなんて嘘をついて」

「わたしにもよく解らない。磯部さんの気まぐれじゃないですか」

「ごまかさないで。磯部さんは絵に近づくなとか命令したわね？　誰かが狙っているとでもいうの？」

「訊くだけ無駄ですよ。それとも、わたしがペラペラ喋るとでも思っているんですか」

そう答えながら、思わず闇のなかで立ち上がっていた。前方でほんの一瞬のことではあったが、ほの白いというかうす緑というか、かすかな光が見えたからである。まるで蛍のそれのように音もなく弧を描いたかと思うと、すぐに消えた。わたしは眸をこらして闇のなかを凝視しつづけた。同時に全神経を耳に集中して、少しでも妙な物音がしたら聴き逃すまいとしていた。先程の女の声がなにかわたしに問いかけているようだったが、いまはそれどころではない。

だが、一分たち二分がすぎても二度とその光は見えなかった。

不意に廊下の方がほのかに明るくなった。ローソクの火だ。そう直感した。磯部が扉を開けたまま出て行ったことが知れた。

立ち現われたのはあのお手伝いのおばさんだった。

「少し長びくようですので」

彼女は前と同じように白い割烹着姿だった。袖をたくし上げ、停電するまで台所で汚れた食器を洗っていたとでもいう恰好だった。慌ててけつまずかないように、しずしずと入って来ると中央のテーブルに燭台をのせて、小脇にかかえていた数本のローソクを立てると、その一つ一つに火を点けた。

不充分なあかりではあったが闇は追い払われた。人々のあいだから溜息が洩れた。

「待たせた。散々さがしたが予備のヒューズがないんだ」

「電気屋さんはまだお店を開けていると思いますわ。わたしが買って参りましょう」

と、おばさんが気をきかせた。

「や、もう結構です、早くお帰り下さい。ヒューズは家内を買いにやらせますから」

「そうですか。ではお言葉に甘えて……」

磯部夫人が裏口まで送って行った。

その後で磯部夫人がヒューズと電池を買いに出かけることになり、女性の一人歩きは危険だというクレームがついて、商社マンの小野寺が護衛役を買って出た。彼女は、わたしが若かった頃の表現をするならば、すこぶるコケティッシュな女性だった。大きな切れ長の目が野性的で、厚くて紅い唇は肉感的ですらあった。磯部が前の奥さんを追い出した気持もよく解れば、小野寺がエスコート役を進んで申し出たのも当然だった。ローソクのあかりでは確認できなかったけれど、楢原や権現がいまいまし気な表情をしたことは、まず間違いなさそうであった。

ローソクが持ち込まれた頃から、わたしの胸のなかには漠然とした不安感が芽をふいていた。それが次第次第に大きくなり、じっとしていることができなくなった。あの完全な暗闇の中でそうしたことが起るわけがないと否定しながら、その一方ではもしかしたらという思いを押さえつけられなくなったのである。

「ちょっと失礼」

燭台を持って、大きなグランドピアノを迂回して肖像画のところまで行った。

わたしは不様な叫びを上げた。クライン氏は消え去っていたからだ。残された額縁は、白い眼を剝いてわたしを嘲笑しているように見えた。

それから後の混乱を正確に覚えているわけではない。磯部が口惜しげに「やられた、やられた」と同じことを繰り返してうろうろしていたことや、乗馬服の橋田むつ子が片手に持った鞭を振り立てて、いまにもわたしを叩きそうな見幕で探偵の無能を糾弾したことなどを、断片的に記憶している程度である。

騒ぎの最中に磯部夫人と小野寺が帰って来た。磯部が地下室に降りたと思うとヒューズは短時間で取り替えられて、すぐに電灯が点き、ホールにはまばゆい光が充ちあふれた。全員が緊張した表情で突っ立っている。

「一一〇番だ、警察を呼べ……」

磯部がとり乱したとしても無理はなかった。クリスティのオークションに出せば数億円の値がつくのではないかと囁かれている絵が失くなったのである、冷静でいられるわけもない。

「あなた、警察を呼ぶのはお止めになったら？　ことをあらだてては、お客さま方に失礼ですわ」

紳士淑女がそろっている客を疑ぐるのは見当違いではないか、と夫人は主張した。そして抑えた声でいった。

「あなたの出番だわ、探偵さん」

わたしは黙ってうなずいて見せ、一歩前に出た。

「はっきりとさせておきたいことがあるんです。皆さん、坐っていただけませんか」

こういう場合は威圧的に出るに限るのである。加えてわたしは神楽坂署で刑事をやっていた前歴があるから、その辺の呼吸も心得ていた。

停電中にかすかに光って見えたのは腕時計ではないか、とわたしは考えていた。夜光塗料が発光したとみて間違いはあるまい。あわよくばその点から犯人を絞って、潰された面子を復活させたかった。

「きみ！　それは僭越じゃないか。きみは単なるプライヴェイト・アイに過ぎないんだろ」

とげのあるいい方をしたのはアラビヤ帰りの小野寺である。わたしは彼の前に立つと、その大仏さんのような半眼、とがった頬骨、陽焼けした皮膚を睨みつけた。そして、プライヴエイト・アイとは何のことなのかと考えていた。どうして近頃のガキは英語を使いたがるのか。日本語という結構なものがあるじゃないか。そう思うと急にむかむかしてきた。

「わたしは磯部氏の依頼で来ているんだ、絵を泥棒から守るためだがね。それが盗まれたとなるとお客のチェックをするのはわたしの義務だと思うがね」

「何をしようというんです」

「見ていれば解る。それとも後ろ暗いところがあるんですかね」

当の商社マンから始めた。高価な時計をはめている。わたし自身は安物主義者だが、時計の銘柄ぐらいは一見しただけで解る。探偵稼業をしている以上は、その程度のことは常識だった。

「オーデマ・ピゲだな。型が少し古いですな」

自尊心を疵(きず)つけられたとでも思ったのだろうか、商社マンは目を剥いて怒ろうとしたが、わたしに睨み返されて視線をそらせた。

二人目は紋付袴の声楽家だったが、彼は協力的で進んで袖をまくってくれた。がっしりとした形のダイバーズ・ウオッチが手首にくらいついている。ローレックスのサブマリーナだ。潜水用だから当然のことだけれど、針にも文字盤にも夜光塗料がたっぷりと塗りつけてあった。とすると、あのときの男はテノール歌手なのだろうか。

「時計が気に入られたようですが、ダイバーズ・ウオッチはわたしもはめています。楢原君とは潜り仲間ですから」

バスバリトンが何を思ったのか、自分から名乗り出た。腕時計はおなじ型のもので同様に夜光塗料が盛り上がるほどに塗られている。

「われわれ、これが自慢でしてね」

山賊みたいな大男だが笑うと一変して柔和な顔になり、好人物剝き出しというところであった。

とどのつまり全員が腕時計をしていたが、夜光塗料の文字盤を持った時計をはめていたのは二人の声楽家と商社マンの、計三人という結果だった。

この夜の客は一泊するつもりで来ていたのだが、こうした事件が発生したとなると、のんびりと酒を飲んだりゲームを楽しんだりする気にはなれない。早々に引き上げたいのが彼らに共通した気持であろうが、そうかといってあわただしく帰ったのでは妙な目で見られる恐れがある。嫌でも彼らは、磯部家の客として一泊しないわけにはいかなかった。それを口に出しかねてもじもじしている様子は、離れたところにいるわたしにもよく解った。

「みなさんに喜んでもらおうと思って、バスター・キートンのビデオを手に入れておいたんです。こうした事件が起ったことは忘れて、鑑賞して下さい。キートンは演技で笑わせる役者だったというから、日本語の字幕なしでも解ります。もう一つ、彼は笑わぬ喜劇役者といわれたのだそうです。そこも見所になっています」

「こうなったら泊っていくほかはないでしょうな」

砂漠の商人があきらめよく応じた。

「変に勘ぐられるのも不愉快ですからね。磯部さん、明朝まで車のキーを預けます。もしトランクのなかを覗きたかったらどうぞ」

聞き様によっては嫌味ともとれかねない発言だった。あとの連中も不承不承キーをとりだすと、磯部に手渡した。彼はかるく会釈をし、当然のような顔つきでそれを受け取っている。

わたしは黙ってつっ立っていた。事態は予期しなかった方向へ発展していきそうである。だが、わたしのような泡沫探偵には謎を解く才覚なんぞ持ち合わせているはずもなかった。

5

その夜は一睡もせずに、磯部と二人で、邸内をくまなく探し回り、遠慮せずに車のなかやトランクに懐中電灯の光をあびせた。その度に期待は裏切られて、いい加減に疲れたころに白々と夜が明けかかった。こうしてわたしの仕事は失敗に終ったのである。

磯部鉱吉は太っ腹な男だというか、いやな顔ひとつせずに、現金で所定の料金を払ってくれた。ただ、傍(かたわ)らにいた女房どのが細い眉をよせると、支払いの金額が多すぎるという意味のことを、間接的な表現でしゃべった。金さえ払ってくれれば、なんとこきおろされようとわたしは満足なのであった。

わたしにすればこれ以上この絵画盗難事件にかかずらわる必要はなく、早々に現場から引き上げた。その後、名画が発見されたか、警察に連絡をとったのか、あるいは事件の解明を別の探偵に依頼したのか、事件関係の情報は一切入ってこなかったし、わたし自身、もはやこの件には興味がなかった。わたしはわたしなりに多忙だったからだ。月極めの「情婦」に遅れた金を払ったり、ついでに手に手をとって北陸の温泉郷を巡り歩いたりして、いい加減に茹であがって新宿のオフィスに戻ってくると、固いイスに腰をおろして一服つけた。そのとき、ひょいと忘れかけていたあの事件のことが頭に浮んできたのだった。

久し振りで数寄屋橋(すきやばし)のバー・三番館を訪ね、いつものようにバーテンの冴えた推理で事件の真相を解決してもらうことにして、磯部家に赴いたときと同じ服に着替えると、国電に乗った。三番館は有楽町駅から歩いて五分ほどの距離である。

小さな専用エレベーターで一気にてっぺんまで昇りつめる。少し早目にでかけたのでまだ客の姿はなく、バーテンひとりがチョッキに黒の蝶ネクタイといった恰好で、せっせとグラスを磨いていた。

「よう」

わたしはスツールに坐った。

「いらっしゃいまし。しばらくお見えになりませんので、海外旅行にでもお出かけではないかと、皆さまとお噂申し上げていたのでございますよ」

こんな姿で失礼したと詫びて上衣を着ようとする。わたしはそれを押しとどめて、事件の話を切り出した。来た以上は、会員たちが昇って来ないうちに推理を聞かせてもらいたい。時間を無駄にしたくはなかった。

「手前でお役にたつかどうか存じませんが、拝聴いたします。どうぞお話しになって下さいませ」

再び清潔な白い布を手にすると、グラスを一心に磨き始めた。こうやると心が集中するのだそうだ。

バーテンの知恵を借りるのは毎度だったから、わたしもある程度のことは心得ている。その一つは、どんな些細（ささい）な点も省略せずに語ることだった。で、近頃は思いつく限りのことを手帳にひかえておいて、それを見ながら説明するようになっていた。

「……解りましてございます」

磨き終えて透明になったグラスをそっとカウンターに置くと、手早くカクテルをつくってくれた。淡いグリーンの、かすかな芳香のするギムレットである。

「せっかくのご報告に水を差すようで申し訳ございませんのですが、手前の推理によりますと、夜光時計には重きをおく必要はございませんようで……」

あれれと思った。

「わたくしの気をひきましたのは、磯部さまが黒いサングラスを愛用していることでございました。まぶしい太陽光線の下では当然のことでございましょうが、ご自宅にいらっしゃるときまでおかけなのは、よくよくのことでございまして」

「眼病でも患っているんじゃないのかい。花粉症にかかっているのかもしれないぜ」

「おっしゃるとおりでございますね。ですが、もし花粉症ならばハンカチで眼を拭くとかクシャミを連発するとかいたしますが、そうしたことがございましたか」

改めて質問されて当時のことを思い返してみた。なるほど、そのような仕草をしたことはただの一度もない。

「もう一つ気になりましたのは、元旦から禁煙主義になったということでございますね。わたくしの周囲にもそういう方は何人か見かけますですが、来客の身体検査をするほどきびしい話は聞いたことがございません。でございますから、いつものように逆に考えてみましたわけで」

逆の発想はバーテンの得意中の得意とするものである。それはよく承知しているのだが、では自分でやってみようとするとどうも旨くゆかない。

「逆に考えるとは？」

「はい。具体的に申しますと、磯部さんの禁煙は健康のためではなくて、なにか他に狙いがあるのではないか、ということでございますね。では禁煙することによりまして、この場合どんなメリットがございましょうか。もうお気づきでございましょうが、ごく自然に、誰からも怪しまれることなしに、ごく自然にお客さんからタバコを取り上げることができます」

タバコを取り上げたことがどうだというのだろう。わたし自身もボディチェックを受けて没収されたのだけれど、帰るときにちゃんと返してくれたのである。

「いえいえ、そう考えるといけませんので。もう一つ飛躍をなさいませんと……」

そこまで説明されてもまだ解らなかった。

「申し上げましょう。タバコとともに、ごく自然にライターまで取り上げることができるではございませんか」

「あ、そうか、ライターをね。それは解るが、ライターを何に使うのかね?」

「いえ、何にも使いませんので」

またコンニャク問答になった。バーテンはべつに難問を吹きかけようとしているのではない。彼の思考にわたしがついていけないだけの話なのである。

「解らないなあ。必要もないライターをなぜ没収したんだい?」

「それはいうまでもなく目的があるからでございますね」

「だって何にも使う目的はなかったというじゃないか!」

いらいらしてきた。つい語調があらくなる。

「すまん。ちょっとヒスを起こしかけた」

「いえいえ、わたくしが至りませんもので。はっきりと申し上げますと、ライターを照明器具の代わりにされては困るからでした」

「……？」

「かいつまんで申しますと、あの人はフリードリヒの絵を紛失したことにして、保険金でも詐取しようとしたのではあるまいかと存じます。あなたのような探偵さんの立会いのもとで消失してみせれば、効果は満点でございましょう」

意外なことを喋り始めた。わたしはただ呆気に取られて拝聴するのみであった。

「おそらく、同じ額縁をもう一つ用意しておいたのでございましょうね。わたしの想像ではグランドピアノのなかに入れておいたのではないかと存じます」

「そう、ピアノは絵の前に据えてあった」

「何らかの手段でショートさせてヒューズを飛ばします。その真っ暗ななかで手早く額ごとすり替えます……」

「そんなことができるかな。一寸先どころか一ミリ先も見えなかったんだぜ」

「はい。でございますけど、あらかじめサングラスをかけて電灯の光をシャットアウトしておきますと、停電になりましても、幾分は見えますので。それに、もう少しくわしく説明いたしますと、文机のなかの懐中電灯は、前もって使用ずみの電池を入れておいたものでございましょうね」

「なぜそんなことを……」

「磯部氏が額をすり替えるときに物音がしても、お客さんたちは文机のなかをかきまぜる音だと思って怪しみません。さらにまた、レコードが鳴っておりますから、雑音は二重にカバーされますわけで」

いくらバーテンの名推理でも、にわかに信じられなかった。

「いいえ、当夜の絵は模写でございましょうね。歳月をかけて丹念に本物そっくりに仕上げますと、人眼をごまかすのは容易なことでして。フリードリヒのほうはずっと以前に安全な場所にしまってあるのでございましょう」

「解った。解りましたよ。すり替えている最中に誰かがライターを点けると、万事がぶちこわしになる。やつはそれを警戒して取り上げたんだ」

「そのとおりでございます。なかなかの名推理で――」

「からかっちゃいやだぜ。するとナニかい、あの腕時計が光ったのも意味のないことだったのかね?」

バーテンは達磨に似た顔に粋な微笑を浮かべた。

「ああした腕時計をしていたのは男性だけでございましたね。で、想像をたくましういたしますと、暗闇になったのを幸いに、手さぐりで女のかたに接近なさったのではございませんでしょうか。それがどなたかは見当もつきかねますが」

バーテンはそういって忍び笑いをもらした。

「勿論あの予告状は磯部氏が自分で投函したものでございましょうね。春野弥生だなんてとぼけたことを名乗って……」

死にゆく者の……

「彼はきっと、お前の小説の愛読者だったに違いない」と警視はこぼした。「なぜならばだな、エラリイ、それは死にぎわの書置きだぞ。……」

――エラリイ・クイーン作『角砂糖』(青田勝訳)――

1

ジャズよりもクラシックが好きだという連中がいつとはなしに寄り合って、音楽談義をかわすようになった。だが彼らのなかにもさまざまな好みがあって、クラシックでありさえすれば何でも好きだという博愛主義者もいれば、器楽曲は大好きだが声楽曲には見向きもしないというのがいる。かと思うと器楽曲であれオーケストラ曲であれ大歓迎といっているくせに、ワグナーとブルックナーだけはご免こうむるというのもいた。

推理作家の芳田吾平(よしだごへい)もジャズ音痴なものだから、耳を傾けるものといえばクラシックに限られていたが、そのなかでも特に熱中したのは、バイオリンの演奏を聴くことなのだった。バイオリンと同じ仲間のビオラやチェロ、コントラバスにも一応の興味は示したものの、何といっても派手な音色のバイオリンに勝るものはない。尤もバイオリン曲が嫌いだという人は滅多にいるはずもなく、その点では殆どの人達と話が合ったことになる。

枯れ木のような体つきの芳田は顔も痩せていた。特に頰がこけて頰骨がとびでているので、誰が見ても神経質でつき合いにくそうな男だった。神経質であることは事実だったが、一度胸襟をひらいて語り合うと、これが意外に好人物の淋しがり屋であることが解る。同好者は彼の家につどい合うようになり、新しく発売されたレコードを聴いたり、数日前のリサイタルについて無責任な放言をしたりして楽しんでいた。

作家として立つのは遅かった芳田だが、幸運だったのは第一作が作者も出版社も予期しない爆発的な売れゆきを示して、銀行の口座にかなりの印税が入ったことだ。二十歳台の新人だと、ここで有頂天になって散財するところだろう。だが芳田は伊達に年を喰ってはいなかった。本が売れたのはあくまで例外的な現象であるものと考えて、コニャックをがぶ呑みするかわりに、武蔵野市は吉祥寺のマンションに部屋を買った。壁が厚くて、隣りの住人がピアノを弾こうが悲鳴をあげようが聞こえないかわりに、こちらでボリュームを最高にあげてスピーカーを鳴らしても、苦情を持ち込まれることがない。しかも部屋は九階で晴天の日には丹沢山塊と富士が眺められる。いい買い物をした。客の誰彼に、この推理作家はしばしばそう述懐していた。

作家になって三年もたつとどうやら固定読者もつき、それに応じて雑誌社からの注文もふえてきた。多忙になるにつれ炊事と掃除に労力をさくのが惜しい気がして、半年前から、通いのおばさんに来てもらっている。掃除は二日にいっぺんやってくれれば充分だった。喰べ物は二日分をこしらえて冷蔵庫に入れておいてくれる。ひじきの煮物だとかてつか味噌、牛肉とじゃが薯を甘辛く煮たものなどの、いわば「おふくろの味」的なものが好物だったから、通いのおばさんでも結構上手につくれたのである。

芳田が家庭料理をよろこんで喰べているのを見て、仲間の誰彼が「いっそのこと結婚してしまえよ」とすすめるようになった。

「なんてったって女房の手料理がいちばんだぜ」

「いくらおばさんの煮っころがしが旨くできていても、栄養のバランスまで考えてはくれまい。あんたは顔の色が白すぎるから鉄分が不足してるんじゃないかと思っているんだが、女房はそういった点にも気をくばってくれる。早いとこ貰っちまえよ」

「彼のいうとおりだな。おれが所帯を持って痛切に感じたのは、結婚生活がこんなに満ち足りたものならば、なぜもっと早く嫁を貰わなかったか、ということだった。自分の人生で大きな落し物をした、そんな気がしてならなかったもんだよ」

だがそうした話を聞かされるたびに、芳田吾平は瘠せた顔にとまどった表情をちらとうかべ、同意するでもなければ反対するでもないといった曖昧なうなずきかたをしていた。書いている作品の不羈奔放な展開からは想像もできないことだが、この作家は万事に古風な考え方をするたちだった。自分の身持ちは固い一方で、浮いた噂をたてられたことはただの一度もない。当然のこととして、結婚する相手にも純潔を求めていた。そういう女性がいれば明日にでもプロポーズしたかった。だがそんな結婚相手がいまの日本にいるとは思えないのだ。例外はあるだろうが、その女性に巡り合う確率はゼロに近い。芳田はそれが彼の性格からくるものかも知れないが、現代の若い女性について多分に悲観的な考え方をしていた。おれは将来性のあるミステリー作家なのだ、いいかげんな女と夫婦になるわけにはいかない、という自負もある。

その頃の芳田は本気で外国に住むことを考えていた。行先はアメリカでもいい、ヨーロッパでもいい。大都会の女がすれっからしであることは世界のどこでも同じだろう。芳田が住みたいのは地方の中都市か小都市であった。保守的な色彩の濃い地方で旧弊な両親に教育され成長した娘を嫁にする。結婚さえしてしまえば目的は達せられたのだから、再びこのマンションに戻って来よう。

ただ一つ、外国人女性を妻にした場合に生じる不都合は、原稿を清書させるわけにはゆかぬことだった。いくらかコンサーバチヴな考え方をする彼は、他の作家のように流行にとびつくことは嫌いだったので、ワープロを導入する気は全くない。作家生活の最後の日まで、原稿用紙の升目を一つ一つ埋めていくつもりだった。ただ彼は編集者泣かせの悪筆として知られており、それについてかなりの劣等感を持っていたので、いつの日にか妻帯したら何はさておいても女房に清書をさせ、きれいな原稿を編集者に渡したいと考えていた。だが西洋人を女房にすればその夢をかなえることができない。

そうした潔癖症の彼が海外に短期移住する計画を捨てたのは、今年の春のことだった。

2

死んでいる芳田を発見したのは通いのおばさん中富トミである。その日の午後三時にいつものように「出勤」して来た彼女は、芳田が仕事部屋にしている洋間のドアをあけて、これまたいつものように喰べたい料理を訊ねた。それに対して「中富さんの得意なやつをたのみます。但しレバーだけは止して下さい」という返事が戻ってくるのが例であったから、この応対は一種のセレモニーということもできた。

ところが当日に限ってなんの返答もない。一瞬、外出かなという考えが頭のなかをかすめたが、すぐにステッキと帽子が入口のホールに置かれていたことを思い出した。芳田吾平がいつの頃からそんなキザな習慣を身につけたのか、ここで働くようになってまだ半年にしかならない彼女が知る由もないのだが、この推理作家は外出のたびに空色のフェルトの帽子をかむり、籐のステッキを小脇に抱えるのである。雨具は忘れてもこの二つの小道具を持たずに出かけることはない。その帽子とステッキが、さあこれから散歩にゆきますよとでもいいた気に壁際のテーブルにのせてあったのだ。

その瞬間から、彼女の姿勢が及び腰になった。普通なら手洗いに入っているか入浴中ではないかと勘ぐるべきなのに、そうした思考をとび越えて不吉な出来事を予想して蒼ざめたのは、女性特有の感覚の鋭さでもあった。彼女のうすっぺらな胸のなかで、くたびれかけた心臓が狂ったような速さでピストン運動を始めた。

芳田は、机上にひろげられた原稿用紙や筆記具をいじられることが嫌いだった。下手な筆跡を覗かれまいとしてではなく、前の日に筆をおいたその状態のままにしておくと、次の日に机に向ったとき、スムーズにペンが辷り出すからだった。少しでもペンや辞書の位置がずれていると、それだけのことで思考がノッキングを起すのだという。だから仕事部屋に足を踏み入れるのは、彼女にとってこれがはじめてのことになる。

左右の壁を背に大きな書棚がある。正面にこれまた大きな窓が一つ。厚地のカーテンがおりている。その窓に向って左手に、壁によせて、特注でもあろうか大きな机があった。ひきだし一つない簡素なもので、ガラスの一輪差しが倒れ、投げ出された赤いバラがぐったりとしおれていた。原稿用紙やペンは床のカーペットの上に散乱している。ここで摑み合いが起つたことは明らかだつた。トミはそう思いながら落着きのない眸であたりを見廻した。そしてソファの陰から覗いている片脚に気づいたのである。

スリッパが飛んで素足になっていた。親指が変形しているその足に、トミは見覚えがあった。

「乗っている自転車がカーブを切りそこねて倒れてね、サンダル履きだったからチェーンが親指に食い込んでひどく血がでた」

何かの拍子に、問わず語りにそう説明されたことが蘇ってきた。ソファの向うに倒れている者が芳田であることは、もはや間違いはなかった。トミは覚悟を決めると唇をかたく結んで、息を殺して覗き込んだ。そしてそこに予期したものを見出したのだった。

芳田は頸にロープを捲かれて死んでいた。痩せた体を海老のように曲げて横向きに転ったさまは、風に吹きよせられた昆虫のぬけがらに似ていなくもなかった。トミはここではじめて悲鳴をあげた。そしていくらわめいても何の効果もないことに気づくと、入口のホールにとって返してふるえる手で受話器をとり、三桁の数字をダイヤルした。

3

この夏はエルニーニョ現象の影響とかで雨量が少ない。東京には三十数年ぶりで渇水宣言がだされていた。都民がもっとも頼りにしている利根川水系のダムは軒並みに干上がってしまい、そば屋のメニューからざるそばやもりそばが消えた。そうなると気のせいもあるのだろうが、暑さが例年になくこたえるのだった。

肥った弁護士がやって来たのは七月下旬のかんかん照りの日の午後であった。夏が好きなわたしでさえ気息奄々（きそくえんえん）としているくらいだから、ただでさえ暑がりの彼はタクラマカン砂漠にさまよいでた海象（せいうち）のようなものであった。部屋に入って来るなりイスに腰をおとして、扇子を使いはじめた。それもいつになく緩慢なテンポで、なにやら心ここにあらずといったふうである。

「……なあきみ、頼むからクーラーを取りつけてくれないか」

弁護士の口調は懇願しているようだった。いつもの高圧的な物言いも、嫌みたっぷりな皮肉も今日は影をひそめていた。

生憎なことに一つしかない扇風機は質に入れてある。預けたのは六月の初めだったが、その時点ではダムがからになることも解らなかったし、こんなに長く入れておくつもりもなかった。

弁護士にわたしはそう説明した。彼は聞いているのかいないのか、呆けた顔付をしてもの憂げに扇子をゆっくり動かしていた。

「朝からこうしてあおぎつづけているんだ、いい加減手頸がくたびれたよ」

「心頭を滅却してみたらどうかな。あれは動力を必要としないから——」

とたんに、わたしは恐ろしい眼でにらみつけられた。

「事件が起ってね」

と、彼は思い直したようにおだやかな顔つきになると、用件に入った。

「新聞で読んだろうが、今月初旬に、吉祥寺のマンションで推理作家が殺された」

「テレビで見たよ。いい年こいて独身だったそうじゃないか」

それを聞くと相手は鼻を鳴らした。どちらかというと鈍感なたちだから他人に何をいわれても気になることはないが、この弁護士に豚みたいな音をだされると、いつも嫌な気持がする。

「人さまのことをいえた義理じゃあるまい。いい年をしているのはきみのほうだ。もう二度とはいわないからよく聞いてもらいたいが、そろそろこの辺りで人間らしい生活に戻ったらどうかね。男やもめに蛆（うじ）が湧くというのは正しく至言だ、この部屋の不潔なことはどうだい、蛆も湧けば虱（しらみ）も湧く。嫁をもらってみろ、女ってやつは口紅をぬった電気掃除器みたいなもんでな、黙っていても綺麗にしてくれる」

わたしは思いきり口をあけて欠伸（あくび）をしてやった。結婚生活は一度でこりている。彼がどう口説（くど）こうが妻帯する気はないのだ。

弁護士はあきらめたらしかった。

「さて話を元に戻すが、復習だと思って聞いてくれ」

わたしはメモをひろげてボールペンをかまえる。

「場所は吉祥寺駅からちょっと離れたマンションの九階だ。被害者は2ＬＤＫの部屋にひとりで住んでいる芳田吾平という推理作家でな、背後から頸をしめられていた。発見者は夕食の仕度をするためにやって来た通いのおばさんで、中富トミという。疑問はあるかね？」

始まったばかりだ、疑問なんてあるわけがない。明晰な頭脳を誇る彼が、この暑さで参っていることがよく解った。

「前日の午後六時から八時にかけての犯行と断定されたが、犯人がやって来たのは六時前ではなかったかと考えられている」

「なぜだね？」

「いや、簡単なことなんだけどね」

と、弁護士はできそこないのホームズみたいにいった。

「トミさんは六時前に夕食の仕度をすませて帰っていった。この日のメーンはマーボどうふとかいう中国料理なんだが、推理作家は熱い料理は熱いうちに食べるのが主義でね。主義というよりも、調理してくれたトミさんに対するエチケットだと心得ていたのだそうだ。ところがその料理に箸をつけた跡がない。したがって、夕食を始めようとする直前に犯人が入って来たということが考えられるんだな」

弁護士はむっちりした手で上衣をとり上げると、内側のポケットから手帳を引っぱりだして机にのせ、さらに老眼鏡をとりだして鼻の上にセットした。鈍感とでもいうのだろうか、少々ひん曲っていても気にすることがない。

「現場には若干の争った跡があった。机の上の花瓶がひっくり返っていたり、原稿用紙や辞書が床におちていた。どうやら机に向っているところを背後から襲ったらしいんだね。ほどよいところでペンをおいて、料理がさめないうちに夕食にしよう、などと思いながら、いままで書いた原稿を読み返している。そのときにね」

と、肥った法律家は見てきたようにいった。

「犯人は鍵を持っていたのかね？」

「日中は施錠してないんだ。だから誰でもフリーパスってことになる」

「盗まれたものは何？」

すると弁護士は大きな顔をゆっくりと左右に振った。

「現金その他には一切手をふれていない。だから金銭目当ての押し込み強盗とは考えられんのだがね。ただ……」

「ただ？」

「ダイイング・メッセージが残されていたんだ。例の死にゆく者の、捜査員によせる遺書なんだがね」

カタカナでいわれてもわたしには解らないし、といって日本語に翻訳されてもいっこうにピンとこない。

「つまりさ、芳田君は犯人の名前を書き遺しておいたのだよ」

話に熱中した弁護士は暑さを忘れたらしく、扇子は机の上に投げだされたままになっている。おもむろに手帳をひろげると、ずれ落ちた老眼鏡を指先で押し上げた。

「芳田君は新聞にはさまれて配達されるチラシを、丹念に仕分けしてとっておくたちだったんだ。とっておくのは表面だけしか印刷されていないやつだけで、裏をメモ用紙のかわりに利用していたんだね。原稿用紙にまじって一枚のチラシが落ちていたのだが、そこに見慣れない文字が記(しる)されてあったんだ」

法律家はチラシのコピーを押してよこした。新聞にはさみ込まれた広告だろうか、ペットショップらしきものの名と電話番号などがしゃれたレタリングで記され、中央に可愛らしい仔猫の写真が入っている。版画でいえば大首絵(おおくびえ)である。問題のメッセージはその余白に記されているのだが、正直の話、わたしには、作家先生のいたずら書きのように見えた。

「ロシヤ文字だそうだ。ユーゴスラビヤなど東欧諸国でも使っているというから、ロシヤ文字と呼んでは正しくない。正確にはキリール文字というんだそうだがね」

文字は細いサインペンのようなものでФОНИЖと記されていた。英語ならばわたしにもなんとか見当もつくだろう。だがキリール文字とくると、文字なんだか図案なんだか見当がつかない。

「これを、われわれが日常よく目にしている英語の文字にあてはめると、こうなるんだそうだ」

コピー用紙の裏を返してみせた。弁護士の癖のある字体でFONIJと書いてある。これならわたしにも読めるが、それにしても見慣れない綴りだった。

「英語じゃなさそうだね」

「フランス語でもドイツ語でもないそうだ」

「すると暗号かな？」

「そう。捜査本部でも暗号だとみている」

「なぜ日本語で書かなかったんですかい？」

「わたしに訊かれても返事に困るが、本部の受け売りをするとこうなる。仮りに犯人の名が間貫一（はざまかんいち）ということにして、被害者がまともに間貫一と書き残したのでは、犯人に気づかれて消されてしまうじゃないか。だから芳田君としても、ちょっと見ただけでは何が書いてあるのか解らない文字を記す必要があったんだ」

「だけどさ、われわれが読んでも解らないというんでは困り物だろ」

「咄嗟の場合だ、いくら当人が推理作家であっても、そう理想的な案がうかぶわけもあるまいじゃないか。あるいは、芳田君がわれわれの知能を高く評価しすぎたのかも知れないな。くすぐったい話だけどもね」

「あたしゃ暗号は苦手なんだがな。まさかそれを解けというんじゃあるまいね？」

暗号解読と取り組むくらいなら、まだしも凶悪犯と取っ組んだほうがいい。かつて靴形平次と異名をとったわたしの蹴りは、まだまだ劣えてはいないつもりだ。

「いや、きみだけに解読を頼んでいるわけじゃない。懸賞金付きでいろんな人に依頼した。ボケ防止に暗号を解いている鹿児島県のご隠居とか、国鉄の駅で三十年間ひとの靴を磨きつづけてるおじさんとかをメンバーとする、謎解き同好会なんかに呼びかけてね。頭のいい人間は意外なところにいるもんだ」

「頼む相手はそれだけかね？」

「まだいるさ。うちに来る牛乳屋さんにも頼んだ。わたしは瓶入りのやつでないと飲んだ気がせんのだが、この人がクロスワードを解くのがうまくてね。いつだったか、新聞の懸賞で入選したことがある」

クロスワード・パズルとダイイング・メッセージとのあいだにどんなつながりがあるのか知らないが、磨き屋さんやミルク屋さんにはちょっと無理じゃないか、とわたしはいった。

「だから他に、わたしがいつも血圧を計ってもらうドクトルにも頼んである。この人は暗号解きを趣味とする人でね、ブラックチェンバーのOBが書いた本を翻訳しているんだ」

「参考のために伺うんだけど、賞金の額はどのくらい……？」

「暗号を正確に解いて、犯人を指摘したら、税込みで二千万。現金でポンと払ってくれる」

「世間はひろいね。いまの世にそんな奇特なご仁がいるとはね」

「いるんだね、それが。芳田吾平君の親友のミステリー作家なんだが、こちらは五指に入る流行作家で、警察が解きあぐねているメッセージをぜひ庶民に解いて貰いたいといって二千万を寄託した。名前をいえば、きみも何冊か読んだことがあろうという有名な小説家だがね」

なるほど、流行作家なら二千万ぐらい痛くもかゆくもないだろう。税金で持っていかれるよりも、はるかに有意義な使い途(みち)である。

4

二千万！　という弁護士の声がいつまでも頭のなかで反響していた。税金を引かれると残額がいくらになるのか知らないが、まず一年間は晩酌をするにこと欠くまい。これは考えただけでも胸おどる話であった。

貰った写しを机にのせると、しげしげと覗き込んだ。が、どう考えてもFONIJからそれらしき答えを導き出すことはできなかった。最も初歩の置換法を試みてみたものの、どうしても解けない。これはやはり原型のロシヤ文字に意味が隠されているんじゃないのかな、と考えた。そして、ひとつロシヤ文字にアタックしてみようと思い立った。すぐさま書店にいって書棚を物色した揚句に、やっと手頃のものを見つけた。NHKの『ロシア語講座』のテキストがそれで、90ページ。二百円の出費ですんだのはありがたかった。

オフィスに戻り、ページを開けてみて目がくらくらとなった。英語ですらやっとこさというわたしだ。この見慣れぬ文字から受けたショックは強烈だった。大半がはじめて見る文字であるばかりでなく、英字の裏返しの字が出てくるわ、英字のRがこちらではPになりNがHになるわ。そしてSに相当するものがCでVに該当する字はBなのだ。おまけにアルファベットの並び方がめちゃくちゃで、三番目にいきなりVが出てくるといった按配である。三分もすると頭に血がのぼって、こめかみの辺りがズキズキしてきた。それでも投げ出さなかったのは、絶えず耳の奥で囁きかける声がしたからであった。

「二千万円だぞ、忘れるな、おい二千万円なんだぞ……」


わたしがそのことに気づいたのは、翌朝布団のなかで起きぬけの一服をやりながら、ダイイングなんとやらのコピーを眺めているときだった。なにしろ寝呆けまなこだったから無理もなかったが、ロシヤ文字の並び方が昨日見たときと少し違っているような気がするくせに、その理由が解らなかった。具体的にどこがどうだと指摘することはできないが、それでいて、昨日のコピーとは確かに違う。

わたしは眼をこすりながら起き上がると、タバコを灰皿に捨てて布団の上に坐りなおした。

そしてなおも紙片を見つめているうちに、急にその謎が氷解したのである。なんとそのときのわたしは、コピーを逆に持っていたのだった。いいかえると、そこに記されたロシヤ文字は偶然なことに、英字でいえばHやIのように、上下を逆転させても同じ文字として通用するものばかりなのだ。これぞ大発見！　いくら暗号解読のベテランが向う鉢巻で取り組んでも、暗号自体の綴りが逆になっていたのでは解けるわけがないのである。

しかし有頂天になっていたのは朝めしの仕度をしている頃までだった。ФОНИЖがЖИНОФに変ったところで、わたしにとっては何の役にもたたないことが解ったからだ。

わたしがそのことに気づいたのは、マーガリンで汚れた皿を洗っているときだった。出勤する前に小さな台所に立ち、スプーンやカップを洗って戸棚に格納するのがわたしの習慣になっている。だらしのない男である筈のわたしにしては奇妙なことだが、これは女房が家を出ていった日以来の習慣なのである。

その皿は卵の黄身で汚れていた。毎朝目玉焼をつくるのが、これまたわたしの習慣なのだ。いや、卵を二つ焼くから目玉焼と称するのであり、わが家ではここ半年ばかり不況風のあおりを喰らって、卵は一個ということになっている。いうなれば片目焼だが、わたしはこれを丹下左膳(たんげさぜん)と呼んでいた。左膳ともなじみになったもんだ、などと思いながら皿をこすっているときに、あのロシヤ文字の件で雑収入を上げられるんじゃないかと考えたのである。

わたしが思いついたのは、懸賞金を提供した流行作家にいまの発見を伝えてやることだった。まるまる謎を解いたわけではないにせよ、文字の並び方がまるきり反対だということを指摘してやれば、それが暗号の解明につながることはいうまでもない。この情報は、少なくとも五百万ぐらいには相当するんじゃないだろうか。弁護士は言葉をにごしていたけれども、わたしも職業探偵の端くれだ。相手の正体をさぐり出すことは易々たるものだった。彼がいまをときめく流行作家であるならば、そして芳田吾平の親友であるならば、事件が発生したとき新聞社がコメントを求めない筈がない。

わたしはそう考えて押入れから新聞の綴じ込みを持って来た。そして、友人の死を悼んでいる土井湖南（どいこなん）の名を見つけた。彼こそ洛陽の「紙価」を高からしめているベテランのミステリー作家なのであった。賞金をかけたのが彼であることは間違いない。

特に推理作家と限ったものではなさそうだが、彼らのあいだには夜中に執筆する夜型の作家と、日中に机に向う昼型作家の二種類があって、前者は午後の二時頃まで眠っている。したがって作家を名乗る者に電話をするのは二時以降が無難である、というのが編集者の常識なのだという。だからわたしも二時になるのを待って、オフィスから電話を入れた。

たぶん女秘書がでるのではないかと思って、胸ときめかせて待っていたらいきなり当人が受話器をとった。流行作家だから傲岸不遜（ごうがんふそん）なやつだろうと想像していたわたしは、思いのほか腰の低い男なので調子が狂ってしまった。考えてみれば親友のために二千万円を投げ出そうとしているのだ、友達思いのやさしい心情の持主なのかも知れない。

わたしの説明を、彼はじっくりと聴いてくれた。途中でこちらの発言をさえぎったり、自分の意見を押しつけるようなことは一度もしなかった。尤も、わたしは具体的なことは何一つ述べずにいた。ただ匂わせるにとどめておいた。大切な情報を只取りされるような間の抜けたまねをする気は毛頭ない。

「あのFONIJという出題そのものが間違っておるですな。捜査本部もあなたもその点に気づいておらん。サクラサクという連絡を待っている受験生のところにです、ハトポッポと打電したら相手は解釈することができんでしょう。それと似たようなものです」

大体そんなふうなことを語った。土井はさすがに推理作家というべきか、わたしの寝言みたいな発言を理解し、それに興味を示してくれて、明晩でよければ会って話を聞こうと答えた。そこで二人は時刻と場所を打合わせた。

5

翌る夜の八時という半端な時刻に、指定された道玄坂の喫茶店に出かけていった。土井は先に来てわたしを待っていてくれた。灰皿の吸殻の数から、彼が早くから来ていたことが解る。それは、彼の関心が並ならぬものであることを語っていた。

土井は甚兵衛を着た四十半ばの男だが、なんとなく老人くさく思えたのは着ているもののせいばかりではなかった。仕事場が近所にあるのだろうか、ぶらりと散歩にでたといったふうに見える。

「あなたのいわれることに納得性があれば、賞金の一〇パーセントをお払いしますが、それでどうですか」

わたしは素早く暗算をしてから、期待のはずれたことに、かなりがっかりしたものの、貰わぬよりはましだと思い直して、ＯＫの返事をした。

「コロンブスの卵みたいな他愛のない話でしてね、なんだそんな簡単なことかといわれて、一〇パーセントの金を撤回されると困るんだが……」

「そういうみみっちい真似はしません」

重々しくいうと新しいタバコに火をつけた。さぞ上等な外国タバコをふかしているのだろうと思ってそれとなく見ると、国産の安物を吸っているのだった。土井が煙を吐きだすのを待って、昨日の朝の発見を話して聞かせた。

土井はべつにメモをとることもしないで、終始無表情でタバコを吸っていたが、わたしの話が終ると人の好さそうな笑顔になって、大変参考になったと礼をのべた。

「じつは、いまのお話をうかがっているうちに、わたしなりに暗号が解けたような気がするんです」

「それは結構。ですが、あなたや当局の連中がなぜ逆さに読んで平然としていたのでしょうな」

彼はナプキンをひろげると、ポケットからボールペンを取り出して、キャップをはずした。

「あのチラシに猫の写真があったことはご存知でしょう？　芳田君は決して吝嗇漢ではないんですが、物を粗末にするのは嫌いでした。ですから猫を印刷したチラシにしても、余白をメモがわりに利用できると考えたのでしょうか、捨てずにとっておいたのです。そのチラシに、彼は犯人の目を盗んですばやくメッセージを遺した。紙の天地なんかをチェックする余裕はなかったんでしょう。で、本筋に戻りますが、あのロシヤ文字がFONIJではなくてJINOFだといわれてわたしは、芳田君の意図するものを理解しました」

まあ聞いて下さいというふうに身を乗り出した。

「JINOFはJINO F.とすれば解りやすいと思います。ときにあなたはクラシック音楽に興味をお持ちですか」

いやと首を振った。音楽を借金取りやゴキブリと一緒にする気はないが、嫌いだという点で三者は一致している。

「アメリカにジーノ・フランチェスカッティという一九〇二年生まれのバイオリニストがいます。JINO F.とはこの人の姓名を意味したものではないでしょうか。もう現役を引退している筈ですが、名手として評判の人でした。たくさんのレコードも発売されています。日本には一度も来なかったせいか、わが国における人気はもう一つパッとしないようですが、レコードを通じてファンもおります。わたしもバイオリン音楽はよく解らないものですから、フランチェスカッティのどこが好くてどこが嫌われるのか知りませんけど、芳田君はフランチェスカッティ嫌いで、というよりもベルギーのグルミオーが大好きなものですから、作家仲間の親フランチェスカッティ派とはよく議論をしていました。まるで音楽評論家みたいにね」

音楽の話になるとわたしは覿面に眠くなってくる。数日来睡眠不足でもあるのだ。

「論争は感情的になることもありました。ですからそのダイイング・メッセージは犯人がフランチェスカッティ派の一人であることを暗示したのではないかと思うんですよ」

「そのグループにフランチェスカッティ派というのは何人いるんですか」

バイオリニストをめぐる感情的な対立ぐらいで人を殺すものだろうか。土井の発言に説得力の不足を感じながら、わたしはべつの質問をした。

「そう、二、三人でしょうね。類は友を呼ぶというように、クラシック好きの芳田君の周囲にはクラシック音楽の好きな人がたくさんいました。しかしバイオリン音楽にうつつをぬかしているのは十名前後で、たまたまそのなかにフランチェスカッティの熱狂的なファンが三人ばかりいた、というわけです。特にシルクスクリーンの大家といわれる炭屋三郎さんはアメリカ留学中にナマの演奏を何度も聴いています。一方芳田君はせいぜいLPレコードで聴く程度ですから、炭屋さんにすれば小癪なこの小僧という思いはあったでしょう。といって彼がやったと断定しているわけじゃないですよ。誤解しないで下さい」

「解ってます」

そう答えながら、英単語を暗記する中学生のように、頭のなかで幾度も炭屋の名をくり返していた。それにしてもシルクスクリーンとは何だろう？

「因(ちな)みに芳田君はベルギーのアルチュール・グルミオーが好きでした。ベルギー楽派の特長である上品で典雅な演奏がいい、たしかそんな感想をいってたことがあります。そういえばグルミオーも日本には来なかったですな。飛行機がこわいんですって」

「いまどき、そんな人がいるんですか」

「フランスのジネット・ヌヴーという女流は、アメリカへ向う途中、飛行機が大西洋に落ちて死にましたし、同じフランスのジャック・ティボーは日本に来る途中に飛行機が山に激突して死んでいるんです。同じバイオリニストとして、恐怖感を持つのは無理もないことなのですよ」

6

土井と別れてから、公衆電話で弁護士に報告をした。懸賞金の分け前をせしめる魂胆だったなどとはおくびにも出さなかったから、彼はおおいにわたしの労をねぎらってくれた。

「ところでご苦労ついでに、そのフランチェスカ党とかいう連中をしらべてくれないか。土井氏の注文は真犯人を指摘することにあるんだから」

彼はブランデーでも呑んでいるのか、いささか呂律のまわらぬ口調だった。

それから五日間かけて、芳田吾平とフランチェスカッティ派との絡みをかなりはっきりさせることができ、わたしはその結果を肥った法律家に伝えた。

弁護士は小雨のなかをやって来た。少し気温がさがって涼しい日だったので、今日の法律家はかなり機嫌がよく、事件を解決したらうまいビフテキを喰おう、いい店を開拓したんだなどといった。

「じゃ始めてもらおうか」

「まず炭屋三郎だが六十歳を少し過ぎた元気のいい男でね」

シルクスクリーンというのは版画の一種だった。芸術家というからベレをかぶってコールテンの上衣を着て、不精ヒゲを生やした、ちょっと蒼白い顔をした弱々しそうな男を想像して訪ねたのだが、これが一メートル八五はありそうな大男で、下手をするとこっちがぶっ飛ばされそうな気がした。一日の仕事を終えると、いまでも腕立て伏せを百回やるのだそうだ。

「冗談じゃない、芳田君がグルミオー党でわたしがフランチェスカッティ贔屓だという、そのくらいの動機で人を殺したりするもんですか。わたしはそれほど単細胞ではない」

そういうと何がおかしいのか、ふん反りかえって腹をゆすって笑った。こんなのを呵々大笑というんだな。そんなことを思いながら笑い声のしずまるのを待っていた。アトリエは絵画のそれとは違って工房のような感じがしたものである。

「わたしもね、動機としては弱いと思っていたんだけど、なにしろあの画家はゴリラみたいな豪傑だからね、人の頸を絞めるなんて朝めし前だろう。しかしいくら丹念に調べてみても、それ以外には動機となるようなものはなかった」

「その画伯のアリバイはどうだ？」

「横浜のデパートで三人展をやることになっていて、業者が来て絵を梱包したりクルマに積んだりしていたんだな。当人もそれに手を貸したりしていた」

「そいつは残念だ。だが、そんなうどの大木みたいな大男がバイオリン音楽を聴くとは意外だね」

つぎは誰だい、と彼は話の先を催促した。人間、年をとるにしたがって気短になるというが、ここ一、二年この弁護士もたしかに気が短くなってきたようだ。

「二人目は食味評論家の霧という三十男でね。名前は丹坊、東北の寺の坊主の伜だそうだ。経をよむより饅頭を喰うほうが好きという意地の汚いやつで、いまはめしを喰って歩くのが仕事だから非常にハッピーであるというようなことをいって、にこにこしていた」

　彼は小肥りで、半袖からつき出している腕は肉がつきすぎてハムを連想させた。顔にも肉がたっぷりとついていて、目尻がさがっているから大黒さんのお面を思わせる。

「その男に動機はあるのかね？」

「らしきものはある。去年のことになるんだが、彼がようやく手に入れたフランチェスカッティのSP盤を、芳田に貸したんだな。これを聴けばフランチェスカッティに対する認識が変わるぞ、といいながらね。芳田はそれを別の友人にまた貸しをした。ところがこの男がSPレコードの扱いに不慣れだったものだから、割ってしまったんだよ。霧はそれで腹を立ててね、いまだに反目しているというんだな」

「音楽のことは解らんが、SPレコードのことは知っている。戦前のレコードはみなSPだったからね。だが、一枚のシェラック盤を割られたぐらいで不仲になるというのはちょっとオーバーだな」

「あんたが愛聴したのは童謡か浪花節のレコードだろうが、食味評論家が割られたのはフランチェスカッティが十代の時分に演奏したものなんだ。ラッパ吹込み時代のしろものだから七十年が過ぎている。戦前の日本にも何枚か輸入されていたことだろうが、そのレコードも大半は第二次大戦の空襲をうけたり、疎開の途中で割られたりした。幸いに無事だった盤も摩滅したやつもあれば傷をつけられたやつもあるというわけで、満足な状態で残されているのは霧のだけだったんだ」

「まるで骨董品だな」

と弁護士は笑った。だが骨董的な価値がプラスされれば、霧丹坊にとってはなおさら貴重な宝物だったのだろう。こうなると金で解決する問題ではない。

「いや、芳田君が割ったのなら腹を立てませんよ。SPの場合、オーバーな表現をするならばです、他人に貸すことが既に割られることを前提としているんですから。緊張して取り扱うと、得てしてサウンドボックスを盤面に落したりして疵をつけられるものですよ。ぼくが怒ったのは、ぼくに無断で他人に貸したことなんです」

霧の福々しい顔が急に引きしまったのが印象的だった。

「あなたもSPレコードのことは知っているでしょうが、サウンドボックスという重たいものの先端に針をつけてレコードの溝をこするのですからね、終って針先をみるとシェラックが黒い粉になってくっついています。つまりSPというやつは鳴らす度に瘠せ細っていくんです。骨身をけずって音をだしているんですよ。芳田だってそれを重々承知していながら他人に貸した。それが許せないんです」

食味評論家はそこまで語ると以前のような笑顔に戻った。三十男のくせに、笑うと両方の頰っぺたにエクボができる。

「花より団子といいますがぼくは花のほうをとりますね。山海の珍味よりもあのレコードが大切だった。空腹を抱えてもフランチェスカッティを聴いていたかった」

「恨み骨髄に徹す、というわけですか」

「そのとおり。ですがね、ぼくが殺したわけではない。ぼくにはアリバイがあるんです」

霧はひどく自信あり気にそういったのである。


「ふん、アリバイがね。どんなアリバイなんだね」

わたしの話を聞いていた弁護士がそう訊ねた。

「取材にいっていたんだ。取材といっても仕事が仕事だから、小説家の取材なんかとはわけが違う。このときは森下町（もりしたちょう）のケトバシ屋に行って、馬の刺身をたらふく賞味したというんだな」

森下町は新大橋をわたった隅田川の向う岸にある。大衆相手の馬肉料理屋が並んでいることで、江戸時代から通人のあいだによく知られたところだった。

「羨ましそうな顔をするな。で、証人は？」

「同行した編集者。それに料理屋の仲居さんもはっきり覚えていた。なにしろ大黒さんが洋服を着たような恰好をしているので目立つんだね」

「すると三番目の男はどうなんだ？」

そろそろ機嫌が悪くなりかけていた。大きな顔が一段とむくんだように見えた。

「犬井照彦(いぬいてるひこ)というピアニストでね、見るからに女蕩(おんなたら)しそのものといったキザな野郎なんだ。ピアニストといってもステージで演奏するんじゃなくて、もっぱら女にピアノを教えているんだが、これが趣味と実益を兼ねていてね。渋皮のむけた女性が弟子入りすると片端から手をつけるという、とんでもない男なんだ」

「えらく怒ってるが、内心羨ましいんじゃないのかね？」

皮肉をいわれた。図星であった。わたしは咄嗟に気のきいた返事もできなかったので、彼の顔を睨みつけてやった。

「バカ、ふくれるやつがあるか。で、そいつもフランチェスカッティの信者なのかい？」

「イエスでもあるしノーでもある。フランチェスカッティが好きなことは事実だが、彼は博愛主義者というかいい加減な男というか、フランチェスカッティも好きならグルミオーも好き、クライスラーも大好きといったたちだから、ひいきのバイオリニストがもとで仲間と気まずくなるようなことは全くない」

クラシック嫌いのわたしだったが、耳学問というか、調査をすすめていくうちに、いっぱしの通みたいなことを話すようになっていた。

「じゃ動機もあるまい」

「それがあるんだな。いかにもこの男らしい動機がね」

わたしはぬるくなった渋茶をすすった。

「彼がドン・ホァンであることはいまいったとおりだ。その犬井照彦が新入りのお弟子に目をつけて、早速ラブホテルに誘った。犬井は女漁りをするくらいだから鼻のたかい整った顔をしている。上背があって声が甘くて女性にはとびきり親切でといったふうに、ドン・ホァンとしての条件を完全にそなえているんだ。この男に声をかけられれば、どんな志操堅固な女でもコロリと参ってしまうんだね」

「世間にそんなタイプの男がいるという話は聞くことがある。その度にわたしは、そいつが爺さんになったらどうするんだろうってことを考えるんだな。しわだらけに年老いてさ、最早若い女から見向きもされなくなったときの虚しさをどうするのか、とね」

「回顧録でも書くんじゃねえですかい。ベッドシーンをこってりと」

「冗談はよせ。で、その女性が誘惑されて、どうしたんだい」

「手っ取り早くいうと、ラブホテルから出て来るところを、同じサークルの男性に目撃されてしまったんだな。犬井にすれば日常茶飯事だからどうってことはなかったろうが、女性のほうが芳田の婚約者だったのがまずかった」

「彼は独身主義者じゃなかったのか」

「稲村真理子というのが彼女の名前なんだけど、推理作家はこの稲村嬢と知り合ったとたんに、女性観に変化を来したらしいんだ。長年にわたってぶらさげていた独身主義者の看板を、あっさりとはずしてね。それほど素晴らしい女性に見えたんだろうね。だから事情を知った芳田は怒髪天を突くといった怒りようだったそうだ。撲られたドン・ホァンは階段から転げ落ちたんだが、その転がり方がサマになっていた。キザな男は転げ落ちるときも気取ってやがるというわけで、感心している仲間もいた」

「そいつの逆恨みってこともあるな」

「そう。本人は自分が悪かった、芳田君が憤慨するのは尤もなことだなどと悟ったようなことをいっているが、それが本心ではあるまい。仲間が環視しているなかで階段から落っことされたんだ。ドン・ホァンとしてのプライドは大いに傷つけられたに違いない。復讐のチャンスを狙いつづけていたと考えられても仕様がないやね」

「本命はそいつだな?」

「ところがこいつにもアリバイがある。性懲りもせずに女をくわえ込んでホテルにしけ込んでいたという、いかにも犬井らしいアリバイがね。なにしろ彼が映画俳優以上の美男子だから、特に女性の従業員が覚えていたんだ。したがって犬井もシロってことになる」

弁護士は机に手をついて、やっこらしゃとでもいうふうに、重たいお尻をイスから持ち上げた。そして不機嫌をまるだしにして短くいった。

「帰る！」

7

風が吹けば桶屋が儲かるという。だがわたしは桶屋でないせいだろうか、不況風が吹くとその影響をもろに受けて、月収が大幅にダウンするのだった。家計を引きしめようとするときに亭主や細君がまず考えるのは、浮気を中止することなのである。その結果、尾行の依頼がガタ減りしてしまい、結果としてわたしが飢えなくちゃならんという寸法であった。だから今度の仕事はぜひとも満足のいくような解決をして、あの流行作家からまるまる二千万円也の賞金を頂戴しなくてはならなかった。それには骨身をいとうてはならないのである。

　わたしは芳田のサークルの残った会員を歴訪して、この事件の動機を持つ人間を発見しようとした。仲間の数は二十名ほどだったが、そのなかの四人は近県に住む主婦であったので、わたしは熱海の伊豆山にまで足を伸ばさなくてはならなかった。こうなると一日仕事である。

　彼らの職業はさまざまだったが、なかでも多いのは編集者とイラストレーターであった。芳田の商売が作家だから、遊び仲間に出版社員や画家がいたのはべつに異とするに足らぬだろう。

　あとは公務員に会社員、商人に教師に宗教家など。なかに無為徒食と称する羨ましい初老の男性もいた。

まあそんなわけで、二週間近くを費してようやく全員に当ることができた。が、結果は全くの徒労に終ったのである。彼らはすべて紳士淑女ばかりで、トラブルとは無縁の人々であった。

愛する芳田を失った稲村真理子は黒っぽいワンピースを着ていた。たぶん喪服のつもりだったのだろう。化粧を控え目にしていたがはっとするほど綺麗な女性で、特に大きな眼が美しかった。なんで女優にならなかったんだ、とわたしは思った。黒目がちの大きな眸でじっと見つめられると、百戦錬磨のわたしでさえめまいがするほどだった。

彼女は片手に草色の絹のハンカチを握っていて、頻繁にそれで涙をぬぐった。

「芳田先生にプロポーズされたのは今年の春だったんです。わたしが即答しなかったのは、ミステリーに興味がなかったせいでした。わたしがミステリー作家夫人になった以上は、原稿を清書するとか、出版社の方々にそつない応対をするとか、そんなことをしなくてはならないでしょうに、そうした日常のことをテキパキとさばく自信がなかったせいですの。芳田先生は、心配するな、ぼくが仕込んでやるよと力づけて下さったんですけど、やっぱり自信がもてなくて」

だが、わたしはこの訪問でも収穫はなかった。唯一の特典といえば、久し振りで目の保養をしただけだった。

他力本願といわれるのは嫌であったが、わたしは、またしてもあの三番館ビルのバーの紫色の酒をしきりに思い出すようになっていた。

　わたしが国電有楽町駅に降りたのは、それから三日目の夕方のことだった。いつもと同じように少し早目に着いたので、バー・三番館に客の姿はまだなかった。バーテン一人が黒のネクタイを小粋にしめ、一心不乱にグラスを磨いているところだった。

「あ、いらっしゃいませ。近頃お見かけしないものですから、お加減がお悪いのではないかとご心配申し上げておりました」

「いや、忙しかったもんでね。バーテンさんも元気でなにより」

　まさか金欠病で酒も呑めないなどとはいえたものではない。瘠せても枯れてもわたしは銀座のバーの会員なのだ。

「何にいたしましょう？」

　スツールに腰をかけると、セーヴした声で問いかける。この辺のタイミングというか呼吸というか、それがピタリと決っている。早過ぎれば催促しているように聞こえるし、遅ければ遅いで客を無視しているように思える。それに穏やかな笑顔、人をそらさぬ話術、それが同性であるわたしから見てもじつに魅力的だった。

　早くいえば、わたしはこのバーテンが大好きなのだ。おまけに、解きあぐねた事件の謎を持ち込むと、彼の頭のなかがどんな構造になっているのか知る由もないけれど、ワンテンポをおいて答えを出してくれる。わたしにとっては掛け替えのない智恵袋的な人物であった。

「そうだな、バイオレットフィズを一ダースばかり」

いってみればこれは暗号みたいなものだった。新来の客には何のことか解るまいが、難解な事件を持ち込みました、よろしくお願いしますよ、という無言の依頼になっている。

「近頃の事件と申しますと、あの中堅の推理作家が殺された吉祥寺のマンション殺人でしょうか」

「大当り。あの件を依頼されて毎日歩き廻っているんだがね、これはと思う男にはみなアリバイがある。といって他に動機のありそうなやつはいないというわけで、二進も三進もいかなくなっているんだよ」

「わたくしにアドバイスができますでしょうか、ちょっと心配でございますが」

「そんな心細いことはいわないでくれよ。こちとらはあんただけが頼りなんだぜ」

彼は黙ってシェイカーを振っている。わたしも黙ってタバコに火をつけた。この沈黙の一、二分間もまた、なくてはならない前奏曲といったものになっている。

やがて紫色の液体を充たしたグラスが置かれた。それを少しずつなめながら、調べたかぎりのことを少しの省略もせずに語って聞かせた。

長いわたしの話が終ると、バーテンは二杯目のフィズを作りながら、歯切れのいい口調で語った。

「わたくしも興味をもって新聞記事に目をとおしておりました。しかし簡単すぎてよく解りませんですね。あのメッセージがロシヤ文字だということは書いてございますけれど、具体的なことは何一つ……」

「バーテンさんはロシヤ語も読めるの？」

いや、読める筈だった。博識の彼のことだから、ペラペラと喋ることはできなくとも、基礎ぐらいは齧っているに違いない。そう考えて例のコピーをポケットに入れて来たのである。

「できるなんて飛んでもございません。ほんのアルファベットぐらいのもので……」

「それで結構、大助かりだ。殺された芳田吾平もテレビの講座で一年間勉強したんだそうだ」

ポケットからコピーを出して、しわを伸ばしてバーテンの前においた。わたしは謙譲の美徳なんてものはおふくろの腹のなかに置き忘れて来たほうだから、捜査本部はコピーを逆さに読んでいたに違いないという話を、得々として喋った。

「なるほど、大発見でございますね。逆さまにいたしますと、たしかにジーノ・Fという綴りになりますね」

わたし自身はフランチェスカッティどころかバイオリン曲なんて聴いたこともないのだが、ともかく芳田たちがクラシックファンであることから始めて、バイオリニストの演奏論をめぐる対立にいたるまで、それこそ見て来たように語った。おそらくバーテンのことだから、こうした演奏家のレコードぐらい持っていて、暇なときには聴いているのだろうと思いながら。

バーテンはロシヤ文字を睨みながらしばらく黙り込んでいた。わたしは二杯のグラスをからにした。

「解りました。結論から申しますと、これはダイイング・メッセージではございませんですね。たまたま床の上にでも落ちていたということで、メッセージだと誤認されたのでしょうけど」

「違う？　どうして」

と、わたしは声のトーンを高めた。正確にいえばおどろきの余り声が上ずったことになる。

「芳田さんの何かの随筆で読んだのでございますが、この方は小説を書こうとしてアイディアが浮かばないときには、カタカナやひらがな、アルファベットなどを用紙に書き出して、無意味に並べたりなさるそうで。でございますから、これもその一つではないかと考えました」

「でもバーテンさん、ジーノ・フランチェスカッティというバイオリニストは現実に存在するんだぜ」

わたしはダイイング・メッセージ説にこだわっていた。バイオリニストの名を記したメモが、意味も何もない単なるいたずら書きだとは思えないのだ。

バーテンは人のよさそうな笑顔で、かるく一礼した。

「はい。そうお考えになるのも無理はございませんですが、フランチェスカッティの名は、JINOではなくてZINOなのでございますよ。ロシヤ文字にもZに相当する3という字がございますから、もしあのバイオリニストの名を記すつもりでしたらば、そちらの文字を用いたものと存じますが」

……いわれてみれば一言もない。われわれ音痴の徒は、バイオリニストの名のスペルまでは知るわけがないのである。いわんや、ロシヤ文字で綴ったものにおいてをや。

「お話をうかがっていて、おかしいなと思いました。これはおっしゃるとおりの、上下を逆転しても読むことができるという特徴を持った文字ばかりでございますが、更によく眺めますと、アルファベット順に並んでいることに気づきました。早い話が、英語のアルファベットで申しますならば、HIOSXZと並んだようなものでして。したがいまして、ただ単に機械的に並んだにすぎないこの六文字の綴りから、意味のある言葉を引きだそうといたしましても、それは無駄な努力でございましょう。そこでわたくしは、先ほどの芳田さんの随筆を思い出しました。たぶん、またアイディアを考えるウオーミング・アップとして、文字いじりをしておいでだったんだなと……」

バーテンの明察には毎度のことだが恐れ入った。が、感心するよりもわたしは、二千万円の賞金が飛んでいったことを思って落胆していた。うまい物を喰って体力をつけるためにも、大袈裟にいえばわたしの生命を維持するためにも、この金は欲しかった。喰う物がなくても水を飲んでいれば一週間は生き延びられるそうだが、東京砂漠のどまんなかに住んでいてはその水さえ満足に飲めないのである。

オーバーに表現するならば、わたしの眼の前はまっ暗になった。

「すると、フランチェスカッティ云々ということは一切関係なし？」

わたしは念を押した。

「はい、そういうことになりますので。それがジーノ・Fと読めたのはまったくの偶然でございましょうね。芳田さん自身が、そうしたことには気づかれていなかったかも知れませんですよ」

わたしの絶望的な胸中も知らずに、バーテンは相変らずにこにことしていた。

8

バーテンは手早くシェイカーを振ってギムレットをこしらえてくれた。これはわれわれのあいだの語らざる習慣ともいうべきものなのだが、事件を抱えて四苦八苦しているときのわたしは、アルコール度の低いバイオレットフィズを呑む。しかし解決したときはギムレットで祝盃をあげる。そういうしきたりになっているのである。

「これは？」

「はあ、謎が解けたように思いますので。わたくしのおごりでございます」

「ほんと？　バーテンさん――」

二千万がまた羽音をたてて戻って来たような気がした。わたしの声が上ずったのも当然だ。

「わたくし思いますに、犯人は稲村真理子さんでございましょう。芳田さんは潔癖感のつよい方だそうですから、彼女が汚された女であると知った瞬間、稲村さんに対しては興味も関心もなくなったものと存じます。稲村さんが謝ろうが哀願しようが許す気にはなりますまい。あの日、最後の交渉に訪ねて来た彼女は、可愛さあまって……の心境だったのでございましょうね。凶器のロープを持参しまして、油断して後ろを向いている芳田さんに襲いかかりました。芳田さんも男性ですからそう簡単には殺されません。現場の争った跡がそれを語っていると存じますが……」

「潔癖家というのも道徳家というのも程度問題だよな。そのために結局は自分の命まで奪われることになって……」

「はい、さようで」

バーテンは決して逆らったことがない。元来が素直なたちなのだろう。

ふとわたしは、バーテンの家庭はさぞかし円満なことだろうと思った。奥さんともいさかいひとつしたことがなく……。そう考えてきたわたしは、バーテンが家庭を持っているかどうかということばかりでなく、名前も知らなければ住所も年齢も知らないことを改めて考えた。これだけ博識であるならば、生まれつきのバーテンであるわけもあるまいに、彼の履歴についても何ひとつ知るところがないのである。

謎が解明されたと思ったら、もうひとつの謎が、蝶ネクタイを締めてわたしの目の前に佇(たたず)んでいるのだった。

謎の人はせっせとタンブラーを磨き始めた。

ジャスミンの匂う部屋

1

八階の部屋に点心をとどけての帰りだった。片手にアルミの岡持ちをさげている。来るときは料理が皿から飛び出さないように気をつかうが、帰途はそんな心配をする必要はなかった。寒さを意識するのはこうしたときである。

寒いな。まさか雪になるんじゃあるまいな。捨三は身ぶるいをしながらそう思った。マンションの廊下には人っ子ひとりいない。そのせいか空気が一段と冷えているような気がする。早く帰って銭湯にゆきたいな。

捨三の店では、毎晩九時になると店主が軒先にさがったのれんをはずして、戸締りをする。それから後は捨三の自由時間ということになるのだが、いまは八時五十二分、あと八分すれば一日の労働から解放されるのであった。

このマンションは、麴町という場所柄オフィスとして利用される部屋が多い。貿易商、芸能プロ、マンガ工房、エアロビクスのスタジオといったふうに日中の住人は多士済々だ。

いま夜食をとどけにいった部屋のあるじも、外国映画のビデオテープを専門に扱っている輸入商である。彼にしても、点心をたべ終えてもうひと仕事をすれば電灯を消して家に帰っていく筈であった。こうしてこのマンションは巨大ながらんどうになる。

捨三は三基あるエレベーターのボタンを押した。最上階にいた函がすぐに降りてきた。岡持ちをぶつけないように注意しながら乗り込む。そしてボタンを押そうとしたとき、だしぬけに短い叫び声がした。声は、正面のスチールドアの奥から洩れたようであった。

間違いなく男の声である。それも恐怖にかられた悲鳴のようでもあり、救けを求める絶叫のようにも思えた。だが、それよりも先に捨三の指はボタンに触れていた。扉が音もなく閉ってエレベーターは急速に下降していった。

一階のホールには大きな熱帯魚の水槽に似たガラス張りの管理人室があって、昼間はブレザーを着た美人がふたり詰めている。しかし六時を過ぎると彼女たちも帰ってしまうから、ここも無人だった。捨三はいま耳にした声について語る相手もないままに、岡持ちを抱えて外にでた。

うう寒む。頸をちぢめて曇った空をあおぐと、やはり雪になりそうだなと思った。冬だから気温が下がるのは仕方がないとして、雪が積ると配達するのが大変だ。南国生まれの捨三にとって雪は、オーバーにいうならば不倶戴天の敵なのだった。

山波良彦は某大学の法学部に籍をおく学生である。両親の家から通学しているので仲間の学生のように下宿代を払う必要がない。その点でも恵まれたカレッジライフをエンジョイしている。彼は入学式の日に勧誘されるままUFO研究会に入った。

UFOとは未確認飛行物体のことだから、要するに得体の知れぬものが飛んでいれば、仮りにそれが石焼芋であってもすべてこれUFOなのだ。だが良彦たちが遭遇を期待しているのは宇宙生物にかぎられていた。もしそいつが校庭に降りて来たらどんなにステキだろう。良彦たちはそうしたことを熱っぽく語り合いながら、異形の宇宙人との出遭いを夢想した。

夕食がすむと、良彦は屋上につくったペントハウスと称するバラックに閉じこもる。そして灯りを消した暗い部屋のなかで息をひそめ、天体望遠鏡で空をながめるのだ。しかし、眺めだして二年あまり経過したにもかかわらず、運がわるいとでもいうのだろうか、焼芋一本みたことがない。近頃の良彦はさすがに熱がさめかけていた。元来がユーフォロジストではなく、たまたま美人の先輩に声をかけられて入会したに過ぎないのだから、いったん飽きてくると止めようがなかった。いまでも部室に顔をだすが、それは例の美人の先輩がいるためであった。色が白いのは七難隠すというが、彼女は色白の上に眼が大きく、鼻にかかった甘い声をだす。それが良彦の魂をとろかすのだ。

いまもって良彦は夕食のあとで屋上へ直行する。が、彼が手にするのは倍率のいい双眼鏡だった。これで地上界をつぶさに観察するのである。最近になって知ったのだが、高層マンションの居住者は誰からも覗かれるおそれがないと信じているせいか、入浴する際も窓をあけたままカーテンも引かないものが多い。まさか高台に住む大学生が、夜な夜な双眼鏡を目にあてて舌なめずりをしていることなど、気づくわけもなかった。

この夏頃から、八時四十分前後になると、焦点を市ケ谷駅のむかいのマンションの窓に合わせる習慣がついていた。ちょうど向き合った六階の部屋に高校生の娘がいて、その湯上がり姿をたっぷりと観賞することができるのだった。だが、この夜ドアが開いて入って来たのは彼女ではなくて、毛むくじゃらの父親とおぼしき男だった。よほどのタバコ好きだとみえ、ふとい葉巻を横にくわえている。あの清純そうな少女にこんな不潔な親爺がいることを知った良彦はひどく落胆した。彼はあわてて焦点を横すべりに移動させた。

つぎに視野をよこぎったのは、麴町近辺のマンションの黄色いカーテンを張った窓だった。良彦は閉ざされた窓には興味がない。双眼鏡はそこを素通りしかけたが、なにか引っかかるものがあってバックした。カーテンには男の影が黒々とうつっている。片手になにかを握り、それを少しずつ振り上げていく。良彦はピントを充分に合わせた。男が手に持っているのは、角張っているところから判断すると、洋酒の瓶らしかった。つぎの瞬間に彼は、最上段にかざしたその瓶を、勢いよく振りおろしていた。

彼がなにを摸ったのかは解らなかったが、良彦の耳には肉を叩き骨がくだけるいやな音が聞こえたような気がして、思わず目をそむけた。彼が興味を抱くのは入浴シーンであって殺しの場面ではないのだ。双眼鏡を机にのせると機械的に壁の夜光時計を見やった。針は八時五十分を少し廻ったところだった。

2

その翌朝、捨三は食器を回収するためにマンションへやって来た。三階でワンタンメンの丼を七個。そのあとでエレベーターに乗ると八階に向った。下から乗ってきた先客がひとりいた。上等の毛皮のオーバーを着た三十歳ぐらいの美人だった。整形したのではないか、一瞬そう思ったほど形のいい鼻をしている。彼女も八階で降りた。

捨三はずんぐりした体をいくぶん反らすようにして、小声で演歌をくちずさんでいた。昨夜とはうって変った上天気である。風はなく、十二月にしては異常なほど温かい。

捨三は東の棟のはずれにあるビデオソフトの輸入商の処にいくと、ドアの外においてある点心の小鉢を取り上げて、岡持ちのなかに格納した。まだ出勤前だとみえて人の気配はない。それを承知の上で「またどうぞ」と声をかけたのは、主人からきびしく仕込まれた無形のサービスなのであった。

岡持ちを抱えるとまた演歌が口をついてでてくる。特に小節がうまく決まったりすると、ひどく気持がいい。今日はなにかいいことがあるんじゃないか、そんな期待感が湧いてくる。

下りのエレベーターのボタンを押そうとしたとき、背後であらあらしくドアの開く音がした。思わずふり返ると、先程の鼻のたかい女が、スチールドアに取りすがったような恰好で立っている。眼がうつろというか、別人のように呆けた表情をしている。毛皮のコートの上から、胸がはげしく息づいているのがわかった。

「どうしたんですか」

そうたずねたかったが声がでなかった。十九歳の今日まで、捨三は美人と口をきく機会を持っていない。女はそれを察したかのように、形のいい赤い唇を動かした。こちらも動転しているのか、いうことがはっきりしない。どうやらケーサツ、ケーサツとくり返しているようである。

「警察、ですか」

女はこっくりした。こっくりするだけでも精一杯、といったふうな緩慢な動作だった。ついでマニキュアした指で内側を示すと、とぎれとぎれに、かすれた声で「ヒ、ト、ゴ、ロ、シ……」と告げた。

いきなり胸を突かれたような気がした。なんだって？　朝っぱらから殺人だって？　ほんとか、おい。そう戸惑っているところにエレベーターが上昇してきた。捨三はそれに飛び込むとすばやく「閉」のボタンを押した。

「管理人さんを呼んできます」

いい終らぬうちにドアが閉った。

3

冬だというのに、肥った弁護士はおでこ一面に汗のつぶを吹きだしていた。

わたしのオフィスは暖房をけちっている。わたしだって人の子だから、あたたかい部屋にゆったりとくつろいで、上物のブランデーでもなめながらポルノ雑誌を読みたいものだと念願しているんだが、例の手元不如意(ふにょい)というやつで、灯油の出費を極力抑えなくてはならぬ有様である。だからシャツを二、三枚余分に着込んでいるというのに、肥った弁護士ときたら汗をかいている。体内温度計がとち狂っているに違いない。そして狂った温度計を放置しておくと、当然のことながら体調がおかしくなって精神にも変調をきたす。とどのつまりは人間が皮肉っぽくなり、わたしが飛ばっちりを受けるのである。

「相変らず汚い部屋だな」

「掃除のおばさんがちょっとくにへ帰ったものでね」

「ばあさんが留守ならきみがやったらどうだ。それとも、部屋が広すぎて手がまわりかねるとでもいうのかね?」

「まあまあ、嫌味はいいっこなしにしようぜ。どうだい、うまい石焼芋でもご馳走しようか」

　弁護士は返事をするかわりに鼻を鳴らした。せせら笑いというやつである。どこでマスターしたのか知らないけれど、この法律家は鼻腔を共鳴させることが巧みで、どんなにノーテンキの男でも、一度彼にせせら笑いをされるととたんに自信を喪失して、落ち込んでしまうこと請合いである。なんとか耐えていられるのはわたしぐらいのものだ。

　わたしは茶をいれると、相手の正面にイスを持っていった。

「まさか皮肉をいいに来たわけじゃあるまい。話を聞こうじゃないか」

　部屋が汚れているのは指摘されたとおりだが、湯呑みやどびんの類(たぐい)はきれいに磨き上げてある。わたしは不精ではあるにしても不潔ではないつもりだ。弁護士もその点は理解しているとみえて喜んで飲んでくれ、なんとかの一つ覚えみたいに「ここのお茶はうまいねえ」と褒める。彼が素直な、人間らしさを垣間見せるのはそうしたときぐらいのものである。

「十二月十日の夜、九時少し前に、麴町のマンションで男が撲殺された一件は知っているだろう？」

　一応は知っている、そう答えた。こう見えてもむかしは神楽坂署のデカだったから、テレビニュースなんかで殺人事件が報道されると、つい身を入れて聞いてしまう。

「まあ、復習するつもりで拝聴してくれ。殺されたのは鯨川大輔(くじらがわだいすけ)、三十九歳の男だ。芳(かんば)しくない過去を持っていて、殺された当時は競馬の私設馬券屋だった。ひとくちにいえばノミ屋だ。きみは競馬が好きかな?」

「当てたときは大好きだが、すったときは大嫌いだ。騎手の頸をしめてやりたくなるね」

「元警察官がむちゃなことをいってはいかんよ」

肥った男がたしなめた。

「鯨川の経営するノミ屋は一風変ったやり方でね、ラジオの中継放送を聞かせておいて、いざ追い込みにかかった時点でスイッチを切ると、客に結果を予想させるというやり方だ。場所は高級マンションの八階の一室なんだが、レース当日になると3DKの部屋が満員になったそうだ。客は好きな呑み物をチビチビやりながら賭けている」

「結構なノミ屋だね。呑みながら賭けるなんて優雅のきわみだ」

「優雅か風雅かは話を終りまで聞いてから決めることだな」

と、弁護士はニベもないいい方をした。

「ひょんなことからバレてしまったんだが、客が生放送だと信じて聞いていた実況放送は、テープに録音したものだったんだ。録音したやつを、三十分ばかりずらして再生していたわけさ。当然なことに、鯨川はどの馬が一着でどれが二着かなんてことはちゃんと承知してるんだから、いろいろ阿漕(あこぎ)なまねもできる」

「敵ながらあっぱれだね」

「ああ。放送済みのテープは即刻消去してしまうんだ。したがって後に証拠を残すこともない。からくりを知った会員たちが怒って拳をふり上げたものの、物証がないんだからどうしようもなくて、大金をすったものも泣き寝入りしたんだ。たいていは人妻だとかオフィスガールだとか、女子大生だとか、欲の深い連中ばかりだがね。しかし男共は黙ってあきらめたりはしなかった。なかには脅迫めいた言辞を弄するやつもいれば、司直にかわっておれが成敗してやるなんてね、明治の壮士芝居みたいなことを広言するやつもいる。だが鯨川のほうは平然と構えていたそうだ。そんな脅しでビクつくような小悪党ではなかったからね」

弁護士は茶をのみほしてしまった。わたしはいそいそと熱いやつをサービスする。なにしろ仕事を持ち込んでくれる福の神みたいな仁だから、皮肉をいわれようと嫌味をいわれようと腹をたてるわけにはいかないのだ。

「わたしの大学のラグビー部は今年も優勝候補のトップにあげられているんだが――」

「チョイ待ち。あんた選手をしていたの？」

「そうさ、名ラガーとして鳴らしたもんだ。その時代は筋肉質のいい体をしていた。いつか家においで。その頃の写真を見せてやるから」

鼻の孔をひろげて、得意そうににんまりとしている。

「フォワードをやっていた黒林精二という大学の後輩がいまいった壮士気取りの男でね、ラグビーをやるよりも応援団長になったほうが似合うんじゃないかと思うんだが、いざ鯨川が殺されると、壮士気取りの大言壮語が祟って、逮捕されてしまったんだ」

「証拠はあるんでしょうな」

「当然だ。机や金庫に指紋がついていたんだ。それも一つや二つではない。当人は昼間たずねて来たときについたというふうに弁明しているんだがね」

「仮りにそうだとしても、金庫をいじったのはまずいな」

「そう。本人にいわせると、鯨川を脅してもすかしても自分の非を認めようとはしない。そこで、金庫をぶちこわすぞといって叩いたり引っぱったりしたんだそうだ。まさか金庫が簡単にぶっこわれるとは思わなかったが、ゆきがかり上そうしないわけにはいかなくなったといってる」

「いうことすることゴリラ並みだな」

「まあ、そういわれても止むを得んがね。しかし断じて殺したりはしないといって、頑強に容疑を否定している」

「犯行時刻は九時にちょっと前だっていってたな」

「そう。九時前の犯行という点については疑う余地がない。中華料理屋の店員と、UFOを探していた学生の証言があるからだ。一方、黒林精二にはその時間帯のアリバイがない。鯨川を憎んでいた、ぶっ殺してやると広言していた。それに加えて指紋ベタベタのアリバイなしときているもんだから、疑惑の目でみられても仕方がない」

弁護士はぬるくなった茶碗を手にとった。

「ラグビー部の先輩後輩という関係もあって、わたしが弁護を引き受けることになった。ところが話を聞いてみると、彼にはアリバイがあるんだよ。ただそいつを持ち出すと、ある女性に迷惑がかかるというわけで、死んでも喋らないと頑張っているんだな」

「どうも考えることが古風だね。オールドファッションというやつだ。まさかあんた、それを信じているんじゃあるまいね？」

「信じているともさ。いやがるのをなだめすかして口を割らせると、わたし自身がチェックした。その結果、黒林君のアリバイが本物であることを確信するにいたったんだ。彼の頭が古過ぎることはわたしも認めるが、彼がシロであることも認める」

弁護士は肉がたっぷりついた分厚い掌を立てると、わたしの発言を封じた。

「きみがいいたいことは解る。だが、彼が死を賭して守ろうとしている秘密を口外するわけにはいかん。きみは、黒林君が潔白だということを信じてくれればいいんだ。余計なことは訊くな」

わたしは大きく頷いて諒解した旨を表示した。そして話の先をうながした。弁護士は茶をひと口すると、茶碗をニスが剝げかかったテーブルにのせ、ハンカチを取り出して、おもむろに鼻の下のヒゲをこすった。

「彼がシロであることを当局に信じさせるためには、真犯人をひっくくって引きずって来なくてはならん。それをきみにやって貰いたいのだ」

　これはわたしの手に余る大仕事だ。同業者の応援をたのまなくては手に負えそうもない。胸中そうしたことを思っていると、弁護士はこちらの心中を読んだように答えた。

「そう心配する必要はないさ。現場を目撃した人間の証言もあることだからな。といっても、UFOマニアの大学生が目撃したというのはカーテンに映った犯人の影なんだが、それによると犯行時刻は八時五十分を少し過ぎた頃で、犯人は男。老人でもなければ少年でもない。つまり青年か壮年の男性ということになる。目撃、といっても肉眼ではなくて双眼鏡で見たんだが、彼の趣味は空飛ぶ円盤を発見することにあったものだから、観察力はプロ並みなんだな。だからかなり正確な点まで覚えている。例えば凶器は酒瓶で、犯人はそれを大きく振りかぶった。カーテンに映ったその瓶が透明ではなかったことと、形から、目撃者はウイスキーの銘柄を限定してみせた。現場にころがっていた凶器は焼酎の瓶だったけどね」

「まさかそいつが犯人じゃあるまいね」

「現場はさっきいったように麴町だ。目撃者のほうは一キロ近く離れた自宅の屋上にいたわけだから、彼の犯行であるわけがない。それはきみ一流の妄想だ」

　何をいわれても気を悪くしないことになっている。彼の毒舌には馴れていたし、この弁護士はわたしの大切な米櫃（こめびつ）だからでもあった。

「カーテンに映ったのはそれだけかい？」

「ああ、あとはネズミ一匹映らなかったとさ。まあそんなわけで犯人像はかなり限定されてくるんだが、わたしが目星をつけたやつは曽根田光麿という男でね。三十一歳のフリーライターだ。これが鯨川大輔のぺてんにかかって、せっかくためた土地購入資金をすってしまった。彼も学生時代には体操部に所属したスポーツマンだ、いまも筋骨隆々としている。一度鯨川のオフィスに乗り込んで危く暴力沙汰になろうとしたこともあるんだ。当局は、ホンボシはこいつではないかと思っているんだがね」

「ちょっと。凶行時刻が八時五十分頃という点は確かなのかい？」

「ああ、それについてはもう一人の証人がいてね。よその部屋に中華料理を届けにいった店員が、たまたま現場の近くを通りかかって被害者の悲鳴を聞いているんだ。彼も、その時刻が同じように八時五十分だといっている」

「なぜ逮捕しないんだい」

「曽根田にはアリバイがあるからさ。いささか立派すぎるアリバイだがね。そこできみに頼みたいのだが、このアリバイが本物かどうかを徹底的に調べて貰いたいんだ」

曽根田光麿の写真が数葉、略歴をしるしたワープロのコピーなどが机上に並べられた。上背のある筋肉質の男でどの写真も白い歯をみせて笑っている。世間には、平素は押し黙って気むずかしげにしていながら、レンズを向けられると「チーズ」って笑顔をみせる男がいるものだ。しかし曽根田がうかべている笑いは本物のように思えた。スポーツマンだから陽に焼けてはいるが、鼻筋がとおり、意志のつよそうな顎をしている。こまかなストライプの入った服がピタリと決まっていた。

「ふだんは柔和な紳士なんだ。ところが逆上すると自分でも行動をセーブすることができなくなるたちだという。これは大学時代に同じ釜のめしを喰った友人の話だがね」

「どんなアリバイなんだい？」

「ちょうど殺しがあった頃なんだが、彼は上野駅の地下街にいた。映画をみて、地下道で電話をかけたあと、駅の乗車券売り場へ急いだ。そしていざ切符を買おうとしたときに肩を叩かれたんだな。振り向くと見知らぬ若者が立っている。赤電話の上にこれを忘れやしませんかといわれて、鞄を忘れたことに気がついたんだ。お礼に、少なくて悪いがといって三万円を渡そうとしたところ、欲がないというか絶対に受け取らない。そこで後日なにかお礼の品を贈ろうと考えて名前を名乗り合ったんだが、この一件が好個のアリバイになるというんだ」

「学生の名前は解っているのかね？」

「そこに書いてある」

と、顎をしゃくってみせた。書類を繰ってみると八王子の某大学の学生で、住所は構内の寮とるされている。北沢誠人（きたざわまさと）、文学部の二年生である。

もし曽根田光麿のアリバイが偽造されたものだとするならば、この学生もぐるということになる。なにはともあれ北沢誠人を追及することが、いまの場合にとるべき最良の策であった。

「よろしい、やってみよう。案外簡単にかたづくかも知れないな」

「そうだといいがね」

弁護士はうかぬ顔で応じた。

4

タイミングがよかったというべきか、北沢誠人との連絡はその日のうちについた。午後二時以降は休講になるから体があいている、三時に、八王子駅前の喫茶店マンモスで会おうという。ひどく調子のいい男だ、というのがわたしの第一印象だった。

新宿から中央線の快速に乗ると、八王子までは四十分位の距離である。平素あまり用のない所だからここに下車するのは五年ぶりだったが、駅がすっかり近代的に衣更え（ころもがえ）していたのは意外だったし、やたらに学生の姿が目につくのも驚きだった。市が、幾つかの大学を誘致したという話は新聞で読んだおぼえがある。だがこんなに若者がひしめき合っているとは想像もしなかった。

マンモスという店はすぐに解った。バスターミナルを渡ったところの白い建物で、一階も二階も喫茶店になっている。

指定されたとおり階上の入口でウエイトレスに相手の名を告げると、即座に窓際の席につれていってくれた。広いフロアは男女の学生であふれている。そのなかで二つ返事で案内してくれたのだから、北沢誠人はよほど名が売れているに違いない。年がら年中ここに入りびたっていないと、ウエイトレスが顔を記憶してはくれないだろう。調子がいいばかりでなくグータラな学生というのが、わたしが胸に描いた北沢誠人像であった。

「やあ、遠いところをわざわざ……」

彼は大袈裟なゼスチュアでイスをすすめてくれた。電話の印象どおり如才のない男だ。目が大きく瞳が杏色をしており、もしかすると先々代あたりでヨーロッパ人の血が混ったのではないかと思った。それにしては小柄である。

手を上げてウエイトレスを呼びとめると、わたしの好みも聞かずにウインナ珈琲を注文してくれた。

「曽根さんが……」

彼がそういいかけて「曽根田さんが」と訂正した。

「曽根田さんがどうかしたのですか」

「いや、どうってことはないんです。ただ、あなたと駅で会ったときの話を聞かせて貰いたいんですよ。時間をかけては悪いから、できれば二、三十分ですませたいのですがね」

賛成、と彼は答えた。

わたしは二人が出遭った日時と場所の確認をとってから、後は相手の喋るにまかせた。

「あのときはリサイタルを聴いた帰りだったんです。上野駅から鶯谷のほうへ向って三百メートルばかし行ったところの石橋メモリアルホール、そこでリサイタルがあったんです。始まったのが六時で九時前に終りました。そこから歩いて上野駅まで戻り、神田乗り替えで八王子に帰るつもりでした。そしたら地下道の赤電話の上に鞄を忘れた人のいることに気づいたもんですから、追い駆けていったんです。曽根田さん……そのときはまだ名前なんて知らなかったわけですけど、曽根田さんは足の速い人で、やっと追いついたときには冬だというのに汗をかいていました」

彼の話はなおもつづいたが、その内容は弁護士が語ったことと寸分の違いもなかった。

話の途中で、となりのテーブルに女子学生が一人で坐っていることに気づいた。はじめのうちはべつに意識しなかったが、そのうちに、北沢に並々ならぬ関心をみせていることが解ってきた。彼女のうかべる表情はさまざまに変化した。笑顔になったり、怪訝（けげん）そうに小首をかしげたり、ときには話かけようとして思いとどまる様子をみせたりした。

わたしだってそれほど鈍感ではない。この男女がかなり親密な間柄であることも、彼女が北沢の語ることに異常な興味を抱いていることも、よく解る。だが、北沢は彼女を頭から無視しようとしていた。故意に黙殺しようとしている。それがいかにも不自然であった。

わたしは鞄のふたを開け、タバコを取り出すふりをしてカセットレコーダーのスイッチを入れて、おもむろにライターを鳴らした。タバコをくわえ、話が一段落したところでトイレに立った。そしてベンジャミンの鉢にかくれて見ていると、予期したとおり女が立って北沢の隣りに坐り、狎(な)れ狎れしい態度で話を始めた。北沢も先程とは打ってかわって親し気な様子をみせている。

頃合をみて、ハンカチで手を拭く真似をしながら出て来ると、女は素早く元の席に戻っていった。わたしは何も気づかぬふりをして、相手の話を聞こうとした。

「もう話すことはないですよ。いい忘れたことといえば、二日後に化粧箱入りのブランデーが宅配便でとどいたことぐらいです。ナポレオンの上物ですから、ぼくらには贅沢すぎましたが、ありがたく頂戴して仲間と呑んじゃいました。学校をでて社会人になったとしても、自腹を切って呑むことはできそうにないな、なんて話し合いながら」

わたしは訊ねたいことはすべて聞いたからといって、彼の掌に何枚かの紙幣を握らせた。

北沢誠人の小柄な後ろ姿が扉の外に消えると、それを待っていたように隣りのテーブルの女が立ち上がって出ていった。わたしはイヤホーンを耳の孔につっ込み、テープを再生させた。二人の会話ははじめから核心に触れる内容であった。

「あなた変よ。メモリアルホールでどうのこうのといってたけどさ、あの晩はあたしと呑んでたじゃん」

「馬鹿、でかい声をだすな。あいつは私立探偵なんだ。知性のない顔をしてるけどよ、誘導するのがバツグンにうまくてさ、おれ、少し喋りすぎたかも知れねえぞ」

「そこが解らないの。なぜ嘘をつくのよ」

「おれにも家庭の事情ってものがあってよ」

「どんな事情よ、聞かせて、ねえ」

「つまりさ、おれの高校の先輩でよ、大学を受けるときに英語の特訓をしてくれた人がいるんだけど、その人がよオ、つまりその、ある事情でアリバイを欲しがっていたんだ。でもってよ、おれ、恩返しのつもりでよオ、証人になってやったんだ。それがつまり、上野駅で鞄を拾ったという話なんだけどよオ」

「あんた、お人好しすぎはしない？　あたしの郷里ではねえ、人が好いのもバカのうちっていうんだから」

「いや、オレ好人物とは違うと思うな。嘘つき料として十万円もらったもん。きみと一緒にスキーに行こうと思ってさ」

「キャッ、うれしい。苗場にいこ。去年もあそこで滑ったのよ」

「なにィ？　去年も滑っただって？　おい、誰と一緒だったんだ。誰といったんだよ、え？」

「よしてよ、そんないい方するの。あたし、あんたの愛人じゃないんだもんね」

「――」

会話はそこで途切れて、あとは空白になっている。

これだけ聞けば充分だ。わたしは後を追って店をでると、バス停に並んでいる二人を発見して急ぎ足で近づいた。

「ちょっとちょっと、北沢くーん」

5

武士の情けということもある。わたしは北沢ひとりを喫茶店に連れもどして、ふたたびあいている席に坐らせた。珈琲が運ばれるのを待ってから、音を絞ってテープを再生させると、彼は勝算なしと判断したらしく、たちまち全面降伏してしまった。もう少し粘るだろうと思っていたわたしは、拍子ぬけがして、一瞬ポカンとしたほどである。こうまでとんとん拍子にいくとは予想もしなかった。

彼はノートを破って一筆したため、拇印をおした。それと引き換えに、わたしは北沢誠人を放免してやった。

そして弁護士に要点をかいつまんで報告した。肥った法律家は上機嫌になって電話口で何度か声をたてて笑うと、きみの報告は上手にダイジェストしてあるので非常に解りよいと、とってつけたようなおべんちゃらをいった。

　席に戻るとあらためてサンドイッチと中ジョッキを注文して、ともあれ祝盃をあげようと考えた。サンドイッチはパンが適度にやわらかく辛子が効いており、一方生ビールはホップの香りと苦味がほどよくミックスされていて、ひどく旨かった。こういうときに探偵稼業の生き甲斐といったものを感じて、女房のいないことも預金の残高がゼロであることも忘れ、幸福な気分にひたることができる。

　弁護士から銀行の口座に謝礼が振り込まれたのはその翌日のことだった。わたしは溜っていた呑み屋のツケを気前よく払ってやると、なじみの女と日光へ一泊旅行をした。金ピカのお宮なんてちっとも興味のないわたしだが、彼女には意外に古風な一面があって、一度お参りにいかないとめしがまずいというのである。その日、わたしは生まれてはじめて華厳（けごん）の滝なるものを見た。信心嫌いのわたしだからべつにどうって印象も受けなかったが、この滝を利用して発電したら多少は世間のためになるんじゃあるまいか、そう思って眺めていた。

　帰京したつぎの日に、今度は弁護士が、釈放されたばかりの黒林精二を連れて挨拶に来た。肥満漢と並べば誰しもそうだけれど、このラグビーのチャンピオンも面やつれがして、空気がぬけかけている風船玉みたいな感じがした。壮士気取りの単細胞にとっても、苛酷な「事情聴取」というやつはこたえるものとみえる。

「どうもぼくは喋り過ぎたようです。これからは大言壮語をつつしもうと思っています」

別れしなに彼はそういうと、少年のようにぴょこんと頭をさげた。この日の弁護士はいつになく無口で、得意の毒舌もでなかった。最後まで機嫌よく柔和な目をしていた。

今回の事件は三番館のバーテンの知恵を借りずに、すべて独力で解決したのだから、わたしも気分がよくて浮き浮きしていたのである。おれも捨てたもんじゃないな。胸のなかで何度かそう呟いてみた。

誤認逮捕でこりたせいか、当局はいやに慎重だった。新聞の社会面の隅に、べつの容疑者の出頭を求めて事情聴取中という記事が、ほんの一、二度でた程度である。事件の解決に側面から力を貸したわたしにしてみると、この扱いは何となくもの足りない気がした。

あの甘い物好きのデカ長から電話があったのは、そうした頃のことだった。久し振りでめしでもくおうや、というのが口上である。場所は桜田門に近いしるこ屋「片想い」、時刻は夕方の六時という指定だ。

「いいとも、すぐに仕度をする」

そう答えて受話器をおいた。二十年も前に神楽坂署でおなじ釜のめしを喰ったしたしい仲である。半年ぶりの対面となると相手が男性であっても胸がはずむ。

仕度をするといっても、くたびれかけたネクタイとワイシャツを着るだけだから、十分もあれば充分だった。鬼瓦みたいなつらがまえのデカ長と会うのに新品のネクタイをしめていく必要もあるまいが、そうかといってむさくるしい印象を与えたくはない。

　近頃、わたしのフォルクスワーゲンは機嫌がよくない。修理工場に持っていったら中古車を買ったほうがお得です、バカ高の修理代を払うのはつまりませんよといわれた。そうかといって、長年つれそった古女房をポイと捨てられるほど非情なわたしではない。ともかく、まとまった収入があったときにオーバーホールして貰うことにした。そうした次第でその日の夕方も、有楽町まで国電を利用した。ついでだが、わたしは横文字嫌いだから、JRなんて呼び方は、口のなかにしるこをぶち込まれても絶対にしない。いわんやE電においてをや。だから人と話をするときも国電で押しとおす。世の中が新人類とやらで満タンになり、国電という呼称が通用しなくなったら、それはわたしの死ぬときだと思っている。

　有楽町駅から日比谷公園の方角へむかって歩く。ちょうど退庁時刻なので帰宅するお役人とぶつかることになって歩きにくかったが、どうやら二十分近くかけて「片想い」に到着できた。

　そろそろ夕めし時のせいか、店内は思ったほど混んではいなかった。でも、客は唯一人の例外を除いてすべて女性である。それらのなかに混って、デカ長は一心不乱にしるこをすっていた。大きな図体を窮屈そうに折り曲げて、いかにも恐縮したような恰好だ。そうまでして男ともあろうものが、しかも本庁の鬼をもひしぐデカ長ともあろうものがしるこにうつつを抜かすとは。情けなくて涙もでない。しかも、わたしが傍に立っても一向に気づく様子がないのである。もう無我夢中だ。

「おい」

「やあ」

やっと顔を上げた。平素のいかつい顔をどこかに置き忘れでもしたように、目尻をさげている。口の端にむらさき色の小豆がついているので教えてやったら、ハンカチで拭くかわりに、薄気味のわるい色をした舌の先でペロリとなめる有様だ。

「まあ坐れや」

わたしは小さなイスに向い合って腰をおろす。とりたてて肥ってもいないのに、わたしのお尻ははみ出しそうだった。しるこ屋はなぜこうもイスをけちるのだろうか。

運ばれた栗ぜんざいを、黙って彼の前に押しやった。

「や、おれが喰ってもいいの？　ほんとかね？　ありがとさんよ。いつもいつも済まないなあ」

ガキのように感激している。甘味となると見栄も外聞もないのだから呆れ果てた男だ。

デカ長が喰べおわるのを、わたしは渋面をつくって待っていた。東名高速で渋滞の列につっ込んだときのように、いらいらしどおしである。血圧が上がる。腹が立って目が据ってくる。相手の舌をならす音がいちいち癇にさわる。

彼が箸をおいたときは、こちらの肩が凝ってしまっていた。

「お待ちどおさん。ああ旨かった」

「それよりもめしを何処で喰う？」

「いや、その前にちょっと報告をしておこう、いろいろと世話になったそうだからな。話は、あの曽根田光麿というお公卿さんみたいな男のことなんだがね」

「まだ落ちないのか」

「いや、やっと少しずつ自供を始めた。いままでは世間話には応じるものの、事件のことになると黙秘をつづける、といった状態だったんだ」

デカ長はそこで何かを思い出したふうに、滅多にみせない表情をうかべた。

「その自供のきっかけになったのが変っているんだ。きみも知っているとおり取調室というやつは殺風景なものだろう。そこで何の気なしに出勤の途中で花を買ってね、婦警さんに活けてもらったんだよ。おれにゃ華道の心得なんてないからね。すると、曽根田は取調室のその匂いに誘われたように、あの夜の現場でもこの花が匂っていたと語りだした。ジャスミンの鉢がカーテンの外側の窓枠にのせてあって、強烈に匂っていたのは事実なんだよ。で、彼はジャスミンの話をきっかけに、徐々にではあるが自供を始めたというわけだ。おれも意外だったね。そんなことを計算にいれて花を買ったわけじゃないんだから」

わたしは花については全く興味がない。花を買うくらいなら、その金をためておいて版画でも買うほうがいい、というのがわたしの考え方だ。版画には水をやる必要もないし、しおれたり枯れたりすることもない。だが、せっかくデカ長が花の話をしているのだから、相槌ぐらいは打ってやらなくては悪かろう。

「日本名は何ていうんだい」

わたしは何でもかんでもカタカナで呼ぶいまの風潮に批判的である。日本人なら日本人らしく日本語で喋れ、といいたい。

「おれもよく知らないんだが、匂いスミレとかアフリカスミレとでもいうんじゃないかな。じつにこう、奥床(おくゆか)しい香りがする」

「きみがそこまで風雅だとは知らなかったよ。それじゃ訊くが、しることと花とどっちが好きだい」

少し話がそれた。で、ジャスミンの話はそれきりになった。

デカ長は口調をあらためると本題に入った。にごった目がわたしの頭をそれて、壁の短冊のほうを見ている。

「どうした？」

「それがね、ちょっと怪談じみた話でね。そのことを話したとき、曽根田の顔から血の気が失せていたもんだよ」

かたわらをウエイトレスが通りかかった。デカ長は反射的に呼び止めようとして片手を上げたが、辛うじて思いとどまった様子だった。

「どうかね、もう一杯しるこを喰わんかね？　しるこが嫌いなら雑煮でも喰ったらどうだ」

「止せ止せ、せっかくのめしが入らなくなる」

つよい口調でたしなめてやると、デカ長は未練ありそうにひとしきりぶつぶついっていたが、それでも思い止まった。そして一呼吸した。

「……あの事件が起きたときのことなんだが、たまたま部屋の前を中華料理屋の店員がとおりかかってね、被害者の悲鳴を聞いた。その結果、正確な犯行時刻が判明したわけだが、この話は知ってるね？」

知っている、とわたしは答えた。

「たまたま大学生が覗きをやっていて、カーテンに映った影を見た。そのことからも犯行時刻が立証されたんだろう？」

「そのとおり。ところが曽根田の自供によるとだね、あのときに悲鳴を上げたのは鯨川大輔ではなくて、自分だというんだ。つまり曽根田自身が叫んだというんだな。鯨川はその二、三分前に死んでいた、とね」

「なぜ悲鳴をあげたんだい、大の男がさ」

「問題はそこなんだがね。しんと静まり返った死の部屋のなかで、完全に息絶えた被害者がいきなりクシャミをしたというんだ。強烈なやつをね。びっくりした曽根田は飛び上がって思わず悲鳴を上げたのだそうだ」

「そんなことがあってたまるか。鯨川はほんとに死んでいたのか」

「それは確かだ、検屍の結果も即死ということになっている。だからさ、合理的な解釈をするってことになると、クシャミをしたのはドアの向うを通りかかった中華料理屋の店員じゃないかということになるんだ。場合が場合だ、冷静さを欠いた曽根田が錯覚したのも無理はないだろう」

デカ長は思い出したように箸を手にすると、小皿の上の昆布の佃煮をつまんで口に入れた。

「そりゃそうだ」

デカ長は大きな首を重たそうにゆすぶった。

「ところが店員はがんとして否定するんだよ。クシャミをした覚えはないといって強引に否定するんだ」

「でもさ、クシャミってやつは無意識のうちに出るものだ。当人が気づいていないってこともあろうじゃないか」

デカ長はまた首を振った。のろのろと、疲れたように。

「おれたちは実験をやってみたんだよ。若い元気なやつを廊下に立たせて、ドアを閉じておいてから、思いきりハクションとやらせたんだ。ところが、部屋のなかにいるわれわれには、彼のクシャミが全然聞こえないんだ」

デカ長は名残り惜しそうに、椀のなかを覗き、あきらめた顔になって蓋をした。

「だからさ、やっぱり屍体がクシャミしたことになるんだよ」

6

わたしがバー・三番館へ出かけていったのは、べつに謎解きをバーテンに依頼しようという下心があったわけではなかった。死人がクシャミをしようがアクビをしようが、事件の本質には関係ないからである。私立探偵としては、依頼された仕事に結末をつければそれでいいのだ。

三番館には大半の会員の顔がそろっていた。わたしは無沙汰つづきだったから、なかには半年ぶりで会ったものもいて、全員と久闊(きゅうかつ)を叙(じょ)するだけでも五分ぐらいはかかった。

葬儀屋の若旦那は、来春またエジプトへ渡ってミイラを発掘するんだそうで、張り切っている。雛人形みたいなおっとりとした顔をしているくせに、どうしてミイラなんかに熱を上げているのだろう。まあ本職が本職だからかも知れないが。

農科大学の助教授は、これも来春に教授に昇格するのだそうで、うれしそうだった。助手から助教授になり、更に教授になるのは大変にむつかしいことだという。いくら才能があっても、ポストに空きが生じないことにはどうしようもない。その点、私立探偵は呑気なものだと思う。これで退職金がでて年金がつけばいうことはないのだが。

ふたりの署長、つまり税務署長と消防署長のことだが、これも幸福そのものといったにこやかな顔をしている。辛気くさい仕事をしていると、その分を酒場で取り返したくなるのだろうか。いつ会ってもにこやかで、こちらの気持までなごんでくるのである。そしてバーテン――。

そのバーテンはカウンターの向う側でせっせとシェーカーを振っている。氷とアルコールが混じりあって、カクテルがいままさに誕生する瞬間のリズミカルな音は、わたしにとっては天上の音楽のように聞こえる。いつ聞いても飽きがこないのである。

「しばらくお見えになりませんでしたね」

「忙しくてね」

まさか財政的なピンチに見舞われて敬遠していたとはいえまい。

「ギムレットを」

「かしこまりました」

簡潔なやりとりがあって、間もなく淡いグリーンの液体がそっと目の前におかれた。グラスに氷片のふれる音が、えもいわず快い。

「なにか面白いお話はございませんでしょうか」

「ないことはないけどさ」

一応もったいをつけておいて、例の死人のクシャミについて一席弁じた。居あわせた会員もいっせいに身を乗りだして聞いていた。

バーテンは半眼を閉じて、上体をまっすぐにたてて聴いている。こういうときの彼は、身じろぎひとつせず、石膏の像のようである。思うに彼の頭の中では、たくさんの歯車が目まぐるしく回転しているに違いなかった。髪が後退した頭は卵形で、品があっていかにも聡明そうな顔をしている。

わたしが話し終えると、会員からいくつかの質問が寄せられた。

「発見者は女性ということでしたが、何の目的で鯨川を訪ねて来たんですか」

と税務署長。

「大原まゆみという会員でして、会員であると同時に、被害者の愛人でもあったのだそうです。まあ、二号さんですね。彼女の話では、前の晩の十時頃に電話を入れたが出ない。十一時にかけてみたがやはり応答がない。あくる朝もダイヤルしてみたが依然として通じないので、心配になって訪ねて来たということです」

以上はすべて太った弁護士の受け売りである。

代わって消防署長が質問した。

「被害者は、その部屋で寝とまりしていたんですか」

「そうです。大半の住人はそこをオフィスとして利用してるんですが、なかには居住している者もいます。鯨川氏もその一人だったわけです」

質問がとぎれた。もうそろそろ発言があってもいいころだという期待もこめて、バーテンの顔を見た。

「少々お尋ねしてもよろしゅうございますか」

「いいとも。知ってることなら何でも答える」

「二つ三つ、お伺い致します。カーテンに映りましたのは、犯人の姿と凶器の瓶だけでございましょうか。被害者とか家具とかは映らなかったのでございますか」

またぞろ妙な質問が始まった。が、凡人のわたしにはバーテンが何を考えているのか、まるきり解らなかった。

「映ったのは犯人の姿と凶器だけだという話なんだがね。あとは何ひとつ映らなかったそうだ」

「鯨川さんは油断をしておいでだったとみえますね」

「ペテン師にしては矛盾した趣味だけど、イヤホーンを耳にあててクラシックを聴いていたんだ。あとで解ったことだが、テープでマーラーとやらのシンフォニーを聴いていたんだとさ。だから犯人が後ろから接近してきても気がつかなかったわけだ」

バーテンは黙ってうなずいてみせた。

「大原まゆみさんは、マニキュアをしておいででしょうか」

「いまどきの女性だからね、派手に染めていただろうよ」

「香水はいかがでしょう？」

「シャネルの8番ぐらいはつけていたかも知れないね。残念ながら、わたしは彼女に会っていないんだよ」

「最後にもうひとつ。屍体を発見しましたとき、彼女は何か持っていなかったでしょうか」

「焼売屋の店員の話ではハンドバッグと小型のボストンバッグを下げていたとか……」

「解りましてございます。犯人はその女性でございましょうね」

いきなり断定的な指摘をしたものだから、それを聞いた全員が啞然となった。

「彼女は用意してきた凶器を、鯨川さんの背後から振りおろしたものでございましょうね。そこにたまたま曽根田さんが侵入して来ました。彼女はあわてふためいて洋服ダンスか何かに隠れます。曽根田さんは鯨川さんが殺されているとは夢にも思いません。おそらく逆光線で血が流れていることは解らなかったのでしょう。そこで手近の瓶を振りあげて一撃しました。一方、洋服ダンスの中の彼女は、防虫剤の臭いで鼻がむずがゆくなったのではございませんでしょうか、思わずクシャミを致しました」

あっと思ったが声にはならない。バーテンの話はつづく。

「部屋の中には彼女の身につけた香水が匂っています。これを気取られては致命的でございますから、口実をもうけまして、翌朝ジャスミンの鉢を持ち込んだのでございますね、ボストンバッグに隠して。前夜現場にただよっていた香りはその花の匂いだったと思わせるために」

わたし無言。

「そうなりますと、前の晩につけておりました香水はシャネルではなくて、ジャスミンであったろうと存じますが」

わたしは黙っていた。

「しかし、前夜はジャスミンの鉢なんてなかった。曽根田さんにそう指摘されては困りますので、翌朝持ち込みました鉢は、カーテンの陰になった窓際にのせておいたのでございましょう。前の晩に双眼鏡をのぞいていた人の話では、ジャスミンの鉢の影は映っていなかった筈ではございませんか」

誰かがふーっと吐息をもらした。

写楽昇天

小さな美術館のなかで写楽の版画が忽然として消えた。正に天外消失とでもいうべき不可解な出来事だった。ある新聞は見出しに「写楽昇天」としてこの事件を報じた。

1

根岸美術館は、二月初旬から十日間の休館となっていた。入館者の少ない時期をねらって、館内の改装をやるためである。根岸美術館は、昭和のはじめに個人が古代絹を展示する目的でオープンしたものだったから、その後多少の改築増築はしたとはいえ、依然として小さな規模の美術館であることに変わりはなかった。十日間もあれば十分で、生まれかわったようにきれいな美術館になる筈だった。

休館に入って四日目のことである。すでにいたんだ床面の修理もすみ、いまは塗装作業にかかっていた。壁がかなりくすんだ色になっているので、これを全面的に塗り替えたいというのは、大袈裟にいえば数年来の館長の「悲願」でもあった。といって充分な予算があるわけでもないから、ペンキを塗ってすませることにしていた。色は、老館長の考えで目に疲れのこないアイボリーがえらばれた。

このところ換気装置の工合がわるくて地階の倉庫は使えない。そこで一階に四つある展示室を交互に倉庫として利用しようということになった。第一展示室に職人が入るときは絵を第二展示室に搬んでおく。第二展示室で工事が始まれば一切の絵を第一展示室に移す。盗難については意を用いてあるから、賊が侵入して持ち去るということはそれほど心配していなかった。

作品の大半は日本人の画家に依る日本画と油絵で、それも江戸期から明治大正時代の作品に限られており、それらのなかで目玉といわれているものがオランダで発見された写楽の役者絵だった。発見者はユトレヒト大学の客員教授をしている稲垣孝三博士。三点の版画はこの人から寄贈されたものである。版画である以上は二十枚や三十枚は刷っただろうに、現存するのはこの三枚だけということで、それが人気を呼ぶ理由の一つになっていた。

ハイドンの数多いシンフォニイにはニックネームをつけられたものがかなりある。「太鼓一打」だとか、「太鼓連打」だとか、「哲学者」「軍隊」「奇蹟」「時計」等々がよく知られており、ほかにも、まだ幾らでも数えることができる。やぶから棒に「交響曲第45番・嬰へ短調」といわれても、その道のプロやハイドンの熱烈な愛好家でもなければどんな曲だか見当がつかない。仇名でひとこと「告別」といわれれば、あまりクラシックに興味のない人でも

「ああ、あれか」と納得がいくものだ。根岸美術館のこの三枚の絵は甲乙なしの出来映えだとされているのに、栃蔵を描いたものが特に人気があったのは、ヨーロッパの美術愛好家のあいだで「トチゾー・ザ・クロスアイド」のニックネームで呼ばれていたからだった。入館者がまず見たがるのはこの「寄り目の栃蔵」と決っていた。

館長の今沢茂雄は、秘書のつよいすすめもあって、これら三枚の写楽を館長室で保管することにした。床の修理がおわれば塗装がはじまる。その後は電気屋が照明工事にとりかかる予定になっていたから、十日間を自分の部屋に保管しておこうということにしたのだ。庭に面した窓には鉄枠がはめてあるし、ホールに面した扉口は頑丈な錠でまもられている。外出するときは窓を閉じ扉に施錠すれば、戸締りは完璧なものとなる。誰も出入りすることはできない。

「ルパンさんも五右衛門さんもお手あげだな」

無口な館長が口にした唯一つの冗談がそれだった。事件が起きた当時、麻布にくるまれた写楽はごく無造作に、ゴミの収集車の来るのを待っているといったさり気ない恰好で、館長室の一隅にたてかけてあった。ほかに使いかけのペンキ缶だとか塗料まみれになった脚立だとか、塗装業者が置き忘れたルンペン帽だとかが乱雑に並んでいるから、仮りにルパンが闖入したとしても、物置と錯覚してすぐ出ていくに違いない。館長は自分のアイディアに満足したように、痩せた肩をゆすって笑った。ふだんの彼は塵まみれの仏像みたいに押し黙っている男で、笑うことなど滅多になかったのである。

　勤務時間中に館長が外出するのは昼食のときに限られていた。そば好きの彼は休館日である月曜日をのぞくと、三十年一日の如くそばを喰いにいく。お気に入りの店は四ブロック先の「おお籔」というそば屋で、あそこはそばもいいがつゆが旨い。食後につゆの残りをそば湯でわって飲むと、これがまたこたえられないほど旨いと手放しでほめている。痩せた長身の館長は強風の日などは飛ばされかねない。それでも昼食にライスカレーの出前をとるなんていう「滅相もない」ことはしなかった。館長は執務ぶりも熱心だったが、そばを喰うことにかけてもそれに劣らず熱心だったのである。その日、午前中に降った雪は止んでいたが、館長は積雪などものともせずに、長靴をはいて出ていった。

　小坂雅美(こさかまさみ)は秘書というよりも副館長格である。彼女の好みはピザだのハンバーガーなど外食産業の手軽な料理だった。そうした店は近くにいくらでもあるから、館長のように遠征しなくともすむ。彼女が食事に費す時間はせいぜい二十分。おりあしく店が混んでいる場合でも、三十分を越えることはなかった。

　三十五歳という彼女は少女歌劇の男役のように上背がある。声も太い。パッドもいれていないのに両肩が張っていて、その上髪をみじかくボーイッシュに刈っているので、ますます男っぽく見える。そうしたせいかボーイフレンドもないしデートをするわけでもなく、食事をすませればさっさと帰って来るのが常だった。だがその日は風邪気味だから用心するといって、学芸部員たちと一緒に出前の天ぷらそばをとった。

学芸部員というのは若い館員をひっくるめての呼称で、大半がアルバイトの大学生か浪人生たちだった。より正確にいえば清掃員といったほうがよく、美術の知識もなければ関心もない。話題の中心は異性とおしゃれだから、そうした連中と食事をすることは、雅美としては苦痛だったのである。

2

食べ終ると早々に立ちあがった彼女は、真直に館長室に戻ると、ポケットから鍵をとりだしてドアを開けた。揃って館長室を留守にするときは錠をかけることが義務づけられているのだが、特に写楽の絵を保管しているうちはきびしく守るよう、館長から再三いわれていた。

後で係官の事情聴取をうけた彼女は、部屋に一歩踏み込んだその瞬間に、口ではうまく表現できないが、何かよからぬことが起ったような気がしたと語っている。留守中に誰かが館長室に入って来て、その辺のなにかにさわったとでもいうふうな、漠然とした違和感である。そうした場合にまずすべきことは、大切な写楽が無事か否かの確認であった。そこで雅美は部屋の隅に駆けよると麻布をめくった。そして「寄り目の栃蔵」が紛くなっていることを発見したというのである。

しかし彼女は、すぐにわめき立てることはしなかった。紛失しているからといって、まだ盗難にあったと断定するわけにはいかない。館長がどこか他の保管場所に移動して、それを彼女に知らせなかったということもあり得るからだ。へたに騒いで館の評判をおとしたくない。そうしたことも考えていたという。

満ちたりた顔で戻って来た館長は、報告を聞くと一瞬顔色をかえた。濃い白髪の生えた額が、まるで吸取紙で吸い取られでもしたように蒼くなった。

名画を預っている以上、用心深くなったのは当然のことであった。二人は日に何度となく麻布をめくっては、絵が無事であることを確認し合っている。つい先程、そば屋に出かける前にも三枚の写楽を覗いたばかりだった。だが、すぐに平素の館長にもどると、落着いた口調で彼女の冷静な態度をほめた。

「賢明だったよ、きみは。業者の耳に入ってみたまえ、あっという間に噂はひろがってしまう」

ちょっと言葉を切ってから、館長はつづけた。

「食事に出るとき、施錠したことは確かかね？」

勝気な雅美はそうした質問をされたことが癇にさわったとみえ、語調を強めた。

「間違いありませんわよ。錠をかけてから二、三度ノブを廻してみたんですから。家を出るときもそうするんです、われながら神経質だなと思うくらい」

「わかった。戸締りやガスの元栓の点検は神経質であるほどいいんだ。そうすれば事故はなくなる」

　館長はそれ以上の追及をしなかった。が、偶然のことからその直後に、彼女の発言が裏づけられる結果になった。館長が窓の錠をチェックしようとして歩きかけたときに、扉が叩かれてペンキ屋の親方が入って来た。小柄で肥った男である。ペンキ屋だから当然だが胸あてズボンはペンキだらけだった。

「用かね？」

「いえ、帽子を忘れちまったもんで。頭にペンキがつくと洗うのが面倒でやしてね」

　さっき取りに来たのだが、ドアが開かなかったもんで入れなかったんです。彼は多弁なたちらしく、聞かれぬことまで喋った。

「そいじゃ帽子をもらっていきますぜ」

　親方の帽子は色彩ゆたかで天才画家によるシュールの絵のようだった。

「あ、ちょっと。妙な質問だが気にしないで聞いてくれたまえ」

　親方は脂ぎった丸顔に怪訝(けげん)そうな表情をうかべ、立ち止った。

「今日来ている職人さんは何人？」

「三人でさ。あっしを入れれば四人ってことになるが」

「早退したものはいないかね？」

「早退？　いや、そんなやつはいませんね。いまも三人揃ってめしを喰ってます」

「わかりました。いや、今日のおやつは鯛焼きにしようと思ったものだからね」

親方が出ていったあとで、館長はほっと息をついた。刑事の真似は苦手だ、といった顔をしている。そして窓枠に手をかけて様子を見、さらに雪のつもった庭に目をやった。積雪といっても十センチ前後のものでしかなく、しかし蕾（つぼみ）のふくらんだ沈丁花（じんちょうげ）の小枝は重たそうに頭をたれている。

「持ち出したものがいるかいないかは、この雪を調べればわかるね。足跡をつけずに出ていくわけにはいかないのだから」

ほとんど聞こえないくらいの小さな声で館長が呟いた。

二人は言い合わせたように立ち上って館長室を出ると、各部屋の窓際によって外を見、足跡の有無をしらべて廻った。居合わせた館員やペンキ職人は、館長たちが雪景色を眺めているようにしか思わなかっただろう。

二人が確認し合ったのは、食事をとるために出かけた館長の足跡と、出前の若者の靴跡とをのぞけば、雪の上にしるされた靴跡はないということだった。

3

絵はまだ館内にある。館長は安心したようにそういうと雅美の先に立って館長室に戻った。もちろん、このときも扉は施錠されていたから、雅美が鍵をとり出して開けたのである。

「大騒ぎになった揚句に、肝心の絵がこの部屋に隠されていたなどということになっては目もあてられない。まずここを徹底的に調べてくれたまえ」

今沢館長の口調はいつになく硬かった。雅美は小さく「はい」と答えて、ただちに点検にとりかかった。まず自分の机。ついで館長の机。

「遠慮はいらん。引出しのなかも入念にみてくれ。裏返してみることも忘れずにな」

「はい。あれだけの大きさがありますから、見逃すわけはないですわ。でも、小さく折りたたんであるかも知れませんわね」

三点の版画はいずれも縦が五十センチ、横が三十センチ前後ある。

「犯人が版画の蒐集狂で、自分のコレクションに加えるための犯行であるにせよ、持ち出して売ることが目的の犯行であるにせよ、折り曲げて疵をつけたら値打ちが半減する。そのくらいの常識は持っているだろうから、二つ折りにすることもまずあるまいと思うがね」

机のなかに無いことがはっきりすると、雑然と床に置かれたすべてのものを片端からチェックしていった。

「額縁は徹底的にやってくれたまえ。版画の大きさは同じだから、もう一つの写楽の下に重ねて隠してあることも考えられるじゃないか」

「わかりました。でも、ドアは施錠されていたんですのよ。犯人が入るわけも出るわけもないと思うんですけど」

雅美がかるく抗議する。

だが、一時間ちかくかけてチェックしたにもかかわらず、「寄り目の栃蔵」を発見することはできなかった。疲れた二人はそれぞれのイスに腰をおろした。

「小さな美術館だが、探し物をするとなると広くて大変だな」

「警察に連絡したほうがよくはありません？」

館長は即答をしなかった。

「身内のものを疑いたくはないがね、こうなると館員やペンキ職人の犯行と考えざるを得ないな」

机に肘をつき、細い頬のこけた顔を掌にはさんで、彼は憂鬱そうにいった。そして近眼鏡をはずすとそれを机において、ポケットから取り出した目薬をさした。どうやら老人性白内障になったらしく、それが館長を一段と鬱々たる気分にさせているのだった。

4

所轄署に通報されたのは三時前のことである。

警察側は盗難事件とみなす一方で、館長に対する館員のいやがらせではないかとも考えた。日頃心になにかの不満を抱いていて、その鬱憤をはらそうとして版画をどこかに隠す。そして館長の狼狽するさまを眺めてほくそ笑もうというわけである。こういう陰湿な男が世間にはいくらでもいるものだ。

そうした意味から、目立たぬように美術館を訪ねたのはひとりの若い刑事だった。生憎なことに所轄署には絵のわかる捜査員はあまりいなかった。唯一人の例外が吉田(よしだ)というこの刑事だったのである。

彼は館に入る前に庭をじっくりと調べて廻って、館長のいうように靴跡がついていないことを確認し、それから入口に立って案内を乞うた。打ち合わせたとおり、近くの銀行から長期ローンの説明のために参上した、という口上である。館員がそれを取りつぐと、痩せた館長が待っていたように迎えに出た。館員は、いまさら家を建てるわけでもなさそうな館長が、なぜローンのことで銀行員を呼ばなくてはならぬのだろうとでもいったふうの、腑(ふ)におちぬ表情で引っ込んでいった。

館長室にとおされた吉田刑事は、机をはさんで今沢館長とその秘書の二人と向い合った。館長は来客用の部屋に案内しようとしたのだが、話し声が外に洩れることを嫌った刑事がここで話を聞くことを主張したのであった。

彼が興味を感じたのは、密封された室内からわずか三十分たらずのあいだに写楽の作品が消えたという訴えだった。話がその件りになると立ち上がって扉の錠をチェックしたり、窓の外の鉄格子に手をかけて乱暴にそれをゆすぶったりした。

「や、どうも」

借りた鍵を雅美にかえしながら、ちょっと会釈をした。彼女も微笑で応えた。

更に話が鯛焼きのことに及ぶとすぐに自分の腕時計をみて、その件はぜひ実行するようにとアドバイスした。おやつの時間を過ぎかけていたからである。

「犯人を安心させ油断させるためにです。警戒させてはまずいですからな」

銀行員と名乗ったのもそのためだ、と刑事は語った。事実彼の銀行員という詐称を疑ぐるものはなさそうだった。眼が大きくて鼻筋がとおっていて、挙措がどことなく洗練されていた。誰がどう見てもデカだとは思えない。

館長はいわれたとおり学芸部員を呼んで、全員に鯛焼きを振舞うようにと伝えた。

そうしたやりとりを、かたわらの吉田刑事はじっと聞いていた。先刻顔を合わせた館員もこの学芸部員も、館長に対しては好意と、若干の敬意を持っているようだった。全員がそうであるならば、館員による犯行説は否定されなくてはなるまい。

つぎに刑事が興味を示したのは、三点の版画をめぐるエピソードであった。話をするのはもっぱら館長の今沢茂雄ひとりで、大柄な秘書は終始黙々として控えていた。つつましやかな女秘書だ、というのが刑事の受けた感じであった。

「永久貸与といえば無償で寄付されたものと同様だと思いますが、一枚が五億円もする絵をよくまあ三点も提供してくれたものですな」

「はあ、それは一にかかって税金の問題があるからです。それからちょっとおことわりしておきますが、五億円ではなくて五十億でして。つまり三点で百五十億になります」

吉田刑事はその理由を訊ねた。個人の寄付としては金額が大きすぎる。

「はい。かいつまんで申しますと、稲垣教授のお父さんはこれもよく知られた経済学者でしたが、このお父さんに学費の援助をしたのが美術館の創立者である古閑捨松なのです。九州の生まれですが横浜に出て生糸商人として成功された方で……」

ユトレヒト大学の稲垣教授は父親の受けた恩を返そうとして、絵を寄贈したというのが館長の説明である。

「日本人がオランダの大学の客員教授という例は、あまり聞いたことがないですな」

「稲垣教授は日本におられた頃から写楽を専門に研究された方ですが、写楽の正体についてちょっと変った結論に到達しましてね。つまり、写楽は長崎の出島にいたオランダ人だという説でして。写楽がぱったり描かなくなったのは当のオランダ人が帰国したためだというのですな」

刑事は半信半疑の面持である。

「教授はオランダに腰を据えて調査をされたのですが、するとさらにいろんな発見がありました。ファン・ビュフケンスというのがこの画家の名前ですが、彼の得意とするのは版画でおわかりのように肖像画でした。故国で評判がたかくなるにつれて金持の商人や貴族から注文がくるのですが、日本時代の癖がぬけ切れないといいますか、デフォルメされた絵になってしまうんです。実物以上に美男美女に描かなくてはならないというのに、出来上がったものは必要以上の醜男に描かれている。それで絵の注文がぱったり来なくなったものですから、ビュフケンスは国境を越えてベルギーに流れていったといいます。そこでベルギー人の女性と結ばれてリエージュに住みついたというのですね。稲垣教授はそこの教会の墓地に二人の名を刻んだ墓標を発見なさいました」

「奇想天外というか、予想もしない話ですね」

「いえ、くわしいことは存じませんが稲垣教授よりも前に、写楽オランダ人説を唱えた研究家は日本にもいらしたそうです」

「ファン・ビュフケンスの名前は何というんですか」

とつとつとした調子で語ってきた館長は、ここではじめて言葉につまった。

「……いつもRというイニシャルだけでしてね。R・ファン・ビュフケンスといったふうに。稲垣教授は間もなく日本に来られる予定になっています。当然のことですけれど当館にもお見えになります。その際にうかがってみましょう」

話をしているうちに生き生きとしていた館長は、急にかげった表情になった。

「こうしたときに肝心の写楽が紛失してしまったのですから、全くもって困ったことになったと思っております」

そのときノックする音があって、女性の学芸部員が盆にのせたお茶と鯛焼きを捧げるように持って入って来た。

「ありがとう。鯛焼きはいいよ、きみらで喰べなさい。お茶だけ頂戴する」

館長の口調にはやさしいものがあった。吉田刑事は、館長に対するいやがらせ説を、いよいよ捨てるべきだと考えていた。

刑事は捜査員の出動を求めて、手分けをして館内を捜すことに決めた。

館員もペンキ職人も、帰宅する時間を延長するよう協力を求められた。協力を要請するといっても実態は命令であったが、誰も反対するものはなかった。写楽が盗まれたと聞かされて、全員が呆気にとられていたからだった。

だが、その道のプロを十名ほど投入して、天井裏からカーペットの下まで調べたにもかかわらず、目指す版画は発見されなかった。途中から署長代理として督励にやって来た次席まで手を貸してソファの牛革をひっぺがしたものの、写楽はそこにも隠されてなく、館員やペンキ職人たちは入念な身体検査のあとで帰宅することを許された。時刻は六時半になろうとしていた。

「館長さん、われわれは明日もやって来て捜索のやり直しをします。ペンキ塗りは明後日からということにして頂きたい。写楽は間違いなくまだ館内にあるからです」

若くて聡明そうな次席は力強い声でそう宣言した。

5

古書店天馬堂は、神田神保町の交叉点から九段へ向った右側の小路の奥にある。

古本屋といっても文芸書は一冊もない。この店が扱っているのは浮世絵関係の図書と、錦絵や版画のたぐいだった。店の構えこそ小さいがこの道の愛好者のあいだでは知らぬもののない存在であった。

店主は小僧から叩き上げた人だが、版画の鑑定の第一人者ともいわれ、大学の教授があらたに手に入れた作品を携えてやって来ることも珍しくはなかった。こうした人間はともすると性格が狷介で世間から嫌われるものだが、天馬堂は腰が低い上にあたりがやわらかだったので、ひいきにしてくれる客の数が多く、その意味でも有名であった。

ここ二、三日は雪が降ったり冷たい北風が吹いたり、寒い日がつづいている。夜も九時になろうとしていたので、そろそろシャッターをおろそうかと考えていた。店には一人の客が「近代版画集」を手にとって、買おうか買うまいか迷いつづけているふうだった。彼が出ていったら灯りを消そう。天馬堂はそう思いながら伝票の整理をはじめた。

問題の客が入って来たのは、店主が電卓を叩いているときだった。まるで風に吹かれたかんな屑のような感じの男だった。天馬堂が電卓から顔を上げると、そばにその客が立っていたのである。

「いらっしゃいませ。何かお探しですか」

「絵を……」

と、客はくぐもった声でいった。

「絵を売りたいのですが。上物の版画です」

発音が不明瞭なのは大きなマスクをしているせいだろうか。黒いサングラスをかけ、眼鏡のふちから太い眉がはみだしている。

「上物の版画ですか。拝見しないことにはちょっとねえ」

天馬堂は気のりがしなかった。それが口調にでている。上等の品だと自賛する客にかぎってろくなものは持って来ない。それは長年の経験でよく解っていた。

「とにかく拝見させて頂こうではないですか」

客はまた不明瞭な声で何かいうと、持っていたボール紙の筒の端に指をつっ込み、なかからぐるっと巻いたものを取り出した。

主人はそれを受け取ると、丁重に机の上にひろげた。ついでシャツのポケットからルーペを引っぱり出し、上体をこごめて熱心かつ仔細に覗き込んだ。彼はまだ根岸美術館にいったことがない。が、そこに展示されている「栃蔵」についてはいろいろと噂を聞いていたし、書物や美術誌に載ったカラー写真と何度か対面したことがあった。彼は小机にのせてある大冊の「版画名鑑」に手を伸ばすと、写楽の項をひらいた。これは書画を扱う古物商にとっての虎の巻なのだが、「寄り目の栃蔵」も大きく取り上げられていて、時価は四十億。83年現在としるしてあるから、いまの値は五十億前後になっていることだろう。

こうなると時間のたつのも忘れてしまう。「近代版画集」を手にして迷っていた客はいつの間にかいなくなっていたが、天馬堂はそれすら知らなかった。彼は「栃蔵」にのめり込み、鑑定のポイントともいうべき個所を一つ一つ丹念にチェックしていた。細かい線がくずれていれば後摺り(あとずり)ということが判り、値段も初摺りの半額ちかいものになる。だが、この絵はどれ一つをとってみても申し分のない逸品であった。

しかし彼は、「栃蔵」がただ一枚しか存在していないことを承知していた。少しでも版画に興味を持つものにとって、これは常識なのだ。この点について質問すると、客は相変わらずはっきりしない口調で、根岸美術館の「栃蔵」の話は知っているし実際に現物を見にいったこともある、だが自分が持っている「栃蔵」もまた正真正銘の本物なのだ、「栃蔵」が一枚しかないというのは学者や鑑定家の無知な発言であり、そもそも版画は十枚二十枚と刷ることを前提にした芸術作品ではないか。明瞭性を欠く彼の発言を綴ると、大体そのようなことになる。

「何処で手にお入れになりました？」

そう訊くと、自分の家は山口県の萩市にあるが、その家に代々伝わっているのだと答えた。更に幾らで売りたいのかと重ねて訊ねると、世間では四十億といわれているが、自分は五億円で売れればそれで充分だという返事だった。

四十億が五億でいいというのは無欲にすぎる。客のほうから法外に安い値段をつけてきた場合、まず盗難品だと疑ってかかることがこの世界の常識だった。

「お急ぎならよそへいらして下さい。うちに売りたいとおっしゃるなら、まず一カ月お待ち願います。五億というかねは大金ですからね。そのくらいの時間をいただかないと――」

半分は本音であるけれど、天馬堂の本心はそのあいだに情報をあつめて結論をだすことにあった。正確なニュースを提供するプロの情報屋が、この業界には何人かいるのである。

客は一つ頷くと「また来ます」とひとこといい残して、また風に吹かれるように音もなく出ていった。天馬堂の脳裡には、客がオーバーの衿をたてていたこと、サングラスと大きなマスクをしていたこと、そして不明瞭な喋り方をしたことが印象に残った。妙なお客だったな、と彼はひとりごちた。だが、ぐっすり眠った翌朝になると、その客のことはすっかり忘れていた。

天馬堂がゆうべのことを思い出したのは朝刊の社会面をひろげたときだった。昨日の正午頃に根岸美術館で「栃蔵」が紛失した事情が、センセーショナルな書き方で紹介されている。彼が小首をかしげたのは、「栃蔵」が外部に持ち出された形跡はないから依然として館内に隠されていることは確かで、本日あらためて大々的な捜索をする予定……という件りを読んだときだった。

畜生、あの野郎。天馬堂は胸のなかで罵った。萩の家に代々伝わっているなんてぬかしおって、怪しからん男だ。天馬堂は本気で腹をたてていた。小さなフライパンの上でベーコンと卵が焦げかけていることも気づかなかった。

6

街灯の下までいって腕時計を見た。九時五分だった。まだ宵の口だな、と山本半平は独語した。このままアパートに帰って、テレビを見て寝床にもぐり込むのはいささか侘びしすぎた。ワンブロック先のスナックに寄ってオンザロックを軽く一杯やるのもいい。それとも今夜は冷えるから、屋台に首をつっ込んでおでんに燗酒とでもいくか。

決心がつくと歩道橋のほうへ歩いていった。駅前のスーパーは夜間でも地下道を開放している。降車客のほとんどがそれを利用して、バス通りの下を通りぬけるのだった。歩道橋に比べるとずっと階段の数が少ない、それが彼らに歓迎されていた。しかし半平は敢えて歩道橋をわたることにしている。運動量を少しでもふやして、体重を減らすことが狙いであった。なんとしても六十キロ台にしたい。

歩道橋の下までいって階段に足をかけようとしたときに、目の前を若い女が通りすぎて、彼の鼻先をのぼっていった。夜だから色ははっきりしないが、衿の大きい派手な形のオーバーを着ている。長い髪がそのオーバーの肩にかかって、歩くたびにゆさゆさとゆれているようだった。齢の頃は二十五、六か。もう少しいって三十ぐらいだろうか。風にのってクリームの甘い香りが漂ってくるような気がした。

追い越されるとき何気なく見たのだが、鼻のたかい、彫りの深いプロフィルだった。顔全体の造作がはっきりしていて、ぞくりとするほどの美しさだ。あんな女と一緒に呑んだら旨いだろうな。

階段をのぼりつめてバス通りの上を渡る。女は、半平の四、五メートル先をやや早足で歩いていた。ここで声をかけ、たちまち意気投合してラブホテルにしけ込む。女はオーバーをぬぎ服をぬぎ、生まれたままのスッポンポンになる……。半平の頭のなかで怪しからぬ空想がふくらんでいった。

通りを横断した女は、忙しそうに下り階段に足を踏みだしたところだった。現実世界の半平は臆病な男だったから、見知らぬ女性に声をかけるといった勇気は持ち合わせていない。二人の間隔は依然として四、五メートルだった。しかし、女の上体が急に大きくゆれたことはははっきりと見えた。日中に降った雪はまだ溶けずに残っているから、それに足をとられたらしかった。女は野太い悲鳴をあげるとそのまま転落していった。

半平は階段の手前で立ちすくんだ。救いを求めて辺りを見廻したが人影がないことを知ると、意を決して降りていった。通行人が寄って来たらしく、地上では男の声がしている。医者だという声がした。一一九番だと別の男がいう。三人目の男がいやに落着いた調子で、もう駄目だ、死んでいるといった。気がつくと半平の喉はからからになっていた。つい一分前には颯爽と彼の前を歩いていた女が、いまは転落してものいわぬ屍体になっている。信じることができなかった。

こわごわと降り立った。一人の男が女を抱え起しているところだった。彼は頸動脈に指をあてて死亡を確認しようとしているらしかった。その瞬間に意外なことがおこった。女の長い髪がぬけ落ちたのである。一人が叫び声を上げた。これはかつらだ、とべつの声がいった。それにつづいて三人目の男がこれは女じゃない、男だと魂消（たまげ）た声を上げた。半平も胆をつぶしていた。彼は一貫して無言だった。

7

肥った弁護士から電話があって、依頼人を廻すからよろしくな、といわれた。

わたしはしがない私立探偵だ。オフィスは新宿の伊勢丹の裏手にある。国鉄（ＪＲという呼称はいまだに馴染めない）の新宿駅から七、八分という便利なところだ。

世間には円が高くなったといって喜ぶ人もいれば、逆に泣きごとを並べる人もいるというが、わたしはドルが安くなろうがなるまいが影響を受けるものはなかった。いかなるときでもわたしは貧乏であり、その日暮しの生活から脱却することはできないのだ。仮りに社会党が天下を取ったとしても、しがない私立探偵はやはりしがない私立探偵であるに違いなかった。

一度、新宿駅の近くの大道易者に手をさし出して見てもらったことがある。易者は懐中電灯でわたしの掌をとっくり眺めてから、おもむろに顔を上げると、事務所を移転すべきだといった。いま入っているビルは入口の位置が気にくわない。お前の生年月日から算出すると、寅の方角をむいた建物に住むべきで、そうすればやがては財運にもめぐまれるであろう、という託宣だった。

易者は三十半ばの女性であった。女だからわたしは手を伸ばして見てもらう気になったのである。易者の指はやわらかかった。

だが、引越しをするにはなにかと費用がかかるものだ。それだけのかねがあったら酒を呑んだほうが楽しい。だからわたしは易者のアドバイスを無視して、依然としてこの三階建てのビルに事務所をおいている。そしてそのせいか、じっと掌ばかりを見ているのだった。特にこの十日間はどうしたわけか客が一人も来ないので、三度の食事にもこと欠く有様である。そうしたときの弁護士の電話であった。

彼の好意が身にしみてうれしかった。ふだんはデブ公といったり水ぶくれといったり悪口のかぎりをつくしていたが、そんな自分がいやになるほどだった。

弁護士は単に依頼者を廻すといっただけだったから、それがどんな人物で仕事の内容がどんなものか見当がつかなかった。ただ大学の後輩だといったので、肥って脂ぎった顔の不潔な感じの男を想像していた。しかしいまの場合、仕事にさえありつければいうことはなかった。約束の三時という時刻がくるのを胸ときめかせて待っていた。肥って脂がういた不器量な男が、わたしにはデートの相手のように思えてきた。

扉は、予定の三時ジャストに叩かれた。わたしはがつがつしたところを気取られまいとして、下腹に力をいれ、セーヴした声で「どうぞ」と答えた。

入って来た客はわたしを見たとたんにあッという表情をした。かつて安酒場のホステスがわたしの顔を評してぶっこわれたダンプカーみたいだといったものだが、彼女のその表現は好意的にすぎていた。わたしの悪友に依ると、こわれたダンプカーを巨大な靴でふみつぶしたようだという。そのほうが事実に近い、とわたしは信じている。だから新来の客は例外なしにギョッとした顔をするのだった。

相手を見てあッと思ったのはわたしも同様である。入って来たのは予想を裏切って清楚な感じのうら若い女性であった。ぶどう酒色のワンピースを上品に着こなして、靴もハンドバッグも同じ系統の色をしている。趣味のいいひとだなというのがわたしの第一印象である。目つきが柔和でそれがまた気に入った。

洗っておいたカップにインスタントの珈琲をいれてすすめた。

「わたしは珈琲嫌いでしてね」

心にもない嘘をついた。瓶の底にのこっていた珈琲は一人分しかなかったのである。

「ご用件を承りましょうか」

仲間が聞いたら悶絶しそうな上品な言葉づかいをした。彼女にはそうさせる雰囲気があった。

彼女は小さな名刺を出した。明朝体の活字で大沢(おおさわ)めぐみとしてある。肩書も住所もしるされていなかった。

「小さな出版社で編集の仕事をしております」

わたしは黙って頷く。

「両親はとうに亡くなりまして肉親といえば兄だけです。兄は義夫といいましてイラストレーターを目指して勉強中でしたけど、その頃はまだ修業不足と申しますか、一本立ちすることは無理のようでした。一度、べつの出版社の部長さんにお願いして仕事をいただきましたが、褒められませんでした。そうしたわけで兄はまだ独身でした」

黙って頷くと話の先をうながした。

「新聞でご存知かと思いますけども、女装した男性が歩道橋の階段から落ちて亡くなりました。その人が、つまりわたくしの兄でございます。警察は女装するのが兄の趣味なのだから、他人の趣味にまで干渉するわけにはいかないという考え方をしておいでです。でもわたくしは存じております。兄にはそんな趣味なんかございません。パチンコをやったりお酒を呑んだり、少しだらしのないところはありますけど、精神面は健全です」

パチンコと酒はわたしもよくたしなむが、だからといってだらしがないということにはなるまい。が、敢えて反論はしなかった。

「しかしああした趣味の持主は、なるべく隠そうとするものでしてね、旦那さんが死んではじめて奥さんが知ったという例もあるんですが」

わたしは目で話をつづけるように促した。

「ああしたことをする男性は、やはりどこか不健全なところがあるのだと思います。でも兄はスポーツ好きで釣りが好きで、欲望をつねに発散していました。陰にこもるたちではありません」

それだけでは説得力に弱い、と思った。

「ああいった人たちは、仲間同士でお家を借りて、そこでお化粧をしたり洋服を着替えたりすると聞いていますけど」

「そうです。家を提供してそれを商売にする人がいましてね。税金もごま化せるし」

いけねえ、つい地金がでてしまう。わたしは慌てて口をつぐんだ。

「女装趣味の人たちは、街なかを歩くときはふだん着のスーツ姿だそうですのね。さっき先生がおっしゃったように、そうした趣味の持主は、それを極力隠そうとするわけですから」

極力だなんて硬い言葉をつかうところが、いかにも編集者らしいと思った。

「そうです、そのとおりです」

「それなら兄は、なぜ女装したままで街のなかを歩いたのでしょうか」

あ、と声を出しそうになった。確かに彼女の指摘はするどい。

「これは驚いた、あなたのいわれるとおりです」

「認めて下さってうれしいですわ」

大沢めぐみははじめて明るい声になり、明るい表情になった。

「兄が女装趣味だなんて嘘です。真相を調べていただいて、兄の名誉を恢復したいと思います。あのままでは兄が可哀想ですもの」

「承知しました。やってみます。お兄さんがあの姿で長い距離を歩いたとは考えられませんから、どこか近所で女装したに違いないです。駅の周辺には女装趣味の家が幾つかありましてね。『ドールハウス』とか『着せ替え人形』とか。『ノアの家』というのもありますな。まずそこにいって調べてみましょう」

彼女は大沢義夫の写真を用意していた。それを借用して会談を終えた。

8

その日に『ノアの家』を尋ねてみたが、経営者は彼の写真をじっくりと眺めてから首を横にふった。こうした男性は会員のなかにいないし、会ったこともないというのだった。『ドール・ハウス』でも『着せ替え人形』でも返事は似たようなものであった。これらの経営者はそろって中年の女性で、仕事の上でもわたしと顔馴染みだったから、嘘をついているようには見えなかった。

わたしは第一ラウンドで猛烈なパンチをくらったボクサーみたいな気がした。頭のなかがくらくらして、次にどんな手を打つべきか、いくら知恵をしぼってみても考えがうかばなかった。

ふと、もう二カ月ちかくバー・三番館に顔をだしていないことに気がついた。禿げたバーテンの達磨みたいな顔を思いうかべると、なつかしさがこみ上げるというか、じっとしていることができなくなった。わたしには、むかし女房に逃げられて以来、人を恋うなどという人並みな感情は失せていた。それなのに、あのバーのインチメイトな雰囲気とバーテンの暖か味にあふれた笑顔を思い出すと、もう無性に会いたくなった。彼らの顔をみることによって、金欠病でささくれだっているわたしの心もいやされるに違いない。

自分のバーテンを思う心理について、わたしはわたしなりに分析してみた。いや、そうではあるまい。正直なところ、いまわたしを悩ませている大沢義夫の謎を、あの女装趣味の持主でもなければチンドン屋でもないあの男が、なぜ化粧をし女の服を着ていたかという謎を、バーテンの明晰な頭脳で解明してもらいたいのだ。

銭湯でひと風呂あびて垢をおとすと、一張羅の服に着替えた。三番館にいくとなるとそれなりの軍資金が必要になる。わたしは脱いだばかりの服を風呂敷に包んで、公益質屋に持ち込んだ。

こうした場合は常に早目に出かけてゆき、バーテンとさしで向い合って講義を拝聴することにしている。痩せても枯れてもプロの探偵のわたしが、アマチュアに謎解きを依頼するなんてみっともない。できることなら他人の目に触れさせたくない図なのだ。

いまは七時。まず大方の会員が顔をそろえている時分だった。好んで恥をかきたくはなかったけれど、早く謎の真相を知りたいという誘惑には勝てなかった。

小さなエレベーターで五階に昇る。ふかぶかとした緋のカーペットを踏んで三番館の重たい扉をあける。いましたいました、いつも仲良しコンビの税務署長と消防署長が一つテーブルに坐って、もう出来上がっている感じだった。葬儀屋の若旦那はなにが楽しいのかうれしいのか、ひとり坐って思い出し笑いをうかべている。ひょっとするとお見合いの帰りかも知れないな、と思う。相手は誰だろう、お坊さんの独り娘でもあるんじゃないかな。例にして例の如き挨拶をかわす。やあやあ。お久し振り。ご機嫌いかが。顔色がいいじゃないの。等々。

カウンターには農科大学の助教授がひとり坐って、一献かたむけているとでもいった恰好でカクテルに口をつけていた。わたしはその隣りに席をとる。

「いらっしゃい」

と助教授。筋肉質のいい体をしている。好きなスキーを思う存分楽しんだのはいいが、雪焼けで顔が真っ黒になっている。

「いらっしゃいまし。しばらくお見かけしないものですから、ご病気ではあるまいかとお噂申し上げておりました」

バーテンが如才なく挨拶をする。白いワイシャツに黒いチョッキ姿が見るからにシックだった。

「なに、鬼のカクランというやつでね」

自分ながら冴えない冗談だと思った。元来わたしはジョークと女を口説くことが下手なのである。

「もう全快したがね」

「それはようございました。といたしますと、なにかご相談事でも……？」

バーテンも心得たものだった。質問が的を射ている。

助教授が上体をひねってこちらを向いた。これからバーテンの名推理が聞かれるのだ、そっぽを向いて呑んでいる場合ではない、といった表情。

「お察しのとおりだ、バーテンさん。誰にも心の悩みというやつがあってね。このところわたしも頭をひねりつづけているんだが、どうしても解決しない」

「うかがいましょうか」

バーテンはグラスを手にした。これに磨きをかけながら精神を統一すると、労せずして難問が解けるという仕組みなのである。

わたしはちょっと身構える。さて、何から話をしていこうか。

「このあいだの晩だが、若い男性が歩道橋の階段から転落して死亡するという事故があったでしょう？」

「新聞で読みましたよ。女装の男ということで、スポーツ紙が派手に取り上げていましたな」

と助教授が口をはさんだ。

「そうです、打ちどころが悪かったとみえて即死でした。ですが当人の名誉のためにいいますと、女装趣味もなければ覗きの趣味もないという、健全を絵にかいたような男性でしてね。バーテンさん、その健全な紳士がなぜ女装をしていたかというのがわたしを悩ませている謎なんだ。現場の近くにも女装趣味の男たちを相手にした『ドールハウス』とか『着せ替え人形』なんていう店があるんだが、大沢義夫はここの会員ではなかった。いまいったように、そうした趣味には縁のない男だからね」

わたしはひと息に喋った。バーテンは肯きながら、眼をかるく閉じたまま、一心にグラスを磨いている。助教授は葉巻をくわえてじっと考え込んでいる。口髭に火がついても気づくまい、といった顔である。

「話は違いますですけど、根岸美術館で写楽の版画が盗まれた事件、ご存知でございましょう？　そろそろ二週間になりますが、犯人は誰かということも、どうやって絵を盗み出したかということも、まだ解明されていませんようで」

いきなり予想もしないことをいわれて、助教授もわたしも顔を見合わせたまま黙りこくっていた。バーテンの口調には、もうその謎は解けていますとでもいったふうの、自信に充ちたニュアンスがあったからだ。

「あの犯人と目される男が、神保町の古書店に現われたこともご存知でございますね？」

「ああ、知ってるとも。見るからに面妖な客だったと、店の主人はそう語っていたね」

「はい。よほど緊急のおかねが入用だったのでございましょうね。ところでわたくしが面白く感じましたのは、犯人と目される人物が古書店に『枥蔵』を持って来たのと、大沢さんが階段から落ちたのと、双方が同じ日の同じ時間帯に起ったことでございまして」

わたしは頭のなかで指をずっと数えてみた。いわれるまで気づかなかったが、バーテンのいうとおり二つの事件はおなじ頃に起っている。

「ですがバーテンさん、双方のあいだにどんな因果関係があるんですか」

助教授が訊ねる。葉巻の火が消えているのに、一向に気づく様子がない。

「はい。大沢さんがイラストレーターであるということが重大な理由の一つになると存じますが」

「……?」

「大沢さんが画家であることと、女装をしたことと、そして美術館の館長室から写楽が消えたことと、ちゃんと関連性があるではございませんか」

「バーテンさん、降参だ。ずばりと説明をして下さい、頼みます」

助教授は頭をさげている。わたしは黙ってカクテルをカウンターの上においた。

もうバーテンはグラスを磨いていない。

「ずばりというご注文でございますから、端的に申し上げましょう。版画を盗んだ犯人は秘書の小坂雅美だと存じます。館長さんが何度かチェックして、その度に安心していた『寄り目の栃蔵』は、ずっと以前に模写された偽物とすり替えられていたのでございましょう。秘書を犯人と仮定しますと、すり替えるぐらい易々たることだと存じます」

「『栃蔵』の贋作をどうやって調達したのかな」

わたしは小首をかしげた。

「ほらほら、階段から落ちた画家の卵がいるではありませんか」

助教授が笑顔でわたしを見ると、頭のいいところを披露した。

「なあるほど。すると彼女は偽物のほうの絵をどうやって消したんですかね？」

「一文の価値もない模写絵でございますから、ちょん切ろうが丸めようが小さくたたもうが一向に構いません、大して時間もかかりませんし」

「しかし、それをどこに隠したんだろう」

「例えばボイラーのなかに、というのは如何でございましょう」

「そうだな。あれを本物だと思っている人にしてみれば、ボイラーに気づくわけがないもんな」

バーテンは笑顔でうなずいた。

「左様でございます。証拠を湮滅するためには、燃やしてしまうに越したものはあるまいかと存じます。さて、雅美は、盗み出した絵を早く売りたいと考えておりました。といって人に頼むわけにはゆきません。そこであの晩のこと、口実をもうけて、大沢さんを自分のマンションに招待しますと、お酒でも呑ませたのでしょう。酔って眠った大沢さんの服を着て、男に化けて神保町にいったというわけでして。一方、大沢さんは予想外に早く目がさめます。いる筈の雅美はおりません。早く帰って締切の迫った仕事を仕上げたい、とでも思ったのでございましょうか。駆け出しのイラストレーターにとって、締切をきちんと守ることは何より大切ですから。しかし室内にあるのは女物の服ばかりでございます。大沢さんは意を決して雅美の服を着ることに致しました。女に化けるために白粉をつけたり紅をぬったり、女性用のかつらをかぶったり」

バーテンは喋り疲れたとでもいうふうに口をつぐむと、われわれのためにカクテルをつくり始めた。

わたしは黙っていた。兄の大沢義夫が版画の偽物を描いていたという話を、妹のめぐみに知らせてよいものかどうか迷っていたのである。

風見氏の受難

1

風見丹吾氏がその難に遭ったのは、猛暑がつづき、都民がぐったりとなっていたある夏の日の午後のことだった。

風見氏は、昨年新宿に竣工なったQビルの最上階にオフィスを持つ貿易商である。個人経営のちんまりとした会社だが、取引先の大半は父が開拓してくれたもので、彼はその顧客を大切に扱って、今日まで大過なく送ってきた。温厚なお坊っちゃん育ちであったから、妙な野心をいだいて事業を拡張しようとはかり、それが裏目にでて会社を潰すようなことはなかった。風見貿易はこの五十年間というもの社員の数がふえもせず減りもせず、順風満帆とまではゆかぬにせよ、平穏無事にやってきた。だからこの特筆すべき日も、波風立つこともなしに暑い一日が過ぎていくものとばかり思っていたのである。

Qビルは副都心に移転して来た都庁舎から数ブロックのところに建っている。現場で鍬入れ式が行われた直後から、都民の退屈しのぎの恰好の話題となったのは、このビルが完成すると都庁舎よりも高くなるからだった。都庁舎が三十八階であるのに対してこちらは四十階になる、という点が話のタネになったのである。

Qビルがオープンとなってから半年あまりというもの、毎日のように見物人がおしよせた。埼玉県から貸切りバスでやって来る団体もあったりして、記念品の売店は笑いっぱなしだったという。それから一年が経過したいま見物客の姿もめっきり減ってきた。土産屋の主人は電卓をたたいては吐息するようになった。事件が起ったのはそうした頃のことで、世間の眼はふたたびこのビルに向けられた。

最上階の借家人たちはほとんどが風見貿易程度の、小ぢんまりとした営業体であった。なかでも殊に多いのは地方の会社の東京支社、支店及び東京出張所ということになっている。四十階が支店横丁のニックネームで呼ばれる所以であった。

明後日がお盆ということで、支店横丁は軒なみ夏季休暇に入っていた。それぞれの支社の社員たちは妻子をつれて郷里に向った。風見貿易だけは社員のすべてが地元の出身だから帰省する必要もなく、なかには先祖のお墓が新宿区内にあるという便利なものもいたが、彼らも負けずに夏休みをとって、マンションの部屋でごろ寝をしているのだった。だから当日出社していたのは風見社長ひとりということになる。

その朝の風見社長は私鉄の駅の売店で切り花を求めて出社した。そしてみずから十脚ありある机の上を拭き床の掃除をしたのち、花瓶に水を入れておいて、そっと花をさした。植物に関心のない風見氏はスミレとひまわりの区別もつかぬほどだったのに、花屋のウインドウに並べられたその花を見たときは下世話にいうひと目惚れというやつで、衝動買いをしたのである。そしていま花瓶に活けられた濃いブルーの花と濃いチョコレート色の花にやさしい視線を投げて、花もなかなかいいもんだと思っていた。風見氏は帳簿をチェックしたり横浜の業者に電話をしたりする合間に、腕を組んで、可憐な花をつくづくと眺めた。

ノックもせずにその男が入って来たときも、風見氏は花をと見こう見して、さてこれは何という植物なのかなと小首をひねっていた。たまには植物図鑑でもひらいてみるか。そう考えていたのである。ドアが乱暴に開いても、花に気をとられていた風見氏は今日が開店休業であることをつい忘れて、外出していた社員が戻って来たと思っていた。

「やあご苦労、暑かったろう」

風見社長はそうねぎらったが返事がない。妙だなと思って扉口を向いたその鼻先に、黒いピストルみたいな物がつきつけられて息をのんだのだった。

男はうす黄色をしたタオル地のケープをまとい、顔には大きな色めがねをかけていた。サンダル履きである。彼は低い押し殺した声で「マネー、マネー」と二度くり返した。そういわれて初めて相手が金銭を要求していることに気づいた。異様な風体に気をのまれていたせいでもあった。

最初風見氏が考えたのは、男は千葉県の海水浴場へ行くつもりで家を出たものの、小遣い銭が足りないことに気づいて、途中の新宿駅でちょいと下車すると、その不足している金を調達しようとしたのではないか、ということだった。外には女友達をのせた車が待っているに違いない。

風見氏はポケットマネーを与えて退散ねがおうと思った。一応は社長という地位にあるから、十万程度の現金はいつも持ち歩いている。海辺にいってどんな馬鹿騒ぎをやらかすのか知らないが、十万円もあればお釣りがくるに違いない。

男は風見氏の胸中を読んだようだった。ピストルの筒先を少し動かして、窓ぎわにある金庫を示すと、また「マネー、マネー」をくり返した。風見氏は慌てて立ち上がるとハンガーに吊してある上衣をとって、ポケットから財布を引き出した。無言でありがねをはたき、机の上にぽんと置いた。

「勘定してみなさい、十万円ある」

こんな端金は要らない。男はそういうように、また押し殺した無表情な声でおなじことをくり返した。筒先が小さく動きじれったそうに金庫のほうを指した。

風見氏は観念して席をたった。いたずらに相手を刺激して発射されてはたまらない。それにしてもこの銃はモデルガンなのではあるまいか。なんとなく重量感に欠けている。心のなかでそうしたことを考えながら、ゆるい動作で金庫の扉をあけにかかった。

「あんたは運がいいよ。いつもは現金なんておいてないんだから。うちばかりじゃない。

お隣りだってそのまた向うのお隣りさんだっておなじだ。なかには金庫を備えていないという会社もある」

喋りながらダイヤルを回転させ扉を開くと、昨日おろして来たばかりの札束をとり出して、机の上においた。重量があっていかにもどっさりとした感じだった。

男はひどくがつがつした様子で、五つの札束に手を伸ばした。それと、知り合いの梱包会社の息子が入って来たのが殆ど同時だった。ときどきアルバイトに使うことがあって、今日もそのことで訪ねて来る約束になっていた。

「社長、ドアが少し開いてたもんで――」

いいかけて若者は棒立ちになった。ケープの男も虚をつかれて凝然として立ちすくんだ。しかしその睨み合いは瞬時にして破られた。若者は抱えていた黒革のバッグを「この野郎」と叫びながらピストル目がけて投げつけ、飛びかかろうとした。

「出て失せろ！」

と若者は若い者らしくないセリフでどなりつけ、守勢に立たされた賊は机の上の札束に未練をのこしながら、少しずつ入口のほうに後退していった。

「怪我をしてはつまらない。逃がしてやんなさい」

風見氏も自分の立場が好転したことを知ると、心に余裕が生まれた。

「あんたも運が悪いね。この若い人の来るのがあと五分おそかったら、五千万という現金を手に入れることができたのに。こう見えてもこの若い人は合気道五段でね」

「四段ですよ」

と、その若者は調子を合わせた。それが効いたわけでもあるまいが、賊のケープがひるがえったかと思うと、彼は廊下にとび出していた。

「追っちゃいかん。ここであなたに万一のことがあったらお父上に対して申しわけがたたない」

風見氏は戦前派だからセリフが多少古くさくて、それが板についている。青年は追いかけるのを止め、二人はそっと扉の外を覗いた。廊下には乱暴にぬぎ捨てられたサンダルが転がっていた。賊は勢いよく走りながらもぎとるようにしてケープを脱ぎ、それを投げだした。彼はエレベーターの前で止まると、ボタンを押したふうだったが、ややあって鋼鉄の函のなかにとび込んだ。

「社長、この札束をしまって下さい。ぼくは一一〇番しますから」

若者は落着いた声でいった。去年提出された履歴書には二十一歳と書かれていたはずだが、しっかりしたいい青年だ。風見氏はそうしたことを考えながら、受話器を手にした若者のほうを見ていた。鼻のたかい眉の秀でた、なかなかのハンサムだった。あの友人もいい伜を持ったもんだ。札束のほうへ手を伸ばしながら、風見氏はまだそんなことを考えていた。

2

一階ホールのエレベーターは二個所にある。南を向いた三基と北面した三基の、合わせて六基である。常時六人のエレベーターボーイが乗っていた。三基のうちの一つは最上階までの直行で、あとの二基は「各駅停車」ということになる。

早目に昼食をすませたサラリーマンたちがエレベーターを待っていた。夏のバカンスどきだったから人数は多くないが、それでも十名は越えていた。てんでにワイシャツの袖をたくし上げて、見るからに才能のありそうな連中だった。少し離れて階数表示のボードを見上げている一群は、最上階に出て、更に展望台に上がろうとしている若者たちだった。地上が無風状態の日でも、展望台まで上がるとつねに涼しい風が吹いている。それが彼らのお目当てなのだ。

人波がゆれてエレベーターのほうに移動した。階数表示の数字は3から2になろうとしている。人々は足早に鋼鉄の扉の前に立った。扉は鏡張りになっているので、若い女たちは髪のおくれ毛をかき上げたり服装の乱れを直したりした。

やがて扉が開き、すると人垣は左右にわかれて中央に通路をつくった。駅のフォームで電車に乗ろうとする際に身についた習慣だった。が、出て来る者はいない。誰かが先頭を切って乗り込もうとして、床に伸びているエレベーターボーイに気づくと、慌てて立ち止まろうとした。

　後ろから押されて二、三人の男女はたたらを踏んだような足取りでなかに入り、そのとたん口々にわけのわからぬことを叫んだ。それで周囲の人々も異変の生じたことを察したようであった。女たちはジェットコースターに乗ったときのように、とっておきの悲鳴をあげた。悲鳴はただちに伝染して居合わせたすべての若い女が金切り声を上げた。後方にいた女性たちは何がなんだか理解のできぬままに絶叫した。彼女らは声帯をふるわせ、それによって自分たちがか弱き女であることをPRしている如くであった。

　エレベーターボーイは短い上衣と白くて長いズボンという制服姿で、壁にもたれ両脚を投げだした形だった。かなりの量の鼻血が出ている。白い上衣の胸のあたりが朱く染っていた。眼をとじたエレベーターボーイはぐっすりと眠っているようにも見えた。

「救急車だ」「管理室へ連絡してくれ」という声が上がった。黙っていると沽券にかかわるとでも思うのだろうか、サラリーマンたちは口々になにか叫んでいた。だが、進んでエレベーターボーイを介抱しようとするものは一人もいなかった。鼻血はまだ流れつづけ天井の照明をうけて生々しく光って見える。自分たちの上等なワイシャツや高価な服を血で染めるわけにはゆかなかった。

　エレベーターボーイが救急車に乗せられていったのはそれから二十分ほどたった頃のこと

だった。エレベーターの前には警官が張り番に立ち、利用者は北側の「直行便」のほうに廻った。

エレベーターボーイは野見山圭人（のみやまよしと）という名だったが、人々がそれを知ったのは夕刊の社会面にこの「事故」が小さく報じられたからだった。一方、最上階の支店横丁のサラリーマンたちにその名はずっと以前から知られていたのだが、圭の字の訓がわからなくて、いつとはなしにお圭（けい）ちゃんと呼ばれるようになっていた。何となく呑み屋のおねえちゃんみたいな呼び方であったが、野見山青年にはおとがいの尖（とが）ったことといい華奢な体つきといい少々女性的なところがあって、お圭ちゃんというニックネームは支店横丁の住人たちに同感をもって迎えられ、忽ちにして誰も彼もがそう呼ぶようになった。といって面と向ってそう呼びかけることはないのだから、野見山圭人が自分の愛称を知っていたかどうかは解らない。

そのお圭ちゃんが人事不省のまま救急車に収容されるのとすれ違いに、所轄署から二人の刑事がやって来ると、北面したエレベーターで最上階へ向った。慣れないビルだったので各階止まりに乗るというミスをしたが、といっても降りる客がいない場合は素通りするわけだから、「終点」に到着するまでそれほどの時間はかからなかった。

Ｑビルでは支店横丁の住人たちをからかって「雲上びと」と呼ぶのだという。刑事たちがエレベーターから出たのは一時を廻っていたにもかかわらず、廊下は静まりかえって雲上びとの姿もみえなかった。強盗未遂事件が起ってもふしぎはない、と思う。その無人だったことが幸いして、廊下のあちこちに賊がぬぎ捨てたというケープや拳銃、サンダルなどがそのままに残っていた。

風見貿易は用心ぶかくなっていて、ドアチェーンをはめたままで応対した。まず警察手帳を見せてくれと要求され、形式的にちらりと示すともっとはっきり見せろといわれた。

「すみませんがお名前を」

はきはきとした口調でその声がいった。

「山崎刑事。うしろにいるのが大野刑事」

山崎は味も素ッ気もない答え方をした。一一〇番で駆けつけたのに変に疑われたのは初めての経験だった。

鎖がはずされて二人は招じ入れられた。一見したところ風見社長は六十歳台の後半という年輩。顔が小さく目つきが柔和で、鼻の下の白いヒゲがアクセントになっていた。商人のせいか腰が低く、それでいて刑事との応答はてきぱきとしていた。

かたわらに二十歳前後の若者が坐っている。社員にしては少々若すぎて、まずはアルバイターの大学生かと踏んだが、それが当っていたことは間もなく解った。刑事の質問に答えるのは風見丹吾のほうで、若者は同感を示すときは大きく頷き、否定するときは黙って首を横にふるのだった。よく解らぬという場合は頸をちょっとかしげて、さアといったゼスチュアをした。

刑事の質問は賊が侵入したときから逃走するまでの情況を明らかにする点にあった。上手な医師の問診のように、さり気なくしかも抜け目なく、ときにはいかつい顔に笑いをうかべたりしながら続けられた。

だが時間がたつにつれて刑事たちの失望は深くなっていった。犯人の人相風体も漠然としていれば、単に若いというだけで年齢もはっきりしないのである。

「真っ昼間でしかもひと気のない時間帯を狙っている。かなり下調べをやっていますな」

「お言葉ですが刑事さん」

風見社長はおだやかな調子で反論した。彼は、反論するときもほほ笑むことを忘れなかった。笑うと歯がのぞいた。喫煙の習慣がないとみえて真白い歯であった。

「どの会社も軒なみに夏のバカンスに入っています。それに今日は土曜日ですから、なおさら人の出入りは少ないのです。それに支払いは銀行をつうじてしますでしょう？　金庫に現金が入っているというのは滅多にないことなんです。そうした極く初歩的な常識も、彼は知らなかったように思いますが」

ひと呼吸おいて風見氏はつづけた。

「エレベーターの位置や何かは調べておいたに違いありませんね。迷わずに走っていきましたから。でも……」

「でも、何ですか」

「それにしては矛盾したことをやっているんです。あの南向きのエレベーターよりも、北向きのほうが近いのです。肝心の逃げ道については、何度も歩いて測ったことだろうと思うのですけど」

その差は二十メートルあるという。逃げるときの二十メートルの違いともなると、無視することのできぬ距離である。山崎にはその理由が解らなかった。大野をふり返ると、彼もお手上げだという顔をしてみせた。

「で、十万円のポケットマネーには見向きもしなかったと」

「それまでわたしは、彼が海水浴にいく途中で、行きがけの駄賃にといいますか、小遣い稼ぎのつもりで立ち寄った。そんなふうに解釈していました。ですから十万も与えれば大よろこびで帰るだろうと思ったんです。ところが目もくれなかったのですよ」

風見社長は不満気に答えた。この社長はよほどの金満家に違いあるまい、と刑事は思った。おれだったら大金が無事だったことで祝杯をあげるところなのに。

「金庫にお金が入っていたのは偶然なことだった、そういうお話でしたね？」

「はい」

「どういうわけで五千万円もの現ナマが用意されていたのか、差支えなかったらどうぞ」

「差支えなんてありません。うちはマドリードに支店がありまして、おやじが社長をしていた時分に、わたしはそこの支店長をつとめたことがあります。昨今のようにオフィスガールまでが気楽に渡航するような、そんな時代ではありませんでした。用意万端をととのえるまでにはくたくたになったのです。そのとき公私ともにお世話になったお役人さんが本のお好きな方で、退職なさったいま、趣味がこうじて本屋さんをやっておいでです。このお方が少々お金を用立てて欲しいとおっしゃるので、お渡しすることにしたのです。ちょっとプライバシーに関することですから、銀行送金は避けまして、直接に手交するという話になりました。現金をおろしたのは昨日のことでして。先方さんに急用ができたというので、今日来ていただくことになりました」

当然なことだが、刑事としてはその情報が相手から洩れて、たまたまそれを知ったワルが乗り込んで来たのではないか、そう考えた。

だが、風見社長は小首をかしげた。

「可能性としては考えられることでございますけど、もとがお役人でしたから口の固いお方で、そうした情報をかるがるしくお喋りにはなるまいと存じますが」

喋ったか喋らなかったか、それは当人に聞かなくては解らない。刑事はいささか強引であったが、渋る社長から相手の名前を教えてもらった。

刑事たちは二人に立ち合ってくれるよう頼んで廊下にでた。ケープその他は鑑識に廻すために持ち去られている。

エレベーターの前まで来ると四人は立ち止まった。刑事は社長の説明を求めた。

「逃げていった泥棒はボタンを押すと、エレベーターが上がって来るのを待っていました。時間にして一分前後でしょうか、エレベーターが停って扉があくと、何か大声でわめくようにいって、なかに飛び込みました。わたし共が目撃したのはその辺りまでですが……」

風見社長がそう語ると、かたわらの青年は大きく頷いてみせた。風見氏はほっとした表情をみせて、これも大きく頷き返していた。

「三つあるエレベーターのどれに乗ったか覚えていませんか」

「いや、それは」

と風見氏はかぶりを振った。

「うちのオフィスのドアを少し開けて覗いていたのですから、それ以上のことはどうも……ただ、赤いパンツがちらと見えただけでして」

青年はこのときも歯をみせて同意のゼスチュアをした。賊に正面きって飛びかかろうとしたことが信じられぬくらい、静かな若者であった。

3

犯人が逃走に用いたのは直行のエレベーターだろうと考えられた。エレベーターボーイが難に遭ったのは、犯人と揉み合って撲り倒されたためと想像された。しかし念のため他の二基のエレベーターボーイにも会って、話を聞くことにした。勤務が終り、交替して仕事から解放されたばかりの彼らを、刑事たちは控え室に訪ねて話を聞いた。控え室は陽のあたらない地下の小部屋で、私服に着更えた彼らは刑事の来訪を待っていてくれた。

山崎のいかつい顔に一瞬おびえたようだったが、それもちょっとの間のことで、刑事が笑顔を見せると、釣られたように二人は口が軽くなった。

「野見山君がやられたことは仕事中に知りました」

と、細い体つきのほうがいった。

「顔見知りのお客さんが教えてくれたんです。世の中には妙なやつがいるから気をつけろよ、と」

黒い顔のエレベーターボーイは、この控え室に戻って来て、同僚が負傷したことをはじめて知らされた、と答えた。

「犯人が、ぼくの函に乗ったらぼくが撲られたかも知れませんから、話を聞かされたときはショックでした」

「犯人はエレベーターを下見にやって来たとも考えられるんだが、怪しいやつは見かけなかったかね?」

二人は口々に知らない、気がつかなかったと否定した。エレベーターボーイは午前と午後と夜間の三交代制になっている。この部屋は彼らが共同で使うのだというが、意外に整頓されていて綺麗な感じだった。壁やロッカーに女優やスポーツマンの写真、三角型をした大学野球の応援旗などが貼られていた。

刑事たちの収穫はゼロに等しかった。ただ一つはっきりとしたのは、犯人が飛び込んだエレベーターは野見山の函に違いない、ということであった。刑事は礼をいってカビくさい小部屋をあとにした。

救急指定病院に担ぎ込まれた野見山はただちに心電図をとられたり脳波を測定されたりしたのち、ナースセンターの隣りの集中治療室に入れられて、絶対安静を申しわたされていた。彼はかなりの力で後頭部に打撃をうけたとみえて、脳挫傷の一歩手前という診断だった。重態とあればむりやり押しかけて訊きとりをするわけにもゆかず、山崎たちは患者が快方に向うまで静観するほかはないとの結論に達した。

その間、山崎刑事や大野刑事たちは精力的にQビル内や周辺を歩き廻って、現場へやって来るときの犯人を見かけたもの、逃げていくときの目撃者を探したが、ここでも収穫は乏しかった。大きなサングラスをはずした犯人はどんな顔をしていたのか、ケープの下にかくれていた彼はどんな肉体的特徴を持っていたのか、それに答える情報は何一つつかめなかった。

唯一つ、ピザパイの出前をするアルバイターが出来たての品物をとどけにいく途中、裸で走って来た男と接触して、あやうく路上に投げ出されそうになったという小さな事件が刑事の注意を引いた。男は謝るどころかアルバイターを罵って走り去ったというのだ。が、調べてみるとこの男は町内でも知られた変人で、その日も流行おくれのストリーキングをやったに過ぎないことが解った。彼の話によると、若い女の大半は目をそむけるどころか腹を抱えて笑い合ったり手を叩いたり、なかには「頑張ってチョ」などと声援するものまでいて、「日本の女はこれからどうなっていくんでしょうね」という男のまじめくさった述懐がなんとも滑稽で、山崎はそれを思い出すたびにくすくすと笑った。そしてその都度、居合わせた同僚から変な目でみられたのだった。

犯人はエレベーターに乗らなかったのではないか。鋼鉄の函に飛び込んだと見せかけてなおも支店横丁を走りぬけ、自分のオフィスに戻ったのではないか。つまり犯人は雲上びとの一人ではあるまいかという意見がでて、刑事たちは手分けをしてその方面もあたってみた。だがこれもまた空振りに終った。

山崎たちは神保町の一軒の古書店を訪ねた。そこの依怙地（いこじ）そうな顔つきの店主が、貿易商から五千万円也を用立ててもらった当人なのだった。が、彼も借り入れ金一切のことを他言しなかったと、しまいにはおでこに青筋をたてて、すごい剣幕で否定した。

店を出たとき大野がくすっと笑って、「おお怖わ」と頸をすくめた。

その頃入院中の野見山青年は外科病棟に移されていた。担ぎ込まれてから五日目のことで、若いだけあって予想外に早く快方に向った。訪れた刑事に、担当の中年の医師はそう説明した。

「でもね、面会は三十分以内にして下さいよ。それから、あまり刺激的な質問は遠慮ねがいたいのですが」

刑事は了解したと答え、だが世間話をしに来たわけじゃないんだから、自分の話すことが相手を刺激しないわけはあるまいと思った。まあ、できるだけ和やかにやってみよう。

病院側の配慮か野見山の希望かは知らないが、患者はあいている個室を提供され、そこで刑事を待っていてくれた。山崎と入れ替わりに、ベッドサイドにいた付添婦ふうの女性はかるく会釈をして出ていった。

エレベーターボーイの控え室とは違って、ピンナップガールの写真一枚ない殺風景な部屋だった。白い壁にかこまれて、野見山は寝台に横たわっている。頭にまかれた包帯も真白だ。山崎は少し目がちかちかして来た。エレベーターボーイの控え室よりも、この白い部屋のほうがずっと刺激的だ、と考えた。

「やあ、顔色がいい。なかなか元気そうじゃないですか」

刑事ははずんだ声でいった。そして、自分の口調が少しオーバーじゃあるまいかと思った。刑事という職掌柄、そして山崎の個性として、表情ゆたかにゼスチュアたっぷりに明るく語りかけるということを、やったことがない。相手をリラックスさせるためにはどんな接し方をすればいいのか、山崎には見当もつかなかった。

ま、自己流でいくほかはないな。

「あのとき奴は、四十階に着いてドアが開くのを待っていたみたいに乗り込んで来たんです」

野見山青年は気持を落着かせようとしてか、セーブした声で、ゆっくりと語り出した。

「いつも二、三分ですが客待ちをして、廊下の左右を見て乗る人がいないことを確認してから下降するんです。乗りそこねると、そのお客さんは五分間ぐらい待たなくちゃならないもんですから」

五日も陽にあたらなかったせいだろうか、野見山の顔は白かった。目をつぶって語っているのだが、その瞼の色も白い。

「あの男は入って来るなり、低い声で、早くやれといいました。ぼくが『二、三分待って下さい、お客さんを乗せないと』といい終らないうちに一万円札を握らせたんです。ちょっと早く扉をとじただけで一万円貰えるのは滅多にないチャンスですから、いわれたとおりにしました」

まあ一、二分早くスタートしたからといって服務規定に違反したことにもならんだろう。刑事はことさら和んだ目つきをして、先をうながした。

「あの男はしきりに腕時計を見ていました。ほんとのことをいうと、ぼくは男がこわかったんです。だっていつも乗るお客さんは上等の服を着た会社員だったり、展望台へ昇るギャルだったり、とにかくまともな服を着た人たちばかりです。だからぼくたちも礼儀をきびしく仕込まれるんだし、しゃれた制服を支給されてるんです。そこにいきなり裸みたいな男が乗って来たんですから、びっくりしました。この暑さでおかしくなった人じゃないか、そんな気がしたんです」

刑事はうなずいた。了解したという意味であり、話の先をうながすゼスチュアでもあった。

「各階止まりの場合、こういうケースは殆どありません。お客さんの乗り降りがはげしいですから。でもノンストップだと、襲われたときに逃げ場がないもんで、危険なのです……。ぼくはなるべく視線を合わせないようにしていました。そんなわけで、はッと気づいたときには目の前に立っていたんです。ぼくは夢中で叫んでいました。何をいったか覚えてませんけど、何するんですかとか、止めて下さいとか、そんなことだったと思います。そのときぼくは、あの男がニヤッと笑ったような気がするんです。そしていきなり撲られて、その反動で頭のうしろを函の壁にぶつけて……。それきりです」

「途中で停めなかったんですか」

「逃げ出してもすぐ追いつかれるでしょうし、職場放棄だなんてクビになるかもしれないし……。それよりも早く一階に着きたい、着いてこの男に出ていって貰いたい。そう考えていたんです」

刑事は大きくうなずいた。そりゃ災難だったなあ、という思い入れをこめて……。そしておもむろに咳払いをした。

「一階に到着したときのことなんだが、ドアが開くと、乗っていたのは床に坐り込んでいるきみ一人きりで、そのすっ裸の男は……」

「あの、正確にいうと丸裸とか赤裸というんじゃないんです。ワインカラーのパンツも穿いていましたし……」

「シャツは？」

「着ていません。胸に金色のロケットをさげていました。よく覚えていませんけど、胸毛も少し生えていたような気がします」

「どんな靴をはいていた？」

青年は目をつむった。短い沈黙があった。

「……靴ですか。靴は……、いえ、はだしでした」

裸足であることは刑事も知っていた。

「さて、人相だが」

「それが」

といったきり、野見山は黙り込んでしまった。一、二度ひくひくと唇が動いたものの、言葉にはならなかった。

「それがはっきりしないんです。どんな凶暴なやつか解りませんから、なるべく見ないようにしていました」

「でも、きみを襲う直前にニヤリと笑ったんじゃないのかい？」

「それは覚えています。あれを見たときは、もうこれでおしまいだなと思いました。とても不気味で……。それはよく覚えているんですけど、目だとか眉だとか鼻ということになると、全然……」

「それじゃ口に絞って質問しよう。唇だっていろんな形がある。大きなのもあるし、おちょぼ口という可愛らしいのもある。薄っぺらなのもあれば、ぶ厚いのもあるしね」

「形は……形もよく覚えていないんです。平均的な形じゃないでしょうか。ただ、冷房がこたえたせいかどす黒い色にみえました」

　刑事は大きくうなずいてみせて、また咳払いをした。

「話を戻して、一階に到着したときその男の姿はなかったんだが、途中で逃げたと考えるほかはないね」

　そのことは初耳だったのか、包帯の青年は大きく目を開けると喘ぐような息をした。

「そんなことは想像もできませんけど」

「だってそれが事実なんだ。扉が開いたとき、なかにいたのはあんた一人だった。それはホールで待っていたお客さん全員が目撃していることなんだよ」

「そんなこと……そんなこと……」

　語尾が小さくなって消えた。

「信じられません」

「そうなるとだね、途中で脱出していったとしか考えられないんだが。勿論、きみが気絶している間のことになるがね。摸られたのはどの辺を降下していたときかな？」

野見山は下目をつかってちょっと考えていた。

「正確に何階とはいえませんけど、十階あたりだったと思います。早く一階に着かないかとそればかり考えていたんです。ちらっと階数表示を見たとき、もう少しの辛抱だと思いました。あと四十秒ぐらいだぞって……」

当時エレベーター待ちをしていた多くの人々の眼は、階数表示にそそがれていた。なかには最上階をスタートした直後から、じりじりしながら見つめていたものも数名いる。それが一様に、エレベーターが中途で停まったことはないと断言しているのだった。刑事はその証言のウラをとったのである。そして十階を通過する頃には、居合わせた殆ど全員が階数表示を凝視していた。エレベーターが停止しなかったことは、白髪三千丈式のオーバーな表現を以てするならば、「万人」が目撃していたのだった。

4

バー・三番館に顔をだした。居合わせた全員がスツールに腰かけて、バーテンがつくったカクテルを呑みながら、世間話に興じていた。わたしの耳に入ってきたのはバブル経済だの損失補塡だのという艶気のない話題だった。わたしは株なるものを買ったことがないから、株屋にだまされて泣いた経験もなかったし、従って一夜乞食の悲劇を味わったこともなかった。貧乏人は幸いなるかな。

「やあ探偵さん、ここにいらっしゃい。ここが空いてます。バーテンさん、お絞りと例のやつを一つさし上げて。探偵さん、わたしのおごりです」

税務署長がテキパキとした口調でいう。

この宵の風見氏は友人の税務署長にさそわれて、有楽町駅の近くの三番館を訪ねていた。ここのバーテンがずば抜けた推理の才の持主だから、今度の事件について何か参考になる意見が聞けるのではないか。署長はそう語って、半ば強制するように誘い出したのである。

風見氏は昔の数寄屋橋のあった辺りを感慨ぶかげに眺め、以前に都電が走っていた電通通りを見て目をみはった。

「まるで浦島太郎の心境です。何もかも変っている」

目的の三番館はその電通通りに面したビルの最上階にあった。横手に廻って小さな専用のエレベーターで上昇すると、降りたところが即ちバーなのだった。

なかはかなり広い。カーテンは黒一色で統一され落着いた雰囲気の店だった。風見氏はカラオケなるものが大嫌いなのだが、ここにはそうした雑音のたぐいは一切なかった。風見氏はほっとしながら店のなかを見廻して、哲学者の溜り場みたいだと思った。それほど静かだった。

まだ宵の口のせいか会員の姿は少ない。その全員がスツールに腰をかけて、カクテルの味を楽しんでいた。

「今夜はバーテンさんの絵解きがあるというので、皆さんがあそこに坐っているんですよ」

その声が聞こえたらしく、バーテンが顔を上げるとこちらに向けて頭をさげた。頭の周囲に黒々とした毛髪をのこすのみであとは綺麗に禿げ上がっているが、その禿げっぷりがまことに見事で、しばし風見氏は見とれたくらいだった。白い上衣に黒のボウタイ。それがまたぴしっと決っていた。

気づいた会員たちはスツールを半回転させて、新参の探偵に陽気な挨拶をおくった。こうしてバーテンの謎解きは始まった。当局が匙（さじ）を投げたこの事件に、バーテンはどんな解答を出すのだろうか。被害者である風見氏はそれを早く聞きたかった。甘い物好きの彼はシェリー酒をオーダーした。今宵の探偵は仕事で来たのではなく、たまたま呑みに立ち寄ってこうした場面に出遭っただけなので、他の会員と同様に、謎解きを楽しんでいるようだった。

「わたくし、Qビルに二度行ってみました。お宅さまのオフィスの前も二度通りました。そして、北向きのエレベーターの前も訪ねました。オフィスから逃げるにはこちらのほうが近いのに、犯人はなぜ南向きのエレベーターを選んだのか、その解答を摑みたいと存じまして」

　バーテンは口をつぐんでシェリー酒のグラスを風見氏の前においた。すべての会員が息をひそめてバーテンの推理に耳を傾けていた。

「北に向いたエレベーターホールの横には、ドリンクの自動販売機がございます。南向きのエレベーターの横にはタバコの自動販売機と、それに並んで火災報知器と申しますか、火事が発生しました際に、ビル中にそのことを知らせる装置がございます。ガラスを割ってボタンを押すという、あの装置でございますね。二つのエレベーターを巡る違いはその程度のものでしかございません」

　セーブした声でよどみなくつづけた。

「さて、犯人がエレベーターボーイを気絶させた後で脱出した方法でございますけど、仮りに天井に非常用の脱出口があったと致しましても、下降中に逃げ出すことは絶対に不可能でございまして。ということになりますと、つまり脱出することが不可能である以上、犯人は脱出しなかったと考えるほかはございません」

「といったってバーテンさん、エレベーターのなかに犯人の姿はなかったんだぜ」

「はい。脱出することは不可能だった、そして現場にいたのはエレベーターボーイひとりだった。と、いたしますと、あの青年がつまり犯人であったということになりますわけで」

「すると、一人二役をやったという……？」

「はい、その通りでございます。あのエレベーターボーイはお金のありそうなオフィスに見当をつけ強盗に入ります。奪ったお金を抱えてエレベーターに戻りますと……、ここで犯人はボタンを押して下からエレベーターを呼ぶといったお芝居を打ちましたんですが、なに、エレベーターは目の前に停っているのでございます。犯人は誰もいないエレベーターに乗って下降致しました。そしてその途中で制服に着更えますと、自分で頭にコブをつくって、強盗に襲われた演技をしましたわけで。ただ手加減が違って入院する羽目になりましたけど」

「しかしなぜ突飛な変装をしたのかな。かえって人目に立ちすぎると思うんだがなあ」

「いいえ。例えばシルクハットに燕尾服で変装をしたと仮定致しましょうか。下降するエレベーターのなかで着更えをしました後、帽子と服とをどう始末したらよろしいのでしょうか。それがエレベーターのなかに残っておりますと、着更えたことがいっぺんでばれてしまいましょう」

一同になり替って質問するのは、痩せぎすで華奢な農科大学の教授だった。グラスを持つ指がまた細くて、いまにもポキリと折れそう。

「その点、サンダルやケープは廊下に脱ぎ捨てても怪しまれません。いかにも身にまというて邪魔だというふうに解釈されますから」

「解りました。その点は解りましたけれども、なぜ場所の遠いエレベーターを選んだのでしょう」

「その理由を、わたくしはこう考えますので。これは病院に訊ねまして確認をとったのでございますが、担ぎ込まれたときのエレベーターボーイは白いパンツをはいておりましたそうで。一方、前にも申しましたことでございますが、逃走中の犯人は、幾らなんでもパンツまでかなぐり捨てるわけには参りません。ケープやサンダルと違って、脱ぎ捨てる必然性がございませんから。しかし目撃者に赤いパンツをはいていたように見せかけることが出来ましたら、この一人二役は完璧なものとなります。仮りにエレベーターボーイが化けたのだと疑ぐられましても、では俺は赤いパンツをどうやって消失させたか説明してみろ、そう反論することが出来るではございませんか」

「それは解る。それは解りますがね、遠いエレベーターまで走っていった理由の説明にはならんですな。そうでしょ？」

「エレベーターボーイは強盗に入ったときから白いパンツをはいていたのでございますよ。パンツ一枚になってエレベーターに飛び込もうとするとき、白いパンツを赤く染めてくれる照明があったではございませんか。火災報知器のあの赤いランプが……」

モーツァルトの子守歌

1

バー・三番館の常連が四、五人たむろして、スツールに腰かけて食前酒をなめていた。話題になっていたのは、モーツァルトが死んで二百年がすぎたということであった。

「まあね、モーツァルトの時代の版権の問題はどうなっていたのか知らないが、偽作贋作の例はかなりあるんじゃないかね。二流クラスの作曲家から作品を持ち込まれた楽譜商が、これをハイドン作曲として売り出したなどという例もあるんだから。楽譜に『ハイドン先生作曲』と銘打って発売すると、俄然売れゆきが違ったというんだな。そうしたわけで、現代の音楽学者は慎重になっています。古本屋の店の奥からハイドン作曲と印刷された珍しい曲の楽譜が出てきても、小躍りすることはない。手書の楽譜が発見された時点ではじめて、ハイドン作品だと断定するわけです。モーツァルトにも数は多くないかも知れないが、他人の作品が混っていた場合はある。そうした発見の殆どが戦後になされたことは面白いと思うね」

そう語ったのは会員ただ一人の作家であり、最高齢者であった。

やがて彼の話は一転して、モーツァルトの偽作に及んだ。

「どんな例があるんですか」

「例えばさ、モーツァルトの三七番のシンフォニーとされていたものが、ハイドンの弟のミヒャエルの作品だったことが解った。それも戦後になってからだったがね。また、モーツァルトにはバイオリン協奏曲が七曲あって、別格に『アデライーデ』と呼ばれた八番目の作品が並んでいるんだが、これも戦後になって、フランスのマリウス・カサドゥシュが名乗りでたんですな。あれはおれの偽作だと」

「どんな目的で偽作をしたのですか」

「絵画の場合は、贋作の天才なんていう人物を対象にした本が出ているけど、音楽の世界ではそうした書物は書かれていないようだね。どんな理由で贋作がまぎれ込んだかなどということには、いわゆる音楽ファンなる連中には興味がないのじゃないか。カサドゥシュの事件でも真相は公けになっていないようだがね。まあいってみれば面白半分に、世間をあっといわせたかったのかも知れない。そうでなければ名乗りでるわけがなかろう。あるいは、自分だってこの程度のものは書ける、といいたかったのかも知れないね」

「ほかにもまだありますか」

「あの『モーツァルトの子守歌』という曲がそうじゃないか。いかにもモーツァルトらしい美しい旋律の小曲だから、世界中の誰もがアマデウスの作品だと信じ込んでいた。それが戦時中だったかな、どこかの図書館で自筆原稿が出てきて、フリーズという外科医の作品であることがはっきりした」

作家は小肥りで皮膚の色などはつやつやしていた。血色がよく声にも艶と張りがあって、目下健康中といった感じである。

するといちばん端に控えていた編集者が、発言のチャンスが来たとでもいうふうに、歯切れのいい口調で喋りはじめた。

「この『モーツァルトの子守歌』でちょっとした体験をしたんです。その場に居合わせた全員が容疑者になってしまって、しかしその容疑を晴らすことができない。ことわっておきますが、殺人事件でもなければ強盗事件でもないんです。盗まれた物は一つもないんですが、犯人がいたことは間違いないんです。ですが誰も身の潔白を立証する手段がなくて、会員同士がお互いを猜疑（さいぎ）の目でながめている、そんな出来事があったのです。バーテンさんにも聞いていただきたいのですが」

神楽仙十（かぐらせんじゅう）は編集者といっても小説雑誌のそれではなく、「月刊音楽」の編集長である。やがて四十の半ばになろうというのに、美男子なものだから三十二、三歳ぐらいにしか見えない。額にかかった髪を払い上げると、そこから優しそうな眼が笑いかけていた。

2

石田九郎からレコードコンサートの案内状がとどいた。当月二十五日の午後七時から、としてある。追而書に細いペン字で「今回は私の珍盤をご披露いたします。このレコードはソ連にもなく、赤色革命で祖国を追われた伝説的なソプラノの文字どおり珍しい盤です。このレコードはソ連にもなく、メロディヤから盤の提供を申し入れられたほどの逸品です」としたためられていた。なかなかの達筆だ。神楽はこの追而書を一読して出席する気になった。一般の月刊誌と同様に、音楽雑誌も月の終りが忙しい。のんびりとレコードを聴いている暇はないのである。

いまの若い人にレコードコンサートといっても通用しそうにないが、戦前の人に聞いた話では、まだレコードの価格が高かった時代だから、駆け出しのサラリーマンなどにはちょっと手が出せず、タバコ代を浮かせれば一枚ぐらいは買えても、三枚以上のアルバム入りの組物となると諦めるほかはなかった、という。そうした人々のために、レコード雑誌社やレコード会社が公会堂などの小ホールを借りて、新譜のおひろめをやった。新譜とは、その月に発売になったクラシック盤のことだが、これがレコードコンサートである。

一年あまり前から、戦前のレコードマニアだった老台を中心に、互いに秘蔵している名盤珍盤のたぐいを持ち寄って、耳の洗濯をしようではないかという話が持ち上がった。神楽は、毎月寄稿を依頼している山中儀助氏の紹介で入会することになった。山中氏も五十年ちかい年季の入ったレコード音楽の愛好家で、亡くなった「銭形平次」の作者胡堂野村あらえびす氏や、古くからの鎌倉住人である野村光一氏らとも親交があったという人だ。この会の設立発起人のひとりでもある。

一応は会長なるものもあって、世話好きの石田九郎がチェアマンの椅子に坐っていた。みずから設立した商事会社を二十年ほど前に定年退職して、以来悠々自適の生活をおくっている人だが、老人ボケと無縁なのはレコードのマトリクス・ナンバーを記憶するというノルマをおのれに課して、実践に移した結果だという。

SPレコードの時代のことになると、注釈ぬきでは理解してもらえない。そうした次第で話が少し煩わしくなるが、レコードにはレコード番号とマトリクス番号なるものがあって、前者はレーベルに印刷され、後者はレーベルを外れたシェラックという素材そのものの表面に刻印されている。レコード番号の方は、レコード店がレコード会社に注文するときに用いるもので、「佐藤千夜子がうたった『影を慕いて』を大至急十枚」などといういい方はせずに、レコード番号を用いる。ビクターの五一五一九を十枚、といったふうに。一方、マトリクス番号は録音した順に刻んだ通し番号のことをいう。レコードはA面B面の順で録音されたもののように思いがちだけれど、B面のほうがずっと先に吹き込まれている場合もあり、そうしたことはマトリクス・ナンバーを読めばある程度の見当がつくわけである。石田老青年はこれを記憶して老化防止に役だてているというのだ。

それにしても革命でソ連を後にした歌手というのは誰だろうか。古い演奏家についてある程度の知識は持っている。が、ことにロシヤの音楽家となると情報が少なすぎて、知っているのはせいぜいシャリャーピンにヴラジーミル・ロージンクぐらいなものでしかなかった。

石田会長のハガキが神楽の「聴き心」をくすぐった。

3

石田邸は千駄ケ谷(せんだがや)にある。小高い崖の上だから眺望がよくて、夜などは中央線を走る電車のあかりが見える。満員の下りをみていると、サラリーマン諸公の汗のにおいが漂ってくるような気がしたものだ。

この広いお邸をたてたのは先代なのだそうだ。チューダー風の外観はどっしりとしていて、昨今の超モダーンな建築物には見られない風格があった。芝生をしきつめた庭も広々としている。神楽はロマンチストではなくリアリストだから、老人ホームにでも身売りしたら世のためになるんじゃないか、などと考えてしまう。

七時の約束ぴったりに到着した。大きな客間には出席の返事をよこした会員のすべてが顔をそろえていた。年齢にでこぼこはあるにせよ、気心の知れた愉快な仲間たちであった。

神楽の顔をみると、若い山根（やまね）が近づいて来た。一年の半分は海外を歩きまわっているという貿易商で、猪首（いくび）のずんぐりとした体軀は見るからに脂ぎっている。針をつき立てると、その孔からプチューッとエネルギーが吹き出してくるんじゃないか。いつもそんな気がする。

「みんなで噂をしていたんですが、今夜の目玉の歌手というのは誰でしょうね」

「いや、全く見当がつきません。でもメロディヤが欲しがっているというと、第一級の歌手に違いないと思いますね」

共産圏の国々ではレコード産業も国営だったから、レコード会社はそれぞれの国に一社しかない。ブルガリヤはバルカントン、ハンガリーはフンガロトン、そしてソ連はメロディヤといった塩梅である。

「メロディヤでは『演奏家の宝庫』といったタイトルで、過去の一流アーチストのＳＰ盤をＬＰに復刻して、目下売り出し中なんです。指揮者編、器楽演奏家編、それに声楽家編の三つのジャンルに分けてね。よくまあこれだけのＳＰ盤が残っていたものだと感心するくらい沢山のレコードを集めています。なにしろ大きな国ですから、戦災に遭わなかった地方はいくらでもあるでしょう。したがって無傷のＳＰ盤が残っている。ところがそのメロディヤが石田さんに借用を申し出たということになると、ソ連には一枚も存在していない稀少価値のある盤だと考えられるんですな」

「いよいよ珍品中の珍品ってことになりますな。世界中に一枚しかないとはね」

山根が脂のういた顔をくしゃくしゃにしたのと、横から太い声が聞こえたのは殆ど同時だった。山根は虚をつかれた表情になり、右手のチーズの皿と左手に持っていたウィスキーグラスを取り落としそうになった。

「この地球上には二枚あるんです。二枚きりしか存在しないということは確かな事実ですがね」

そう口をはさんだのは、外科医の太田黒(おおたぐろ)だった。心臓外科が専門だというので、年輩の会員にはたよりにされている。万一発作が起きたときは、太田黒の世話になるつもりなのだ。

「いやいや、わたしはヤブですぞ。心臓と間違えて盲腸をちょん切るかも知れない」

冗談をいっては野太い声であかるく笑う。この人はバス歌手になっても成功したのではないかな。神楽はそんなことを空想した。うわ背があって下腹が適度にせり出していて、めっぽう押出しがいい。ザラストロでもやらせたら天下一品だろうに。

太田黒はいつも血色のいい顔をしている。髪が濃くて、鼻の下に立派なヒゲをたくわえており、彼が名医のように見えるのはもっぱらそのヒゲのせいに違いないと噂されていた。

「二枚あるってことはどうして解るんですか」

「わたしも同じ盤を一枚持っているからですよ。アメリカに古いSP盤の専門店があって、そこのカタログに載ったんです。わたしと石田君はそこの常連客でね」

「たった二枚しかない盤が同時におなじ古道具屋にでたというのは少し妙な話だな」

「古道具屋ではない、古レコード屋だ。ロードアイランドにあるアーサー・ナイトという店でね。ほら、リクルート、クルクルとかいう怪奇小説の作者がいたでしょう」

「それ『ク・リトル・リトル神話』のことじゃないですか。作者はたしかラヴクラフトだ」

と誰かが訂正する。

「そうです。ラヴクラフトが生まれた同じ都市にある店なんです」

太田黒は一つうなずいてつづけた。

「若き日の三浦環が天下のカルーソとやった二重唱の盤が出たのもそこでね、残念ながらわたしは買いそこねました。三浦女史はそんな自慢話は一言もいわなかったから、わたしは、彼女がカルーソと一緒に歌ったことを、そのカタログで知ったんです。手に入りそこねたことは、いま思い出しても口惜しいね」

これがマニア魂というものか、神楽は感心して太田黒を見つめていた。

4

定刻になってリスニングルームに通された。通される度に威圧感をおぼえるほどの豪華な部屋だが、すべての客が一様に溜息をつくのは、そこに並べられた蓄音器の数々であった。蠟管から始まって縦振動が二台。一つはパテで一つはエジソンとしてある。いうまでもなく前者はフランスの、そして後者はアメリカの名器であった。しかし、今夜使用する蓄音器は名器中の名器といわれ、いまでは伝説にまでなった観のあるクレデンザだった。飴色のつややかなボディ。正面に観音扉があって、それを開いて聴く。四人がかりでなくては運べないといわれる堂々たるものである。

「縦振動って何ですか」

抑えた声で山中儀助に訊ねた。音楽雑誌の編集長をやってはいるが、二十世紀初頭のころともなると知らぬことが多い。

「盤面に音の振動をきざみ込む。あとでその音を針で拾って再生するのが原理であることは知ってのとおりだ。LPにせよSPにせよ、刻まれた溝は左右にのたくってる。これが横振動でね。だがその前に発明された方法は、溝を浅くあるいは深く掘るというやり方だったんだ。理屈は同じなんだが、再生するプレイヤーはそれぞれ専用のやつを使う。年代がさがって兼用のプレイヤーも考案された。針をさし込むところをサウンドボックスという。これは、LPプレイヤーでいえばヘッドに当たるところだが、それを半回転すると縦振動も聴けるという便利な器械もできた」

「パテとエジソンとでどう違うのですか」

「一方は音が大きい。もう一方は音にデリカシーがあるといわれていた」

やがて縦振動は淘汰されてしまい、横振動の時代が現代にいたるまで続いている。山中儀助の説明はそういうものだった。

「やあ、皆さん今晩は」

鼻にかかった声で挨拶をし、指で白髪をうしろに撫でつけながら、石田九郎が入って来た。かなりの年齢のはずなのに、一見したところ六十歳ぐらい。いつもそうだがこの夜も紬（つむぎ）の着物を粋に着こなしていた。絞りの帯は絹だろうか、柔らかそうでいい趣味であった。

当主はクレデンザの横に立った。毎回そこで前説をするしきたりになっているのだが、鼻にかかったソフトなバリトンで流れるように、よどみなく語っていく。若い会員のあいだでは石田節といわれているのだった。それに、戦前のことを知らない会員にとってみれば、彼のスピーチは文字どおりに「面白くて為になる」のである。その夜の出席者は氏の解説で、この二枚しかないというSP盤の故事来歴を知った。

「曲は『モーツァルトの子守歌』です。CDのカタログでモーツァルトの項を開くと、いまだに『ヴィーゲンリート・KV360』と書いてあって、そのあとに『B・フリーズ作』という註がついています。頭文字のBはベルンハルトだったと思いますが、正確なフルネームは知りません」

と、彼は正直にいった。

「ご案内のとおり、第二次大戦の頃に、ドイツ国内の地方都市にある図書館で、手書の楽譜が発見されたとかで、原作者がフリーズであることが判明したのです。彼の本職は外科医であったとか、モーツァルトよりも十歳ほど年長だったとか、自殺をとげたとか聞いていますが、真相は知りません。なにしろアマチュア作曲家ですから、信頼できる伝記が出ているわけでもない」

石田は髪をひとなでするると、さてというふうに語調を改めた。

「歌手の話になりますが、この人はレニングラートの生まれでね。この都市は当時サンクト・ペテルブールクと呼んでいたわけですが、レコードを録音しようとした直前に例の革命が起きて、家族ともども脱出した。あのだだっ広い国を西から東へ横断したんだから大変な苦労だと思いますが、結局浦塩(ウラジオ)から上海(シャンハイ)に渡って、歌手としてステージに上がれるようになった。これがソプラノのマリヤ・アジモワの略歴です。フルネームはマリーヤ・ニコラーエヴナ・アジーモワというんですがね。彼女がレコードを吹き込んだのは、日本の音楽事務所に招かれて東京と横浜でリサイタルをやったとき、アメリカ系のレコード会社から依頼されたからなんです。レコード会社ではテスト盤を二枚作ったんですが、ここでもアジモワはついていなかった。あの震災で泊まっていたホテルが潰れて、不運にも圧死をとげてしまったんでね。ついでにいっときますが神楽仙十君、戦後の人は『関東のだい地震』というが、あれは『おお地震』というのが正しい。そんなルビを振った寄稿家がいたら、遠慮なしに訂正してやることです」

とんだとばっちりを受けた神楽は、仕方なしに苦笑いをして頷いている。

「運が良いというか、このアメリカ人の社長は無事で、一時帰国をするのですが、その際にテスト盤を二枚とも持ち帰った。やがて孫の代になってこれが物置かどっかで発見されて、ナイトの店に売られたのです。まあ、二束三文で買い取ったのでしょうけどね」

「歌詞はロシヤ語だとか」

「そうです。スピー・モイ・リュービムィ・ウスニー……とうたっています。ドイツ語ではシュラーフェ・マイン・プリンツェン……ですが。つまり、わたしの小さな王子さま、お眠りというドイツ語の歌詞に対して、ロシヤ語訳のほうは、かわいい児よ、夢の世界でおやすみ、といったふうになっているんです。そういえば堀内敬三(ほりうちけいぞう)さんの訳もこなれていてうたい易くて、名訳ですな」

「もう一つわからないんですが、そのアジモワ女史の故国における評価、あるいはランクはどの程度だったんですか」

「彗星の如くあらわれて、ルーマニヤのアルマ・グルックをしのぐと評されたそうですから、かなり期待されていたと思います。ご存じでしょう、アルマ・グルックを。アメリカに渡ってロシヤ系バイオリニストのエフレム・ジンバリストの夫人になりました。その息子がテレビ映画のシリーズ物で有名になったジンバリスト・ジュニアです」

若い会員たちはその説明にうなずきながら熱心に耳を傾けている。

5

会員たちがいそいそとして石田邸のパーティに出席するもう一つの理由は、彼らが所持している古いレコードを持参して、これを名器といわれる蓄音器にかけると、果してどんな音がでるのか、それを聴くのが楽しみなのであった。いまとなっては縦振動のプレイヤーは入手困難になっているから、レコードを買ったものの録音された内容を聴くことができない。それを抱えてやって来る会員もいる。

ただ一つ心配なのは、剝きだしで持ち歩いた場合に予測のつかない事故に遭って取り落とす危険がある、ということだった。そこで会員が智恵を出し合ってブリトフケースに似た鞄を買うことにした。薄べったい正方形のケースで、内側にビロードが貼ってある。かなりのショックに耐えますというのが、それを製作した鞄屋の主人の話なのだった。男女の大学生を除くと、全員がそのケースを持っていた。

「このあいだ久しぶりで中野の古レコード屋を冷やかしていたら、『運命』の長時間レコードが置いてあるので、早速買いました。指揮者はストコフスキーです」

話しかけられた女子大生は、一瞬間ではあったが訳の解らなそうな表情をみせた。

「……長時間レコードというのはＬＰのことなんでしょ？」

いまさらストコフスキーのLPをなぜ話題にするのか、というように。すると相手は大きく首をふった。

「違います。SPレコードの時代に発明された長時間レコードです。回転をゆるめ、溝の間隔を極度に縮めたレコードです。ですから普通のSPプレイヤーでは聴けません。針もそれ専門のものを必要とするし、特殊なモーターで回転盤を廻さなくちゃならない。レコードは日本でも売りに出されたんですが、普及されるまでにはいかなかった。その音を再生させるプレイヤーが石田さんの所にあるんです。いつか聞かせて貰おうと思っているのですけれどね」

紅一点女史は口を小さくあけていた。はじめて知ることばかりなのでとまどっているようだ。

このコンサートの前座となるのが、各人が持ち寄ったレコードであった。当夜はモーツァルト没後二百年ということを意識してか、会員たちが持参した盤はモーツァルトの作品ばかりだった。それも、オペラのアリアが圧倒的に多い。

最初に鳴らされたのは「わたしは鳥刺し」とうたう陽気なアリアだったが、人気のある曲だけに他の歌手のレコードを持って来た人もいて、アル・シェーレンベルク、ウィリ・シュナイダーのほかに、デニス・ノーブルの英語盤、ハルトグレンのスェーデン語盤というふうに、結局四種の盤が鉢合せした。ほかにダブったのは「ドン・ジョバンニ」の「カタログの歌」で、これはヴィルジリオ・ラッツアーリのほか三人の歌手の競演ということになった。歌手の、時代と場所とを超越して聴き比べをやるというのはレコード音楽のみが可能な鑑賞法なのだ。会員は次第に熱中してきて、同じ盤を三度くり返して鳴らしてもらう、というケースもあった。

この時代の録音技術はまだ幼かったからレンジの幅がせまくて、低いコントラバスの音は入りにくい。その対策として、当時のレコードでは金管楽器のチューバに吹かせるのが通例になっていた。その夜のアリアにつき合った多くのオーケストラがチューバで代用させていた。

「気にし始めると気になりますね」

レコードが終ったときに女子大生が押さえた声で囁いた。

「そうかね。わたしなんか懐かしくてジーンときますね。わたしは納豆売りのアルバイトをして小遣い銭をかせいだ。不足の分はおやじに出してもらってモーツァルトを買ったものですよ。子供心にも口当りのいいモーツァルトが好きでね。どれもこれも、空襲でみんな灰になっちまいましたが」

玉井(たまい)という元高校教師は、うるんだ目で女子大生をかえりみた。

みじかい休憩になる。室内は静かだった。トイレに行くものもありベランダに出てタバコをふかすものもあった。毎度のことだけれど、この休みが終ると、当主の石田が珍品や名盤を披露する。今夜のメインエベントはアジモワだが、その他にどんなものが紹介されるのだろうか。石田が黙っていればいるほど、早く聴きたくなる。

当の石田は白い手袋をはめたまま、休憩時間もイスに坐ってコンサートの前半の記録をとっていた。いつものことだが、会員が持ち寄ったレコードの曲目、提供者、演奏者名、寸感などを書きつけるのである。マニアックだなあ、と神楽は思う。

それがすむと、ゆっくり立ち上がって壁の一枚扉をあけて、隣りの小部屋に入っていった。これも毎度のことだけれど、その夜回転盤にセットするレコードは、あらかじめキャビネットから取り出して隣室の小卓にのせてある。石田はそれをレコードブラシで拭き、レーベルをチェックして、鳴らす順が間違っていないかを確かめるのだった。レコードの溝をいためぬために鋼鉄製の針は敬遠して、もっぱら竹針を用いる。

神経が参っちゃいそうだ、おれはやはりCDがいい。神楽がそうしたことを考えていると、隣室から平素のたしなみを忘れたような石田の絶叫が聞こえた。居合わせた全員が腰を浮かす。皆が皆、固い表情をうかべていた。

二人の会員が「なんだ、なんだ」といいながらあたふたと入っていく。神楽も後につづいた。

テーブルの上に十枚ちかいSPレコードが整然と並べてある。そのかたわらに石田は呆然としてつっ立っていた。彼の脚元には一枚の盤が砕けて破片になっている。

「アジモワが割れた」

うつろな声でそういったきり、焦点の定まらぬ眼で床の上の盤をみていた。

6

「そのときの石田さんはショックの余り口もきけない状態でした。会員の誰かが珍しいもの見たさに入って来て、眺めているうちにお手ぼろをして床に落とした。考えられるのはそうしたことです。準備室にはもう一方にも入口がありますから、トイレの帰りか何かに入ったのではないかと思います。会員は例外なしにマニアックな人たちばかりです、そうしたことはやり兼ねない。つまり全員が容疑者となりました」

「そのレコードには保険がかけてあったのとちゃいますか」

そう訊いたのは大阪から来た単身赴任の支店長だった。チックでオールバックの髪をべったりと撫でつけ、胸のポケットから水玉模様のハンカチを覗かせている。三番館の会員きってのダンディだった。勤務先は老舗のカステラ屋である。

「まとめて盗難保険をかけているという話は聞いています」

カステラ屋の支店長は納得した表情でうなずいた。犯人は石田氏、保険金詐欺が狙いではないかと考えているらしい。

「割った犯人はあとでこっそり名乗って出たのではありませんか。他の会員の前であやまるのは照れくさかったのかも知れないし、何日かたって気がしずまった頃に、やはり弁償すべきであったという考え方になったのかも知れない」

高齢の作家がいう。すっかり酔いが廻ったとみえ、老眼鏡のなかの目がとろんとしていた。

「いえ。石田さんはまだ怒っています。ぼくら全員が犯人だと思っているみたいに。もうあの会は解散するといってるんです」

「動機は何だと思いますか」

長身痩軀の農科大学の教授の質問だった。神楽はこの人をみると、水面を走りまわっている昆虫のあめんぼうを連想する。

「盗むのではなしに、叩き割るのが目的であるとしますと、石田さんに対するジェラシーでしょうか。何といっても石田さんと太田黒博士はミリオネアでしょう、欲しいレコードがあれば金に糸目をつけずに買いまくる。あとの会員にとっては、真似のできないことになる」

そういう教授の発言を、神楽は心のなかで否定していた。あの会のメンバーは、みんな紳士なのだ、そんなけち臭い根性の持主はいまい。

人々は考え込んでただ機械的にカクテルを呑んでいる。

「ちょっとお訊ねしてよろしいでしょうか」

バーテンがソフトな口調で問いかけてきた。神楽は思わず「待ってました」と叫びたくなった。

「いいですとも！」

「準備室の床はどうなっておりますのでしょう。カーペットが敷きつめてございますか」

「いえ。カーペットが敷いてあるのはリスニングルームだけです。準備室は板張りですが」

バーテンが何を根拠にそのような質問をしたのか、神楽は見当もつかぬようだった。怪訝な表情でバーテンを見詰めている。

「カーペットが張ってないと何か……？」

「いえいえ、そうじゃございません」

バーテンは白い布でせっせとグラスを磨いている。視線をそちらに預けたままである。

「わたくしの考えました推理のためには、剝き出しの床のほうが具合がよろしいのでございまして」

居合せた会員のすべてが、吞み込めなさそうな顔になっている。

「よく解らないけど」

「板張りの上にレコードを落しますと、かなり大きな音がするはずでございますが、お聞きになりましたか」

「いや。ぼくは壁を背に坐っていたから、そうした音がすれば気づきましたよ。ですが、それが何か……」

「はい。音が聞えなかったということは、音がしなかったことになりますので。といたしますと、アジモワさんのレコードは準備室で割られたのではない、と考えることができましょう」

「それはまあ、そういえばそうだけど」

神楽は歯切れのわるい相槌を打った。相手の意味することがまだよく摑めていない様子だ。

「わたくしの推理はこうでございます。準備室で割れたのではないといたしますと、アジモワさんのレコードはどこか別の場所で割られたものでございまして。別の場所と申しますのは、多分その盤の所有者のお宅ではあるまいかと存じます。その人は何かの拍子で大切な自分のアジモワを割ってしまった。珍品でございますから残念でなりません。そこに悪魔が現われまして、耳もとで入れ智恵したのでございましょうね。この割れたレコードをこっそり持って行って、準備室の床にばら撒いてくる。そして石田さまの同じレコードをこっそり頂戴してきます。レコード専用のケースをお持ちならば、そのなかに入れてしまえば気づかれることもありません。会員の方々は割られたレコードに気を取られておりますから、レコードが盗難にあったことには思いいたる余裕がございませんので」

誰かが短くひとこと「あ」と叫んだ。

白樺荘事件

第一部　発端

1

二十一世紀への秒読みが始まった頃の、とある秋の日の午さがり。よく晴れた湿度のひくい日だった。珍しいことに暑がりの弁護士が汗をかいていない。いつものようにハンカチをひっぱり出しておでこの汗を拭こうともしないし、扇子は上衣の胸ポケットにつっ込まれたままである。

そのせいでもあるまいが、今日の弁護士は機嫌がよかった。大きな脂ぎった顔に、正にこぼれんばかりの笑みをうかべている。彼は精一杯の愛嬌をみせているつもりなのだろうが、平素の吐言幸兵衛的な仏頂づらを見なれているわたしにすると、なんとなく不気味だった。不気味さをとおり越してグロテスクでさえある。

わたしはちょっと警戒気味の、及び腰になった。

「この前はご苦労だった。小森夫人もひどく喜んでね。きみの手腕をえらくほめておったよ」

わたしは曖昧にうなずいた。相手が何をいおうとするのか見当がつかないいま、はっきりとした対応をして、後で引っ込みがつかないようになっては困る。

小森夫人というのはアラスカの金鉱王といわれる左吉氏の未亡人である。……いや未亡人のことは後廻しにして、そもそもの始まりからお話ししたほうがいいだろう。

今から四カ月前の、そろそろ鬱陶しい梅雨の季節が到来するという、だがいともうららかな日の午後であった。今日と同じようにこの弁護士がわたしの許をおとずれてきた。

弁護士は気だるそうに体を動かすと、抱えて来た鞄のなかから緑色の鰐革のルーズリーフを取り出して、わたしの前にぽんとおいた。勝手に開けて読め、といった表情をしている。

「何ですか、こりゃ」

「読みゃわかる」

交わされた会話はこれだけ。

鰐革なら鰐色に染めればよさそうなものだ。誰が見てもみどり色をした鰐なんぞいるわけはないのだから、人造皮革であることはすぐに見破られてしまう。わたしはこんなことを考えながら、ノートを手にとった。

ルーズリーフの白い紙に人名がずらりと並んでいた。その数は半ダースあまり。なかには住所が空白になっているのもある。こうした場合でも、わたしの視線は女の名を求めてすばやく動き廻る。いたいた、年増だか婆さまだかはわからないが、あでやかな女子名が三人いる。他人がなんといおうとかまやしないが、わたしは女性の名を見ただけで気分がうきうきしてくるたちだ。

それにしても、これはどういう性質のリストなのだろうか。

「つまりだな――」

弁護士はいいかけて咳払いをした。

「つまるところがさ、少しくどいかも知れないが、きみに理解してもらうために発端から説明することにしよう。だしぬけに妙なことを聞くが、きみは牛窓（うしまど）という港町を知ってるか」

いきなりそんな質問をされても面くらうばかりだ。しがない貧乏探偵だから、いちばんの遠出をしたのは新潟市にいったときのことぐらい。覚えているのは、あそこは酒が旨いということだけである。

「たしか熊本から天草（あまくさ）にわたった辺りじゃないかな」

「あれは牛深（うしぶか）だ。わたしは牛窓のことをいっておる」

「知らんですな。ご期待に添えなくて残念だけど」

「牛窓というのは瀬戸内海に面した漁港でな、そのむかし朝鮮から来た使者が上陸したという古い土地なんだ。いまでも祭りのときには、小学生が唐子踊りというのを奉納するって話だ」

「たしかあの辺は兵庫県……？　待てよ、岡山県ですか」

「岡山県の東端だ。この牛窓からちょっと兵庫県のほうに寄った処に塩元結という港がある。元結と書いて『もっとい』と読むのはこの漁港でも同じことでね。むかしのこの地の漁民は乾燥した紐状の海草でもっといの代用をしたそうだ。それが地名になった」

わたしは地理の講義を拝聴しているわけではない。そう思って口を開きかけたとき、弁護士が部厚い掌をたててわたしの発言を封じた。

「塩元結は小さな漁港だが、それでも網元が二軒ある。一つは明治の初めに網元となった家で、いうなれば古株だ。もう一軒の小森家は大正期になって誕生したというから、いわば新興の網元だな。この小森家が、土地の人のあいだでは少々評判がよろしくない。表立って非難するものはいないんだが、陰ではなんのかんのと批判めいた悪口をいっとる」

瀬戸内海だの網元だのと聞くと、横溝正史氏の探偵小説を思い出す。わたしだってミステリーは好きだ。自分がしがないへっぽこ探偵であればあるほど、作中の金田一探偵には憧れに似た想いを抱くのである。彼がざんばら髪をひっ掻きまわすたびに、こっちも興奮して胸をわくわくさせたものだ。きちがいじゃが仕方――。

耳元で弁護士の声がした。

「おい、また思い出し笑いをしとるな。ほんとにもう、女にかけちゃしまりのない男なんだから。そんなに女が欲しけりゃさっさと嫁さんを貰ったらどうなんだ。人間にゃ潮時ってものがあってな、満ち潮のときは縁談を持ち込まれるのが当り前の現象だと思ってのほほんと構えているが、引き潮になって慌て出しても間に合わん。そういうものだよ、人生は。お前さんに嫁の世話をしようと思ってるのはお前さんが男盛りだからなんだ。もう二、三年たってみろ、どう粋がってみたところでじいさまの予備軍だ、場末のバーの女だってはなも引っ掛けやしない。そのときになって泣き言をいうなよ」

「ありがとさんよ、だいぶ参考になった。あと三年で老人の予備軍入りとは思いもしなかったなあ」

「三年じゃない、二年だ」

嚙みつくような口調だった。

「さて小森家がよくいわれないのは、敗戦直後の混乱時代に闇物資の横流しをやったからだという。それもかなり阿漕なまねをして私腹を肥やした。このことが土地人の反感を買ったのだそうだがね」

「あの時代だもの、網元が何かやらかしたってふしぎはないでしょう？」

「そりゃそうだ。だが明治の網元のほうは儲けた金の何割かを漁村の人のために還元しているんだな。診療所を開設してお医者さんを招聘した。歯科まである立派なもので、だから土地の人はバスに乗って隣り町へゆかずにすむようになったわけだ」

いいかね？　とことわっておいて、パイプをくわえた。仮りに断ったとしても、ニコチンが恋しくなったら矢も盾もたまらなくなる愛煙家だ、わたしは敢えて逆らわないことにしている。

紙袋でそれと判ったのだが、今日の彼は安物のインドタバコを持ち歩いていた。手持ち無沙汰を解消するのが目的だから、銘柄は何んでもいいのである。

「大正ひと桁の頃の話だが、小森家には長男宗吉と次男の左吉と、その下に何人かの弟妹がいた。これから話そうとするのはこの小森左吉のことなんだが、今と違って家と財産を継ぐのは長男ひとりという時代だったから、左吉氏は狭い日本にゃ住み飽きたとばかり単身アラスカに渡っていった。ちょうど『流浪の旅』という流行歌がはやっていた頃だ。知ってるか、この唄を」

わたしは音痴じゃないけど流行歌には興味がない。ときどき口ずさむのは「妻をめとらば才たけて、みめうるわしく情けある……」だけである。

「そうか、『人を恋うるの歌』が好きか。いかにもきみらしいことだな。わたしはね、『流浪の旅』が好きでね」

弁護士は鼻唄もどきに、視線をシミだらけの壁にむけると、ゆっくりとしたテンポで「流れ流れて落ち行く先は、北はシベリヤ南はジャワよ」とうたって聞かせた。肥っているせいか意外に声量がゆたかで音程もリズムもきちんとしていて、途中で打ち切られたのが残念なくらい。こんな隠し芸の持主だとは知らなかった。わたしは半ば呆然と、なかば啞然として相手の顔を眺めていた。

「このあと、いずこの土地を墓所と定め……と続くのだが、これが日本中にはやった。尤もわたしが覚えたのは古いレコードが家にあったせいだけどね。そして若者のなかにはこの唄にあおられるように、国を出ていくものが少なくなかった。なかには満洲にわたると馬賊の群れに身を投じて、頭目にまで昇りつめたものもいる。天鬼将軍なんていう人の名は、日本にも轟いておった。わたしの時代にはそんな冒険に憧れるほどうぶな少年はいなかったが、それでも池田亀鑑氏が『日本少年』に連載した『馬賊の唄』は愛読者を熱狂させたもんだ。池田氏はのちに有名な国文学者になった人なんだけどね。だが小森左吉氏は馬賊には興味がなかったとみえて、裸一貫でアラスカへ渡航していったというわけだ」

わたしもかなり無鉄砲な男だけれど、言葉も通じない異国にパンツもはかずに渡っていくなんてまねは出来ない。やはり巨万の富を築く男にはそれなりの度胸がある。

「アラスカに渡った左吉氏からは音信がなかった。中途で絶えたのではなくて、船出をしたとたんに一切の音信をプッツリと絶ってしまったというから、肉親に対する愛情が淡白だったのかもしれない。あるいは手紙を書くまも惜しんで仕事に取り組んだのかもしれないがね。とにかくゼロから出発して今日の身代を築き上げた彼の苦労たるや大変なものだったろう。

やがて年をとり肉体の衰えを知る。晩年になったので気が弱くなったとでもいうか、郷里の兄弟姉妹と文通することを思い立つが、その結果、彼は更に気落ちしなくてはならなかった。両親が死亡していることは想像していたものの、自分よりも年下の弟妹をはじめ、兄も姉も、すべての兄弟が死んでいることを知らされたのだからね。

それがきっかけとなって、自分に子供のない左吉氏は、九百億円にのぼる遺産の半分を甥姪たちに頒ち与えようと思い立った。甥姪の数は〆めて九名。一人の取り分は九分の一ずつになるわけだが、なにしろ日本のミリオネヤとは桁違いの大金持だから、九等分されたとはいえ贈与される金額は莫大なものだ。貰った遺産をどう使おうと本人の勝手だが、きみを例にとってみると、おめかけさんを半ダースばかり囲って、生涯うまいものを鱈腹喰って自堕落な生活をしてさ、九十五歳まで生きたとしても使い切れぬ金額なんだ。こうなると死後に、本妻とおめかけさん達のあいだで深刻且つ陰惨な遺産の分取り合戦が演じられることは必至だ。われわれのような小市民はそんなことで頭を悩ますことはないのだから、神に感謝すべきかも知れないな。きみにわかるように説明すれば、ざっとこんな按配の金額なんだがね」

はなはだ具体的かつ即物的なお話ではあるが、複数のめかけなんて持ったことがないわたしにしてみれば、いまいちピンと来ないのだ。わたしだったら女房なんて要らない。めかけは一人で沢山だ。美人で気立てがよければそれ以上のことは望まない。そして上等の刺身と上等の和酒でさしつさされつ暮してゆければ、人生のよろこびこれに過ぎるものはないのである。金鉱王のおじさんなんて贅沢はいわない、小金を持った伯父でもいてポックリ死んでくれればそれだけでおんの字なのだ。それなのに、わたしのつつましい願望は無視されて、どこの馬の骨だかわからぬ連中が大金にありつく。それも棚からぼた餅みたいに。げに神は不公平である。誰が感謝なんてするものか。

「ときは春だ。夏までに、少なくとも夏の終わりまでには関係者全員の所在を明らかにしてもらいたい。せまい日本なんだから、本来なら十日もかかるまいと思うがね。謝礼はたんまりといただける」

「余分な質問かも知れないけど、何か条件でもあるんじゃないですか。その程度のことで調査料金をはずんでくれるとは、どうも話がうますぎる。後になって生身の肝臓を一個でいいから提供してくれなんていわれたらアウトだからな」

「下手な冗談だな。きみのその酒びたりの肝臓を貰う物好きなんているものかね」

弁護士は鼻で嗤った。相手を軽蔑するときによくやる癖である。

「条件は一切なしだ。いや、一つだけあるな。来年の初め頃に左吉氏の未亡人が軽井沢の山荘に来られる。そのときにすべての甥っ子と姪とが集って、彼女と対面した上で、書類を作成するんだ。この集会に出席しないと権利を喪失することになるから、たといカゼを引いていても出て来なくてはならない。盲腸なんかいまのうちにぶった切っておくべきだな」

他人のこととなると軽くいうのが、この弁護士のもう一つの癖だった。そのくせ、ちょっとした怪我で赤い血がにじんでくると、それだけで引きつけを起しそうになる。

「さてと、これが甥と姪のリストなんだが、きみに頼みたいのは彼らに左吉氏の遺言の写しをとどけて、先方の返事を訊くことなんだ。まあ万に一つも辞退するバカ者はいまいと思うが、世間はひろいからね、おれはそんな金は要らないという臍(へそ)曲りがいないとも限らない。とにかく一人一人に当って当人の意志を確認してもらいたいんだ。取り敢えず名前と、現在判明している住所とを書いておいた」

わたしは黙って肯(うなず)くと、ワープロで打たれたリストをひろげてみた。

小森宗右衛門(そうえもん)
山根(やまね)チルチル
大田黒(おおたぐろ)ミチル
小森万策(まんさく)
小森秋夫(あきお)
小森春美(はるみ)
宮嶌奈美(なみ)
水無瀬六郎(みなせろくろう)
牧田数夫(まきたかずお)

「この見なれない字はなんと読むんですかね？」
わたしは宮嶌奈美の名を指さして訊いた。
「ナミと読むんだ。『不如帰（ほととぎす）』という有名な小説のヒロインとおんなじだよ」
「わたしが知りたいのは二番目の字なんですがね」と辛棒づよくくり返した。「まあ鳥って
やつは大体が山のなかに棲んでいるもんだから、ヤマドリと読むんだろうってことはわかる
んだが、ミヤヤマドリでは語呂が合わないじゃないですか」
「そういう無邪気な発想をするからいかんのだよ。てっぺんの山の字を鳥という字の左側に
移動してみる。山偏に鳥と書けばシマと読むに決まっている。その山偏がちょっと移動して
上に来ただけの話だ。まあ暇人が考え出した文字の遊びなんだろうな」
「変った字だね、はじめて対面しましたよ」
「いや、それほど珍しいものでもない。わたしも気になったから電話帳でしらべてみたんだ
けどな、島田姓に対して嶋田姓は十対一ぐらいの割になっている。これが嶌田姓となると極
端に少なくなるんだが、それでも三十分の一ぐらいの割合で出てくる」
それを勘定したというのだからまったく暇な法律家だ。
このリストのなかでは牧田数夫のみ住所が記載されていない。
「これは余子（あまりこ）という末の娘が生んだ子でね。この末っ子は、一族のなかでは出来がわるい

ということで鼻つまみ者だったんだ」

「そんな差別はいけないな。たかが頭がわるいぐらいのことで——」

「そうじゃない。この場合の出来がわるいというのは頭のことじゃなくて、人間性のことなんだ。つまり素行がわるかったというわけさ。塩元結にドサ廻りの芝居がかかったときのことだが、真白く塗った二枚目役者に熱をあげると、後を追って出奔してしまったんだ。それから後はお定まりのコースでね、やがて捨てられててなし児を生んだ。男の子をね。だがこの若き母親は二度と村に帰ることがなかったというから、淫奔女にもそれなりの意地があったものとみえる」

弁護士は机の上のライターを手にとると片手で器用に操って、インドタバコに火をつけた。彼の場合、労務者が吸うタバコであろうが億万長者がのむシガーだろうが、鼻から煙がでれば気がすむのだ。

わたしは生活費を切りつめるために止むなく禁煙している。そのわたしにとって、鼻先で強い香りの煙を吹きかけられると目がくらみそうになる。いま仮りに女とタバコのどちらをとるかと迫られたなら、躊躇なくタバコ！と答えるだろう。

「淫奔女だなんていっては可哀相だな。一、二年たったころに男に捨てられてさ、それこそ幣履の如くにね。それから十年もたった頃に病死してしまったんだ。十歳になるかならぬかの男の子を残して死んだんだから、さぞや心残りだったことだろう。その子というのが牧田数夫なのだ」

「新派大悲劇というやつですな。郷里のお袋さんは娘をゆるしたくとも、頑固者の親爺が承知しなかったという筋書じゃないんですか」

わたしは性格がひねくれているというか、胸のなかでは気の毒にと思っても、素直にそう発言できなかった。弁護士は非難するようにわたしを見た。だがこのとき彼の口からでたのは思いがけず魅力的な言葉だった。

「どうだいきみ、少し早いがめしを喰いに行かないか」

「わるいな、遠慮なくご馳走になる」

わたしは喜々として彼の提案にしたがうと、近くのレストランで久し振りに厚くてやわらかなステーキを食べた。肉もよかったが、こんがりと焼けた馬鈴薯がうまかった。

2

「つい喰い過ぎてしまった。また体重がふえる。かなわんな」

大きな腹に視線をやりながら弁護士がぼやいたのは、食後のアイスクリームをなめつくして、それでも足りぬとみえてチョコレートパフェとメロンパフェを追加注文し、それらをきれいに平らげたときだった。女性が衝動買いをするように、この肥った法律家は喰いたいと思ったらもう我慢ができなくて、反射的にボーイに声をかけるのである。満腹したのはいいが、後悔の念がそれこそ潮のように押し寄せてくるのは毎度のことなのであった。

わたしは黙って珈琲を飲んでいた。同情する気持などさらさら起らない。

「さて、人生はあざなえる縄(なわ)の如しといってな、楽しみの後には嫌やなことを体験しなくてはならんようにプログラミングされておる。これからわたしが講義しようとすることも退屈で無味乾燥で眠気をもよおしそうな内容だが、そこは我慢して聴いてもらいたい」

そう釘をさしておいて、上衣の内ポケットから封筒をとりだすと、ルーズリーフから切り放した紙片をわたしの前においた。わたしは珈琲皿をちょっと脇に移動させて、それをひろげた。これにもやたらに人名らしきものが並んでいる。

「系図の抜き書きみたいだな。何です？」

「そのとおりさ。小森家の系図の抜粋だよ。今回の遺産贈与に関係のある一族の名をピックアップしたものなんだ。これをよく眺めて、頭に叩き込んでくれ。これも仕事のうちなんだからな」

仕事の話とあれば真剣にならざるを得ない。

「左吉氏の父親を金右衛門(きんえもん)という。生涯に二度結婚しているが、細君の名はさして重要ではないから省いておいた」

「それはどうも」

間のぬけた相鎚を打った。

「最初の奥さんからは子供が六人生まれた。その六人目が難産で当人は死んでしまうのだが、金右衛門氏は二年後に後妻を求めた。後添は男女ふたりの子を生んだ。兄が捨松で妹が余子。この女の子が例の旅役者の後を追って家出した当人なんだ。尤もその時分には金右衛門も死んでいるから、末娘のふしだらな噂は聞かずにすんだことになる」

「それにしても余子とは変った名ですね」

「余分な子という意味なんだろうね」

「ひでえもんだな」

「捨松の捨という名も、もう子供は欲しくないと思っているときに生まれた子につけるんだ。元来は貧乏人の子沢山などといわれていた時代に考案された名前なんだがね」

弁護士はあたらしいインドタバコに火をつけた。五、六センチほどのみの虫を連想させるしろものだが、葉で巻かれているからそれでも一応は葉巻なのだろう。

「余子には姉が三人いた。ちょっと宝塚か松竹歌劇のレビューガールみたいな名で、長女が月恵、つぎが雪恵。三女はいわなくても見当がつくだろうが花恵だ。もともと三人分でワンセットになっている名前だ、だから四人目が生まれたときは金右衛門も頭を抱えたことだろう」

「それにしても、余子というのはひどすぎるね。月雪花のあとなら、珠恵なんていうのもいい名前じゃないですかね。これ真珠にちなんだ名なんですぜ。漁師の親玉が考えついてよかりそうな名だが」

「まったくだ」

弁護士は気のない返事をして、すぐに話題を変えた。

「ここで金右衛門氏の八人の子供について要約して説明しておこう。総領息子は宗吉といって、父親の跡をついだ。子供は一人しかさずからなかったが、これが典型的な『唐様で書く三代目』でね、東京の大学で文学を専攻したんだが、小説を書く才能があるわけでもなし、そろそろ四十歳になろうというのに結婚もせず職にもつかないで、ひたすら親父の脛をかじっている」

肥満体の法律家は歯にキヌを着せなかった。

「次に生まれたのがわれらの左吉氏だ。第三子がいまいった月恵なんだが、母親が漁師町にはまれな美人だったというから、その血をひいたとみえて月恵はたいそう綺麗な人だったそうだ。これは大阪の興行師が一目惚れして、その細君におさまった。大金を積んで金右衛門氏をウンといわせたという噂もあるが、無責任な世間話だから事実かどうかはわからない」

「月恵に子供はできたのですか」

「二人生まれた。金右衛門氏の遺伝子を持っているくせに彼の息子や娘たちは子宝にめぐまれなくてね、大半が一人しか生んでいない。月恵はその珍しい例外で二人の娘を生んだ。下の子は大田黒家にとついだから大田黒ミチル、姉のほうは少し遠方だが熊本県菊池郡の山根という素封家に輿入れをしたんだ。これが山根チルチル。わたしはてっきり阿蘇の山麓あたりででっかい畑をたがやしているんだろうと思ったんだが、意外なことに結婚して間もなく北海道に移住して、開拓事業をやってるんだそうだ。北海道大学に鹿児島の人間が入学して来ることもあるそうだから、彼らは何かこう北国にロマンを感じるのかもしれないね」

「待って下さいよ。たしかチルチルというのは男の児の名前じゃないですか」

わたしはロマンなんかに興味はなかった。

「そりゃそうだ。だが生憎なことに父親の興行師は太っ腹な男なもんで、些細なことは意に介さぬたちだったらしいんだな。さて今度は月恵の弟で第四子の右吉の話になる。兄貴に左吉というのがいるから弟には右吉と命名したに違いあるまいね」

弁護士はメモを見ながら語りつづけた。

「右吉さんの子供もひとり。万策という名だ。金右衛門氏みたいに出たとこ勝負式の命名でもなし、月恵さんのご亭主のように無知まるだしでもなし、万策とはいい名前じゃないか」

「どういう意味でしょうね」

「さあね。親がマンサクの花を好きだったのかもしれない。もっとひねった考え方をするならば、アイディアの宝庫みたいな頭脳の持ち主となって欲しいという、親の願いをこめた命名かも知れない」

「アイディアバンクですか」

彼は急にとがった目になった。

「きみは満腹になって目の皮がたるんで来たんじゃないのか、さっきから眠むそうな顔をしているぞ」

「そんなことないがな」

わたしは思わず唸った。眠気に襲われていたのは事実だったからだ。

「右吉のつぎが女で、さっきいったとおり雪恵という。夫は岡山市郊外の酒造家の一人息子でね、結婚式が豪華だったことはいまもって塩元結の語り草になってるという話だ。子供は二人いて上が春美、下が秋夫。生まれた季節の名を無断借用したのだろうからこれも安直な命名法だが、かすかに詩情らしきものが感じられるのが救いだね」

わたしはひろげた紙面に目を走らせて、二人の名を確認した。

「大家族というのもはた迷惑なものだな。こんぐらかっちまって、一度聞かされただけでは呑み込めない」

「ぼやくなよ、これも仕事とあっては仕方がないだろ。もうちょっとだから辛棒してくれ給え。雪恵のあとにまた女の子が生まれた。これが花恵。二人の姉と同様になかなかの美人だったそうだが、彼女は佳人薄命のサンプルみたいな人生を送った。活潑でスポーツ好きな少女だった彼女にとって最も手近にある運動具というと海ってことになる。少女時代の彼女は陽焼けして全身これチョコレート色をしていたそうだ。やがて水泳の選手として県大会に出場したり国体に出たりして注目を浴びるうちに、スポーツ記者に見初められた。写真で見るとこちらもかなりハンサムな若者でね、誰もが似合いのカップルだと思っていた。結婚式も二人の姉に比べると質素なものだったそうだが、そこはスポーツマンらしく楽しい祝典だったということだ。一年後に子供ができた。奈美という可愛い女の児がね」

わたしは佳人薄命という一語が気にかかっていた。

「若い両親はそろってスポーツカーを飛ばすことが好きだった。そして或る日、事故を起した。二人とも即死だそうだ。娘の奈美さんは網元に引き取られて成人した。のちに高知県の建築家に望まれて嫁入りしたが、いまは離婚して、香川県の善通寺に移ると、そこで独身生活を送っている」

弁護士も悲劇を語るのは好みでないとみえて、感情をまじえずに早口で喋った。

わたしは指を折ってみる。宗吉に左吉に月恵に右吉に……。

「まだ二人いますね？」

「ああ。さっきいったとおり、花恵の下に捨松という腹違いの弟がいる。もうこの辺になると、金右衛門は名前をつけるのも面倒くさいという感じだな。だが捨松氏は兄弟中でいちばんの秀才でね、はるばる上京するとさる大学の工学部に入って、橋梁力学を学んだ。ヘルメットをかぶって現場に立つんじゃなくて、もっぱら研究室にこもってこつこつと足し算や引き算をやっているという、つまり学究タイプの人だったそうだ」

「足し算と引き算をね」

嫌味をいってやったが通じなかったようだ。

「学者だから当然だが、子供はいない。そこで養子をとった。それが水無瀬六郎という男なんだ」

学者にはなぜ子供が生まれないというのだろうか。いかにもこの法律の番人らしい暴論である。しかしその点を突くと機嫌をわるくされることは明らかだから、敢（あ）えて別の質問をした。

「ちょい待ち。なぜ小森姓じゃなくて水無瀬姓なんですか」

「未亡人が捨松の死後に実家へ帰ったからさ」

「すると遺産をもらう権利は消滅したことになるんじゃないですか」

「水無瀬六郎の場合は微妙でね、左吉老が遺言書を作成した時点ではまだ小森姓だったんだ。養子縁組を解消したのはその後のことになる。わたしが微妙だといったのは、彼が一週間早く養家を出ていたら一文も貰えなかったからだ」

世の中、運のいいやつがいるものだ。そしてその反対側の極には女房にはあいそをつかされ、生涯うだつの上がらぬへボ探偵がいる。

それはともかく、退屈な講義はこれで終了した。同時にわたしの睡気は幾分かではあったが、消し飛んでいた。

3

レストランから貧弱なわたしのオフィスに戻ったあと、しばらくは互いに黙々としてイスにかけていた。豪華な内装の料理店とうす汚いわたしの部屋との間の落差があまりにも大きすぎたものだから、それがわれわれにショックを与えたようだった。

弁護士は二本目の葉巻をふかしていた。

「……牧田数夫のことですがね、どうやって捜すつもりです？」

「全国紙に広告をのせて、名乗りでるように呼びかけることにしている。こうした出費はいくらかかってもよい、小森未亡人にそういわれているんだ。まあ彼女の資産からすれば何千万かかろうとも、われわれの千円札一枚か二枚程度の金額でしかないだろうからね」

「数夫から反応がなかったらどうするんですかい？」

「未亡人に報告する。おそらく彼女は死亡したものとみなして話をすすめるよう答えるだろう」

「死んだものと認定された場合、数夫の取り前だった分はどうなるんです？」

「その点ははっきりと明文化されている。残った八人の甥姪たちで等分に頒けるんだよ。つまり八等分するわけだ」

　ふと、わたしは大した考えがあるわけでもなしに質問をつづけた。

「もう一人死人がでれば、その人の取り分も生き残った連中が等分するんですな」

「そう、今度は七等分するわけになるな」

「それじゃ何ですな、牧田数夫はべつとして、あとの甥姪は迂闊に死ぬことはできないな。自分が肺炎かなにかで死んじまって、ほかの甥姪は額に汗せずに割増しを貰うなんて癪だものな。そうなると口惜しくて化けて出たい心境だろうね」

「そうともさ。だから彼らは長生きすべく健康管理には真剣にならざるを得まいね。手近なところでは冷水摩擦なんかを始めたり、即日禁煙主義者に転向したり。ま、急にタバコを止めても手遅れだろうけどね」

　そういいながら自分は平気でシガーをふかしつづけている。彼には巨万の富をゆずられる当てもないのだから、タバコの吸いすぎで肺に異状が生じたところで痛くも痒くもないのだろう。中流人間は気が楽である。

「やってくれるね？」

「明日から。手始めに、東京にいる人たちに当って、その後で地方へ出かけることにする。しかし北海道は遠いなあ」

「飛行機でいけ。さっきもいったように、出費を気にする必要はない。飛行機がきらいとあれば話は別だが、こわくないなら極力利用するがいい」

急に話のわかる親爺みたいな口調になった。

「飛行機なんて恐ろしくはないけどさ、北海道は羆（ひぐま）が棲んでいる。近頃の彼らは図々しくなって真昼間に町のなかまで出て来るというから油断がならない」

わたしは神楽坂（かぐらざか）署にいた時分、靴形平次（くつがたへいじ）の異名をとったほど蹴り技には自信があるのだが、これは人間が相手だから通用するわけである。あの図体のでかくて毛深いけだものには、撲ろうが蹴ろうが通じるはずがない。出遭ったらわが人生には立ち所に終止符が打たれる。

「きみがそんな臆病な男だとは思わなかったよ。中華料理に八珍（はっちん）というのがあってな、鱶（ふか）のひれだの燕（つばめ）の巣が珍重されることは知っているだろう。ひれも巣も八珍のなかに数えられて珍重されるんだが、トップにくるのは何といっても熊の掌だね。しかし本州にいる月の輪熊は体型が華奢だから掌も小さい。その点、羆は体がでかいもんだから掌の肉もたっぷりとついている。したがってマタギが狙うのはもっぱらこっちのほうでな、いま北海道の羆は枕を高うして寝られないなんてボヤいている有様だ。町の真中に出てくるだと？　どこから仕入れたガセネタだか知らないが、いまや彼らは数が少なくなって絶滅の瀬戸際にある。よほどの幸運児でない限り、羆なんてしろものにはお目にかかれないんだぜ」

さすがは弁護士だけあって、相手をけむに捲くのはお手のものだった。わたしの恐怖心はたちまちにして雲散霧消していった。

4　水無瀬六郎

東京近辺に在住しているのは四名である。そのなかの一人は、わたしのオフィスに近い千駄ヶ谷の製薬会社に勤務する水無瀬六郎、当年とって四十五歳になる人物だった。養父が工学博士だという、あの男である。わたしはまずこの人間からスタートすることにした。

十五分のちに、わたしは彼の会社の前に立っていた。外壁に鏡を貼りつけたような、近頃はやりの高層ビルである。さすがに上のほうの幾階かにはレストランなどが入っているようだが、八階から下はこの会社が占有している。製薬会社というのはよっぽど儲けがいいのだなと改めて思った。薬九層倍といったのは孔子だか孟子だか知らないが、千年も前に東海の君主国における製薬会社について、その営業成績を看破したのはえらいもんだ。

電話をかけておいたのですぐに応接室にとおされた。窓辺に花の咲いた洋蘭の鉢が十個あまりおいてあり、室内は馥郁たる香りに充されている。が、ここが薬会社の客間であることを思うと、この香気は人工的に合成されたニセモノではなかろうかといった気がしてくる。迂闊に褒めると恥をかくおそれがあった。

ほどなく水無瀬が入って来た。中肉中背ではあるが見るからにスポーツマンらしい、身のこなしの敏捷そうな男だった。部長という肩書のせいか、「頭が高い」という印象を受けた。

冬が終ったばかりだというのに額がうっすらと汗ばんでいる。肥った弁護士と同じようにこの男も暑がりなんだなと思った。

用件はあらかじめ電話で伝えておいたのだから、わたしが福の神の使者であることは承知している筈なのに、うれしそうな様子は見せなかった。のっけから、ちょっと忙しいので要点だけを簡潔に喋ってもらいたい、という有様である。

多忙というのは必ずしもハッタリではないらしかった。客と会うというのに上衣も着ずに、真っ白いワイシャツの袖をまくったままで、つい先程まで机に坐って電卓を叩いていたとでもいった恰好だった。指輪の石は二〇カラットはありそうなダイアである。ネクタイピンにもルビーがはめ込まれていた。見るからに羽振りのよさそうな男だ。

「話の内容が内容ですから時間をかけて喋るのが筋だと思いますがね」

わたしも一応は抵抗してそう前置をした。とはいうものの、農村の老爺とは違って相手は飲み込みの早そうな男である。懇切叮寧に説明しなくてもわかってくれるだろうから、適宜に省略して語って聞かせた。その間中、彼はときには退屈そうになまあくびをしたり、手の爪をつくづく眺めたり、タバコに火をつけたり、殆ど関心も興味もなさそうだった。わたしが一人当りの金額を述べたときですら、顔の筋肉一つ動かさなかった。いくら無表情をよそおっても、感情は眼にあらわれる。わたしのように年季の入った探偵がそれを見逃すわけもないのである。だが水無瀬はまったく無感動だった。そしてときどき豪奢な腕時計の針にちらと視線をおとした。

　わたしの話は十分程度で終ったものと思う。そのとたんに彼は、「先に結論を言わせて貰います」といって、おもむろに受け取る意志のないことを述べた。忙しいというだけあって簡にして潔なる返事だった。

　しかし、わたしは素直にハイそうですかと応じる気にはなれなかった。こうしていろんな人と会っていると、世間には妙なところで見栄を張りたがる変り者が結構多いことに気がつく。欲の皮がつっぱっているくせに、余は不浄なものは嫌いじゃといった顔をする。水無瀬がその同類でないとはいえないのである。

「いやいや、ほんとに要らないんだ。貰ったからには礼をいわなくっちゃならん。礼状の一本は書かなくちゃならんでしょう。それが礼儀というもんですからな。だがわたしは、礼状を書くのも苦手なら頭をさげて礼をいうのも苦手でね。そのことを考えると、たとえクレオパトラからピラミッドをくれるといわれても断わるね。断乎としてことわります」

　筆不精なことは当方も同じだから彼のいうことがわからぬでもなかった。だが、あくせくしてやっと日銭を稼いでいるわたしにしてみれば、いまの発言は納得性を欠いていて理解できなかった。

　元来見栄を張るのは女性に見られる現象だが、彼は男性でありながら、心にもない強がりをいったように思えた。あとで悔恨のあまり地団駄ふみ、デスパレートになった揚句の果てにビルのてっぺんから身を投げて死ぬような結果となっても、それはわたしの知るところではない。しかし一度は彼の気が変わるようにアドバイスしてやるのが人間というものではあるまいか。わたしはエテ公でもなければゴリラでもない。人間であるからにはその程度の親切心はあって当然だろう。

「そりゃまあ夕デ喰う虫もなんとかといいますからね、世の中にお金の嫌いな人がいてもふしぎはないけど、巨万の富と便箋一枚の手紙を天秤にかけるのは理屈に合わないんじゃないですかね。礼状の文を練るのも書くのも秘書に一任すりゃそれで済むことでしょう」

部長は男性的なふとい眉をひくりと動かすと、冷ややかな目でわたしを見つめた。探偵風情がなにをぬかすか。彼の眸は明らかにそう語っている。……だが、口調は意外におだやかだった。

「わたしはね、偏屈でもなければ天邪鬼(あまのじゃく)でもないつもりです。ただ少々気位がたかいとでもいうのかな、とにかく人に頭をさげるのが嫌いなんです。嫌いというよりも苦痛なんだ」

彼は義太夫(ぎだゆう)語りみたいな野太い声をしている。

「それにわたしは養子であって左吉氏とは血のつながりがないんです。亡くなった父が相続するならともかく、赤の他人にすぎないわたしがそんな大金を貰うわけにはいかない。わたしはそう考えるんです。ま、変人だなんて思わずに、わたしの気持を理解してもらいたいですな。それじゃ間もなく会議が始まるんでね」

「ちょっと待って下さい。遺産なんてものは要らないというのはあなたの勝手です。わたしは左吉翁の遺言を伝達すればそれで任務は果したことになる。しかしね、せっかくくれるというんだから一応受け取っておいて、世の中の貧しい人に還元するってことはどうです？　然るべき団体に寄付するというのは。日本にも貧乏人はいるんだし、東南アジアやアフリカや、インフレで音を上げてる南米にも喰うに困っている人は沢山いるというじゃないですか。礼状一本で彼らにパンを与えることができたら、左吉さんだってよろこぶだろうと思いますがねえ」

水無瀬は動きを止めた。わたしの即興演説にどれほどの効果があったか知らないが、ともかく彼ははっとした表情をうかべて、わたしを凝視した。先程みせた高慢な目の色は消えていた。

「それには気づかなかった」

のろのろとした調子でいった。

「わたしが自分のことしか考えない男だといわれても仕方ないな。そいつはいいアイディアだ、探偵くん、そうすることにしよう。遺産はありがたく頂戴しますよ。そしてレターペーパー六枚ぐらいの礼状を書きます。わたしにとってみると、作家が一巻の長編小説を書き上げるくらいの大仕事ですがね」

彼はわたしの手をとると西洋風の握手をした。とたんにわたしはさめた気持になる。西洋人じゃあるまいし、こうした芝居がかったゼスチュアは大嫌いなのだ。しかしそのときのわたしは胸中の嫌悪感を押し殺して、満面にえみをたたえて相手の手をにぎりしめた。

その儀式が終って立ち上がったわたしは、さもふと思いついたという顔で、余子についての消息を訊ねた。

「余子？　わたしの叔母だというんですか。……さあ」

彼は、まるきり心当りがないといった表情をうかべた。

「叔母がいるということは聞いていますよ。チルチルだとかミチルだとか、ふざけた名前のいとこがいるということもね。だが余子って人は知りませんな」

きっぱりとした口調で否定したあとで、自分は養子として入ったのだから、小森一族については格別の関心はないのだと言い添えた。捨松にとってもこの水無瀬六郎にとっても、親戚のなかに淫奔な女がいたことは触れられたくないのだろう、とわたしは思った。

5　小森万策

つぎに訪ねたのは小森万策という男だった。金右衛門の三男を右吉というが、そのせがれということになっている。住所は東京の西北の新興都市で、職業は自宅からふた駅先のバス会社に勤務する運転手である。

十数年前までそのあたり一帯は武蔵野のはずれにある荒れた原野だったが、大手の建築会社が買収して近代的な高層マンション群をたてた。都心からサラリーマン達が入居し、すると待っていたように彼らを相手にさまざまな商店が開業した。マンションも店舗も、都心にひけをとらないモダーンで洒落た構えのものばかりだった。そば屋だとか魚屋、すし屋に小料理屋といった和風の店は別として、それ以外のすべての店名を横文字に統一した。それが家主である建築会社が出した唯一の条件だった。二軒ある洋菓子屋は「アントワネット」と「プチ・プチ」という名になり、生ハムがうまいというドイツ系の肉屋は「ノイエシュタート」と名乗った。「赤いサラファン」とはピロシキが自慢の喫茶店の屋号である。

新興都市の人口は年毎にふくらんでいった。住民の大半は新婚まもないサラリーマンや大学生たちであった。建築会社は人口が十五万を突破したとき、かねての企画どおりバス部門を新設した。小森万策はその初期に入社したベテランなのだった。

連絡をとると、某月某日の何時に車庫まで足労をねがいたいという答えが返って来た。実直な年輩者を想像させる落着いた話し方をする男だった。

私鉄の駅をおりて、教えられたとおりの車庫行のバスに乗った。窓が大きくて座席のゆったりとした、都心では見られない優雅な車輛である。しかし、わたしがおやと思ったのはそうしたことではなくて、乗客に対する運転手の態度が非常によいことであった。特に、低学年の小学生や一人で乗ってくる老婆にみせるいたわりがわたしの目をひいた。親切で心のやさしい運転手だなと思いながら視線をそらせようとしたとき、運転席に貼ってある小さな名札が眼に入った。これから会いにいく小森万策氏がこの運転手なのだった。

終点に着いたとき、乗客の数は四、五人しかいなかった。わたしはわざと最後まで残って、料金を払いながら話しかけた。

それから十五分ちかくたった頃に、われわれは改めて近くの喫茶店で向い合っていた。制服から通勤服に着更えた彼は、服の色が茶色っぽいせいか急に老けたようにみえた。制帽をかぶっていたときは気がつかなかったが、頭は坊主刈りでかなり白髪が目立ち、頂点がまるく禿げていた。戦前の職業軍人の頭は年がら年中軍帽にこすられているため揃っててっぺんの毛が薄くなったそうだから、小森万策もまた制帽の犠牲者だったのかもしれないし、何やら心に悩みを持っていて、そのために生じたストレスによる円形脱毛症なのかもしれなかった。まだ四十すぎたばかりだというのに――。

彼は好人物らしかった。初対面の挨拶もすませぬうちに、打ちとけた笑顔になった。細い目をいっそう細くして、白い歯をみせた。顔の輪郭はまんまるで、しょっちゅう運転台に坐っているせいか少し肥り気味であった。ジョギングを日課にしているという話を聞いたとき、わたしは反射的に、それが肥満防止のためであることを悟った。

わたしが左吉翁の話を持ち出すと、左吉という伯父がアラスカで成功しているという噂は耳にしていた。しかし文通したこともなければ写真を見たこともない遠い遠い存在だったたから、死亡した話を聞いても他人事のようにしか思えない。それが正直な感想だと語った。

小森万策が例の遺言の話を聞かされたとき、心なしか一段とにこにこしたようにみえたが、それがわたしの錯覚でないとは言い切れない。彼は「五十億？　それ本当ですか、信じられない」と独りごとのように繰返した。そして金額が多過ぎてぴんとこないとも語った。

「こういうときは鰻丼が何杯喰えるかと考えることにしているのですが、仮りに答が五百万杯とでたところで、何年かかって喰べ終ることになるかがわからない。要するに庶民感覚の埒外にあるということですね」

声のトーンは少しも変っていない。興奮した気配をみせないのは彼自身がいうとおり、金銭感覚を持ち合わせていないせいだろうか。

「バスの運転という仕事は疲れるんです。肉体的にもそうですが、精神的にくたくたになります。オーバーにいえば背中にお客さんの命を預かっているんですものね。ですからもしお金が現実にわたしのものとなったなら、即日退職したい。そして家内に着物を買って、それから息子を大学に入れてやろうと思います」

そこまで語ると彼は更に目を細めた。これはわたしの錯覚ではなく、ほんとうに心からうれしそうな表情をした。

「身辺が落着いたら、かねがね心に抱いていた夢を実現させたいと思うのですよ。わたしはね、素人ながらバイオテクノロジーにとても興味を持っているんです。わたしは畑でキャベツの虫取りをするときによく空想していたのです、葉っぱを喰っているあの小さな青虫を、巨大な怪物に育てたらどうなるか、ということをですね。キャベツを齧る音はものすごく大きい筈です。神経質な人は夜も眠れなくなる。うちの近所にも作家が住んでいるんですが、その人なんか気が散って仕事ができなくなるかもしれませんね……」

小森万策は楽しそうに語った。本気でバイオの勉強をしようというのか、出来のわるいSFを読み過ぎたのか、わたしに判断の下しようがなかった。空想を語るときの彼の表情は、遺産が入ることを知らされたときよりも幸福そうに見えた。

6　小森春美

つぎに、金右衛門の二女雪恵を母親とする小森春美を訪ねたのは、このひとが都内に住んでいるということが唯一の理由であった。が、わたしの胸中をありていにいうならば、どんな女性かその尊顔をとくと拝見したいからだった。同性なら一も二もなく解ってくれることだろうと思う、わたしも男の端くれであるからには、異性には強烈な興味と関心をいだいている。テレビで相撲放送をやっていると、わたしの視線は土俵上の取り的を通り越して、客席に坐っている女性に向けられてしまうのだ。わたしがみずから進んでそうするのではなく、神様がわたしの好き心を挑発してくれるから自然に眼がいくのである。

小森春美だけは年齢が記入してあり、「芳紀」まさに三十八歳となっているから、少々薹が立っていることは否めないにせよ、小娘と違って、酸いも甘いも嚙み分けた熟女であることが判るのだ。年増には年増のよさがあるのである。

彼女の住所は杉並区久我山となっている。新宿駅から京王線で明大前に直行、ここで井の頭線に乗り換えると、久我山までは十分とかからない。わたしは戦前の久我山は知らないが、古老の話ではかなり品のいい住宅地だったそうだ。

明るい空の下を五分あまり歩く。小森春美の家はサワラの垣根にかこまれた一戸建てで、二階の窓が目立って大きな、ちょっと異色な洋風建物であった。近づいて角を曲ると、それまで庭の山杉にかくされていた屋根が視野に入ったが、これまたガラス葺きになっている。この家の持主は、よほど太陽光線が好きらしい。

家に比べて庭の手入れはなおざりにされていた。植木屋が入っていないのだろうか、どの庭木も伸びるにまかせてあるが、芝生は刈り込んであるし雑草はいちおう抜かれているし、それから考えるとどうやらここのご亭主は高所恐怖症で、梯子や脚立にのって枝を切るのが苦手のように思えた。

ポーチに立った。木を彫ってブロンズ色に染めた名札に楷書で「小森」と彫ってある。ベルのかわりに木鐸がぶらさがっているので、木の槌で景気よくそれを叩いた。木質のせいかポコポコと冴えない音がした。聞えたかどうか心許なかったから、あらためてドアをノックする。

すぐに人の気配がして、扉が開くと黄色いしなびた顔がぬっと出た。黒いベレをかぶり、白くて長い上わっぱりを着ている。その瞬間、この男は画家でありガラスを塡めた二階は制作室であることを悟った。来る日も来る日も裸のモデルと向き合ったりして、怪しからん野郎だ。

「なにかご用でしょうか」

絵描きだとか詩人なんていう手合いは痩せていて脂気のない髪をおでこにたらして、神経がほそくて年中カリカリしているものとばかり思っていたが、これはわたしの誤った先入観のようであった。この亭主は言葉づかいからして何となくのんびりと悠長で、表情も春風駘蕩としている。おまけに前歯が一本ぬけているので、画家というよりダウンタウンで育った裏店の職人とでもいった感じだった。こういう頼りのない亭主には決って勝気でやりくり上手の女房がいて、万事テキパキと振舞うのが常だから、春美という細君も気のつよい女性であることはまず間違いない。わたし自身はかなり荒っぽくて気短なたちだから、勝気な女を操縦するのはむしろ楽しみなくらいである。早く春美夫人とやらに会ってみたい。

わたしは名刺を出した。

「お待ちしてました。ここではくわしい話をお聞きするのもなんですから、上の仕事部屋でどうですか」

どうですかもこうですかもない。二階のアトリエでモデル嬢の顔を拝めるとはまたとないチャンスである。わたしは私立探偵という自分の職業に感謝した。仮りにわたしが税務署員ででもあったら、仕事部屋に通されることなんて金輪際あるわけがないのだ。わたしは返事をする前に靴をぬぎかけていた。

家のなかは静かだった。モデルは息をひそめて玄関のやりとりを聞いているのだろう。

「奥さんは？」

「いま歯医者さんに行っています。なに、お茶ぐらいわたしにだっていれられますよ。紅茶にはちょっとうるさいほうで」

「お帰りは？」

「いつもだったらもう戻っている頃なんですけどね。今日は抜歯の日なんですが、まさか歯をぬかれたショックで気絶しているわけでもありますまい」

顔はともかく、やはり芸術家だけあっていうことが世間離れがしている。どことなくピントがぼけた感じだった。いまどき、歯を引っこ抜かれたぐらいで気絶するようなうぶな女性がいるものかい。

まあ、モデルの裸身と対面できるなら文句をいうこともあるまい。わたしは主人の後につづいて絨毯のしいてある階段を上がった。手すりにはアラビア風とでもいうのか、要するにエキゾチックな彫刻がしてあって、なかなか凝ったつくりである。あるいは、自分でノミと金槌を持って刻んだのかもしれない。芸術家は器用だろうから、こうした場合は安上がりで便利だ。

アトリエなる聖域に入るのは生まれてはじめて。モデル嬢といちゃついている現場を春美夫人に目撃されぬために、仕事部屋はさぞかしがっしりとした扉で遮断されているのだろうと想像したが、うすっぺらな木の扉は開いたままあおり止めで固定されていて、ドアがわりに吊された白いレースのカーテンが風をはらんでふくらんでいるきりだった。

「ここです、わたしの仕事場は。どうです、明るくて風通しがいいでしょう。夏になってもクーラーは要らないんです」

クーラーなんてどうでもいい。わたしの関心はもっぱらモデル嬢にある。

ふと、イーゼルに架けられた描きかけの絵に目がいった。キャンバスに画かれているのは花瓶にいけられたグラジオラスの切り花だった。赤いのもあれば黄色いのも白いのもある。緑色のほそい葉が勢いよく天上をさしていた。

「花は枯れちゃった。ですが絵かきは花が捨てられても描くことはできるんですよ。四寸方台の心のカメラにぴしゃりと焼きついている、というわけでしてね」

私立探偵には理解できかねることを彼はいった。わたしは花や花瓶のないことにびっくりしているのではない、モデルのいないことに落胆していたのだが、この間抜けづらの芸術家にわたしの心中が読めるわけもないのであった。

「人物画はやらんのですか」

ようやく気をとりなおして訊ねた。

「ああ、わたしは風景と静物が専門でね、人物は描かないんです。もっとも貧乏な画学生の頃は夜店なんかで似顔絵描きをやりましたがね。美人に描かれてよろこぶのはきみ、女性ばかりじゃありませんですよ。中年の醜男でさえ、美男子に描くとチップをくれる。人間ておもしろいもんです」

雑談は二十分ちかくつづいたが、依然として春美夫人が帰った気配はなかった。

「家内に用事があるんですか」

「なにしろ天文学的な金額の遺産ですからね、やはりご本人にお会いして意向をうかがわないとですね」

「ほう。するとなかには金は要らんという変り者がいるんですか」

「まだ全員に当ったわけではないですが、お一人だけいらっしゃいましたな。もっとも、けっきょくはお受け取りになることになりましたがね」

「こりゃ驚きだ。わたしの一族にそんな変人がいるとはね。変人というよりも頑固者というべきだな」

彼はタバコをくわえると高価そうなライターで火をつけた。

「で……」

画家は改った口調になった。

「そのあなたが、なぜ家内に用があるのですか」

「だって、ご当人にお会いしなくてはどうにもならんじゃないですか。確認をとるのが当面のわたしの仕事なんですから」

「失礼ながらあなたは考え違いをしておいでだ。家内の名は春美じゃありません、とき子といいます。春美はこのわたしですよ」

わたしはタバコの煙りにむせでもしたように咳込んだ。なにかいおうとしたが、頭がこんぐらかって適切な言葉がでてこない。なんだって？　このヘボ絵かきが春美だって？　こりゃぺてんだ、サギだ、なにが春美だ、てめえの名前はデコ助がいいところだ……。わたしは腹のなかで罵りつづけていた。

結局わたしは、遺産を頂戴するという印をもらって、五分後には画家の家を出て駅に向っていた。怒りが、まだ胸のうちでくすぶりつづけていた。

7　小森秋夫

小森秋夫は神奈川県津久井郡城廻に住んでいる。画家の兄にあたる男だ。相模原版の電話帳をひいても名前が載っていないので、電話ぐらい引いたらよさそうなものだと心のなかで毒づきつつ、いやいやながら手紙を書いた。

いつだったかある有名人がテレビで語っていたことを、わたしは今もって忘れることができない。その人は日に八十通の手紙に返事を書くというのである。木で鼻をくったような事務的な返事ならわたしにだって書けるだろうが、それにしても五通が限度だ。お暑いの、お寒いのといった人間らしさをにじませた文章だと、二日かかって一通がやっとというところ。だからわたしは小森秋夫あての手紙を書きながら、便箋に向って文句のいいどおしだった。そして二日目の夜おそくやっと書き上げて寝酒を呑み、万年床にもぐり込んだときは心底からほっとしたものである。

その返事は三日後にハガキで届いた。拝復とも書いてなければ敬具とも書いてない、いかにも変り者らしい返信であった。自分はフリーライターである。少々手許不如意であるがゆえに、貴翰を拝読していささかの興味を感じた。ついては篤と歓談致したいから都合のいい日に御来駕を乞うというしかつめらしい文句が墨くろぐろとした太いペン字で綴ってあった。津久井郡がどんな処か知らないが、遠くの人間を呼びつけるということにご苦労さまのゴの字も書いていない。下世話な表現をもってすれば、かなりノーテンキな男らしいのである。

しかし、単にそれだけで彼を脳天気だなんて速断するようなわたしではない。わたしがそうした印象を受けたもう一つの理由は、差出人の名の横に「キンコン館主人」という肩書がつけてあったからだ。幼稚園児じゃあるまいし、キンコンカンとは何だ。

わたしが彼を胡散くさく思った理由をつけ加えるならば、自分はフリーライターだから時間に束縛されることはない、いつ来てくれても結構だと記してあるその「フリーライター」という肩書だった。近頃しばしば耳にするこのフリーライターなる商売がわたしにはよく解らない。フリーだと断っているのは、出版社に所属していないことを示すのだろう。だが、かつてわたしに細君の素行調査を依頼に来た作家だって、あっちこっちの雑誌に作品を発表していることから見て、歌舞伎の座付作者みたいな紐付きではなかった。とするなら彼も、いや殆どすべての作家がフリーライターとなるではないか。肩肘張った文章をかく小森秋夫が小説家になれるとは思えないが、もし作家の端くれであるならば堂々と作家と名乗ればよかろう。フリーライターだの自由業と称するうろんな連中を、わたしはすなおに信用できかねるのだ。

腹立たしさが少しおさまってきた頃に、そのむかしキンコンカンというテレビのテーマソングがあったことに気づいた。たしかあのドラマには赤い屋根の尖った時計塔が登場していた筈である。そのことからわたしは、小森秋夫の家も丘の上にあって、赤瓦の屋根の上に時計塔がつっ立っているのではないかと想像した。もしかすると彼の家は濃みどりの林に囲まれ、蒼い相模湖をバックに建っているのかも知れない。年中あくせく働いている泡沫探偵だって、たまには子供みたいな空想をすることはあるのだ。

地図をみて判ったことだが、津久井郡の城廻はＪＲ横浜線からちょっと西にはずれた処にある。もう少しくわしくいうと、中央線の八王子駅で横浜線に乗って橋本へ。橋本駅から茅ヶ崎行きの相模線に乗りついで一つ目の駅で下車する。ごく最近までは貧弱な車輛が走っていた横浜線に、二十一世紀が近づいたせいでもあろうか、窓の大きな明るい電車が登場していた。それに反して相模線のそれはいまだにガソリンくさい、うす汚れた小さな車体だった。城廻という地名が残っている以上、近くに山城が築かれていたものと思うが、いまは跡形もないのだそうだ。

小森秋夫の家は商店街のなかほどの、漬物屋とクリーニング店のあいだを入った路地の奥にあった。三角屋根の時計台のイメージは、入口の前に立つ前からけし飛んでいた。いまどき珍しい格子戸のはまった、三部屋ぐらいの大きさの古びた平屋だったからだ。格子のすぐ上に乳白色のガラスにおおわれた軒灯があって、ちょっと崩した書体で「小森」としてあるが、それが客に見捨てられた待合(まちあい)を連想させた。この貧弱な家のどこを叩けばキンコンカンと鳴るというのか。ふざけやがって。わたしは中ッ腹になってベルを押そうとしたが、どこにもボタンが見当らない。なおも見廻していると、格子をとおしてしゃがれた声がした。

「うちにはベルなんてものはないよ。用があるんならそこで怒鳴ればいい。見てのとおり風とおしがいいから、隣りの家に筒ぬけになるがね」

格子をへだてて見たせいか、下駄をつっかけて近づいて来た住人が檻(おり)のなかの熊に思えた。

威嚇するような粗野な口調が、あの兇暴な動物を連想させたのだろう。

格子は荒々しく開けられ、勢い余って柱にぶつかるとぶっ壊れそうな音をたてた。

「誰かね？　保険には入ってるよ。新聞も二紙が入っているから、勧誘したって無駄だ」

「セールスマンじゃない。このあいだ手紙をだした私立探偵だ。小森左吉氏の遺産のことでやって来た」

勢いわたしの口調も横柄になる。波長が合わないなどというけれど、わたしとこの男とのやりとりはしょっぱなから喧嘩腰だった。小森春美のほうは、一応は芸術家にふさわしくデリカシーを理解できそうな人間だったが、この家のあるじの粗暴ともいえる態度は何事か。おなじ母から生まれた兄弟だとは信じられない。

「なんだ、きみか。最初からそう名乗ればいいのに」

自分が早とちりしてわたしをセールスマンか何かに間違えたくせに、非がこちらにあるような言い方をする。わたしはこの男がいよいよ嫌いになった。だが仕事ともなるとそうわがままをいってはいられない。

とんがった時計台のイメージが消え去った後、未練たらしくわたしは、なおもこの家がキンコン館と名づけられたわけを心のなかで詮索していた。その結果わたしが思いついたのは、彼が時計の蒐集家ではないかということだった。家のなかには沢山の柱時計や置時計があって、長針がてっぺんをさすと、いっせいにキンコンカンと正午を告げるのではなかろうか。

「まあ入んなさい。お茶でも飲みながら話を聞かせてもらおうじゃないか。茶菓子は羊羹にするかな？　それとも饅頭にするか？　貰い物の塩釜もあるがね」

　何をいうか、わたしの顔を見れば甘い物が好きかアルコールが好きかわかりそうなものじゃないか。この男は酒に弱い客には酒をすすめ、わたしの如き酒徒には芋羊羹なんかを喰わせて、横目で客の閉口する様子をうかがい、以って快哉を叫ぶというひねくれた趣味の持主なのだろう。ふざけるな！

　小森秋夫はスマートな感じのその名とは裏腹に、眼を絶えず動かしている落着のない、どこか小狡そうな感じの中年の男だった。渋団扇みたいに陽に焼けた大きな顔をしていて、小さな眼の動きが止ったかと思うと、右の頬をひきつらせるようにして薄笑いをうかべる。昨晩あそんだ女のことを思い浮かべてニヤリとする、そんな感じだった。わたしが喋っているあいだに、彼は何度となくこの思い出し笑いをやった。わたしの話なんぞてんで聞いていない、といったふうに見えたものだ。

「菓子は結構。甘い物は喰わんのです」

「おや糖尿とは気の毒な」

　いつの間にかわたしは病人にされてしまった。

　彼は坐った。あぐらをかくかと思ったが、正座した。その程度の礼儀は心得ているとみえる。

「お茶も結構。わたしは仕事のことで来たんだから」

奥に引っ込んだかと思うと色のさめた夏座布団を持って戻って来た。わたしは上り框に腰をおろして、鞄からとりだした書類を膝の上にひろげた。そして、これまでくり返してきたセリフを反復して聞かせた。内容は暗記している。

そのうちに小森の薄笑いが急に止んだと思うと、上体をのりだし、両手を膝の上にそろえた。眼の動きも止った。話が一段と「佳境」に入ると、小鼻が小刻みに動きだした。

「いや、いやいやいや。そんな大金だとは知らなかったな。棚から饅頭というか天井から目薬というか、まるで夢みたいな話で」

声が上わずっている。いってることも、しどろもどろである。弟の春美から何も聞かされていないとみえる。

「アラスカに伯父がいるなんて聞いたこともなかった。彼の顔がサンタクロースか恵比寿さまみたいに思えますな。といっても、あたしゃアラスカの伯父同様サンタクロースにも会ったことはないですがね」

「すると、この話は受諾するんですな」

「当り前じゃないですか。こんな旨い話をことわるバカがどこにいます?」

「いたんですよ。もっとも、けっきょくは受け取ることになりましたがね」

水無瀬六郎のことを話して聞かせると、この男は口をあけたものの言葉がでないらしく、そのまま数十秒がすぎた。

「……世間はひろいですからな、変人もいれば阿呆もいる。ま、わが一族に阿呆がいるとは自慢にもならんが」

俗物の声はまだ上わずっているようだった。

8　大田黒ミチル

製薬会社の水無瀬六郎、バス運転手の小森万策に画家の春美とフリーライターの秋夫。わたしは四人の甥を歴訪したことになる。残りは所在不明の牧田数夫をべつとして、大田黒ミチルと宮嶌奈美、山根チルチル、それに本家の宗右衛門の四人。このうちのふたりは瀬戸内沿いの本家からさほど遠くないところに住んでいた。ミチルのほうは山口県の岩国に。宮嶌奈美は海を渡った香川県の善通寺市に、それに「宗家」の後継者である宗右衛門は地元の牛窓にいる。山口県も四国もわたしにとっては未踏の地だから、仕事とはいえこの旅は楽しみだった。特に興味あるのは愛媛県だ。臆面もなく姫を愛するなんて名乗っているところをみると、この県には見目うるわしき女性が浮塵子のごとくわんさと棲んでいるに違いない。考えるだけでよだれがたれる。

六月のある日、少し早目に起きて東京駅に駆けつけると、発車直前のひかりに乗った。滅多に遠出をしないものだから、岩国あたりへ往く旅でも、わたしにとっては大旅行である。乗車早々缶ビールの栓をぬくと、駅弁を肴に呑み且つ喰った。喰い終って顔を上げたら、ひかりはまだ玉川(たまがわ)の手前を走っていた。

ひと眠りして名古屋で弁当を買い、それを喰ってまた眠って、目がさめたとき広島着のアナウンスが聞えてきた。岩国へいくには、つまり新幹線の新岩国駅までいくためには、ここでこだまに乗り替えなくてはならない。待ち合わせ時間は二十分そこそこ。わたしはフォームのベンチに腰かけて、寸暇(すんか)を惜しんで缶ビールを呑んだ。明日は休肝日にしよう。

新岩国の駅舎はあたらしくてなかなか立派な建物であった。改札口をぬけてみると、緑があって蒼空があって、東京の郊外電車の駅前と似た感じがした。タクシーが走りだしてわかったのは、郊外の新興住宅地に見えたのはほんの駅の周囲だけで、岩国市内に向うには人里はなれた山あいの道路をひたすら走りつづけなくてはならぬことだった。

ふと気がつくと右の窓から流れが見えていた。川幅はかなりあるが水量は少ない。運転手に訊くと錦川(にしきがわ)といって昔はもっとゆたかな流れだったが、上流にダムができたために石ころだらけの川になったという。水がいいから地酒は旨い、彼は訊かぬことまで喋った。

ミチルの家は錦川を渡った向う側にある。わたしは話の種に錦帯橋(きんたいきょう)の上を走ってもらいたかった。しかし太鼓橋を三つも四つもつなげた形のあの橋を車で渡るわけにはいかない。止むなく橋の袂(たもと)につけるよう頼んで、そこで下車した。ちょうど団体客のバスが到着したところでもあった。

　バスが止まって修学旅行の高校生が降りると、彼らは歓声をあげ、橋めがけて走りだした。ツアーコンダクターが小旗をかざして、十五分たったら戻って来るように呼びかけているが、生徒たちはもうその声がとどかぬ距離にいた。わたしは橋の袂の監視員に料金を払うと、彼らの後につづいていった。高校生たちは仲間にカメラを向けたり、シャッターを押してもらったりして、変声期を迎えたヒヨコみたいな耳ざわりな声ではしゃいでいた。わたしは詩人のように神経質な男ではないが、呼び合ったり笑い合ったり叫んだりする彼らに辟易して、足早に橋を渡った。渡ってしまってから、もっと眺望を楽しんでおくべきだったと後悔した。

　少年少女はこちら側の堤防に立つこともなしに、渡ったとたんにくるりと向きを変えると、ツアーコンダクターにいわれたとおりバスが待っているほうに戻っていった。対岸にコンダクターの小旗をふりかざしている姿が小さくみえ、生徒たちはそれにせき立てられるようにして足を早めていた。

　ミチルの手紙に同封された略図をたよりにしながら、みやげ物屋の間をぬけて勾配を走るように降りた。このまま真っ直にいくと吉香公園に入ってしまう。地図にはそこで左に折れて、錦川に並行するかたちで前進するように記されていた。

　緑の多いしずかな住宅地を歩きながら、ふと、ミチルもまた変り者で、「ゼニなんて不潔なものは要らない」とことわるかもしれないと思った。わたしにしてみれば、朗報を聞いてとび上ってよろこぶ姿を見たいのだ。東京くんだりからはるばるやって来て、「わしゃ要らん」といわれたのでは早起きして新幹線にのった甲斐がなかろう。

このあたりは上級武士が住んでいたらしく、どの家もゆったりとした敷地のなかに建っている。なかには古色蒼然とした、いかにも重量感のある門構えの家もあった。こうなると単なる上級武士ではなくて家老職かなにかだったのだろう。

大田黒ミチルの家も、家老クラスとまではいかなくても、かなり立派な門に護られていた。ぶ厚い板は古く灰色になっていて、歴史の重みを感じさせる。その横の、不釣合いなほど新しい木の表札に、細い女文字で大田黒ミチルの名がしるされていた。看板屋に書かせたのか本人が書いたのかは知らないが、草書体のかなり達筆なものだった。彼女の名前のほかには表札らしきものがないところを見ると、再婚してはいないとみえる。

見廻したが、キンコン館と同様ここにもベルボタンがない。くぐり戸を押すと音もなく内側に開いた。小砂利をしいた道がはるか奥の玄関までつづいており、道の両側は雑草一本はえてなく、手入れのゆき届いた庭だった。ところどころに大きな木が枝をひろげているが、わたしが知っているのはサルスベリだけだ。

門とは逆に、建物は建築後半年とたっていないように見えた。木口もいま山から伐り出したように新しく、真白い壁は雨のしみ一つついていない。屋根にお鍋型のパラボラアンテナが載っていることを別にすれば、あたりの風物と調和のとれた和洋折衷の、好感の持てる家である。

鉄平石(てっぺいせき)を貼った階段を三つ踏んでポーチに立つ。ダイヤモンド硝子をはめた二枚扉の横に小さなベルボタンがあった。指先に力をこめて押す。

家のなかで微かな女の声がした。ややあってサンダルを履く気配がする。わたしは固唾(かたず)をのんで扉の開けられる瞬間を待った。

ノブを廻す音がしてドアが開く。あでやかな年増美人が愛想よく笑いかけていた。わたしが自己紹介をすませると、彼女は白い歯をみせて、「わたくしミチルです。お待ちしていたんですのよ、午前中から」といった。

スリッパを揃えて、玄関のすぐ横のドアを開けて洋風の客間にとおしてくれた。窓の大きな明るい部屋だった。壁際の棚の上には豪奢な衣裳をまとった西洋人形が幾体も並べられ、マントルピースの上には青カビが生えたような古びた小型の仏像が、ガラスの箱のなかからやさしい眼差でわたしを見ていた。

つる草模様の壁紙をバックに、枠に入った外国人の写真が笑顔をうかべている。

「何者ですか」

「声楽家なんです、有名な。みんなサイン入りなんですのよ。あれがシュワルツコップフ、そのお隣りがロッテ・レーマンとエリーザベト・シューマン。男のひとはゲールハルト・ヒュッシュでその右が……」

わたしには無縁の名前ばかりだった。音楽好きにとっては貴重なブロマイドなんだろうが、わたしにすれば猫に小判である。

一旦出ていったミチルは盆に紅茶カップをのせて、能役者みたいなすり足で入って来ると、テーブルにそっとのせた。カップのなかの赤い液体はさざ波一つたてていなかった。

彼女は翡翠(ひすい)色をした薄物のカーディガンをまとい、同系色の無地のタイトスカートを着ていたが、それがぴしっと決っていて、見るからに趣味のいい女性に思えた。

ひとくち啜ったところで話に入った。あらかたのことは手紙に書いておいたので、改めて細かく説明をする必要はない。

ミチルは伯父の左吉翁に興味を抱いているのだろうか、あれこれ質問をあびせて来た。だが赤の他人であり一介の雇われ探偵にすぎぬわたしがまともに答えられるわけもなく、ときどき返事に窮して黙り込むこともあった。そうした場合の彼女はごく自然な笑顔で話題をかえてくれた。

この一帯は武家屋敷があったのではないかと訊いたことから、話は家老を補佐した有能な武士の話になった。

「目加田(めかた)さんというのがいちばんの功労者なんですの。東京のテレビ局に同じ名前のアナウンサーがいらっしゃいますけど、こちらのご出身じゃないのかしら。ちょっと珍しい姓ですものね」

ミチルの口調には屈託がない。一族のなかには旅役者の後を追いかけて村を捨てた牧田数夫の母親のような女性がいるのに、ミチルは育ちがいいとでもいうのか、言葉の端々にはおっとりとしたものが感じられた。父親はよほど経済力のある大物の興行師だったのだろう。

「いろいろと面倒な手続きをするんでしょうね？」

「いえ、そういうことは弁護士がやってくれます。ただ一つの条件は、面倒といえば面倒でしょうが、左吉氏の別荘に全員が集まることなんです。旧軽井沢の山のなかのね。遠いし、冬は雪がつもるし、なにかと大変だと思いますけど。未亡人もアラスカからおいでになりますから、寒いのはお互いさまだと割り切っていただいて。そこで弁護士立ち会いの上で、正式の書類を作成するんです」

「あら、いとこ達がみな集まるんですの？」

ミチルは大きな眸をかがやかせて叫ぶようにいった。

「善通寺の奈美さんや本家の宗右衛門さんとはときどき会いますけど、あとの人は顔も知らないんですのよ」

だから彼等と対面するのは非常なたのしみだ、ミチルはそういうのである。チルチルの名が一度も口にのぼらなかったのは、彼女がとびきり遠方に住んでいるからであろうか。

「ま、それなら結構です。なんといっても軽井沢は遠いですからね」

「ＪＲの駅があるんでしょ？」

「ええ。ですが山荘のある旧軽井沢はちょっと不便でしてね。以前は草軽電鉄という会社がトロッコみたいな電車を走らせていたんですが、いまは廃線になっているんです。車でいくほかに手段はありませんな」

「積った雪の上を、タクシーが走りますかしら」

「その点が心配なのですがね、地元の人には土地の人間なりの知恵があるんでしょう。生活の知恵とかいうものがですね」

「伯母さまは東京のホテルにお泊りになればいいでしょうに」

「いえ、なにしろアラスカの山奥で暮しておいでですから、喧騒な東京は嫌いなんだそうです。いずれにしても全員が軽井沢の別荘に集まることになっているんです」

「遺産をいただくんですもの、勝手なことを申してはバチが当りますことね」

ミチルは頷いた。

「それでは本題に入りますが」

精一杯おごそかな口調でいった。わたしは生来の野人だから、形式ばったことは嫌いであるし、また苦手でもあった。逃げた女房と一緒になるときも、結婚式なんてことをやるのはどうにも気が進まなかったので、二人っきりで三三九度の真似事をしただけだった。そうしたわたしであったから、おごそかに喋ったつもりでも、ミチルにすれば迫力を欠いた寝言に聞こえたかもしれない。

遺産の額を告げられた彼女は、モナコの国家予算とどっちが多いのかしらと独りごちて、一呼吸おくと、だしぬけに笑いだした。あまり上手とも思えない自分の冗談が気に入ったのか、予期せぬ高額にびっくりし、それを悟られぬために笑ってごまかそうとしたのか、そこまでは判らない。それはともかく、金額を聞かされて笑い出したのは彼女ひとりだった。あとで弁護士にこのことを話すと、そりゃ典型的なヒステリーだ、うちの家内も腹を立てるとまず盛大におっぱいをゆすぶってけたたましく笑って、それからすごい見幕で怒り出すもんだ、といった。

しかしヒステリーの前兆でなかったことは、ミチルの頭脳がきわめて冷静に機能した事実から判断できた。彼女はこう質問した。

「仮りにどなたかが要らない、とおっしゃった場合は、遺産はどうなるのかしら」

わたしは弁護士から聞かされた話を慎重にくり返した。

「結論としてですね、辞退者もしくは死亡者がでた場合ですが、残った人々の取得分は問題なく平等にふえることになります」

「ま、わたくしとしたことが。どうかたしなみのない女などとは思わないで下さいましな」

いきなり彼女はそういうと手の甲を口にあてて、またかんだかい声で笑った。純真無垢とでもいうか、まるで童女のようにあどけない笑い方だった。こうしたとき、ふくよかな右の頰に小さなえくぼができる。

それから二十分ばかりたった頃、わたしはさわやかな気持を抱いて辞去することにした。この日のうちに四国へ渡ってどこぞの旅館に一泊し、明日は善通寺に住む宮嶌奈美を尋ねなくてはならない。

9　宮嶌奈美

岡山駅を出た列車はすぐに本線とわかれて、瀬戸内海へむかう。小さな駅をいくつか過ぎて待望の瀬戸大橋にかかったが、時刻が夜の八時を廻っているものだから見えるものといえば灯台のあかりと、橋の下をくぐろうとする船の灯火だけだった。しかし帰途には心ゆくまで眺めるチャンスがある。わたしは失望することもなく二本の缶ビールをあけていた。

善通寺駅をおりたときには小雨が降っていた。傘を買うほどのこともないので濡れるままに歩いた。そういえば月形半平太（つきがたはんぺいた）も四国の生まれだ、そんなことを脈絡もなく考えながら、駅前のメインストリートをホテルへ向って急ぐ。わたしが歩く歩道は商店が並んでいるのに、車道の向う側はどの家も灯火を消して早くも寝込んでいるようだった。駅前通りであるからにはもっと活気があってもよさそうなものなのに。

かなり歩いたところにグランドホテルはあった。気持のいい旅館があると聞いて予約をしたのだが、景気のいい名前とは逆にちんまりとしたホテルだった。しかし静かで清潔で、わたしはすっかり気に入ってしまい、ベッドに横になったまま深夜テレビにつき合ってつい夜更しをすることになった。

一夜あけると雨はあがっていた。朝めしをすませてホテルを出るころは陽ざしが眩しいくらいだった。四国に来たという感じが強くした。

昨夜のメインストリートを逆に駅へ向って歩く。夕べは暗かったのでわからなかったけれど、灯りの見えない一帯は学校やお役所の集合した地域で、表示板には文京町としてあった。どれも敷地を広くとっていて、しかも建物が立派である。善通寺市の財政はかなり豊かなものに相違なかった。わたしは女子短大の前で足をとめ、通学してくる若い女性をながめた。ポケットマネーのありそうなものはスクーターで乗り込む。そこまで贅沢のできない学生は自転車に乗ってくる。みんな明るい屈託のない表情をうかべていた。学ぶことが楽しくてならぬといった顔である。勉強するのがそれほどまでに楽しいことなのであろうか。わたしなんかはエスケープ専門だったのに。たいていは公園にいって独りでボートを漕いでいた。わたしの腕力は、このときに身についたものである。

大通りと並行して走る小さな道に入った。宮嶌奈美の住所はこの生野本町（いかのほんまち）にある。わたしは一軒一軒の表札を確認しながら進んでいった。小ぢんまりとした住宅の並ぶ一画で、どの家も生垣をめぐらせていた。

道の反対側は官庁や学校の裏手にあたっている。わたしが思わず足をとめたのはフェンスを張った高校の運動場の前だった。ここも空間がたっぷりとってあって、同時にサッカーの試合が二組もプレイできそうな広さを持っていた。もう少し若かったらおれもボールを蹴ってみたい。そう思いながらふり返った処に、奈美の家はたっていた。奈美が女性であることは岩国のミチルから聞かされていたので、正直なことをいうとわたしの胸は期待感でふくれ上がって、正にはち切れそうだった。

奈美の家は檜(ひのき)の垣にかこまれていた。そう大きくはないが白い壁と赤い屋根の、ちょっとしゃれた建物であった。蒼空と瓦の色があざやかなコントラストを見せている。小さな庭には形ばかりの花壇があって、丈(たけ)のひくい草花が植えてあり、白と黄色の素朴な花をつけていた。名前は知らない。

インタフォンで名を告げると、ちょっともつれ気味の足音がして、ドアが乱暴にあけられた。奈美は四十をちょっと過ぎた歳頃の、弓形のほそい眉と大きな目が特長の派手な顔つきをしていた。どちらかというと肥り気味で、肉感的なタイプだった。わたしは痩せた女は好みではない。なんだかデクの坊を抱いているような不満を覚えるからである。女は肥満体にかぎる。

「あらまあ探偵さん」

アルトとでもいうのだろうか、彼女は低い声でいうと大袈裟にびっくりしたような顔をした。

「遠いところをご苦労さま」

遠路をねぎらってくれたのはいいが、少しばかり呂律(ろれつ)が怪しい。顔もうっすらとピンクに染まっている。

「いいとこに来てくれたわね。一杯呑みながらお話ししましょう。小説にでてくる探偵さんはみんな呑ン兵衛なんですもの、あなたもお呑みになるわよ、ねえ」

「まあ、どちらかといえば呑めるくちですけど」

わたしはちょっと謙遜してみせた。真っ昼間に、人妻からアルコールをすすめられるのは初めての経験だったから、いきなりパンチをくらったボクサーみたいに、いつもの調子がでなかった。

「失礼だけど台所にとおっていただくわ。だってあたしキッチンドリンカーなんですもの」

通されたのはよく片づけられたダイニングキチンだった。そんなに広くはないが大きな窓が二つもあるので、白い壁が目にしみるようである。わたしはそっと戸棚を一瞥した。ホーローびきのカラフルな湯呑があれば子供がいると判断して間違いないのだが、そこに並んでいるのは値のはった皿や紅茶カップのたぐいだった。ちょっと間をあけて、めおと茶碗が所在なさそうに並んでいる。

奈美はかなり酔っているとみえ、ふらつく足取りでグラスを取り出したり洗ったりしてくれた。白いカバーのテーブルには氷の入ったガラスの容器や、サラミソーセージとチーズをのせた小皿が並べられていく。そしてバーボンの瓶が一本。消し忘れられたテレビは歯磨きのCMを流していた。ワイルドターキーを馳走になりながら「商談」を始めた。奈美はほとんど口をはさまずに聴いている。ときどき「いいわねえ」とか「夢みたい」とか合いの手を入れるほかは頷いているばかりだった。が、話が一段落したとたんに、人が変ったように天井を向き大きな口をあけて笑い出した。わたしは昨日会った大田黒ミチルを思い出した。ある種の女性は、大金が転がり込むと聞くと冷静ではいられないとみえる。奈美は白い喉を痙攣させて、失神するんじゃないかと思ったくらいだ。

わたしは呆気にとられて、グラスを持った手を膝にのせていた。

「別れた亭主が知ったらくやしがるわよ。あいつ、女をこしらえると飛び出していったの。お前にゃ飽きたと言い残してね。この噂を聞いたら地団駄ふんでわめくわよ。いい気味」

ふと見ると大きな目が涙でいっぱいになり、片方の目尻からあふれて顔をぬらしていた。大笑いをしたせいか、捨てられた無念さが改めてこみ上げてきたせいか、わたしに判断できるわけもなかった。わたしは口をはさまずに黙って酒を呑んでいた。そして奈美がキチンドリンカーになった理由がわかったような気がした。

急にしずかになったことに気がついて目を向けると、奈美はイスからずり落ちそうな恰好で眠っていた。その姿は、わたしがどこかで見た堕天使の絵を思いださせた。肉感的でありながらあどけなく、奈美にはそれなりの魅力がある。彼女を捨てた亭主の気持がわたしには理解できなかった。

10　牧田数夫

牧田数夫は愛媛県の大洲（おおず）に住んでいる。列車時刻表でみると駅名は伊予（いよ）大洲となっていた。全国各地にある小京都と呼ばれるものの一つなのだそうだ。小京都と称するためには最低限三つの条件があって、城下町であること、盆地にあること、そして清流のあることだという。ま、全国いたる処に「銀座」があるのと似たりよったりだろう。

宮嶌家を後にしたわたしは、まだ時間があったが善通寺駅に向うと、キヨスクで朝刊を求めて、ベンチに腰をおろした。一家四人が車の中で排気ガス心中をはかった記事がのっている。貧乏で米櫃（こめびつ）が底をついたのが動機だそうで、こっちまでしんみりとしてしまう。一方には労せずして莫大な遺産をもらう人々がいるというのに。なんだか自分のしていることが虚しいような気がしてきた。

三十分少々の待合わせで各駅停車にのる。多度津（たどつ）でおりてフォームに坐っていると、十分ほどで宇和島（うわじま）行の急行が入って来た。平日なのにほとんど満席なのは意外だった。四国の人はよほど旅好きとみえる。やっと村長さんみたいな風格の老人のとなりに空席をみつけて坐る。やれやれと思ったとたんにビールが呑みたくなったが、ふた駅を通過した頃に売り子がやって来たのでしめたと思い、早速半ダース買った。空缶はあとで集めに廻るというから、四国の鉄道は至れりつくせりである。

ひと缶を呑みほしたところに検札がやって来た。大洲着は何時何分かと車掌に質問する。向い合って坐った男がそれを聞いてわたしに笑顔をみせた。まだ若い、黒い髪をひたいにたらした一見ダンディふうである。

「大洲は村上（むらかみ）水軍発祥の地です。ボクの祖先はその一員だったんです、アハハ」

水軍といえば格好いいが、要するに海賊ではないか。その荒くれ男の子孫が五百年たてばこんなおボッチャマふうになる。ふしぎなもんだ。そう考えながら話相手になっているうちに、彼の下車駅に着いた。わたしはいささか地理音痴の気味があって、そのせいか高松と松山、高知がこんぐらかってはっきりしない。この青年がサイナラと挨拶をして降りていったのが高松だったか松山だったか、はたまた高知だったか、一向に判然としないのは老人の予備軍になったせいだろうか。困ったものだと思う。

列車は瀬戸内海沿いに走るから車窓の眺めに飽きることがない。快晴のせいか海の色がひときわ鮮やかだった。その風景のなかに蜜柑（みかん）畑が目立つようになった頃に、伊予大洲に着いた。蜜柑と思ったのが伊予柑であることに気づいたのは、その夜の宿で夕めしを喰って、食後のデザートに手をのばしたときのことであった。

伊予大洲駅は善通寺のそれと同じくらいの大きさだった。フォームにおりて駅名板をみると、伊予の二字が遠慮がちに小さく書かれている。いくら水軍発祥の地だからといって縮こまる必要はあるまい。もっと胸を張ったらよかろうと思ったが、それはまあよけいなお節介だろう。

広告をみたと名乗り出た牧田数夫は、死んだ母親のことをかなり精しく語った後で、もし訪ねて来るときは駅前からタクシーに乗るように、徒歩では道が複雑で迷い児になるおそれがある、と弁護士にいったのだそうな。だからわたしは忠告どおりタクシーを拾った。初老の運転手はなかなか親切で、この菓子屋のしぐれ餅はうまいとか、これがおはなはん通りで、昔あのドラマが放送されたときは町中がひっくり返るほど大騒ぎをしたとか語って聞かせた。わたしが腰を浮かせたときにはおはなはん通りは過ぎてしまい、片鱗すら眺めることはできなかった。

「駅の売店でも売っていたが、そのしぐれ餅ってのは何だね？」

「製法は知りませんけど、蒸し羊羹にもう少しメリケン粉を練り込んだようなうす甘い菓子です。腹持ちがいいもんですから、わたし共も多忙でめしを喰う暇がないような場合は、これを三つ四つたべてから乗るようにしています」

「戦国時代の兵糧みたいなもんだな」

百聞は一見に如かずという。わたしも帰りには買ってみようと思った。

車は市役所の立派な建物の前をとおり、それに沿って右折した。一変してそこは閑雅な住宅地帯になっていた。病院があり医院があり、幼稚園もあった。陽を浴びながら園児たちが庭でおユーギをしていた。善通寺市には比ぶべくもないにせよ、ここも文教の町なのだった。民家のなかにはバルコニーにパラボラアンテナをセットしたものが少なからずあった。いまの時点で、それは富を誇るためのステイタスシンボルなのだろう。わたしが住む傾きかけたアパートにこのアンテナが取りつけられるのは、果していつの日のことであろうか。

大洲高校がみえて来た。なんでも徳川時代に中江藤樹（なかえとうじゅ）というえらい碩学（せきがく）がいて、大洲高校はその庭の一部に建てられたのだという。車は高校の正面までのぼりつめると、左に曲ってなおも進み、正面の山のふもとで停った。

「番地はここですから、降りて探して下さい。なに、その番地の住宅は四、五軒しかないです。ゆっくりと表札をみて歩いても二、三分で見つかります」

納得して料金を払った。朝はやく雨が降ったのだろうか、木々の葉も道路もしっとりと濡れていて、気持がよかった。

運転手のいったとおり、二軒目で牧田数夫の家を見つけた。

「やあ、私立探偵さんですか」

この家のバルコニーにもパラボラアンテナが居坐っていた。声はそのバルコニーから落ちるように聞こえてきた。探偵に私立も国立もあるものかと思いながら、上を見た。

「牧田さんですね？」

目がいたいほどに眩しかった。庭の広葉樹の葉も寒天をぬったように照りかがやいている。

「そろそろ到着するんじゃないかと思って待っていたんですよ。入って下さい、カギはあけてあります」

ずぼらな男だな、とわたしは胸のうちでつぶやいた。気心の合った仲間とオイチョカブでもやろうというならともかく、はるばる東京から来た客ではないか、手前が降りて来るというのが礼儀というものだ。

うすっぺらなドアを開けると男物のサンダルがころがっている。上がり框に二足のスリッパがあったのでそいつをつっかけて、正面の階段をのぼった。牧田は二階の正面につっ立ってわたしを待っていた。

「天気が恢復してよかった。昨夜の四国はかなりの雨でね」

「わたしはお天気男でね、行く先々で晴れるんです」

いい加減なことをいっておいた。まともに対応するほどに値打ちのある男とは思えない。

通されたのは六畳の和室だった。二方の壁に本棚がある。余程の瀬戸物好きとみえ、その本棚の上にはむやみやたらと陶器がのせてあった。壺があり一輪ざしがあり、なかには今戸(いまど)焼きの狸まで混っているといった按配だ。

「賑やかなもんですな」

いくら何でも「いいご趣味ですな」と見えすいたお世辞をいうわけにはいかなかった。牧田は満更でもなさそうに目尻をさげて笑った。

牧田はわたしより三センチは高く、どんな職業に従事しているのか知らぬけれども、かなり腕力もありそうだった。クリーム色のポロシャツからつき出ている腕は太くたくましくて、外国人のように黒い毛が生えている。

一見したところ粗野な感じを受けるが、それを救っているのは彼の声だった。鼻にかかった優しいハイバリトンでものをいう。陽焼けした顔は目鼻だちが整っていて、旅役者の血をひいているだけのことはある。

卓上には赤い胴体の大きなポットと、盆にのせた茶道具が用意されていた。牧田は慣れた手つきで茶をいれる。もしかするとこの男は独身なのではあるまいか、と思った。いい齢をして独り身なのはどう見ても不自然であり、こういう男性をわたしは信用しないことにしている。かつてわたしが扱った事件の主人公はベテランの結婚詐欺師だったが、彼もまた独身で、手際よく緑茶をいれたものだった。

「粗茶ですが」

牧田は茶と甘納豆をすすめてくれた。わたしはひとくち啜ってから、話に入った。

牧田は居ずまいを正して聞いていた。そして話が終わるか終わらぬうちに、税金はどうなるのだろうかということを質問した。酷税にあえいでいるわれわれにすれば、それにどう対処するかという問題を無視するわけにはいかないのだが、いままで歴訪して来た何人かの男女のうちでズバリこの点に言及したのは牧田がはじめてだった。

「その件については追って東京の弁護士からアドバイスがあります」

わたしの口調はちょっとつっけんどんになった。牧田の口から左吉翁の死を悼む言葉はひとこともでなかった。そして伯父の好意に対して一片の謝意ものべることもない。そのことについてわたしが腹を立てるのは筋違いであることは重々承知していたものの、つい言葉の調子にあらわれてしまったのだ。

牧田が旅役者の父親をどう思っているか、母親の死後どんな人生を送ってきたのか、わたしとしては訊ねたいことがいくつかあった。

わたしは少し口調をやわらげた。

「二、三質問をさせてもらいます」

「ああ、どうぞ」

「旅役者だったお父さんをどう思っていますか」

彼は即答を避けて、ちょっと間をおいたのは、質問の意味をさぐるためだったのだろうか。顔を上げると、なぜそんなことを訊く必要があるのかと反問した。

「順序として、ですよ。順序というより話のきっかけかな」

「まあどうでもいいことですけどね。母は捨てた父を最後まで愛していたような気がしますね。なんといっても子供までなした仲ですから、捨てられたことに対する怒りと屈辱は骨の髄までしみとおっていたでしょうが、ときどき蜜月時代のことを追想したりすることがある。たぶんそうした瞬間だろうと思うのですが、和んだ表情をうかべて、『お父さんは決してわるい人じゃなかったのよ』といったふうのことを、ぽつりと漏したものです。といっても勝気な性格の女性でしたから、そうめそめそしてはいません。わたしがそんな感想を聞いたのも、ほんの二、三回というところですかな」

わたしは無表情をよそおって、その実熱心に聞き耳をたてていた。

「お前のお父さんはいい人だった。ただ女に甘いのが欠点だったのよ。そういったのは、わたしが小学校の上級生のときでしたが、いくらわたしが小学生でも、おふくろはいまもって親爺に未練があるんだなぐらいのことは解りますよ。そう、ついでにいっときますけど、風の便りってやつによると、どうやら親爺は健在のようです。だからといって、べつに逢いたいとは思いませんがね」

かなりの長広舌だった。母親がもとの夫に未練のあることを語って、自分もまた父親に未練のあることを告白したのではあるまいか、とわたしは考えた。そして、「逢いたくない」という彼の言葉をそのまま信じていいものかどうか、黙って思案していた。

「……これで質問に対する返事になっていると思いますが」

「お父さんはまだ役者をしていらっしゃるんですかね」

「あちらこちらの老人ホームから頼まれて、一座を引きつれて芝居を打っているようです。

大道具や小道具をワゴン車に積んで出掛けるという話です。雀百まで踊り忘れぬといいますが、役者も似たようなもんで」

一座といっても家族で構成した小さなグループらしいという。牧田の父親はまだ五十歳台の前半に当るはずだから、白く塗れば二枚目役者として通用するだろうし、相手役を自分の細君がつとめれば出費をおさえることができる。「重の井子別れ」なんかをやるときの子役は自分の伜なり孫なりを使えばいい。

「あなたはどうやって育ったんです？」

「どうやってと訊かれてもねえ。ありふれた母子家庭だったと答えるほかはありませんな。母ひとり子ひとりのね」

「もうお解りだと思いますが、桁はずれの遺産がからんだ調査ですから、わたしも慎重の上に慎重にやらなくてはならんのです。つまりわたしの調査に遺漏があってはわたしの責任問題になる。いうまでもないことですがあなたのケースは特殊で、消息を求めた新聞広告をみて名乗り出た。こうした場合に、あなたが本物であるか偽者であるかという点でしつこいくらいの審査をされるだろうということは、百も承知だろうと思います。いいかえれば、牧田さんには自分が牧田数夫であることを立証する義務があるわけですよ」

「解ってます。なみ大抵のことでは納得してくれまいということもね」

「それならわたしも質問し易くなります。あなたが生まれた時分、というのはご両親が一緒に住んでいられた頃の意味ですが、どこにいらっしゃったのですか」

二人の問答はテープレコーダにおさめると同時に、メモにとった。テープにとった声は、語り手の発音が曖昧だと、再生したときに何をいっているのか判断ができないことがある。わたしのひどい悪筆も、意外に役立つ場合があるのだった。このときのQ＆Aで判ったのは、離婚直前まで兵庫県の龍野に住んでいたこと、別れたあとは、つてを頼ってこの大洲に移り、牧田少年が十歳のときに母親が死んだこと、などであった。余子の病気は急性の盲腸炎だったという。

「出身校はどこです？」

金余りの日本だそうだが、貧しい少年が高等教育を受けることが困難である事情は、いまもって変りはない。が、意外だったのは彼が関西の私大を出ていることであった。

「失礼ですが学費が大変だったでしょう」

「生活費はもちろんアルバイトで捻出しましたが、学費は援助してくれる人がいたんです。

全額ですよ。さもなければ高校どまりでした」

「また失礼な質問になりますが」

わたしはそうことわって奇特な人の正体をたずねた。

「匿名の送金でしたが、まず牛窓の宗吉伯父に間違いないと思います。毎月きちんと送ってくれましたから、かなり資力のある人だということは見当がつきます。仮りにたとい親爺がわたしを不憫に思ったとしても、その日暮しの旅役者ふぜいにはできないことだと思いますね」

「最後まで名乗らなかったわけですか」

「いや、無名では送金手続がとれませんから、田中太郎という名でしたよ。いかにも偽名でございという名前でね。わたしにしてみれば大変にありがたいことですから、信金気付で田中太郎氏に礼状をだしました。中途で打切られては困りますから、毎月礼状を書いています。戻って来ないところをみると、ちゃんと届いていたのでしょうが、卒業するまでの三年間をつうじて手紙を貰ったことはただの一度もなかったですね」

「金額は？」

「x万円だったかな。卒業したとたんに送金はなくなりましたけど、何だかこう、水道の栓をひねって水漏れをとめた、そんな感じを受けましたよ。でも、ありがたかったですね、感謝しました。シンデレラ物語なんて架空の愚にもつかぬお伽噺だと思っていたんですがね」

「送金主が宗吉氏だと考えたわけを、もっとくわしく」

「あれだけの金額を遅滞なく送金しつづけてくれたことから、さっきいったように財力のある人だということが判ります。それに、かなりワンマンだということもね。それから、母が亡くなったことやわたしが大洲市に住んでいるという情報を掴み得るものとなると、いまいったようにわたしの父か伯父のどちらかです。もう一つ、総領息子としての古風な責任感……。要するに消去法でチェックしていくと宗吉伯父になるんですよ。おそらく伯父は、あなたみたいな探偵を使って、わたし達親子の動静を摑んでいたのだろうと思ってます」

わたしは頭のなかで忙しく打つべき手を考える。宗吉が送金主であるかどうかは、信用金庫を調べれば容易にわかる筈だ。数夫が愚かな嘘をついていたとするなら、一両日のうちに馬脚（ばきゃく）をあらわすことになる。人並みの教育を受けた彼が、調べればすぐ真相がわれるような単純な嘘をつくわけはなかろう、とわたしは判断した。

「それでは小森左吉氏の遺言について説明をします」

と、わたしはおごそかに伝えた。のりとを唱えるときの神主みたいな声になっていた。

11　小森宗右衛門

四国に渡るときは夜だったので、瀬戸大橋上からの眺望はゼロに近かった。そのマイナスを取り返そうと思って、岡山行の列車の窓から中腰になって辺りを見廻した。大洲駅で買った駅弁を開いたのは瀬戸内海を渡り終えたときだった。慌てて弁当をつかい、それを喰べてしまって空箱を紐でくくったときに、列車は速度をおとして岡山駅についた。ここを起点にたくさんの支線が延びているだけあって、賑わいだ大きな駅だった。やたらに吉備（きび）団子の売店が目につく駅でもあった。

大洲を発つ前に電話を入れておいたものだから、小森宗右衛門は先に来て待っていてくれた。場所は駅前広場の噴水池の前。で、ここにも桃太郎の像が立っていた。噴水のしずくがガラス玉のように光を反映している。汗ばんだ膚(はだ)がひんやりとしてくる。

「いや、どうもどうも」

宗右衛門は意味不明のことをいい、目を眩しそうに細めた。いままで会ってきた男女のなかでこの男がいちばん大きな目をしている。その分だけ太陽光線をとり入れる量が多い理屈になる。サングラスをかければいいのに。

「どこで話をしましょうか」

「駅の喫茶店はにぎやかすぎてだめです。落着いて話を聞くには城趾公園がいいでしょう」

前以(まえも)って考えていたのだろうか即座にそう答えると、わたしの腕をつかんで広場を横断して、市電の発着所へ向った。東京では一部を除いて見かけることのできなくなった路面電車が、ここでは市民の足としての存在価値を認められている。心なしか電車も喜々として走っているみたいだ。

席に坐り発車したかと思うと、もうそこが公園だった。

二人はお堀のふちに腰をおろした。ウィークデイのせいだろうか閑散としていて、誰に遠慮も気兼ねもなしに喋ることができる。疲れたら草の上にあお向けに寝ればいい。喫茶店に比べると万事が便利である。

宗右衛門は数日中に海外へいくのだといった。

「どちらへ？」

「パリです。ちょっと見たいものがありまして」

宗右衛門はまるで豆腐屋へおからを買いに行くような気軽さで答えた。戦前の文士に、パリに行きたいと思うがパリは余りにも遠いという詩だか随筆だかがあった。いまはこのベレをかぶった画学生のなりそこないみたいな男まで、安直にフランスへ出かけるのである。右の文人は嚢中ゆたかでないためにパリに憧れつつ老いて死んでいったことと思うが、彼がもし宗右衛門のパリ旅行を知ったとしたら、テーブル叩いてくやしがることだろう。

堀につがいの白鳥が浮んでいる。その白鳥に似せたボートが小さな波をたてながら円を描いている。ひと組のアベックがペダルを踏んで前進しようとしているのだが、男の力が強いために片方に廻ってしまうのだ。少し脚力の加減をすればよさそうなものなのに、そこまで知恵がまわらぬようである。

「一族のあいだで左吉叔父の評判は決していいものではなかったんですよ。だってアメリカに渡ったとたんに音信不通になってしまって、おやじの両親が亡くなっても連絡のとりようがなかったくらいですから。そんなわけで左吉叔父が死んでも格別の感慨はなかったのですが、大枚の遺産をのこしてくれたとなると話は別です。われながら現金な男だわいと思います。でもね、額に汗しても稼げないほどの大金をくれるというのですもの、こうなるともうなり振りかまっちゃいられない、というのが偽わらざるところでしてね。あとの従兄弟たちがどんな反応を示したか、近くにいないのでうかがい知ることはできませんが、その点については皆おなじなんじゃないかと思いますね」

「そうとばかり断定することはできないでしょう。はじめは本気で辞退した勇敢ないとこさんがいましたからね。といっても、あとになって受け取ることを承諾なさいましたが」

「そんな臍曲り(へそまが)がいるとは我が一族の誉れです」

と、宗右衛門は笑った。赤い半袖のシャツは着る人によってチンドン屋の太夫か猿廻しのエテ公みたいに見えるものだが、宗右衛門の場合は見事なほど板についていた。調教師が猛獣を飼いならすように、彼は足下に赤シャツをねじ伏せていた。宗右衛門はどうやら生来のダンディであるらしかった。東京でセンスを磨いたというか、鳶(とんび)が鷹を生んだとでもいうか、喋り方もちょっとした物腰も非常に洗練されており、しがない探偵稼業のわたしなんかの及ぶべくもない上品さを身につけていた。そしてやや離れ気味についた、いつもうるんでいるような大きな眼。この眼に見詰められただけで、たいていの女は意思を失った操り人形のようになってしまうのではあるまいか。

「遺産なんて要らないといった者がいまのところ一人だけいた、そうおっしゃいましたね？いまの処というのはどういう意味ですか」

「答えは簡単です。あなたを含めて、まだお会いしていない方の数名がイエスというかノーというかわたしには解りませんから」

宗右衛門は端整な顔に微苦笑をうかべた。

「いま書類をお見せします。それに署名捺印された瞬間に、変人は一人しかいなかった確率がさらに高まるわけですがね」

「それまで待つことはありませんよ。ありがたく頂戴します。印鑑も用意して来ました」

彼はそそくさと立ち上がると、「ちょっと失礼」といって木の枝にかけた上衣のポケットをまさぐった。手にパーラメントの箱を持っている。

「興奮すると吸いたくなるたちでしてね」

「わたしも断煙したんですよ」

「そりゃ偉い。ぼくも何度か禁煙しようとしたんですが、その度に挫折して意志の弱さを痛感しました。で、大抵の人はドロップをしゃぶるかチューインガムをくちゃくちゃさせるかするそうですが、あなたはどっちでした？」

一瞬であるが言葉につまった。わたしがそれ用に持っているのは離乳期の赤ん坊が用いるゴムの乳首なのだ。あれを口に入れて五分間ばかり吸っていると、ふしぎに気がしずまってくる。ニコチンの誘惑などいつの間にか消滅している、といった寸法である。だがこれはわたしのトップシークレットだった。不細工な顔をしていて喧嘩が大好きというわたしが、たとえ禁煙のためとはいえあんなものをチューチューしゃぶっているなんてことは、拷問されても白状はできない。

「……ま、ガムが一番ですな」

わたしの返事がちょっと遅れたことを怪しむように、宗右衛門は夕バコの煙越しにわたしを見詰めた。

堀の白鳥はまだ同じところで泳いでいる。白鳥のボートはいつの間にか姿を消していた。あたりには依然として人の子ひとり見かけない。

「どうです、こんな場所で署名をおねがいするわけにもいかない。どこかしずかな喫茶店に行きませんか」

即座に同意した宗右衛門は立ち上がってズボンについた草の葉を落とした。

「店はお堀の向うにいくらもありますが、静かな処というと公園のなかのほうがいいでしょう。少し先に夢二（ゆめじ）の『宵待草（よいまちぐさ）』の碑があるのですが、喫茶店はその近くです」

公園のなかへ入るにつれて子連れの若い夫婦だのアベックだの、なかには夢二の歌碑を見に来た旅行者ふうの中年男がいたりした。

「あれです」

といって指さしたのは平屋の建物だった。寒村の村役場といわれればそう見えぬこともない。過疎の村の小学校だと聞けばそう思われぬこともない。棟の中央に入口があって左の半分にはなにやら展示をしているようだったが、わたしは物見遊山に来たわけではなかったから、格別に注意は払わなかった。二、三人の男が黙々としてガラスの陳列ケースを覗き込んでいる。

宗右衛門が連れ込んだのは右手の棟だった。イスとテーブルが並んだ村の小学校の給食室、とでもいったおもむきの部屋である。女の係員が一人いて、わたしはコブ茶を、宗右衛門は抹茶を注文した。向き合って坐わり、宗右衛門がパーラメントをくわえたところに、抹茶とコンブ茶がでた。小皿に菓子がひっそりとのっている。他に客はいなかった。

「お宅が本家筋なんですから、最初に訪問するのが順序でしたが」

宗右衛門は品のいい顔をゆっくりと横に振った。

「旅先から家に電話を入れたとき、その話を聞きました。わたしが沖縄にいたのではどうしようもない。それにね、わたしは政治家じゃないんだから、序列がどうだなんてことは気にかけません。で、誰と誰を訪ねられたんです？」

わたしは指を折りながら、歴訪した人々のことを掻いつまんで報告した。製薬会社の部長が話題になると、ふっと苦笑して、「六郎さんならやりかねない、子供の頃からいっぷう変だったそうですから」といって苦笑いをうかべた。さすがに本家の人間だけあって、いとこ達の情報はよく知っていたが、余子叔母さんについては首をよこに振るだけだった。いままで大洲で会っていたことを語ると、彼は数夫の名と住所を手帖につけ、わたしの調査に敬意を表するといった。

更にわたしが精しい話をしようとしたとき中途で遮って、人好きのする笑顔になって提案した。

「どうですか、岡山駅の真向いのホテルに感じのいいバーがあるんです。そこに席を移して呑みませんか」

酒と聞いた瞬間、だらしのないことだが血が騒いだ。宗右衛門がいなければ舌なめずりをして踊りだしたいくらいだった。わたしは一も二もなく賛成した。

来るときとは違って、駅までは歩いて戻った。大した距離ではないから、ゆっくりと談笑しながら歩いていける。宗右衛門はかなり博識で話題も豊富だった。なにか話しかけたのにわたしがその方面に無知であることを察すると、相手に恥をかかせまいとしてさっと話題を変えるのだが、その変え方が感嘆の声をあげたくなるほど見事だった。わたしは徐々にではあったが宗右衛門が好きになりかけていた。


ホテルのバーは地下二階にあった。地上の喧噪から解放されたわたしは、すっかりリラックスした気分になって、昼酒を呑んでいる後ろめたさからも解放されていた。まずは駆けつけ一杯というわけでアメリカのなんとかいうハードボイルド探偵が愛飲していたギムレットを呑み、スティックに刺されたスタッフド・オリーヴを口に入れた。輸入物とちがった歯ごたえがあったのでマスターに訊いたら、この近辺には幾つかのオリーヴ園があって、そこの産なのだという。運賃と輸入税をかけて外地産のものを使うには及ぶまいと思った。

やっと人心地がついた、とでもいったところで、わたしはグラスの横にメモをひろげた。大体の話は公園のなかで語っておいたので、ここではさわりの部分をのべることにした。宗右衛門は長い指で髪の毛をもてあそぶようにしながら、黙って耳を傾けていた。漁師の息子に不似合いな、白くて細い指だった。

「親爺がそんなことをしたですかね。聞いたことないなあ」

話が終ったとき、もの憂げな声で感想をのべた。それからちょっと間をおいて、父親ならやりかねないことだといった。

「でも、親爺ならばそんなことはやり兼ねないと思いますね。一族の総師(そうすい)という意識はかなり強固というか強烈というか、はっきりとしたものを持っていますから。その点、早い話が左吉叔父に比べるとまるで違います。左吉叔父は極端な例ですけども、月恵叔母にしたって雪恵叔母にしたって、家の意識あるいは族の意識は程度の差こそあれ稀薄なもんだと思いますよ。だが親爺はべつです」

「つまり、小森一族を誇りに思っていたと」

「それとも違いますね。新興の網元ですから、それ以前の祖先なんてそれこそ名もない雑草みたいなものだったでしょう。しがない貧乏漁師でね。ですから一族といったってたかが知れてる。それよりも愛ですね。家を出た末の妹に対する愛、彼女が生んだ未知の甥に対する愛、そんなところでしょう」

「つまり優しいお父さん？」

答える前にボーイに合図をした。

「なにを呑みますか」

「もうたくさん。これ以上呑むと二日酔いになってしまう」

「それじゃ軽くカンパリがいいでしょう」

呑みたりないわたしがなぜこんな甘い酒をなめなくてはならないのか。運ばれた真赤な液体にしばらく手を触れずにいたが、考えてみればわたしは仕事のために巡礼をつづけているのだ。そして仕事のときは好きなアルコールを絶った。駄菓子屋で売っているみかん水に類するものを呑むことにしているのである。

わたしはカンパリソーダをなめた。そして、いつ呑んでもまずいカクテルであることを改めて認識した。

「世間のひとは漁師というと荒くれ男だと思っているようですが、必ずしもそうではない。ですが波風に鍛えられていますから声は大きいし、言葉づかいは乱暴です。そういう連中の上に立つからには、親爺もかなり乱暴な言葉をつかったり、怒鳴ったりします。だから都会の父親族に比べれば野性的な人間に見えるでしょうが、ひと皮むくと人情味のある人間ですね。優しいとか優しくないとかいうのは別の次元の問題ということになりますが」

「結論をいうと、お父さんが送金したことはあり得ると」

「そうです。可能性の問題としていえばですね。あなたは父が送金したことが事実であったか、その相手が余子叔母さんの忘れがたみであったか、それを確認してもらいたいというわけですね？」

「そう」

「送金した、それも月々送金したとすると、利用した金融機関はそう遠方にあっては不便です。まずは地元の播磨信金の牛窓支店を用いたことでしょうな。わたしもそこに口座を持っていますし、高校時代のクラスメートが係長をやっていますから、難しいことはいわずに調べてくれるだろうと思っています。あなたがそれを希望されるなら、四、五日あればはっきりするんじゃないですか」

さすが都会で磨いただけあって呑み込みが早い男性だった。このあとグラスのカンパリを呑み干してしまえば、わたしの仕事は終ったことになる。

「ついでにお訊ねしておきますが、牧田一家についての消息はご存知なかったんですか。わたしがいうのはお父さんを除いての話ですが」

「あなたから教えられるまでは何一つ知りませんでしたな。もし両親なり甥姪なりが知っていたならわたしの耳にも入った筈です。もう子供じゃないんだから」

宗右衛門はうす笑いをうかべてわたしを見た。

「ですから、親戚の誰もが情報を持っていなかったんでしょうな。ことによると、いま以って母も送金の件は気づいていないかも知れません」

「もう子供じゃないから耳に入ってもおかしくないというのは、どんな意味です？」

「余子叔母さんの家出にまつわる一切のことをです。そんな叔母がいたことさえ伏せておかれた。わたしに内証にしていたのは、旅役者のあとを追いかけて家出したなんて話は小森家にとって不名誉きわまりない事件ですし、わたしに真似をされたら困るという心配もあったんでしょう。なにしろわたしは網元の三代目にふさわしくないひ弱な子でしたから、まかり違って旅役者にあこがれでもされたら一大事ぐらいに思われたかも知れませんね」

「余子さんのことを知らされたのはいつ頃のことですか」

「そうねえ」

　グラスをそっと置くと、テーブルに両肘をつき両手の指を組み合わせて、そこに細っそりとした顎をのせた。

「大学に入って最初の夏休みで帰ったときでしたよ。ですが、一族にそんなふしだらな女性がいて恥かしいなんてことは思いませんでしたね。逆に、まだ封建制が残っているこの港町に、そんなすばらしい実行力に富んだ叔母がいたとは進んでいたもんだなと感心したくらいです」

「その話はお父さんから聞かされたのですか」

わたしは俗物だからこんな話になると興味津々である。

「いや、親爺じゃありません。あれはたしか、たまたま遊びに来ていたミチルさんだったと思いますね。こう声を殺して、誰にも喋っちゃだめよ、なんて口止めした上で教えてくれたんです。待って下さいよ、ミチルじゃなくって奈美さんだったかな？」

顎をのせたままのポーズで小首をひねっている。

「どちらも年長ですから、姉貴ぶるところがありましたね」

大学に入った年というと、逆算して二十年そこそこにしかならない。記憶がうすれるほどの歳月がたったわけでもなかろうに。

「捨松さんというのはどんな方でした？」

宗右衛門はまた首をひねった。酔ったとみせかけて、掌から顎を上げるのも大儀そうにみえる。

「会ったことがないのでわかりません。博士号を取得したことが出世の条件であるならば、わが一族の出世がしらですから、みんなが一目おいていたような気がします。でもこの土地が嫌いなのか小森家の面々が嫌いなのか、帰省したことがないのです。唯一の例外が祖父の金右衛門の葬儀のときですが、葬式がすむと日生(ひなせ)の旅館に一泊して、翌日は早々に発っていきました。それに対して一族の誰もが批判的な発言をしなかったのは、捨松叔父が工学博士だったからでしょう。博士だから突拍子もない行動をとっても仕様がない。一族のすべてのものがそういう考え方をしていたようですね」

「東京で会わなかったのですか」

やっと掌から顔をはずすと、まともにわたしを見た。あまり酒には強くないとみえて、眼がとろんとしている。

「上京する三カ月前に亡くなったので会うチャンスもなくなりました。月恵叔母や雪恵叔母とはちがって血のつながりの薄い叔父ですが、それなりの関心はありましたから。捨松夫人、つまりわたしの義理の叔母ですけど、この人も半年後に死んでしまって」

「残ったのは養子の六郎氏だけということになりますな」

「先廻りをして返事をしますと、彼にも会ったことはありません。同じ血が一滴もながれていない人とは、会っても仕様がないと思ったからです。それに、噂によるとちょっと癖があるという。まあわたしもどちらかというと変っていて、まともな会社勤めができない人間です。水無瀬君の場合はサラリーマンとしての才能は人並み以上にあるのですが、我を張るとか強情というか、それがいささか度を越しているんですな。わたしはそういうタイプの人は好きになれないたちでね」

わたしは黙ってうなずく。五十億円を蹴った水無瀬六郎は、どうみてもまともな男だとは思えないからである。

宗右衛門が人柄を熟知しているいとこといえば、岩国の大田黒ミチルと善通寺の宮嶌奈美ぐらいのもので、東京周辺や北海道に住むいとこ達とは殆ど没交渉のようだった。

「親爺はべつとして、わたしの代になると一族意識はうすれますね。極端な言い方をすれば、彼らが生きようが死のうがわたしの知ったことじゃない。冷たいようですが、それが本音です」

いよいよ酔いが体中に廻ってきたとみえ、彼は気だるそうに太い息を吐いた。

12 山根チルチル

羽田経由で北海道へ向う。飛行機はよく晴れた蒼空の下をとびつづけて、一時間とちょっとで千歳(ちとせ)空港におりた。ここで三十五分ほど待つと、更に北へいく小型機が飛びたつ。広大な原野の上をとぶこと二十分、やがて原っぱのなかに膏薬をはぎとったような長方形の跡が目に入った。それが目ざす幌紋別(ほろもんべつ)であった。

幌紋別は町制をしいて二年、人口は一万七千という可愛らしい町だった。文字どおり人影まばらで、目についた人間は空港の職員に売店の女の子、それに子供づれの降車客（飛行機からおりた客を何といえばいいのだろう。いまや長距離バスなみの乗り物になったのだから、一応は降車客でも通用することだろう。が、この辺で呼び名を決めておかないと、紀行物を書く作家なんかが困るんじゃないか）ぐらいのもの。そんなことを考えながら待合室をとおりぬけようとしたとき、ベンチに坐っていた肥った女がいきなり立ち上がると、熊みたいに吠えながら小走りに寄って来た。

「あんた探偵さんでしょ、待ってたのよお」

声がどでかいので、わたしは反射的に身構えた。そしてこれまた反射的に、この女が山根チルチルだなと直感した。四十前後の大柄な女性で、雪国の住人にふさわしく色白だった。少なくともわたしより五センチは高い。ついでにいえば、わたしの身長は一・七五メートルある。

「そうだよね、あんたの他に男はいないもん」

わたしが気を呑まれて棒立ちになっていたものだから、彼女はそうひとりごちて勝手に納得した。

北海道特産の羆のステーキを喰って、バターをぬった男爵薯をたらふくたべているとこうなる、というサンプルみたいな肉体派である。しかもこっちが恥ずかしくなるような派手な化粧をしていた。

「あなたが山根チルチルさん……？」

わたしは敵が男である限り千万人なりとも我れゆかんの気概を持っているが、相手が肥って大きな女性となるとどういうわけか及び腰になる。医者にいわせれば一種の心理的アレルギー反応ということになるかもしれない。

「決ってるじゃない。それともあたしがサッチャー首相だと思ったの？」

下手なしゃれをいって、のけぞって笑った。わたしの来意は手紙で伝えてあるから、それで機嫌がいいのかな。それとも元来が陽気なたちなのか。

「わざわざ出迎えてくれたというわけですか」

「だわよ。北海道は広いんだから、わたしが迎えに来なけりゃ迷い子になるじゃん」

山根チルチルはわたしに寄り添ったかと思うと、太い腕をからませて来た。同じ血をわけた姉妹でありながら、チルチルとミチルとはその外貌においてもその性格においても、かなりの違いがありそうである。共通しているのは天井を向いて笑うところぐらいだ。

「先月のことだけど大阪から来た人が道に迷って牧場に入りこんでね、羆にたべられちゃったという事件があったのよ。どうやらその人、芋をとりに来た羆と鉢合わせをしたらしいのね。残ってたのは片方の靴だけだったって新聞にでていたわ」

わたしは前にもいったとおり羆にもアレルギーの気味がある。聞いているうちに総毛立ってきた。肌に粟を生じるっていうやつである。

「もう一方の靴は喰われてしまったのですか」

「決ってるわよ。羆は牛の革が好きなの。だから土地の人は晴れた日でもゴム長をはいてるんだけど、大阪の人間はそんなこと知らないもの。町の人は気の毒だって同情してたわ」

わたしは気が遠くなりかけた。何の因果かいま履いている靴はスーパーの特売で手に入れた（正確には足に入れたと書くべきかも知らないが）牛革のメッシュである。

「心配しなくてもいいわよ。死んだ主人が使っていたゴム長があるから、あれを上げる。穴があいているけどこの際贅沢はいっていられないでしょ？」

思いのほか親切な女だ。わたしは人心地をとり戻し、つくづくチルチルの顔を正視した。幅の広い大きな顔である。眉が太く、瞼にブルウのアイシャドウを塗っている。それでも足りなくて上下の目のふちにつけまつげをくっつけていた。安物のせいであろうか、まばたきをする拍子に上下のまつげがこんぐらかるらしく、それをひっぺがそうとしてか、ときどき思い切り大きく目をひらく。

外に出るといまどき珍しい馬車が停っていた。チルチルがよっこらしょというように御者台に腰をおろして、わたしを引きずり上げてくれた。羆を相手に暮していると自然にこうなるのだろうが、することがどうも野性的であった。小笠原(おがさわら)流では生きてゆけぬとみえる。

延々と牧場沿いに走った。北海道といえばアスパラガスとビート、じゃがいもと唐もろこしの畑を連想するが、四キロいっても五キロいってもそんなものはなかった。

「畑なんて札幌の近くでなくちゃないわよ。ここは羊の町なんだから」

メリノー種がどうのこうのという話を聞かされたが、興味のないことはすぐ忘れてしまうたちだから何も記憶には残っていない。それよりも、振動するたびに腕がふれ合うことに心を奪われていた。どうやら振動するから触れるのではなくて、ゆれたふりをして腕をこすりつけるらしいのだ。チルチルは開けっぴろげの性格にふさわしく、することが積極的であった。

「羆なんてこわくないでしょう」

その逞しい腕に目をやったとき、思わずそうした質問がでた。

「あんなものを恐れていては北海道暮らしはできないわよ。このあいだなんか夜中にキチンへ入って来たんだから。冷蔵庫あけてさ、あぐらかいてジャムをなめているじゃない。図体は大きいけど、可愛いもんだわ。羆はとても頭がいい動物なの、ドアの開け方なんかすぐマスターしちゃうのよね」

「羆が可愛いとなると、あんたは世の中にこわいものなしってわけ？」

「いやなのは蛇だわね。中学生のとき修学旅行で函館にいってさ、はじめて蛇を見たときは心臓が凍るかと思った」

道南とはいえ北海道であることに変りはない。函館の蛇は七月に冬眠からさめ、八月にはもう地下に潜って、長い冬にそなえて眠るのだという。

「成長する暇がないからミミズぐらいの大きさでね。冬眠からさめて穴から出て来たとたんに秋風が吹くでしょ。日光浴をしたくてもする時間がないわけ。だからみんな白蛇なの。模様をみて識別するわけにはいかないので、札幌動物園の技師さんが嘆いていたわ。それに比べれば、内地の蛇ってみんな大蛇だわね」

「南米じゃないんだからでかいといってもたかが知れてるけど、青大将ってのは大きいですね。なにしろ大将の位をたてまつられているんだから」

わたしたちは三キロぐらいのあいだ、蛇を話題にしていた。わたしが蛇料理のフルコースを喰ったというと、彼女は「勇気あんのね、尊敬しちゃおうかしら」と呟いて、からめた腕に力をこめた。だらしのない話だが、わたしの頑丈な体がよろめいた。

わたしは女好きな男である。女好きの点では誰に比べてもヒケをとらないと信じている。それは確信といってもいい。もちろんわたしにだって好みはある。早い話が痩せた女にはあまり興がのらない。中学校の理科教室の隅にひっそりと立っていた骨格模型を抱いているみたいで、どこからか隙間風が吹いてきそうでもあるし、下手に吸うとカラカラと乾いた音をたてそうな気がする。

それに対して太目の肉感的な女性はわたしの好みだ。世間の人はソーセージというとウィンナもしくは少し太目のフランクフルターしか知らないようだが、もっと大きな、床の上に投げ出すと五分間はブルンブルンと揺れつづけていそうな巨大なソーセージがある。わたしの好きなタイプをソーセージにたとえていうならば、このでかいやつなのだ。弾力があってゴムマリを抱いているようで、それでいて敏感な対応を示すところが何ともいえない。

だが、でかけりゃいいというものではないのだ。若かった頃にヘビイ級の女レスラーと知り合う機会があったが、大味なことはいうまでもなく、寝返りを打った拍子に下敷きにされて窒息しかかったことが三度、腕を組み敷かれて靭帯をいためたことが二度ある。二度目の受難がもとでわたしの左腕は曲がらなくなり、季節の変り目にはいまでも疼く有様だった。以来、プロレス型の女には敬して近づかぬことにしているのである。だが、何たる皮肉な天の配剤であろうか、チルチルはわたしの最も苦手とするプロレスタイプの女なのだ。

馬車は車輪の音をたてて軽いステップで走りつづけている。しかしその軽やかなリズムとは裏腹に、わたしの心は次第に重たくなってきた。チルチルは見た目のとおり絶倫型の女である。いずれは泊っていけというであろうし、それを拒否することはできかねた。曠野のまんなかに放り出されたらわたしの行く処はないからだ。夜更けに宿を求めてうろついていたら凍えて死ぬか、羆に喰われて人生を終えるかは自明の理であった。さりとて農場に寝れば五体が無事である保証はない。夕食がすみテレビが終了したときにわたしの人生は最大のピンチを迎えるのである。

馬車はゆるやかな丘をのぼりつつあった。チルチルは鼻唄をうたいながら白と黒のまだらの馬にムチをくれている。久し振りに異性の客が来たというので心にはずみがついて、馬をひっぱたかなくてはいられないのだろう。やがて頂きの向う側から濃緑のポプラの梢がみえ始め、ついで丸太を並べた屋根が目に入ってきた。こうしてわたしの巡礼の旅は恐怖の幕切れを迎えようとしていた。平成三年の初秋のことであった。

13　小森宗右衛門

「で、用件があるなら、それを先に聞きたいと思うんだがね」

そうわたしが促すと、弁護士は紅茶のカップを卓上においた。それからおもむろに口のまわりを拭いた。

「小森宗右衛門という男を覚えているだろうね？」

「このあいだ会ったばかりだもの、忘れるわけはないでしょう」

「そう威張れたもんじゃなかろう。アルツハイマー病は四十代でも発病するというからな」

負けず嫌いというのだろうか、すぐに言い返す。しかしこの肥満体のおかげでめしを喰っているようなものだから、黙って聞き流した。毎度のことだ。

「その宗右衛門氏がね、きみに相談したいことがあるんだそうだ。どうせ暇なんだろうからちょっと会ってくれんかね。交通費もホテル代もあちらさんが持つ。魚がうまいし地酒がうまいし、少々日焼けしているが瀬戸内の女性は美人ぞろいだし、行って損になるわけもない。どうかね？」

宗右衛門にも会ってみたいが、酒と魚がうまいというのは、この前行ったときに確認済みだ。

「ま、あんたからそう口説かれると断わるわけにはいかないな」

とわたしは勿体をつけた。

「よし、決った。宗右衛門くんには早速そう伝えておく。こういうときは独身ものがほんとに羨ましいよ。パッと決断することができるもんな。わたしみたいな所帯持ちはまず女房に相談しなくちゃならん。かみさんてものはしんどい存在でね。古くなればなるほど……」

以下、いつもの愚痴が延々とつづくのだった。

「あ、忘れるところだったよ」

十分ちかく経過した頃に、弁護士は急に話題を変えた。

「宗右衛門くんから依頼の手紙が届いたのは昨日のことなのだが、そのなかに、きみから頼まれた田中太郎に関する報告が書いてあった。それによるとこの変名の主は間違いなく父親の宗吉氏で、牧田数夫に学費を送っていたのは間違いなくこの人だったそうな」


牛窓の泣き所はＪＲの駅から少しはなれている点にある。しかし近年は岡山駅から直通のしゃれた車体のバスが出ているので、不便さは解消された。

一時間あまり走ったバスは牛窓の小さな町の近くで右に曲がり、カーヴを描いて坂道をのぼる。登りつめた頂上に白亜の、それこそお伽噺のイラストに出てくるような瀟洒(しょうしゃ)なホテルがたっていた。女を別にすればわたしには審美眼などまったくないのだが、コバルト色の空と海にはさまれて立ったホテルの美しさには参った。宗右衛門がこの場所を指定してくれたことはありがたかった。

サロンは白塗りの階段をおりた下の階にある。大きな窓の外には瀬戸内の海がひろがり、その向うに平たく見えるのは、後で説明されて知ったのだが、屋島(やしま)であった。栃木生まれで栃木育ちの那須与一(なすのよいち)がよっぴいてヒョーと矢を射ると、はるか離れた舟の上の扇子に命中したという戦争秘話は、ここで発生したことになる。わたしみたいな朴念仁(ぼくねんじん)も昔を想ってしばし感慨にふけった。

食事どきでないせいかサロンにはほとんど客の姿はなく、宗右衛門は窓際のテーブルについて、色のついた洋酒を呑んでいた。今回の彼は白いスーツに蘇芳(すおう)色のボヘミアンタイをしめており、漁師の伜にしてはふしぎなくらい、それが板についている。テーブルクロスが白く服が白く、部屋の壁が白いせいだろうか、黒々とした長髪の彼の顔がひどく目立って見えた。

「やあ」

と宗右衛門は手をあげ、ちょっと腰をうかせてみせた。

左吉翁の甥姪のなかには妙に気取った男がいたり、典型的なキッチンドリンカーがいたりして、一様にひと筋縄ではいかない連中ばかりだったのに、東京の大学で仏文を専攻したというこの宗右衛門は例外だった。顔こそ陽焼けしているものの、高校生の頃は映画監督を志向したというだけあって、ちょっと神経質そうな芸術家づらをしていた。映画会社の入社試験に落ちたせいだろうか、いまどき映画の演出でめしが喰えそうもないことに気づいたためだろうか、結局は郷里にもどって父親のすねを齧りながら絵を描きだしたのだという。勿論、売れるあてのない絵だ。

「遠くからご苦労さま」

そつない調子で労をねぎらうと、ギムレットを注文してくれた。前回彼と呑んだのは岡山の駅前ホテルのバーだったが、わたしがこのカクテルを五杯もおかわりしたことを覚えていたとみえる。

「あなたねえ、ミステリー読んだことありますか。ミステリーってのはつまり推理小説のことですが」

わたしはミステリー好きだった。説明されなくともわかる。

「読むことは読みますがね、謎解き小説というのは頭が痛くなるんで嫌いです。好きなのはハードボイルドにバイオレンスというやつ」

「そりゃ残念。わたしは本格ものが好きでね、洋の東西を問わずよく読んでいます。このあいだ退屈しのぎに、フィリップ・マクドナルドという人の『ゲスリン最後の事件』を読み返してみたんですが、妙なことに気づきましてね」

いまいったとおり、わたしは本格ものなんてしろものはどうも好きになれない。だからゲスリン何とかいう小説も読んだことはなかった。作者の名を聞くのも題名を聞くのもそのときがはじめてである。

宗右衛門は説明の必要を感じたらしい。

「メッセンジャーという名の男が乗った旅客機が海の中へ墜落しましてね、彼も死んでしまうんですが、波間に漂っていたスーツケースのなかから妙なメモが発見されたんですな。メモには十人ちかい人名がずらりと並んでいる。それも男性ばかりです。ところがやがて、そこに記された男があちらで一人、こちらで一人というふうに変死をとげていく、それがあら筋です」

「殺しですか」

「ミステリーですから当然殺しですよ。偶然の事故で死んだのでは面白くもおかしくもない」

「動機はなんです？」

「喋ってしまうのはルール違反ですが、あなたはハードボイルドとバイオレンスしか読まないというんだから、かまわないでしょう」

彼はすばやくあたりを見廻すと、押し殺したような小声になった。ウェイターや、はずれのテーブルに坐っている若い男女の耳に聞こえて、ルールに違反することを避けるように見えた。

「ミステリーはタネと仕掛けがわかってしまうと面白味が激減します。だからこういうことは小声で喋らないとね」

（作者申す。未読の読者は、二頁先の途中まで飛ばして下さい。飛ばして読んだからといって、本篇を理解する上で格別の支障はありません）

あたりを見廻してから、彼は少量のカクテルをのんだ。のむというよりも、それは嘗めるといったほうが適切だった。

「動機は遺産をひとり占めにすることです。エイドリアン・メッセンジャー氏のリストに書かれてあった男たちは、ある事情があってそれぞれが遺産の分配にあずかることになっていたのです。だが死んでしまえば受け取る権利はなくなる。そして生き残った男の取り前がふえていくという仕組です。似たようなミステリーは他にもあります」

わたしの発言を封じるように、宗右衛門は早口でつづけた。

「おなじイギリス人の作家にJ・J・コニントンという人がいました。フルネームではなしに、いつもJ・Jなんです。エラリー・クイーンにJ・J・マックという名が出て来ますが、作者のクイーンはコニントンからヒントを得たのではないか、と勘ぐっているんですけどね」

そういって彼は、わたしが関心なさそうにしていることに気づいたようだった。

「コニントンは戦前の日本で二、三の長編が紹介されたきり忘れられている作家ですが、大学生の頃わたしも古本で読んだことがあるんです。『当り籤殺人事件』というタイトルでした。これもおお筋は似たようなもので、数人の若者が偶然のことから一枚の宝くじを買う。もし当選したら賞金を公平にわけようと約束をした。ところがそのなかの一人が冗談半分に、万一だれかが死んだ場合は生き残った仲間で正確に分割しようじゃないか、と提案するんです」

彼は、わたしの発言を押しとどめるかのように幾分早口になって後をつづけた。

「やがてそのグループの一人が航空機の事故で死んでしまう。それをきっかけに、一人また一人と殺されていく話です」

「フィリップ何とかいう人の小説と似ていますな」

宗右衛門は大きくこっくりをし、ついでに酒を呑んだ。

「そうなんです。コニントンのほうは戦前の作品で、マクドナルドは戦後に書かれたものです。事件の発端が飛行機事故だなんていう設定は似すぎていますね。ところでコニントンと同じ頃、フランスのスタニスラス＝アンドレ・ステーマンという作家、正しくいえばフランス語で書くベルギーの作家ですが、この人の SIX HOMMES MORTS は彼の代表作とされているんです」

さすが仏文をでただけあって発音はあざやかだったが、わたしに意味のわかるわけがない。

「これは『殺人環』という題で同じ出版社からつづいて発行されましてね、わたしはやはり古本で読みました。いまは原題どおりの『六死人』というタイトルで完訳が出ていますが、わたしの学生時代には古い抄訳で読むしかなかったんです。場所はパリ。六人の青年が成功を夢みて世界に散っていきます。そして五年後に再会しよう、その間にためたお金は六人で公平に分配しよう。コニントンに比べてロマンチックで現実離れのした話ですが、そこがまたラテン系の作家らしくて面白いわけですね。やがて五年がたち約束した日に、アフリカからあるいは中国から彼らは帰国する。成功した者もいれば、当然のことですが無一文にちかい者もいる。それから後は、この種の小説のパターンどおりといいますか、似たような展開になるんです。一人ずつ殺されていく一方、残った連中の取得分は級数的にふえていくというふうに……」

彼はやっと話し終えたというように、グラスの酒を一気に干した。

「なにか発言をしたそうにみえましたが」

「いやべつに。たしかに似たような話だといいたかったんです」

とわたしは答えた。

「それじゃもう少し一方的に話させて貰います。わたしがお喋りな男だとは思わないで下さい、これでも平素は口数の少ない人間だといわれているんですから。アラスカの左吉叔父の遺言を聞かされたときのことですが、反射的に心に泛んだのはいまお話しした三編の小説のことなんです。わかるでしょ？　もしわたしのいとこのなかに不心得者がいるとしてですよ、そいつがわれわれを片端から殺していったらどういうことになると思います？　あのミステリーそっくりじゃないですか」

わたしは二杯目のギムレットにむせそうになった。バカも休み休みいって貰いたい。

「失礼ですがね、それは考え過ぎってもんじゃないですか」

「そう。わたしも自分の妄想だと考えて、極力忘れるようにつとめました。ところが一カ月ほど前に、新聞の小さな記事を読んだとき、それが決して妄想ではないことを知ったんですよ」

宗右衛門は言葉を切った。そして小首をかしげると顎を掌にのせた。ちぢれたゆたかな髪が、窓から入ってくるあるかないかの風を受けて、かすかにゆれている。頸に結んだのはいまどき流行おくれのボヘミアンタイだが、その大きなネクタイは「考える男」のポーズをとった彼によく似合っていた。

わたしは眼をそらせると、平べったい屋島を眺めた。少年時代の徳川夢声氏は「鉄道唱歌」のなかの「薄霞む」という一句を、ウスという動物が棲んでいると解釈したそうだが、いま遠くに見える屋島もうすく霞んでいて、輪郭すらはっきりしなかった。

ふとわたしは、学生時代に暗誦させられた「平家物語」のことを思った。九十九パーセントは忘れていて、仮りに頭に灸をすえられてもなに一つ泛んで来そうにない。ただ一つ覚えているのは冒頭の「祇園精舎の鐘の声諸行無常の響あり云々」だけだった。高校一年生のときだったろうか、これを暗記して来るようにという宿題を出されたことがある。だが、文学少年でもないわたしにこんな坊主の寝言みたいな文句が諳んじられる筈もなく、意地のわるい教師に頭を小突かれた上、教壇の片隅に立たされた。それが子供心にも口惜しくて、以来この件りが頭から離れないというわけである。

宗右衛門は依然として黙り込んでいる。少し離れたテーブルに一組の若い男女の客が坐って、セーヴした声で語り合っているきり。ひろいサロンは静寂そのものだった。

「あなたねえ、水無瀬六郎という男を覚えていますか」

水無瀬六郎を忘れるほどまだぼけてはいない。彼はわたしが探し当てた左吉翁の遺産受取り人のなかのひとりで、東京の製薬会社に勤務する筋肉質の、いかにも切れそうな感じの中年男だった。たしか四十五歳前後の筈であった。

「夏の初めにお会いしたですよ。製薬会社の部長さん……」

宗右衛門は他人が褒められることが嫌いなたちなのだろうか、不快そうに眉をよせている。それに気づくと、わたしは言葉をのみ込んだ。

「彼は死にましたよ、一カ月ばかり前にね」

突嗟に返事ができなかった。全身これファイトの固まりといった元気な男。遺産なんて要らねえといってわたしを追い払おうとした男。事実彼は人生の上げ潮に乗っていて、仕事が面白くてたまらぬといった様子だった。わたしは上等なワイシャツの袖をたくし上げ、ダイアの指輪をはめ、水玉模様のネクタイをはさんでいるピンには大きなルビーが光っていたことまで思い出した。

その男が死んだというのである。

「病死ですか」

あの元気印のサンプルみたいな男が病気になるとは考えられない。しかし世間にはポックリ病などという得体の知れない病気だってある。

「さあ」

「すると自殺？」

これも、相手があのファイト満々の水無瀬となると考えにくいことだった。

「さあ」

「それとも事故死かな？」

「じゃないかと思うんです。なにぶんにも離れた土地で起った事故ですから、こちらの新聞にのるわけもないですし、くわしい事情は知りません。ただ人伝て（ひとづ）に、事故で死んだという噂を聞いただけです」

「噂というのは無責任なものですからな、噂だけで信じるわけにはいかないでしょう」

「ええ、そこで会社をさぐり当てると、手紙で問い合わせました。親戚の者だと名乗ってね。しかし先方も慎重というか、ガードが固いというか、あらいざらい喋るということはしませんでしたね。叮重な返事ではあったのですが、述べてあることは要するに水無瀬六郎が何月何日に死んだ、それだけです。まあ、先日もお話をしたように、従兄といっても会ったこともない人ですから、死んだと聞いて悲しむほどのこともありません。ですが死因が病死であるならば、もっとフランクに書いた返事をよこせばいいでしょう。こちらは親戚なんだから」

宗右衛門のいうとおり、何か妙である。

「それ以来ですよ、夜中なんかに目がさめると妄想があとからあとから湧き起って、眠れなくなったのは。そしてさっきお話ししたイギリスとフランスの小説のことを思い出すんですよ。昼間は忘れているくせに、夜中になると頭が冴えますからね、細かいことまではっきりと頭に泛んでくるんです」

わたしは黙々として話のつづきを待っている。彼が期待するようにリアクトしないせいか、ちらと失望した表情をうかべた。

「わたしが心配しているのはですね、水無瀬六郎の死が、われわれグループのなかの不心得者に、あるヒントを与えるんじゃないかということなんです。ヒントをね」

明らかにこれは推理小説の読み過ぎだ。すべての読者が読むたびに宗右衛門みたいなことを考えていたら、日本中の男女が揃ってノイローゼになってしまうではないか。

「先程、イギリスとフランスで書かれた小説のことをいいましたね。いまわたしが問題にしているのはそのなかの『当り籤殺人事件』なのです。くどいようですがもう一度おさらいをします。グループ買いした宝くじが幸運なことに一等に当たる。犯人はその賞金を独占しようとするのですが、彼がその気になったのは、仲間のひとりがたまたま航空機事故で死んだからなのです。もしわれわれのグループのなかに馬鹿なやつが混っていて、そいつがこのコニントンの小説を模倣したらどうなりますか。もうわかったでしょう？　われわれは犯人Xの手にかかって一人また一人と惨殺されていくかもしれない。これを、ミステリーマニアが抱いた妄想だといえるでしょうか」

一気に述べたてて、宗右衛門はようやく息をつくとハンカチでおでこの汗を拭いた。これも赤い絹製のハンカチだった。一度洗濯したらやぶけちまうんじゃないか、そう思えるほど薄い上質のものだ。たぶん、蠶（かいこ）のうちの超エリートなやつが紡（つむ）ぎだした糸なんだろう。

わたしが会った甥や姪たちは、なかにはキンコン館の主人のように変わった人物もいないではなかったものの、シャイロックみたいな底ぬけの強慾な人間がいるとは思えなかった。肥った弁護士の試算によれば一人当りが受け取る額は五十億円、各人が九十歳まで長生きして半ダースのめかけを持って、うまい物をたらふく喰って大酒をくらっても、なおおつりがくるような大金だという。それなのに、敢えて危険な橋をわたって取り前をふやす必要がどこにあるというのか。

「あなたはまだ本気にしていない。心のなかでわたしを軽蔑している」

「軽蔑なんてしてやしませんよ。それに、もう少し小声で喋ったほうがいいんじゃないかな。向うの席のお客さんがびっくりしてこちらを見ている。深刻な話なんだから、関係者以外に聞かれてはまずいでしょう」

素直に彼はわたしのアドバイスを容れた。ハンカチをそそくさとポケットにおさめた頃にはもう落着を取り戻していた。

「なにしろ金額が金額なものですからね、命を狙われて当然なのです。それに、正直のところわたしは、いとこたちがどの程度にノーマルなのかということについて一片の情報も持っていない。一人や二人の名は親爺の世間話のなかで聞いたような気がするんだけど、顔には結びつかないんです。だからこの殺人鬼が赤穂線の電車のなかで隣の席に坐ったとしても、わたしは殺されるまで気がつかない。いうならば隙だらけなんだ。彼奴にとってこんな楽な殺人はないでしょう」

「頼むから声を絞って下さい。あなたは最初から相手を男だと決めてかかっているようですが、女性にも同じ動機はあるんじゃないですか」

「まあ理屈の上ではそうですが、女には度胸がないから不可能ですよ。一人殺すというならできるとしても、これは皆殺し作戦ですからね、肉体的にも精神的にも女性には無理じゃないかと思うんです」

「仕様のないフェミニストだ。もしあなたのいうような事件が起こるとすると、それは犯人にとっても乾坤一擲の大勝負なんですよ。それに、途中でどんなに苦しかろうが息切れがしようが、断念するというわけにはいかない。この計画が中絶した場合を想定してみなさい、生き残ったメンバーは手を汚さずに分け前にあずかれることになる。犯人にとってこんなに間尺に合わない話はないんです。加えて女性は勘定だかい生物ですからね、やりかけた以上すべてを手中におさめるまでは戦闘を止めるわけがない。用心するならむしろ女のほうでしょうな」

「そ、そんなことが……」

あるものかと反論しかけたきり、黙り込んでしまった。少し嚇しが効きすぎたかな、と思う。

「……で、わたしに何をして貰いたいといわれるのですか」

「さし当ってお願いできたらと思うことが二つあるんです」

わたしの質問を予期していたように、先程の興奮したときとは違って落着いた口調に変った。

「その一つは、水無瀬が死んだ前後の事情を調査していただきたいこと。病死か自殺か、それとも事故死か殺人か、それを知りたいのです。仮りに警察が事故死と断定していても、殺人である可能性はありますから」

「仕事となればとことん調べますけどね、いまさら水無瀬氏の死因を調査しても意味はないんじゃないですか。あなたの揚げ足をとるわけじゃないが、犯人Xがコニントンとやらの小説からヒントを得て連続殺人を目論んだとするならばですよ、水無瀬氏が病気で死のうが邪恋を清算しようとして青酸加里をのもうが、Xにとっては大した違いはないことになる。問題は、水無瀬氏が死んだこと、その結果残った人たちの取り分がふえること、この二点にあるんだから」

宗右衛門は口ごもるように黙って、ちぢれた髪をそっと撫でた。

「頭のいい人だ。お世辞じゃなくて心底からそう思いますよ。しかしねえ、こんなことを話すとわたしがステーマンやコニントン、フィリップ・マクドナルドに熱をあげた揚句、気が変になったといわれそうですが、わたしが秘かに心配しているのは、ここだけの話だからそのつもりで聞いて頂きたいのですけど、わたしを脅かすのは、もしかすると水無瀬が生きているんじゃないか、という考えなのです。つまり、つまり水無瀬がデュ一マの『巌窟王』の故智にならってですよ、最後の勝利を得ようとして……」

自分で自分の話に説得力のないことに気づいたのか、語尾が曖昧になり空に消えていった。

「まあ、考え過ぎかもしれないけど、水無瀬が死んだことを確認するまでは枕を高うして眠れないんですよ、ほんとうのところは」

「解らないでもないですな」

　わたしは適当に相槌を打った。じつをいうとここ数カ月にわたって仕事がなく、女にも不義理をしているし、何よりもかによりも、自分の胃袋にも義理を欠いている有様なのだ。旨い物をしこたま喰いたいという願望は寝てもさめても頭にこびりついている。そんな逼迫した状況下にあるいま、結構な働き口を失うような愚行を犯すわけにはいかない。

「よろしい、東京に帰ったら調べてみます。どんな結果がでるかわかりませんが、徹底的に調査します」

　彼は礼をいいながら小腰をうかして、西洋人みたいに握手を求めた。わたしの嫌いな握手を。

「で、もう一つは何です」

「アラスカの叔母が要求した条件がありましたね。遺産は要らないという変人は別にして、あとのまともな連中が軽井沢の山荘に集まる。そこで全員が揃って書類にサインをすること」

　軽井沢の山荘には弁護士事務所から誰かが出張して来て、副署することになっていた。姪のなかに北海道の北の果てに住んでいる人がいて、冬場は空港まで出かけることだってひと苦労なのに、なにも軽井沢まで呼び出さなくともいいじゃないかと不平をいったものだが、金額に比べればその程度のことで文句をつけるのは贅沢というものであった。結局のところは、全員が馳せ参じることになっている。

「そのときはあなたにもおいで願って、わたしの身辺を警護して頂きたいのです。ミステリーの読みすぎであったならそれに越したことはない。何事も起らずに終ったときに、あなたはわたしを笑って皮肉の一つでもいうでしょう。わたしはいくら笑われても平気です。全員がぶじに遺産を相続して金満家になった、そんなめでたいことはありませんからね。しかし、わたしが頭に描いているまがまがしい妄想はそんな天下泰平なもんじゃないんです。Xにとってこれはチャンスなんだ、メンバーの全員が一つ屋根の下に集合しているんだから、皆殺しとまではいかないとしても、二人や三人を片づける絶好のチャンスだ。今頃Xはそう考えて爪を磨いでいるに違いないんです」

「ちょっと現実ばなれのした意見ですが、Xなる人物が実在すれば、この機会に、とは思うことでしょうなあ」

「あなたは他人事みたいにのんびりしたことをいっている。こっちの身にもなって下さい。われわれの命は風前の灯(ともしび)なんですよ。金も欲しいが命も惜しい。ですからもしあなたがその場にいてわたしの身辺を守ってくれたならば、わたしは百万の味方に囲まれたような気分です。安心して酒も呑めれば冗談もいえる。仮りにわたしが危惧(きぐ)するような事件が起ったとしても、少なくともわたしだけは無事に軽井沢から戻ってくることができます」

「あなたが別荘に一泊するとなるとわたしも別荘に泊り込まなくちゃならないんだが、左吉氏の未亡人がＯＫしてくれますかね？　できればあなたと同じ部屋に寝て、いざという場合にはとび起きるようにしたい」

「わたしの命にかかわることですから、叔母を口説いてなんとしてもウンといわせますよ」

彼は声をひそめると謝礼についてわたしの希望をたずね、いやそれでは少な過ぎる、わたしは億万長者になるのだから遠慮をしないで要求してくれなどといった。とどのつまり、彼の身体生命を護りおおせたことを条件に、わたしが五千万円（消費税別）を貰うということで契約が成立した。

「したがってですよ、このことはよく覚えていてもらいたいんですけど、万一わたしが殺されたならば、あなたは一文も得られないんです。そこんとこを念頭において、わたしを陰になりひなたになりガードしてくれることですな」

「了解」

と、わたしは簡潔に答えた。こうした場合の返事は短いほうがいい。きっぱりとしていていい。そしてこの契約は、後日あの肥った弁護士の手で正式な書類にして貰うこととなった。

正直にいうと、わたしは内心ほくほくしていたのである。宗右衛門がこの軽井沢行を重大視しているのはよくわかるが、なに、仕事をまっとうすることはそう難しくはない。わたしの作戦はこうだ。山荘に集って書類にサインを済ませれば、あとはこっちのもんだ。関係者全員が小森別荘で一日を送らなくてはならぬわけではないのである。だから左吉夫人がいかに強引に引き止めようと、われわれはそれを無視してさっさと別荘を後にすればいい。その足で東京へ向い、宗右衛門を新幹線なり飛行機に乗せてしまえば、いかにXが稀代の殺人鬼であろうと宗右衛門を殺すことはできない。気の毒なのは別荘に残ったチルチルやミチルや、数夫たちである。いまや彼らの命は風前のともし火なのだが、非情な言い方をするならば、そんなことはわたしの知ったこっちゃないのだ。

それはともかく、わたしは宗右衛門を東京駅あるいは羽田空港まで護衛してゆけば、ただそれだけのことで五千万円也を受け取ることができるのだ。以上が、わたしが恵比寿顔になった所以(ゆえん)であった。

14　水無瀬六郎

わたしが水無瀬の死の事情を調べることにしたのは、帰京した翌日だった。

水無瀬六郎の勤務先が渋谷区千駄ヶ谷三丁目の製薬会社であることは、前に訪ねているのでよく知っていた。そしてわたしが通された処も、前回のときと同じ応接室だった。あれから四カ月が経過しているが、室内の様子は、花瓶の花をべつにすれば少しも変ったところがなかった。前回水無瀬を尋ねたときにクリーム色の花を咲かせていた洋蘭は、菊の鉢に置きかえられていた。

いや、大きく変っているものがもう一つあった。テーブルをはさんで坐った相手が水無瀬六郎ではなくて、総務部の部長青野精作（あおのせいさく）であることだった。青野は五十に手のとどきそうな年輩で、頸（くび）のみじかいずんぐりとした体型の男だった。皮膚の色が妙に生っ白く、そのくせ唇の色が黒っぽい。どこか内臓に欠陥があるんじゃないのかという気がしたが、本人は至極元気そうで、口のきき方もハキハキとしていた。

挨拶がすんで水無瀬の話になると、彼はテーブルの上の茶碗を片方によせて、スペースを大きくした。そしてそこに用意して来た書類をひろげた。

「さて水無瀬君のことですが、彼はわが社にとって掛け替えのない重要な人物でした。唯一の欠点が酒好きである点で、それがあの事故につながったというのは衆目の一致するところです」

おやおや説明が漢語調になってきた。この伝で話をすすめられたらかなわんな、と思う。

「わが社では年に二回ずつ慰安旅行をするしきたりになっています。社をあげて出かけるとなると業務にさしさわりを生じますから、各セクション毎（ごと）にあるいはグループ毎に休暇をとる。いってみれば目立たぬようにべつべつに行くわけです。海外旅行といった派手なものではありませんで、せいぜい二泊程度の国内旅行です。去年の秋は芝浦（しばうら）桟橋からムーンフラワー号に乗って四国の祖父谷を訪ねましたし、同じ年の春は北海道の北部を歩いて羆のステーキなんかを喰べました。なかなか大味で、北海道だなあなんて感激したもんです。ここ数年来スケジュールをたてるのがわたしの役目になっていまして、着眼点がいいなんていわれていつも若い子から喜ばれているのです。しかし六十を過ぎたロートル組からは四国や北海道は遠すぎる、疲れてかなわないという声が上がったものですから、今年の春は標的をぐっと手近なところにおいて、三浦半島二泊の旅という案を立てました。まず油壺の水族館を見学して、連絡船をチャーターして三浦三崎の先端にある城ヶ島にいって一泊。翌日は本土に戻って白秋の歌碑めぐりをしてから、逗子の海辺のホテルに一泊。翌日は鎌倉と江ノ島を見物して現地解散という献立です。面白そうだ、近距離なのがよろしいと老若男女すべての人にほめられました」

おれも参加したいくらいだ、とわたしは思う。海水浴に出かけるほど若くもなし、神社仏閣を拝んでまわるほどの爺さんでもなし、中ぶらりんの男にとって鎌倉だの江の島は近くて遠い観光地なのである。その日暮しの泡沫探偵のわたしにしてみれば、忙しいときは滅法いそがしい。暇なときは嚢中とぼしくてカップラーメンばかり喰っている有様だ。隣りの県ではありながら、出かけるチャンスはなかなかないのである。

「いま申しましたように一日目は油壺の水族館をみたのですが、これがなかなか立派なもので、大の男が童心にかえって声をあげてはしゃぐという有様でした。非常に充実していますからひと廻りしただけでくたびれます。食堂で小憩をしましたが、水無瀬君はこのときビールの大瓶二本をからにしたという話です。社員のなかには三本も呑んだという酒豪がいましたから、水無瀬君だけが大酒をくらったことにはなりません」

ビールの噂をされるとこちらの喉が鳴る。まっ昼間に大瓶を二本もあけたとは羨ましい話だ。

「水族館のそばに油壺港があります。港といっても小さな桟橋一本があるだけのちんまりしたものですけど。われわれがチャーターした船は三浦三崎の漁港に所属したものでして、午後の三時半だか四時だかが最終便なのです。油壺まで客を運んでくると、ターンして三崎港へ戻っていくのですが、そのときは客を乗せずにから船で帰ります。当局にそういう届けを出して営業の許可をもらっているんですね。わたしはそこに頼み込んで、めんどうな手続を経た上でから船をチャーターすることに成功しました。船側にすれば臨時の収入があるわけです。気のせいか船員たちもニコニコしていました。といっても小さな船ですから、乗組員の数は五人ぐらいのものでしたけど」

この調子でいくと、話が本論に入るまでにかなりの時間がかかりそうだ。わたしも他に用事があったわけでもなかったから、覚悟を決めて話を聞いていた。

「船は上下二つの甲板にわかれていまして、それぞれに客室があります。客室といえば聞えがいいですが、内部はベンチが向い合っているだけの、素朴な船室です。ドアがあって天井がついているのがめっけものですが。面白いのはＪＲ並みにグリーン車と普通車式の区別があることでして、上甲板の客室はファーストクラス、下の甲板の客室はエコノミークラスとなっています。しかし部屋にいてはすばらしい夕景色がよく見えない。そこで全員が甲板に出て海を眺めていたのです。水無瀬君は上の甲板の手すりによりかかって、缶の黒ビールを呑んでおりました。左手にもう一本持って、わたしを見るとその手をさしのべて愉快そうに笑顔でひとこと喋りましたが、波の音に消されて聞こえません。たぶん、これを呑めやとでもいったのでしょう。わたしは手をふって答えると、下の甲板におりたのです」

彼の話術がたくみというのか、聞いているうちにいよいよ喉がかわいてきた。ビールが呑みたい。それも黒がいい。痛切にそう思った。

「汽船は……小さくとも汽船は汽船ですからね、その汽船は三崎と城ヶ島のあいだの海峡に入りました。左手が三崎で右の島が城ヶ島です。上を見ると大きな有料橋が本土と島のあいだに架っています。その橋の先端が島に届こうという真下に、白秋の詩碑と作曲家梁田貞（やなだただし）さんの譜碑があるんです。われわれは翌日それを見物することになっていたわけですが、あした事故が発生したものですから、それどころではならなくなりました」

わたしは「城ヶ島の雨」をうたったこともなければ聞いたこともなかった。いや、メロディーを聞けばああこの歌かと気がつくかも知れないが、題名をいわれただけではわからないのだ。

「汽船が岸壁について一同は下船しました。まさか小学生の遠足じゃありませんから点呼をとるなんてことはしません。わたしが先頭に立って、地図で覚えておいた方角に歩き始めたときに、あれでも百メートルか二百メートルは行ったと思いますが、後ろのほうで何となくさわがしい声がすることに気づきました。聞こえてくるのは女性の声ばかりですから、またふざけているのだろうと思いまして、振り返りもせずに倉庫街のほうに曲りました。倉庫街といっては少しオーバーですが、海を前にしてコンクリートの大きな倉庫が幾棟も並んでいるのです。わたしどもが歩いていたのは倉庫の背後の、いうならば裏通りということになります。本当のことをいいますと、わたしは早く旅館につきたかった。ゆっくり風呂に入って、食事をしたかったんです。腹も減っていたし、くたびれていましたからね。そのとき、庶務の女の子が走って来て前に立ちはだかりますと、いきなり『水無瀬さんがいないんです』と叫ぶようにいいました。それが騒ぎの発端です」

喋り疲れたのだろうか、茶碗のふたをとるとぬるくなりかけたお茶を一気に飲んでしまった。調子を合わせてこちらも飲む。

「わたしが最後に目撃したときの水無瀬君は手すりにもたれて呑んでいたのですが、それから十分ほど後にみた女の子の話では、もっと大胆に、海に背中をむけて手すりに腰かけていたといいます。危ないですわよと声をかけたら、なあに心配はいらん、泳ぎには自信があるから落ちても平気だといいながら、からになった缶を肩越しに海に投げ捨てていたそうです。

それ以後は話しかけたものもいなければ、見かけたものもいません。これは翌る日に三崎署員から聞いた話ですが、船員のなかにも事故を目撃した人はいなかったそうです。もし落ちるときに悲鳴をあげたとしてもエンジンの音が大きいので聞えまい、ということでした」

「警察では事故死と考えたのですか」

「いえ。事故のほかに自殺、殺人といろんなケースを想定したようです。われわれも事情聴取を受けましたが、刑事さんがいちばん知りたかったのは水無瀬君に自殺をしなくてはならぬような事情がなかったかどうか、恨みを抱いているものがいなかったかどうかということのようでした。私生活のことまでは知りませんが、医者から断酒を申しわたされて人生が真っくらになっていたならともかく、あの陽気で自信とファイトの固まりみたいな同君が自殺するとは考えられません。少々鼻っ柱のつよい自信家の彼に、出世競争で遅れをとった同期入社の社員が何人かいます。刑事さんは、こうした人々のなかに水無瀬君を亡きものにしたいと考える男がいるんじゃないか、そう疑ったようです。しかし、そんなことを根に持ってライバルを恨んでいたら、国中の会社という会社で殺人事件が起こらなくてはならぬわけで、殊にわが社に関する限りこんな考え方はノンセンス以外の何物でもありません」

「屍体は上がりましたか」

「いや」

と青野部長は首をふった。

「相模湾のなかで落ちた場合は、必ずといっていいくらい翌日から十日間ぐらいで海岸に漂着するそうです。朝はやく、逗子とか鎌倉とか江ノ島とかの海岸を散歩していた土地の人が発見する、そうした例が多いということです。ほかに、土地の漁師さんが船をだしていて、網にかかるケースも結構あるという話でした。ところが三崎の近くで落ちますと、そのまま太平洋に持っていかれる。こうなるともう絶望的だそうです。サメに喰われてしまうんですね。そうしたわけでやがて屍体の捜索も打ち切られましたが、当局はいま申したとおり、太平洋に流れ出たものと判断したということでした」

果してそうだろうか。彼は水泳が上手だったというから、人眼のないときを見計ってとび込むと、三浦半島のどこかに泳ぎついたのではないだろうか。連絡船の性格上、つねに海岸線に沿って航行することは常識である。そのことを知っている水無瀬は日が暮れるまで海面に浮いていて、あたりが暗くなった頃に上陸する。あらかじめビニールの袋に上衣とズボン、スニーカーを入れておき、それを引っぱりながら泳ぎ着くと、すぐさま濡れた服と着更えればいい。決して奇想天外なやり方だとは思えない。

しかし彼は、なぜ人騒がせな失踪劇を演じなくてはならなかったのだろうか。わたしが考え込むと、それを邪魔しまいと思ってか、青野部長は黙々としてタバコをふかし始めた。

水無瀬はどんな人物であったのだろうか、その点を部長にたずねてみた。色のわるい青野精作の顔は、話に熱中するにつれ赤味がさしてきたのだが、社内における水無瀬の功績を語りだす段になると眠むそうな目は大きく見開かれて、茶色の眸は一段とかがやきを帯びた。

「とにかく才能のある人でした。大袈裟に聞こえるかも知れませんが、水無瀬君はわが社の大黒柱だったといっても言い過ぎではないと思います。営業と販売に関する限り、神様のような存在でした。よく薬九層倍といわれますが、あらたに発売する薬が売れるか否かは製品のネーミング一つにかかっているんです。水無瀬君はその天才でした。四、五年前のことになりますが、わが社から強力な脱毛剤が発売されましてね。一度塗ると毛根が破壊される結果、二度と発毛しないというものです。世間には毛深い女性がかなりおりまして、夏場になってノースリーヴの洋服を着たときに腕や脛の無駄毛は悩みの種になるのです。一般にはオキシフルで脱色して人眼に触れないようにするのですが、すぐに新しい毛が生長してきますからなかなか対応がめんどうで時間もかかる。この新製品の販売会議の席上、水無瀬君が考えた名が『あらでんす』というものでした。あら、ほんとに出て来ないわといった驚きを、おいらん言葉で表現した命名です。われわれの業界では、片仮名であること、語尾がンで終わることがネーミングの鉄則になっているのですが、水無瀬君の発想はこれを無視したすばらしい画期的なものでした。しかも、ありんす語を用いた点は前代未聞で、彼の才能がいかんなく表われています。われわれは爆発的な売れゆきを予想して祝杯をあげたもんです。ところがトップのほうからクレームがつきましてね、すでに似たような名の製品があるから無用の摩擦を起すのは賢明ではないというのですな。ま、鶴のひと声というやつで反対するわけには参りません。そこで水無瀬君が一、二分間首をひねって考えたのが『ケートルズ』だったのです。ビートルズが解散してかなりの歳月がたっていますがいまだに彼らの人気は衰えない、それにあやかろうという魂胆ですが、これが当りました。あなたも、名前ぐらいはお聞きになっておいででしょう？」

知らない段じゃない。男性には無縁の薬だが、毛が濃いことで悩んでいる女性などにとっては、こんなありがたい薬はなかっただろう。そして、はからずもこの新薬がまき起した悲劇的もしくは喜劇的な事件によって、ケートルズは一躍有名になったのである。

あるお偉い人が女を囲っていた。勿論、夫人には内緒である。女は三人、呑み屋のマダムと売れっ児の女優、それに薹の立った歌手であった。こうした場合に共通したことだが、彼女たちは寵を受けているのは自分ひとりだと信じていた。それがひょんなことからばれてしまったのは、旦那であるところの偉い人が女優に真珠のネックレスを送ろうとして、ついうっかり歌手の名を書いてしまったのだった。住所もマンションの名も部屋の番号も正しく書いてあるのに、名前だけが違っていた。それがもとで悶着が起きたのは当然である。女優は怒りと嫉妬に狂って、手痛い復讐を思いついた。そして酔っていびきをかいて眠っている旦那の頭に、かの強力除毛剤をふりかけたのである。たっぷりと――。

この薬は塗ったとたんに脱毛するわけではない。毛根を死滅させ、その結果として毛が抜けるわけだから体調あるいは年齢によって個人差がある。効能書きによれば若者の場合は効果が遅くあらわれ、逆に老人だと若干早目に効いてくるとされているが、いずれにしても一週間以内には必ず除毛に成功するのだった。さてそのお偉い人は議会で演説中であり、そのシーンをテレビ局が全国に中継していた。彼は派手なゼスチュアで「アメリカにクリントンあり、しこうしてロシアにエリツィンあり――」と叫んだ瞬間、それにタイミングを合わせるようにぞろりと脱毛した。そして陸離(りくり)たる光頭(こうとう)は全国のブラウン管に映って人々を驚倒させたのであった。

「ほかに水無瀬君が命名したものに強力消化薬があります。一億総グルメの昨今、ジャスターゼを凌駕(りょうが)する新薬の必要性を見越して、わが社の研究スタッフはあらたなる発想に基いて強力な消化剤を開発しました。水無瀬君は命名するに以って『ハラヘラス』としたのです。正にそのものズバリの命名でした。果然、本薬は売れに売れてわが社のドル箱となったのでありました」

青野氏は自分の演説に酔っているみたいであった。わたしを見詰める眼が異様にかがやいている。

「うまい物をたらふくくって消化薬をのむ。この繰り返しの結果、一億の日本人は近未来において右を見ても左を見てもデブばかりということになります。さて、こうした時代に売れるのは痩身剤(そうしん)です。それを見越して極秘に研究をすすめていたわが社のスタッフは肥満防止の新薬の開発にも成功したのです。しつこいようですけど、その薬が売れるか売れないかはネーミング次第なのです。水無瀬君は沈思すること一分二十秒、忽ち『フトランチン』という名をつけました。痩せ薬だからといって『ヤセール』といったふうな安直な名にしたのではイメージが弱いのです。一つひねって肥らぬと表現したところに彼の天才的なひらめきがありました。テレビのCMはわずか二週間しか流しませんでしたが、果然十日目から売れ始めた。いまや『ハラヘラス』と並んでうちのドル箱となっております」

部長の話は三十分ちかくつづいた。しまいには水無瀬がいかにすぐれたアイディアマンであるかを語っているのか、自社のPRをやっているのかわからなくなったほどだった。

15　小森宗右衛門

宗右衛門のノイローゼが伝染したわけではないが、仕事を請負った以上はわたしにも責任があるし、何よりもあの莫大な成功報酬が魅力だった。大金をわがものにするためには如何なる困難にも敢然として立ち向うつもりでいる。ではゼニが入ったらどうするか。それを空想するのは楽しいことだった。こんな浮き草稼業から足を洗って好きな女と夫婦になり、温泉付の別荘でも購入してノホホンと暮すのだ。そう思う一方では、探偵稼業から引退したら即日ボケるんじゃないかという気もする。早い人は四十歳代のはじめあたりで徴候があらわれるそうだから、わたしがボケ中年にならぬとは言い切れまい。まだ報酬を手にしたわけでもないのに、わたしは自分がボケる心配をしたりする有様だった。

水無瀬の死は、宗右衛門が妄想を逞しくするように、早くも魔手にかかった第一の犠牲者と考えることもできる。いまとなってはやや時代遅れの十九世紀的な探偵小説的発想ではあるが、犯人にしてみれば発想が古かろうが新しかろうが知ったことではあるまい。犯人Xは船員に化けて乗り組んでいたのかもしれないし、あるいは船員の誰かを買収して、隙をうかがって海中に転落させたのかもしれない。油断させておいて酔っている水無瀬を海におとすぐらいのことは、非力な女子社員にも可能だったろう。

そうなると犯人は左吉翁の甥と姪のなかにいるとみて間違いあるまい。いうまでもなく殺人の動機は自分の取り前の額をふやすことにある。そう考えてくると、宗右衛門もまた標的の一つであることは疑問の余地がなく、それを被害妄想だなどと安直に考えていたのはわたしのミスだった。犯人は第一の殺人に成功して自信をつけている筈であり、これを踏み台にして連続殺人のスタートが切られるとすると、わたしの眼前にぶら下っている大金は風前のともし火というわけだ。

また一方では、宗右衛門が秘かに疑問視しているように、水無瀬六郎の死は偽装であり、海中に転落したのは彼が企んだ芝居であったとも考えられる。屍体が上がらなかったということが引っかかるからだ。しかも彼は水泳が得意だったというではないか。転落したふうに装って身を隠し、仲間を一人ずつ消していって、最後に遺産を独占する。このシナリオが彼にとって魅力でない筈はないだろう。わたしが左吉老の遺産の話を持ちだすと、間髪をいれずそんなものは要らぬとうそぶいたのはポーズであると共に、一種の伏線ではなかったのか。巨額の遺産を一蹴したあの男が、どうして連続殺人の犯人とみなされなくてはならないのか。無欲恬淡な彼には姪甥を殺す動機がないではないか、と思わせるための予防線。わたしはそんなふうにも考えてみた。

その夜、牛窓に長距離をかけた。わたしの話を聞き終った宗右衛門は心細気な声で、できる限りの用心はする、遺産をわが物にするまでは死んでも死に切れない、と正直な心境を吐露した。そりゃそうだろう、わたしだってこの依頼者に死なれて報酬がフイになったら、落胆のあまり精神に変調を来すかもしれない。

「そう、忘れるところでした。アラスカの叔母から連絡がありました。年が改ったら、多分正月早々になるらしいのですが、少し暇になるので軽井沢へ行くという話です。皆さんと一堂に会するのは非常な楽しみだと書いてあるんですよ。人の気も知らないで……」

「まあまあ、物事をそう悲観的に考えてはいけない。犯人はなにも皆殺しにして遺産を独占するような危ない橋をわたらなくとも、貰ったお金の利息だけで一生喰っていけるんですよ。喰うだけじゃない、前にいったとおりわたしの計算では女を半ダースほど囲って、それぞれにダイアの指輪をプレゼントすることも可能です。こう考えてくると、敢えて危険をおかして人殺しをやる必要はないでしょう、犯人も愚か者じゃないんだから。連続殺人が起るか否かは六分四分じゃないかと思うがなあ」

報奨金は風前のともし火だなどとパセチックなことを考えたときもあったが、昨今のわたしは、事件が起る確率はきわめてゼロに近いと思っている。しかしそんな楽観的な心境を伝えた結果、宗右衛門が一転して楽観的になり、身辺をガードしてくれなくても結構などと気を変えられては困るのである。

「あなたは欲がないから呑気なことを考えているんです。例えばね、犯人Xは事業欲のすこぶる旺盛なやつだと思って下さい。過半数の株を買い占めて東京都内の主なホテルを乗っ取る。その勢いに乗じて関西のホテルも手中に収める。そうなると彼はホテル王という尊称をたてまつられるでしょうな。カラヤンが指揮者のなかの帝王と呼ばれたようにね。キングなんてものは並みの人間に奉られる称号じゃないんです。ですから事業欲のつよいXにとって、王様と呼ばれるほど魅力的なことはないでしょう。と同時に、事業を成功させるために要する資金は生半可なものじゃないんです。なんとかして成功に漕ぎつけたい、なんとかして……、彼はそう考えることでしょう。事業欲の権化(ごんげ)であるXは、利息で喰っていける程度の金額で満足するわけがありません」

彼はちょっと黙った。わたしはわたしで通話料金が気になった。宗右衛門は近来にない上顧客である。いや、わたしが探偵稼業をおッ始めて以来の、そして今後とも絶対に現われることのないサンタクロースなのだ、電話が長びくといったしみったれたことはいいたくない。だが、わたしが期待し夢みているものは、何度もいうように成功報酬なのだ。彼の身になにかが起れば、もっと率直にいって宗右衛門が死んじまったら、わたしの手には一文も入らないのである。五千万円を手中におさめるまでは、通話料金に思い悩むのは当然なことであろう。

「……あのねえ」

間延びのした声が聞こえた。東京の大学に「留学」させてもらい、いい歳をして嫁さんも貰わずにぶらぶらしている無為徒食の彼には、貧乏人の懐ろ具合がわかるわけもないのだ。

「ぼくだって遺産が手に入ったら何に使おうかという夢は持っていますよ。ぼくはね、各県毎にディズニーランド級の遊園地をつくりたい。ぼくは大学で児童心理学の講義も受けたので昨今のいじめの問題には無関心でいられないんだが、あれを解消するには子供を思いっ切り遊園地で遊ばせるに限るんです。心のなかのもやもやしたものを大空に向けて発散させるんです。この療法、自信がありますね。ですから私利私欲のないぼくでも、お金は欲しいと痛切に感じます。遺産の取り分がふえてくれれば、これに越したことはないというのが正直な気持です。とはいっても人殺しをしてまでお金に執着しているわけじゃないですよ」

それはそうだろう。彼には全員を殺して遺産を独占することはできまい。宗右衛門には良心があるからではなく、彼のようなへなへなした男には度胸がないからである。

ご高説を拝聴し終えて通話を切り、さてオンザロックでもつくろうかと腰を浮かしたときに電話が鳴った。また宗右衛門かと思った。まだ話し足りないとでもいうのだろうか。

「おい、何時間しゃべったら気が済むんだ。おれは七回もダイヤルを回したんだぞ」

肥った弁護士からだった。血圧がたかいときはよく怒る男だが、頭ごなしにこんなに怒鳴ることははじめてだった。

「どうしたってんです？」

「さる筋から情報が入った。左吉老人の甥が死んだんだ」

ギクッとなった。

「誰です？」

「小森万策だ。ジョギング中の出来事なんだ。乗用車にはねられたんだよ、即死だったそうだ。車は逃げた。警察は目撃者を探している。彼はパンクチュアルな性格で、家を出る時刻もコースもきちんと守って走っていた。もしこれが殺人だとすると、犯人はそれを熟知していて、待ち合わせたことになる。ま、判ってるのはそのくらいだけどな」

話をしているうちに血圧が降下したとみえて、口調がおだやかになった。

「小森万策が……」

そう言いかけたきり絶句した。一つは、宗右衛門の危惧したシナリオが彼の思い過ごしではなかったという驚きから来たものであったが、もう一つは、わたしがこのバスの運転手に好意を感じていたからだった。

　その小森万策が車に跳ねられたというのである。わたしの胸に犯人に対する怒りがこみ上げてきた。人が見たら、そのときのわたしは嚙みつきそうな表情をしていたことだろう。

16　小森万策

　わたしには、こうした商売には必要欠くべからざることだが、秘密の情報源がある。ニュースソースは「彼」。トップの座にいるわけでもない彼がどうして事情に通じているのか、その辺りのことはわたしにも解らない。が、ともかく「彼」のおかげでわたしの仕事が大きく前進するのは毎度のことであった。それでいて「彼」に支払う協力費というとたかだかしるこが三杯という微々たるものでしかない。

　その日も、赤坂のしるこ屋「お志る古亭」で「彼」と会った。早速小森万策の事件をテーマにした。「彼」の話によれば現場には犯人の遺留品がまったくないという。そればかりでなくサイドミラーの破片もボディの塗料も落ちていなかったため、手掛かりとなるものが乏しい。加えて目撃者が皆無というマイナスの条件が重なり、その結果捜査はほとんど進展していないということだった。

　わたしの「秘密情報員」の話では、当局は過失によって生じた轢き逃げ事件と決めてかかっているように思えたので、その点を追及してみると、「彼」は首を大きく横に振ってそれをただちに否定した。

「そうじゃないんだ、それは違う。あの被害者が毎晩きまった時刻になるとジョギングを始めたこと、事件当夜もそのジョギングの最中に殺されたことは厳然たる事実なんだから、犯人が待伏せしていて襲いかかったと考えたくなるのは無理もない。だがね、その推測が成立しにくい事情があったんだ。というのは、当夜に限って彼はべつの道を走っていたからなんだよ。つまり彼は、新しいコースを開拓しようと考えたんだろうね。もう少し具体的にいえば南に往くべきコースを北へ向けてスタートしていた。もし犯人が彼を襲撃しようとしていつものコースの何処かに待機していたとしたなら、そいつの狙いは完全なから振りに終って、あの晩は安酒場でやけ酒を呑んだに違いないんだよ」

「ふん、きみならさしずめ焼けじるこってところだな」

わたしはつい心にもない憎まれ口をきいた。だがこの元同僚（われわれは神楽坂署のデカ同士だった。「彼」は出世して本庁詰めとなり、わたしはご覧の如きていたらくなのである）は腹を立てるどころか目を細めしるこの椀を手にとって、「そうなんだよ、そうなんだよ」とうれしそうにいうと、盛大な音をたてて田舎じるこをすすった。

一度しか会ったことのない男ではあるにせよ、わたしは小森万策とはウマが合ったとでもいうのだろうか、彼が好きだった。はからずも垣間見た仕事への実直な取組み方にも好意が持てたし、遺産が貰えることを率直によろこんで、眼を細くして将来の夢を語ったその態度にも好感を抱かされた。他の連中はともかく、彼にだけはあの大金を手にさせてやりたいと思っていたのである。

わたしは葬儀の片隅に参列して、そっと冥福を祈った。

第二部

1

　年が改まった。わたしは馬齢を重ねて四十五歳となった。親爺もお袋も四十代で死んでいるから、そろそろおれも先が見えてきたな。その日は朝からそうしたことを考えながら、ぼんやりとテレビを見ていた。

　CMがライスカレーの宣伝をやり始めたとき、朝から何も喰っていないことを思い出した。一応餅は買ってあるが、雑煮をつくるのが面倒なものだから、チーズを肴にウィスキーを呑んで胃袋をなだめてきたのである。どうやらわたしの飢餓感は、アルコールだけでは処理できぬ線まで達したようだった。

　カップラーメンでも喰うか。そう思って腰をうかしかけたところに電話がかかった。てっきりあの弁護士からだと思った。正月早々仕事の話でもあるまいに。肥った男は得てして鈍感だからいやになる。

つっけんどんに応答すると、相手は小森宗右衛門だった。とたんにわたしの口調が改ったのは、探偵稼業のかなしくも身についた習性である。

「あれ？　もう上京ですか」

「いやいやいや。四国からですよ」

わたしはひねもすのたくっている瀬戸内の穏やかな海を心にうかべた。あちらはさぞ暖かいことだろう。それにひきかえわが寓居では正月早々電熱器がいかれちまって、セーターの重ね着をしている始末だ。

「声がふるえてますね」

と彼はいった。

「冬の軽井沢のことを考えていたもんでね」

「電話したのはその軽井沢のことなんですけど。アラスカの叔母は、もう来日しているんでしょうか」

「向うでクリスマスをやってすぐに飛んで来た。いや、飛んでおいでになられたというべきかな？　なんてったってあなたの大切な叔母上なんだから」

答えるかわりにくすっと笑う声がした。

肥った弁護士の話によると、未亡人はすでに軽井沢の山荘に入っている、ということだった。あっちの生まれだけあって正月だから餅を喰うという習慣もない、さばさばしたもんだ、弁護士が感心した面持でそう語ったのは一週間前のことだった。

「しかし、真冬の軽井沢にやって来るなんて酔狂な話だなあ」

おれの迷惑も考えてみろい！ といってやりたいところだ。軽井沢は夏場に行くところじゃねえか。

「叔母の話ではアラスカのほうがもっと寒いって話ですな。軽井沢は冬でも裸で日光浴ができるなんていって、喜んでいたそうです」

「叔母上はそんなに元気な人なんですか」

「なにしろアラスカ育ちですから、ヤワなわれわれとは違うんでしょうよ」

彼のいう「おばさん」なる女性に、わたしはまだ会ったことがない。情報はもっぱら弁護士に頼っているのである。

「いよいよですねえ」

宗右衛門は含みのある声になった。来るものが来た、といいたかったのだろう。

「いよいよですよ」

「ところでね、城ヶ島の連絡船から転落した六郎のことですけど、あの人の遺体はまだ上がらないんですか」

「まだです。どうやら太平洋に流されてしまったらしい。うまく相模湾の潮のながれに乗ると、由比ヶ浜か材木座、七里ヶ浜に打ち上げられるんです。そうでなければ漁師の網にかかる。腰越の漁師が毎日シラス漁に出ているから、彼らに発見されるケースが多いんですな。あるいは逗子の小坪あたりの漁師に見つけられるとか」

「鮫はどうです」

宗右衛門はねっちりとした口調で喰いさがってきた。

「大洋に出た場合は鱶にくわれる場合もある。地元の人はそういってますね」

「たしか、遭難したふりをして、陸に上がったのではないかという話がありましたね？　警察はどう見ているんでしょうか」

宗右衛門は、あの製薬会社勤務のいとこが生きているのではあるまいかという疑惑を、依然として捨てきれずにいるようだ。口調に一段と真剣味が加わった。

「その可能性はなかった、それが当局の結論です。冬はべつとして、あとのシーズンは海岸沿いに釣り人が糸をたれている。彼らの目を盗んで上陸することは、まず出来ない相談だった、とですね」

「しかし、彼が飛び込んだのは夕方だった筈でしょう？　海岸に泳ぎ着いたころは夜になっていたと思うんです。暗くなれば上陸できたんじゃないですか」

「それは難しいんじゃないかと思うんです。各所に夜釣りの人がいましてね。あの季節は小鯵（あじ）のシーズンだからなんです。そのほかに、三崎署からの依頼で地域の警防団員が揃いのハッピ姿で海岸の監視にあたっていた。尤もその時点での当局は、水無瀬氏が誤って転落したと解釈していたから、半死半生で漂着したなら直ちに収容して病院へ輸送する、といった人命救助の態勢をとっていたんですよ。が結局、生きている水無瀬氏も屍体となった水無瀬氏も漂着しなかった。酔っていた水無瀬氏は転落した瞬間に心臓麻痺をおこして海底に沈んだか、さっきもいったように太平洋に流されて巨大魚の胃袋におさまったか、二つに一つとみなされているわけです」

「それが事実であれば……」と四国からの声がいった。まだ不安気な、おびえた調子だった。

「死んだのが事実であるならば、ボクが警戒すべき標的が一個減ったということになるんです。その分だけ安眠できるわけですよ」

「そりゃそうです。しかしね、あんた少し神経質すぎるんじゃないですか。あなたの家系はみんなノーマルな人ばかりだ。遺産の額をふやそうとして死んだふりをするなんて酔狂な人間はいなかった。わたしはその一人一人に会ってこの眼でみて来たんですよ」

わたしはそう反論した。キンコン館のへんてこな男だけはどう好意的に見てもノーマルだとはいえぬけれども、彼もまた宗右衛門にとってまぎれもなく身内の人間なのである。口をすべらせてこの網元のせがれの不興を買うような愚かなまねはしたくなかった。

「そうですね」

と、遠い声はすなおにわたしの説に同調して、それ以上は何もいわなかった。

「軽井沢の山荘に集まるのは一月十四日でしたね？」

「そうです。午後の六時までに必着ということになっている。遅れるとオミットされますから、時刻は厳守して下さい」

そうはいうものの、冬の軽井沢の気象状況について、わたしは何の知識も持っていなかった。雪が降った場合の交通にそなえて、かなりの余裕をみておくことは当然だけれど、その時間をどう割り出すかということについては、まるきり無知だった。

当日のわたしは東京駅で宗右衛門を出迎え、連れ立って軽井沢へ向ってホテルに一泊する。その翌日は雪の様子をみて、ハイヤーで山荘へ赴くことに決めた。運転手は地元の事情に通じているだろうから、何時にホテルを出れば遅刻することなく先方に到着できるか、そうしたことは心得ているに違いない。

「めでたく調印がすんだら、すぐに軽井沢をはなれることです。即日上京して東京のホテルに一泊する。そして翌朝の飛行機で羽田をたてば、あなたはもう安全ですよ。わたしは離陸の瞬間までボディガードをつとめます」

「ぜひお願いします。まさか……」

彼はそういいかけて、あわてて言葉を切ると、とってつけたように話題をかえた。

「十二日に上京すればよいわけですね？」

「そう。新幹線でも飛行機でも、何時発に乗るかを知らせてくれれば、フォームまで迎えに出ます。その日のうちに軽井沢のホテルへ向う」

「軽井沢のホテルは危ないんじゃないですか。犯人と鉢合わせをする確率も高いし、そうなれば幕が上がる前に殺されてしまうかもしれない。ここはやはり少し離れた、たとえば小諸あたりのホテルがいいんじゃないですか。ホテルは幾つもあるだろうし、部屋数も多いから、鉢合わせをするチャンスはあるまいと思うんです」

「好きなようにしたらいいでしょう。しかし、わたしだってデクの坊じゃない。わたしがついている限り、小諸のホテルであろうが軽井沢のホテルであろうが、指一本ふれさせやしません。でもまあ、あなたがそうしてくれというなら、小諸のホテルを予約しておきます」

宗右衛門は自分の書いた架空のシナリオに酔っているようだった。

「念のためにいっておきますが、周囲の人たちには東京のホテルに一泊するんだと伝えておいて下さい。用心のために、小諸のホテルに泊ることは伏せておいたほうがいい」

小諸駅は軽井沢の少し先にある。「敵」にしてみれば、宗右衛門がこんなところに宿をとるとは思いもすまい。

「あなたの指図にしたがいます」

宗右衛門の声は少し明るくなった。

2

一月十四日の朝を、小諸駅前の信越ホテルで迎えた。不粋な話だが、ツインルームである。起き上って浴衣を服に着更えているときに、宗右衛門も目をさました。睡れなかったとみえて、はれぼったい瞼をしている。

「お早うございます」

「やあ、お早う。とうとうその日が来たですな。どうです、百万長者になる気分は？」

わたしはつとめて明るい口調でいった。とにかく宗右衛門をリラックスさせたい。

「その質問は少し早すぎると思いませんか。わたしは殺人鬼の標的にされているかもしれないのですよ。返答は帰りの飛行機が岡山に着くまで延期して貰いたいなあ」

そういって寝床のなかで大きな欠伸をしてから、はずみをつけて起き上った。脂のにじんだ顔でテーブルに近づくと、灰皿をひきよせてタバコをくわえる。まず一服して気分を落着けようというところだろう。

二、三服したところでタバコの先端を灰皿にこすりつけた。なにやらデスペレートな気持を無理矢理押さえつけようとしているみたいである。

「そういらいらすることはないでしょう。第一ね、わたしのガードが至らないとしてもですよ、なにもあなたが最初にやられるとは限らない。あなたのいわゆる『標的』なるものは、ほかに半ダース前後いるんですぜ」

宗右衛門はちょっと沈黙した。頭に血が上っているというか、被害妄想に凝り固っているというか、いずれにせよ思考が硬化しているから、確率が七分の一であることまでは思いが及ばなかったらしいのだ。

「……そうですね、探偵さんのいわれるとおりです。しかし犯人にしたって専門の殺し屋じゃないんだから、二、三人やられていくうちにヘマをやって、御用！　ということになりますよね」

「まず、そうなるでしょう。連続殺人なんてものが成功するのはスリラー映画のなかの話でね。しかし、彼にとっては軽井沢の山荘に集ったときが唯一のチャンスだ、ということも事実です。調印が終わった後で殺したのでは、もう遺産の権利は各自のふところに移ってしまった後ですからね、それこそ後の祭りです。わたしだってプロの探偵ですよ。以前は神楽坂署の刑事だったんです。自慢するわけじゃないが蹴り技が得意でね、靴形平次といわれたもんです。本庁から高給で召し抱えるから捜査員に教えてくれないかと勧誘されたくらい。そのわたしがついているんだから、安心してもらいたいですな。わたしはね、そうしたことを知らずにあなたを襲って、敢えなくとっつかまる犯人のことを思うとね、気の毒で気の毒で——」

本庁から云々といったのはホラであるが、つとめて彼の気持をしずめたいと思った。

だが宗右衛門は一向に明るい表情をみせなかった。

「夜中に地震があったこと、知ってますか」

「いや」

とわたしは首をふった。

「ちょうど十二時頃でしたよ。音を消してテレビの最終ニュースを聞いていたんです。そこに大きな揺れが来て」

地震があったとは初耳である。まだ眠っている宗右衛門を起こすのは気の毒だと思ったから、今朝のテレビニュースは見ていないし、朝刊も読んでいない。

「ぼくでさえ瞬間的に目をさましたのに、探偵さんは高いびきでしたね。いくら呼んでも起きなかった。ざっくばらんにいわせて貰えば、あなたは足技の名人かもしれないけど、わたしが殺されかかっているというのに眠りつづけているようでは、頼りにならないと思うんですよ」

「そりゃ悪かった。ゆうべは寝酒を呑んだもんだからいい気持ちで眠ってしまったけど、これからは禁酒します。これでもね、あたしゃ酒を呑まないと敏感なんですよ。ゴキブリが啼いたくらいでパチッと目がさめる」

「でも心配なんです。肝心のときに酔いつぶれていたのでは……」

「ゆうべは事情が違うじゃないですか。部屋のなかにいるのはあなたとわたしだけです。ドアには錠がおりていた。窓ははめ殺しになっている。敵がゴリラであろうと、そこから入ってくることは不可能です。しかも七階ですからね、落ちたら即死に決っている。だから安心して呑んだのです。今回の会合のことを心配しているのかもしれないけど、調印式は全員が立ち会いの上で行われるんですよ。弁護士もいればその助手もいる。犯人としては手も出せない雰囲気なんです。手続さえ済んでしまえばあとはこっちのもんだ。小森未亡人は毎晩パーティでも開くつもりでいるのかもしれませんが、そんなものに出席する義理なんて無視して、さっさと駅へ直行すりゃいいんです。上りの特急は何本も出ているから手頃なやつに乗る。これであなたの安全は完全に確保できるというわけです。仮りにあなたが心配しているような殺人鬼がいるとしても、彼が狙うのは手近な山荘に残された従兄弟連中でね。あなたは別荘を出たとたんに犯人の手の届かないところにいるんです。堂々と胸を張って、南氷洋に鯨をとりにいくことでも考えてりゃいいってもんですよ」

わたしは宗右衛門の被害妄想を尤もなことだと肯定しながら、スリラー小説の読みすぎだとも思って、まともに相手をする気もなかった。網元の伜なら伜らしく、もっと豪気に振舞えないものか、と思う。

シャワーを浴びたあとで一服つけた。宗右衛門は煙が目にしみるとでもいったふうに、しきりに瞬(まばた)きをしながら、黙りこくっていた。

3

　わたしも洗面をすませると、しばらくベッドに腰かけてテレビニュースを見ていた。われわれが瞼の腫れた寝不足の顔をしているのとは違って、アナウンサーたちは寝起きのよさそうなすっきりとした顔でニュースを読んでいた。

「女性のアナウンサーは大変ですね。お化粧もしなくちゃならないんだから」

「ラジオの時代は寝過したアナウンサーがパジャマ姿でさ、全国の皆さんお早うございまあすとやってたそうだ。いまは全身が映っちまうから寝巻姿でカメラの前に立つわけにはいかない。大変だよな」

　それよりも早くめしを喰いにいこう、とわたしは相手をふり返って誘いをかけた。そして食欲がないという宗右衛門の腕をかかえるようにして廊下にでた。彼にしてみれば今日はいよいよ敵地に乗り込む心境にあるわけなのだ。いつ寝首を掻かれるか解ったもんじゃないのである。喰い気が湧かないというのも当然だろう。

「あんたの気持が解らんわけじゃないけど、なにしろこの雪だ、これから山荘まで何時間かかるか知れたもんじゃない。途中で腹がへって凍え死にをしないためには、朝めしをしこたま詰め込んでおかなくてはならんのです。無理をしてでもね」

空腹で外にでたなら忽ち風邪をひく。宗右衛門のためにそれを心配したのだった。どういう按配で漁師の倅にこんな生っちろい子が生まれたのだろうか。父親の遺伝子をもって誕生した以上は、生まれたときから皮膚は赤銅色で、筋骨はダイノサウルスの如く逞しくあるべきではないか。

「凍え死に」のひとことが効いたのか、彼はすなおに立ち上がると、ハンガーから上衣を剥いで袖に手をとおした。わたしは生まれてこのかたオーダーメイドの服を着たことはないが、宗右衛門はわたしと違って、ぶらさがりを着用したことは一度もないらしく、好みもなかなか洗練されている。今度の旅で着てきた灰色の服も、決して派手ではないが、重厚な落着いた色合いがよく似合っていた。不粋なわたしにもそのくらいのことは解る。

エレベーターで一階におりた。八時を過ぎた時刻なのに、食堂にはほとんど客の姿がない。わたしたちは窓際のテーブルに着くと、ウェイトレスが注文を取りにくるまで黙って窓の外を眺めていた。通行人も数えるほどしか通らない。それも、十メートルほど行くと降りしきる雪に掻き消されたというか、姿が消えてしまうのだった。

「酷い降りだな」

「学生を見かけないですね。土地のサラリーマンと旅行者が半々というところですか」

「この分じゃ、タクシーも難渋するな。いや、軽井沢駅から山荘までの話ですよ。下手をすると走っているタクシーが雪に降り込められてね、にっちもさっちもいかなくなる。それを心配しているんですよ」

「あんまり脅かさないで下さいよ」

　と、宗右衛門は蒼い顔でわたしを振り向いた。

　トーストに卵料理、それにサラダという変わりばえのしない食事をすませ、珈琲をのみながら、しばらくとりとめのない雑談をしていた。予定した列車が出る時刻までは一時間あまりある。

「何といったってあんたが当事者なんだから、われわれ外部の人間にゃ窺い知れぬ事情に通じていると思うんだが、仮りに皆殺し作戦が始まったと仮定して、犯人は誰だと思う？　参考のためにぜひ聞いておきたいな」

　宗右衛門は火をつけたばかりのピースを灰皿にこすりつけた。余り話したくないのか、煙が目にしみたのか、顔をしかめている。

「……そんな質問されても困るんですよ。いとこの半分は今度はじめて会うという連中だから。そりゃ名前ぐらいは聞いてますけどさ、顔も知らなきゃ性格も知らない。なかには欲の深いのがいて不思議はないでしょうし、逆に金銭に淡泊なものもいるかも知れない」

　そういわれて、反射的に船からいなくなった製薬会社の部長のことが頭に浮んだ。見るからに精力的な、タフで脂ぎった中年男の顔が……。礼状を書くのが面倒だからというただそれだけのことで、数十億という遺産を蹴ろうとした常識はずれの男のことである。

「金銭に淡泊というと、あの水無瀬六郎さんのほかにもいますかね？」

「まあ、わたしが知っているのは彼だけですが」

「欲深いというのは小森秋夫さんのことだと思いますが、まだ他にもいるでしょうな」

　宗右衛門は白い顔を心持ちかたむけた。そうした表情をするときの彼は、関西人がいう「エエとこのお子」に見える。どれほど想像力のゆたかな者をつれて来ても、漁師の伜と思うものはいまい。

「すると知っているのは大阪から西のほうにかけて住んでるいとこたち、ということですか」

　彼はこくんと頷いてみせた。

「いつかもお話したように、わたしはチルチル姉さんやミチル姉さんとは親しかったですね。結婚する前はよく泊りがけで遊びに来ましたから。善通寺のいとこもそうでした。夏休みなんかはよく遊びに来てね。べつに自慢するわけじゃないけど、ぼくの親父は博愛主義を地でいったような人で、親戚の子供をわけ隔てなく可愛がりましたから、おじだのおばだのは安心して子供を預けるんですね」

「この点は他人のわたしにもよくわかる。大洲の甥御さんに学費をおくったという話一つをとってみても、です」

　わたしの発言に対して、宗右衛門の表情にチラと陰りが過った。そうしたことになると、わたしも探偵の端くれだ、女みたいに敏感になる。

「牧田さんがどうかしたのですか」

「いや、別に。べつに彼がどうかしたというわけではないのですがね……」

奥歯にものがはさまったというのは、正にこうした場合のことなのだろう。わたしの追及をかわそうとしてか、彼は時間をかけて、必要以上にゆっくりと珈琲を飲んでいた。

「隠し事はよして下さいよ。あなたの生命を守るのがわたしの仕事なんだから、わたしはあらゆる情報を握っていなくてはならんのです。言い難いことも話してくれなくては、責任をもってあんたの警護にあたることはできかねますな」

少し語調をつよめていうと、珈琲カップを皿にのせた。無理にそうしたわけではないが、カップは必要以上に固い音をたてた。

飲み物についての自分の好みを云々するつもりはないけれど、わたしは珈琲好きではない。わたしの胃袋はわたしのつらの皮同様に厚くて頑丈にできているくせに、珈琲を二、三杯のんだだけで調子がわるくなる。珈琲を売りつけるなら、スペアの胃袋もサービスして貰いたいもんだ。

「……そうですね」

忘れた頃に宗右衛門が答えた。無理にトコロ天を押しだしているようなニュアンスがあった。

「西の方のいとこさん達はすべて面識があると、そういうことですね？」

「いえ、すべてというわけじゃない。ぼくの知らないのは余子おばさんの生んだ子供なんです。親父は面倒を見たのかも知れないけど、ぼくをはじめとして、彼のことはいとこハトコの全員が知らない。おばが亡くなっているということも初耳であれば、そのおばに男の児がいたことも初耳でした。尤も、彼女が役者に捨てられているんじゃないかということは、うすうす想像してましたけどね」

「なにか噂を聞いて……？」

「いいえ、二枚目の旅役者ともなると行く先々で女にもてるって話ですから、夫婦仲が冷めていくことは目に見えているというか……」

「すると軽井沢で初対面をするってわけですか」

「そうです。ぼくばかりでなしに、チルチル姉さんたちも画家のいとこも、それからあの変わり者のキンコン館のご亭主も、全員が初対面ということになるわけです」

「つまり全員の間で、得体が知れない男に対する反発が発生するだろうというんですか」

「一言でいえばそういうことです。でも当然でしょう？　彼が本当に余子おばの産んだ児であれば、つまり本物のいとこであれば遺産の相続権はあるわけですから、ぼくらがブツブツいうのはおかど違いなんだ。でも彼が偽者でないということが証明されぬ限り、彼を信用しろといわれてもね」

わたしは黙って頷いた。宗右衛門のいうことにも一理はある。わたしが彼の立場にいたなら、同じことを考えたのに違いないからだ。

4

鉄道で軽井沢まで戻ると、タクシーに乗るべく駅前に立った。ホテルのなかも列車の上も煖房がよく効いていたものだから、宗右衛門はともかくとして、わたしはいい気持になっていささかのんびりと構えていた。その弛緩(しかん)した神経が急に緊張したのは、軽井沢で下車して、フォームの冷えた空気にふれたときだった。駅前は商店街になっているが、その屋根の向うに、雪をかぶった丘陵が波打つようにひろがっている。冷気はその頂きのあたりから風に乗ってくるようであった。

わたしは思わず身ぶるいをした。それに合わせるように黒いタクシーが雪を踏みしめながら近づいてきて、とまった。扉があいた。

「旧軽(きゅうかる)!」

とわたしは行先を告げた。

「旧軽の白樺荘っていうんだが、わかる？」

「さてね、それペンションですか？」

運転手はそう反問した。

「いや、個人の別荘だと思うんだが」

「途中で誰かに教えてもらいましょう。草軽電鉄の旧軽井沢駅の建物が喫茶店になってまして、あっちの住民の社交場みたいに人が集まるんです。そこで訊けば一発でわかりますよ」

「よろしくたのむ」


しばらく沈黙がつづいた。その間、雪を踏みしだくタイアの音だけが聞こえていた。道は少しのぼり勾配にさしかかり、左右に落葉松林がつづく。

「あれは何ていう樹ですか」

と、宗右衛門がそのから松林を指さした。

「落葉松の林に入りて……のから松ですよ」

運転手が学のあるところを見せた。

「あ、これがから松ですか。なるほど枝がまる裸になってる!」

一瞬彼は命を狙われつづけているという強迫観念をわすれたように、明るい声を上げた。

わたしだって落葉松と書いてから松と読むことぐらいは中学生の頃から知っている。遠足で来たとき、引率の教諭から教わったのだ。から松のカラとは、葉が落ちて枝がカラッポになることから命名されたという話も、そのときに聞かされた。

「草軽電鉄ってのは何ですか」

　宗右衛門はベレをぬいで膝の上にのせると、片手の指を櫛がわりにして、脂気のない髪を神経質そうにかき上げている。ホテルで見せた屈託あり気な表情を忘れたようだった。

「前に探偵さんから聞いたとき、家に帰って地図で調べたんですが書いてなかったんです」

「そりゃそうですよお客さん、何十年になるかなあ、とっ払われて廃線になってしまった。でもファンが多くてね、いまも何かと話題になる私鉄なんです」

「なぜ廃線にしたんです。住民の反対運動があったでしょう？」

「そりゃあね、ありましたよ。会社のほうじゃ存続させたかったでしょうが、上のほうからの圧力でね」

　宗右衛門は眉をよせてわけのわからなそうな顔をした。

「前近代的な鉄道ってことが人気のもとだったんですがね、そこがまたお役人には気に入らなかったというか……」

「前近代的っていうのは経営方針が、ですか」

「いや、人気があったのは車輛のほうでね、機関車も客車もおもちゃみたいに可愛らしくて。可愛らしいのはいいんだが、軽量すぎて、ちょくちょく脱線するんです。さいわい、怪我人がでたことはなかったですが」

　草軽電鉄にはわたしも乗ったことがある。小さな車輛のシートは十人乗れば満席になりそうで、事実わたしは途中まで立ったまま草津へ向った。が、脱線するような話は聞いたことがなかったのである。わたしは、運転手がよそ者の宗右衛門をからかっているのではないかと思って、運転席のほうを見た。運転手は前方を凝視して慎重運転をつづけている。表情を盗み見たくともできなかった。

「いま走っているのが草軽電鉄の軌道のあとなんです」

道理で道幅がせまい、とわたしは納得した。

「よく脱線するんですって？」

と、宗右衛門はそっちのほうに気をとられている様子である。

「ですから丸太ン棒が何本ものっけてあって、いざ脱線すると乗客がその棒を持って降りるんです。そいつを本体の下に突込んで、アラヨーッなんていいながら車輪をレールの上にのせるんです。脱線は日常茶飯事ですからね、土地の人は慣れたもんでした」

「よくまあ大事故にならなかったですな」

「いや、速度のおそい電車ですから大きな事故になるわけがないんです。走ってる電車から飛びおりて山百合（やまゆり）や松虫草（まつむしそう）の花なんかを摘んで、また追いかけて来て乗り込むなんてことは、女学生でもやってました。そんな、現実離れのした交通機関だったんですな」

「岡山県にも下津井（しもつい）電鉄という小さな鉄道があったんですが、脱線なんてしたことはなかったですね」

　宗右衛門はわたしのほうを向いて、そういった。

「草軽電鉄もね、小さな会社だけに和気藹々(わきあいあい)としていましたよ。秋の暮れに社長がどぶ掃除をしていた、それを見た運転手が黙ってタバコふかしているわけにもいかないから出ていって手伝ったんです。すると社長が感心だ、褒美(ほうび)にボーナスをはずもうといってくれた。いや、自分ひとりがいい子になって貰うわけにはいきませんと辞退すると、その気っぷが気に入った、よろしい全員に出そうということになったという美談は、社史のなかにちゃんと書いてあります」

「正しく美談だな。そういう会社がなくなるとは惜しい気がしますね」

「いや、いまはタクシー会社になっています。わたしもそこの従業員なんですが」

「へえ、道理でくわしいと思った」

「先輩から聞いた話ですよ」

　と運転手が手の内をみせた。

　両側の落葉松林が切れて白い視界がひろがった。その行手に、モダンな洋風の建物がある。

「あれが旧軽の駅舎です。さっきお話しした喫茶店なんですが。わたし、ちょっと行って様子をみて来ます」

　車を停めると彼はオーバーを羽織って外に出ようとした。わたしは一緒に行って熱い飲み物で体をあたためたかったが、必死でその誘惑と闘い、打ち勝った。雪はかなり激しく降っていて、いまは一刻も早く白樺荘へ到着しなくてはならない。

「あと四キロほどだそうです」

戻って来た運転手はそう報告すると、オーバーを脱いで助手席のシートに置いた。

あと四キロか、と心のなかで復唱してみる。わたしが気にしているのは距離ではなくて、山荘到着までに要する時間であった。何を考えているのか宗右衛門は黙り込んで深くシートにもたれていた。

軽井沢駅からここまで、平素なら二十分もかかるまいと思われるのに、ゆうに二時間を要して、いまは午後の二時を廻っている。このぶんでは指定された六時までに山荘に着けるかどうか疑問であった。運転手にたずねても、さあ、この降りではねえと自信なげな返事が返ってくるだけだった。

まだ二時だというのに周囲は夕方のようにうす暗くなっている。運転手は思い出したようにヘッドライトをつけたが、光がとどくのはせいぜい二メートルぐらいでしかない。

再び走り出した。宗右衛門のそれがうつったように、運転手も無口になった。彼が神経を前方に集中していることがよくわかると同時に、今日のこの雪の降り方がいつになく激しいものであることがようやく理解できた。出発するときにくわえたタバコを、運転手は点火することも忘れたように、唇のあいだにはさんだままにしていた。ときどきバックミラーに映る彼の表情が、先程とは別人のようにけわしくなっている。旧軽に来るまでは柔和で多弁な男だったのである。元来わたしは神経のこまやかなたちではないが、このときだけは妙に気おくれがして、彼に話しかける勇気がわかなかった。

車はスノータイアを着用しているにもかかわらず、速度はいっこうに出なかった。そして三十分ほど進んだところで窪みにはまったとみえ、車体を大きくゆすったきり停ってしまった。運転手はさも腹が立つというふうに、舌打ちをした。二、三度アクセルをふかせたが、車は動こうとはしない。

「お客さん、すみませんが降りて押してくれませんか。ちょっとバックしたいんですよ」

草軽電鉄の時代に逆もどりしたみたいだった。南国育ちの宗右衛門は一瞬迷惑そうな、脅えたような表情をうかべたが、黙って反対側のドアから外に降りた。わたしたちは正面に廻ると、足もとに注意を払いながら、緩慢な動きで車の前に立った。どうやら車は片方の前輪を道路わきの溝におとしたらしいことが判ったので、われわれはそこに脚を突っ込まぬよう注意を払いながら、力をこめて車を押した。同時に運転手はギアをバックに入れて車輪をから回りさせた。

苦労の末にやっと車に戻ったときは心底からほっとした。車内に入ってダッシュボードの時計をみると、貴重な時間を三十分ちかく浪費したことになる。

「すみません、一本だけ吸わせて下さい」

「いいとも」

と、わたしは心とは裏腹の返事をした。宗右衛門がさそわれたように一本くわえた。わたしも彼に倣った。

「それで思い出しましたが、さっきの喫茶店のマスターがいっていたんです。もっと前にやはり白樺荘へ行く道を訊いたものがいたって……」

宗右衛門は口へもってゆきかけたタバコを宙で止めた。わたしは煙を深く吸いこんで、はげしくむせた。

「どんな人です?」

「女性だそうです、中年の。うちの会社に直接やって来てハイヤーをたのもうとしたんですが、生憎なことに全車が出払っていたそうで。近所に、誰か乗せていってくれる人はいないだろうか、ともいったそうです」

「車、あったんですか」

「ええ、同じ方向へ行くやつが。近くの食料品店のおやじさんが三日毎に配達にいくことになっているんで、電話をかけてみたら、手前でよければ乗せて上げますという返事だったそうです」

「それからどうしたんです」

宗右衛門が早口で追及する。

「いえ、あたしの聞いたのはそこまでで。受話器をおいて女の人はあたふたと出ていったといいますから、すぐに出発したんじゃないですか」

運転手は二本目のタバコに火をつけた。匂いですぐ判るが、インドネシヤのガラムという強烈なやつである。

食料品屋の軽オートに便乗したのは中年女性だったという。ひょっとすると彼女は指圧のおばさんなのかも知れない、と思った。が、今夜のような重要な意味を持つ席に、指圧師が呼ばれるわけもないだろう。とするならば宗右衛門のいとこのなかの誰かであるが、それは向うに行ってみればすぐ判ることだった。立場のちがいといえばそれまでのことだが、いつものように宗右衛門は少しこだわりすぎのように思える。

「運転手さん、もう一つ質問させて下さい。彼女が出ていったのは何時頃？」

「二時間ばかり前だそうです」

「あの喫茶店までどうやって来たのかな」

これは宗右衛門のひとりごとだったが、運転手は律儀に返事をした。

「やはりヒッチハイクで来たんだそうです。旧軽まで行くというトラックに乗せてもらって」

彼はそういうと半分ほど吸ったガラムを灰皿に捨てて、正面に向きなおった。車はすぐに動き始め、車輪が雪に喰い込む音が聞えてきた。

わずか三十分のあいだにあたりは一段と暗くなったようだった。雪はかなりの大降りで、ますますひどくなりそうな気配だ。わたしはふと、この道を戻って帰る運転手が難渋するのではないかと思い、チップをはずまなくてはと考えていた。

宗右衛門は視線を一点に集中して、べつのことに思いをめぐらせているようである。

「途中まで、というのは具体的にどの辺なんですか」

「え？　ああ、食料品店の車のことですか」

彼は言葉をえらぶように慎重な答え方をした。

「二キロばかり行ったところにホテルがあるんですよ。週末には東京からの若いスキー客で賑わうんですが、そこに食料を届けるのがあの店の仕事なんです。この本道から左に曲って更に一キロばかりいった山の中腹でしてね」

運転手は一段と入念にハンドルを握った。エンジンの音がいやに耳につくようになった。話のテンポが遅くなる。膝から下が冷えてきた。

「苗場にしたって戦後までは何もない寒村だったんですよ。それが目先のきく人がスキーロッジを建てて宣伝した。いまはテレビという宣伝媒体がありますから、それで派手な広告をぶてば効果は満点です。若いもんは宣伝に弱いですからね」

苗場にはわたしも行ったことがある。上野駅のフォームにぼんやり立っていたら、苗場行の列車が入ってきた。苗場なんて駅名をはじめて知ったのはそのときだった。日帰りのできる距離だというから行ってみたんだが、運転手のいうとおりまったく何もない農村で、時間のつぶしようがなくて閉口した覚えがある。下車したときに駅弁を買って、林のなかの小川のほとりに坐ってそれを喰った。やったことといえばそれだけである。退屈であくびばかりしていた。

十年たって、新潟へ行く途中で車窓からその苗場駅を見かけたことがある。農村には不似合いのきらびやかな装いをこらしたホテルが、使い古された表現を以ってすれば、雨後のタケノコの如くつつ建っているのを眺めて、危くポケットウィスキーの瓶を落っことしそうになったもんだ。

「苗場は成功しましたね。それを、北軽井沢でもやろうじゃないか、と東京の金満家が考えたんです。で、まず隗より始めよってわけで、当人がホテルを建てた。軽井沢は冬場でも金を稼ぐことができる。おれがそれを立証してみせるって見得を切りましてね。その宣伝がスキー客を呼んで、いまのところは順風満帆ってとこのようですよ」

ジュンプーマンパンなんてフランス語みたいな言葉を使われると、わたしは戸惑ってしまう。

「そのホテルへ行く岐れ道があと五〇〇メートルとちょっと先なんです。食料品店のおやじはそこまでの約束で乗せたという話で」

「あとは歩けっていうわけですか」

「さあ、どんなやりとりがあったのか知れませんが、最初からそこまでの約束で乗せてもらったんなら、歩くほかはないでしょう。もしこの車が追いついたなら、乗せてやろうと思っているんですけどね」

「賛成だな」

助手席に坐わらせてもいいし、少しつめて、われわれの隣りに坐ってもらってもいい。

「どんな女性だったか訊かなかったのかい？」

「そこまでは、ね」

「肥ってるとか、痩せ型だとか」

「さあ。わかってるのは中年女性ということだけでしてね。相手が男ならくどくど訊いてもいいけど、女となるとやっぱり遠慮しちゃいますね。こいつ、下心があるんだろうなんて思われるとつまりませんからね」

「それもそうだな。えてして世間のやつらはそんなふうに勘ぐるもんだよな」

と、わたしは相槌を打った。宗右衛門は寒さが身にしみるとでもいうように両手をオーバーのポケットに突っ込んだきり、黙りこんでいた。そしてときどき雪のなかをすかし見て、ウインドウのなかに女の姿を探し求めた。

「どっち道、女の足じゃ無理なんじゃないですか」

運転手が思い出したようにつぶやいた。宗右衛門は相変らず無言だった。

5

小一時間かかってようやく車が停った。彼は相当疲れたらしく、口調に元気がなかった。

「いまターンしますから。白樺荘はこっち側にあるんです」

宗右衛門とわたしは前後して左側の窓から外を覗いた。この降りでは、視界が遮られてないに一つ眼にうつるものがないことは承知していながら。

ふたたび車を動かすと、苦労しながら方向を転換させて、道路の反対側につけた。まず眼に入ったのはタイルを貼った太くて背の高い門柱と、それに取りつけられた頑丈そうな黒い金属の門だった。ヘッドライトが照した一瞬の印象だからはっきりしたことはわからないが、門扉のデザインは唐草模様みたいなものらしく、その隙間から、前方のやや小高い丘の上に、電灯のともった窓が見えた。その窓の数がかなりあることから、わたしが頭に描いていたちっぽけな建物のイメージは忽ちけし飛んでしまった。一ダースに近い数の甥姪を呼び集めて各自に部屋を提供するという話を聞かされたわたしは、一室に二、三人をつめこむ相部屋であろうと想像していたのだが、この分だと客の一人一人にそれぞれひと部屋が与えられるに違いない。二階建ての、とにかくでかい山荘であった。

門から左右に鉄線で編んだ垣が延びているようだが、数エーカーはあろうという敷地をとり囲んでいるとすると、垣根の代金だけでも莫大なものになる。寒さに歯を鳴らしながらそんなことを考えたのは、やはりわたしが貧乏探偵のせいだろう。

宗右衛門が運転手に料金を払っていた。チップをはずんだとみえて、運転手が元気のいい声で礼をのべている。

「運転手さん、帰れますか」

「ええ、ええ、そりゃもう大丈夫。慣れてますから」

彼は白い息を吐きながらそう答えると、音をたてて車扉をとじた。

「大変だなあ、またあの道を戻っていくんだからなあ」

赤いテールライトが見えなくなるまで見送っていた宗右衛門は、これまた白い息とともにそう呟いて、門柱のほうへ歩き寄った。そこにベルボタンがあり、押すと女主人がすぐに応答してくれることになっている。

「はい、どなた?」

少しテンポのゆるい、若々しい女の声がした。打てば響くとでもいうか、甥の到着を待ちかねていたように聞こえた。

「宗右衛門です、岡山県の塩元結の……」

「わたし小森。お待ちしていたのよ。もう殆ど顔が揃って。弁護士の先生方もおいでになってるわ」

わたしが宗右衛門に感心したのは、彼が卑屈にへりくだることもなく、といって横柄になるわけでもなく、ごく自然に、叔母と対等に応対していることだった。

木賃アパート住まいのわたしには想像もできぬことだが、門を入ってから先が大変だった。ゆるやかな上り勾配の雪道を、さらに二百メートル近くも歩かなくてはならない。いや、わたしは壮年だからどうということもないのだけれど、年輩の小森未亡人にはさぞこたえるんじゃないかと思った。

通話が終ってから、宗右衛門はマフラーで顔の大半をおおって、うつむき加減に、一歩また一歩と雪を踏みしめながら、そのゆるい上り道を前進していた。足もとに気をとられるから口数は少なくなる。

「いやあ、そんな思いやりをすることはないですよ。高級車を持ってるに決ってるし、もしかすると運転手をやとっているかも知れない」

くぐもった声で彼はいう。網元の倅ともなると、貧乏探偵とは発想がちがっていた。わたしは髪の雪を邪険に払った。ところどころに庭園灯がともっているので、道をそれるということはなかったが、そろそろ半分ぐらいは歩いたろうと思って顔を上げると、山荘のあかりまではまだまだ距離があった。

どうやら牡丹雪になったようだ。

「……われわれの命を狙ってるやつが、あの家のなかにいると思うと……」

宗右衛門はと切れと切れにいう。また始まった、とわたしは思う。老人ならともかく、若いくせに愚痴ばかりこぼしている。それも同じことのくり返しだ。しかし他に聞くものはいないのだから、まあこれも依頼者に対するサービスだと考えて、相槌を打つ。

「あの家のなかにいると思うと……どうだっていうんです」

「……この辺りで、帰っちまいたいんですが。ホテルに戻って温い風呂に入って、心煩わせることもなしに腹いっぱい旨いものを喰って……」

わたしは山荘の建物を顎でさした。

「風呂に入りたいのは同感だが、あたしゃ酒が呑みたいな。熱燗をキューッとね。しかしアラスカ育ちの人だから、日本酒を用意してはいないだろうな。ま、オンザロックかな。オンザロックにキャビアとくるといいな」

考えてみると今日は昼食ぬきである。宗右衛門のまねをするわけではないが、シチューかなにか、とにかく体のあったまるものをしこたま詰め込みたい。

いきなり宗右衛門の悲鳴が聞こえた。ついで雪の上に倒れる音がする。一瞬、わたしは棒立ちになった。彼の被害妄想が現実と化して、どこかにひそむ犯人から狙撃されたのかと思い、身を低めながら、宗右衛門のそばに飛んでいった。

「おいッ」

「だいじょうぶです。ただ木の根につまずいて転んだだけ」

マフラーが外れたとみえ、発音が明瞭になっている。

勢いよくつんのめったらしく、体の前面が夜目にもまっ白になって見えた。彼は立ち上がると雪を払った。

「キモが冷えたぜ」

と、わたしは応じた。そして、わたし自身もかなり神経質になっていることに気づいた。その度合いは、山荘に近づくにつれいよいよ昂（たか）まっていくようだった。いつの間にか寒さを忘れていた。風呂に入ることも熱燗の和酒でキューッとやることも、跡型もなく念頭から消えていた。

鉄平石を貼ったポーチに辿りつくと、われわれはオーバーを念入りにはたき、足踏みをして靴の雪を落した。その音を聞きつけたとみえ、ブザーを押す前に重たそうな木の扉があいて、体格のいい女性が半身をのぞかせた。口紅の濃い、派手な顔つきの女性だ。

「宗右衛門さんでいらっしゃいますか」

上品な日本語だが、いささか口調がたどたどしかった。

「ぼくが宗右衛門です。こちらは私立探偵の」

と、わたしの名を告げた。わたしが同行することは前以って伝えてあるので、ふたりとも即座になかに招じ入れられた。彼女は、わたしにも遠路ごくろうさまなどとねぎらいの言葉をかけてくれた。

四十歳ぐらいだろうか、やけに光沢のある、やわらかそうな生地の服を着ている。目の細いのがいかにも妖艶に見えた。鼻筋がとおっていて、ふるいつきたいほどの美人ではないが、セクシャルな女性だった。

「あの、叔母さんじゃないでしょうね？」

すると、彼女は一段と目を細め、片手の甲を口にあてがってホホといった笑い方をすると、ご挨拶が遅れて済まないという意味のことを、歯切れのわるい日本語でいった。

「わたくしベルタと申します。小森さんのコンパニオンですの」

宗右衛門は芸術家の端くれみたいなポーズをしているくせに、どうも異性に対してはウブなところがある。かねがねわたしはそう睨んでいたのだが、果してこのときも、相手がたかだかホステスだというのに頬のあたりを紅くそめて、言葉つきまでがしどろもどろになった。脇にいるわたしにすら、何をいっているのか解りかねる有様である。少しおちついたらどうだい？

「みんなもう着いていますか」

「いいえ、お一人がまだなんです。おっつけお見えになる頃合だと思いますけど」

二人は同時に壁の時計に目をやった。五時五十五分をさしている。門限時刻は六時だからわたしたちは辛うじて間に合ったことになる。小森未亡人がパンクチュアルな性格で、一分遅刻したからもう遺産は譲らぬぞよなどとつむじを曲げられては一大事である。

それにしても余すところあと五分とは、最後の客は何をしているのだろう。

「誰ですか、その遅れている人は」

「ごめんなさい、いっぺんに沢山のお客さんがお見えになるもんですから、こんぐらかってしまって」

ベルタは細い目を一段とほそめて、宙を見上げるようにした。今夜は特別にめかしたのだろうか、深く衿のえぐれた挑発するような服である。尤も、わたしは女をみると誰でもセクシーに見える。これも性格なんだろうが、困ったもんだ。

「お上がりになって」

彼女はスリッパを二人の前にそろえてくれた。ベルタなんてあちら風の名をつけているから二世か三世なんだろうが、敬語を上手に使う。

「その遅刻しているのは男ですか女ですか」

ゆっくりとした動作でスリッパをつっかけながら、宗右衛門は武者絵のような形のいい眉をひそめた。

「女のかたですわ」

女だって？　わたしたちは同時に顔を見合わせた。女性となると数は限られている。錦帯橋をわたった彼方の宏壮な家に住んでいる大田黒ミチル。善通寺の校庭の向いに家を構えていた呑んだくれの宮嶌奈美。そして北海道で羆のステーキか何かを喰っているフロンティア・スピリットの塊りみたいな牧場主の山根チルチル。女は三人きりしかいない。

奥からベルタの名を呼ぶ女性の声が聞こえてきた。はい只今、と彼女は顔をそちらに向けて答えると、先に立った。

絨毯がしかれた廊下を歩きぬけて大きな部屋にゆきついた。洋間の大きさなどどう表現したらいいのか知らないが、和室ならゆうに三十畳敷はありそうだった。床はよく磨かれていて、中央部にはこれまた毛足の長い濃い緋色のカーペットが敷かれてあった。中央にこちらを向いて五十年輩の婦人が坐っている。その隣に腰をおろしているのは、何とあの肥った弁護士だった。

ベルタは、音もなく下っていった。

「叔母さんですか」

と、宗右衛門は問いかけた。

「そうよ。わたしが小森駒子(こまこ)です」

小森未亡人は、いってみれば山師(やまし)のおかみさんだった人だから、威厳があるとか気品があるというわけではないが、苦労して叩き上げた人に共通した重味があった。なによりも色が白くてぽっちゃりしていることが特徴で、たぶんこれは夫と一緒に地の底を這いずり廻っていたからに違いない。褐色に染めた頭の毛を束髪にしており、挿し絵でみたクリスティのマープルおばさんを連想させる。

「このたびはお招きにあずかりまして、まことに」

はっきりと聞こえたのはその辺までで、あとは発音不明瞭な寝言がつづいた。お悔やみとか初対面の挨拶とかは、意味不明のほうがいいのだ。

「ところで」と彼は世慣れぬ箱入り息子みたいに、早速本題に入っていった。「もう一人のお客さんがまだだとか」

「遅れているのはね、北海道のチルチルさんなのよ」

「病気ですか」

「そうじゃないの。三時間ばかり前に、旧軽から電話があってね、途中まで食品店の車に便乗していくからって。北海道暮しだからこの程度の雪は平気だって、元気のいい声でいったわ」

宗右衛門とわたしはまた顔を見合わせた。こりゃ変だ、と彼の表情が語っている。わたしも同感だった。彼女が旧軽を出発したのはわれわれよりも二時間あまり早いのである。それがまだ到着していないとすると、道に迷ったに違いなかった。雪国育ちの女丈夫が簡単に遭難するとは思えなかったが、長野県にだって月の輪熊ぐらいは棲んでいる。ひょっこり出くわして頭をかじられたなどということが発生しないとも限らない。

「でも途中ではスレ違いませんでしたね」

宗右衛門がわたしの胸中を読んだように、相槌を求めた。わたしも思いは同じだ。ヘッドライトに照射された限りでは、人影ひとりみかけなかったのである。

肥満した法律家は終始無言で、ただ小さな目をおちつきなく動かしていた。

「この家に気づかないで通りすぎて行ったのかな?」

とにかく酷い雪だった。夜ならば門灯で判っただろうが、日中は電灯はともっていない。彼女が背を丸めしゃにむに歩いていくうちに、うっかり通り過したということも考えられないわけではないのだ。

わたしがそういうと、宗右衛門はすなおに納得しなかった。おっとりした性格の彼にしては珍しいことだった。

「われわれより二時間も前に門の前に到着したはずですよ。もし通り過ぎたとしても、あたりはまだ明るいんです。おかしいと気づいてバックしたとすれば、何がなんでもとうの昔に到着していなくてはならないでしょ」

「ま、そりゃそうだけどな」

「とすると、ここから先のそう遠くない処で迷ってるんじゃないでしょうか」

「まあ、それ以外には考えられないな。だけどね、あなたは会ったことがないから知らないのも当然だが、北海道のなかでも最も雪が深いという幌紋別の主みたいな女傑なんだぜ。雪に関しては羆みたいな勘を持っているんだ。われわれ内地人とは違うんだよ。道に迷ったとも思えないし、凍え死にするなんて有り得ない話だ」

わたしたちはこの家のあるじの耳に入らぬよう、つとめてセーヴした声で話し合っていた。が、二人の切迫した表情から、話の内容を彼女が察知したとしてもふしぎはなかった。

「宗右衛門さん、わたしも探偵さんの意見に賛成だわ。もう少し待ってみましょうよ」

食事が始まったのは七時ジャストだった。予定を一時間延ばして、彼女の到着を待っていたのだが、ついに姿を見せなかったので、全員（もちろん一人欠けているわけだが、居合わせた全員）が隣の食堂に移った。

この部屋もなかなか広くて家具調度も立派なものがそろっていた。すぐに値踏みをするくせがあるのはわたしの貧乏性のせいだが、マントルピースの上に飾られた青磁色の大皿にしても、まず一千万はくだるまいと思われる立派なものだった。あの上にトラふぐの刺身をこってり盛って、好きな女とさしつさされつ喰ったなら、こたえられないだろうなあと思った。こうなると酒の銘柄なんてどうでもいい……。

「探偵さん」

女の声がした。頭を上げると岩国のミチルだった。彼女はお化粧と派手な衣裳のせいで別人のように若返っている。

「あれからザルツブルクへ行ったのよ、姉と二人して」

「そりゃよかったですね」

と、わたしはそつなく答えた。わたしがそこをモーツアルトの生まれ故郷だと知ったのは去年の暮れのことで、電車の網棚に捨てられてあった週刊誌をながめていたら、そんな記事が目についたのだ。モーツアルトが生誕二百年だか死んで二百年だか忘れたが、とにかく去年が二百年目だというけじめの年であることも、その週刊誌で知ったわけである。

「あーら宗ちゃん、ちょっと見ないうちに大きくなったわねえ」

ミチルに声をかけられた宗右衛門は白い歯をみせて、てれ笑いをしている。昨晩、小諸のホテルで求めた暖かそうなジャケットを着ているが、それが品のいい顔立ちによくマッチしていて、誰が見ても漁師の伜だとは思えまい。

この大勢のいとこたちは、わたし共が到着する前に歓談する時間はたっぷりとあったわけだから、もうすっかり打ちとけ合っているようだった。いかにわたしが慧眼の名探偵であったとしても、その和やかに歓談している様子を眺めると、彼らのなかに殺人鬼がまじっているとは思えなかった。すべては宗右衛門の妄想に違いないといいたい処だが、彼の取越苦労のおかげでわたしは口を糊することができるわけだから、妄想もまたありがたいのである。

わたしはすべてのいとこたちと面識があるので、彼らは一応わたしのところまで来て挨拶をする。そのチャンスを逃さずに、わたしは宗右衛門を紹介してやる、という段取りであった。

それにしても、とわたしは思った。いくら左吉夫妻が桁ちがいのビリオネヤであったにせよ、夫婦とコンパニオン程度の小編成の家族が、今夜の会合を予測でもしたかのように、なぜこのバカでかい家を購入したのか、その理由がわからなかった。目的が山荘として利用するのであるならば、この十分の一の部屋数があれば充分なはずだ。

食事のサーヴは一切ベルタがつとめた。アラスカから搬んで来たのだろうか、大きな鮭のバター焼きとトナカイのステーキをメインディッシュとする、野趣にあふれた献立だった。料理の出来をうんぬんする場合のわたしは、うまいかまずいかということよりも、腹いっぱい喰ったか否かによって採点するのだが、パンがふんだんに喰べられて、宴が終わるころには眠くなってきたほどだった。いうまでもなく合格点である。

食事の間中ながれていた音楽は、雪山讃歌という替え歌で知られた「いとしのクレメンタイン」というアメリカの民謡だった。ゴールドラッシュの頃、山師(やまし)の娘のクレメンタインが谷川に水を汲みにいって、流れにおちて水死したという話をもとにつくられた哀歌なのだそうだ。この山荘の未亡人も金鉱を掘りあてるまでにはずいぶん苦労をしたらしいから、「オー・マイ・ダーリン……」の歌に共鳴するものがあったのだろう。うたっているのは甘いバリトンだった。歌詞は英語だからさっぱり解らないが、フォーティナイナーという個所だけはよく聞きとれた。食事が終わるまで、この歌はくり返し流された。たぶんエンドレステープに録音されていたのだろう。

食事のあいだに、扉があいて下働きのおばさんが盆をさげに入って来たりしたが、未亡人はそのたびに表情をぱっとかがやかせて、そちらを見た。たぶん、遅刻した山根チルチルが到着して、彼女の後について入って来るものと思ったのだろう。だが誰もついて来ないことを知ると、そのあとの未亡人の顔には、それとわかるほど打ちのめされたような暗い表情がひろがるのだった。しかしすぐに自分がこの座のホステスであることを思い出したように、明るい顔になって客と談笑をはじめる。

女性のほうが情がこまやかだとは限らないが、妹のミチルもあまり浮かぬ顔つきをしていた。食事の前は左程でもなかったが、時間がたつにつれて言葉少なになり、やがては機械的にナイフを動かしている、というふうに思えた。それに対して男たちはそうした雰囲気をてんから意に介さぬように健啖ぶりを発揮していた。特にフリーライターの兄貴は入れ歯の音をたてながら、大きくて厚い鮭の肉にくらいつき、その合間に酒を呑む。まるで色のついたソーダ水でも飲んでいるように見えた。彼に比べると、弟の春美のほうは痩せても枯れても芸術家だから、同じ親から生まれたとは信じられないくらい、作法にかなった食べ方をしていた。

カビが生えたような（こういう喩(たとえ)自体カビが生えていそうだが）古くさい喩を用いれば、「宴まさにたけなわの頃」、いきなりポーチのほうで物音がした。最初のそれを、耳ざといわたしを除けば、ほとんどの者が聞き逃したようだった。フォークの動きを止めたものは一人もいなかったからである。

あいだをおいてもう一度。まごうかたなく（これも古い表現で申しわけない）今度ははっきりと扉を叩く音がした。が、話し声に消されて、やはり聞き耳をたてるものはいなかった。山荘の入口には最新式のベルボタンがついている。用がある者はそれを鳴らす筈であった。

わたしは隣の宗右衛門の肘をつついた。彼はジュニファーズの杯を重ねて、早くも陶然としている。白い頬がほのかに赤く染まり、まるで初々しい少年のようだった。

「なんですか」

彼はグラスを宙に止めた。飲み過ぎるなと注意されたものと思ったらしく、視線に険があった。

「玄関に誰か来たんじゃないかな」

「まさか。外はもう真っ暗なんですよ」

そう否定してグラスを口にもってゆきかけたが、ふたたびその動きを止めると、いぶかし気な表情をうかべてわたしを見た。そして、「まさか」とくり返した。

「まさかあの人が……」

「誰だか知らないが、ほうっておくと凍死してしまう。ちょっと見て来る」

「こういうお邸ではお手伝いさんか何かに行かせるべきでしょう。お客さんが軽々しく行動を起こすのはどうかと思うがなあ」

何か言い返そうとしたが、思い止まった。いまはくだらぬことにかかずらっているときではない。

「それじゃベルタさんに頼んでみるか」

ベルタはサラダをサーヴし終えて、厨房へもどろうとしたところだった。目線が合った瞬間、わたしは人さし指を立ててサインをした。

「なんでございましょう」

ベルタはほりの深い丸顔で、少し化粧が濃すぎる点をのぞくと、愛想がよかった。

「ポーチに誰か来たんじゃないですか。二分ほど前にもノックの音がした」

「まあ。チルチルさまかも知れませんわ」

「危ないところでしたな。あと三十分遅れて来たら五十億という財産を貰いそこねるところだ」

わたしは冴えない冗談をいった。ここに集った一族が棚ぼた式に何十億という大金を相続するとなると、ねたましくないといっては嘘になる。

ベルタは会釈をして、銀盆を小脇に、そのままポーチのほうへ直行した。

わたしと宗右衛門は焦点のぼやけた会話をしていた。後になって考えてみても、何を喋ったか記憶に残っていないような、つまらぬ会話だった。そして話をしながら、玄関のほうへ聞き耳を立てていた。

盆が転がり落ちる音がしたのはその直後のことである。

人々はフォークとナイフをおいて、中腰になった。女はともかく、本来ならば男性は立ち上がって玄関のほうへ駆けつけるべきなのに、そうする者はいなかった。言い合わせたように、男たちはテーブルから離れずに、ただ耳をすませていた。

玄関のドアが開く音がし、ベルタの声と、それに答える女の弱々しい声がかすかに聞こえてきた。

またドアを閉じる音がした。ベルタが何かいうと、ひそやかな女の声がそれに応じた。と切れと切れの、息も絶えだえといった感じだった。そして二人の声はしなくなった。

「どうしたんだ？」

「誰が来たんだ」

「最後の客が着いたんだよ、チルチルさんに決っている」

男たちには再び会話する材料がなく、彼らは沈黙した。最後の客といえば北海道の女牧場主に決っていた。あの、男と見まごう女丈夫ならばもっと元気な声をだしそうなものなのに、気息奄々というのが解せなかった。何か事故にでも遭ったというのだろうか。

食卓をかこんだ人々は気をのまれたように黙りつづけていた。再びベルタと女の声が聞こえてきた。それは次第に大きくなり、やりとりが明瞭に聞こえてきた。

「皆様は食堂にいらっしゃいます。小森の奥様をお呼びしますから、あなたはここでお休みになって」

口調は懇願するようだが、丁重なうちにも命令的な態度だった。

「いやだ、食堂へ連れていって」

「でもお怪我していらっしゃるんですのよ」

「こんな怪我が何よ。食堂へ案内なさい。わたしは招待されて来た客なんですからね」

「でも皆様は、お食事中なのです」

わたしは遅刻したのよ、とにかくおばさまにご挨拶をしたいの。早く小森のおばさまの処につれていきなさい……。新参の客はせいいっぱいの威厳をみせて、ベルタに反駁した。といっても、声の調子はかすれていて、病人のように元気がなかった。つまるところ、一介の使用人であるベルタは、相手の主張を拒否するわけにはゆかない。不承不承というか、ともかく女の要求にしたがった。引きずるような乱れた足音が近づいてくる。

さすがに山荘の女主人は落着いていた。というよりも、主人としての立場を保とうとして必死の努力をしているようだった。善通寺のキッチンドリンカーは先程から食前酒を何杯かおかわりをして、オーバーな表現をするならば顔面に朱をそそぐといったていたらくだったが、同時に、コントロールを失ったロボットみたいにいきなりイスから転げ落ちてしまった。

ただ、こうしたなかでも変らないのは錦帯橋の彼岸に住む大田黒ミチルだった。ただならぬ気配に表情を固くして立ち上がってはいるものの、一向に動揺した様子はなく、あの明るい客間でわたしに応対したときと同様に、唇の端を吊りあげて、白い歯をみせていた。

足音が乱れ、そして止った。大丈夫ですかとか、ご無理はなさらないように、などというベルタの声がする。それに対して、喘ぐような小さな声で、ベルタの手を頑なに振り切るように女がいった。わたしは客なのよ、お客様なのよ……。

コーナーを曲ったとみえて、絨毯の上をひきずるような足音がはっきりと聞こえるようになった。ベルタが足もとに気をつけて、といっている。女が叱責するように、しかし微かな声で応じる。余計なことはいわないで頂戴……。

瀬戸内育ちの網元の伜は誰よりも先に悲鳴を上げそうなものなのに、意外に気丈に、芝居を演出する舞台監督にでもなったつもりなのか、上体を伸ばした手を腰にあてて、興味津々といった顔でヒロインの登場を待っている。

春美兄弟のうち、弟の画家のほうは、やはりそこはナイーヴな神経の持ち主らしく、細面の顔を蒼白くさせて、心ここにあらずといった按配であった。フリーライターの兄貴は酔いがまわっているのか、不精ヒゲを生やしたいかつい顔をてかてかと光らせて、太い眉をよせたけわしい表情で、ライバルの登場を待っていた。今頃になって余計な登場人物が現れた事に怒りをあらわにしていたのだろうか、絵で見る鍾馗を思わせた。あとの連中がどうしていたか、わたしには記憶がない。傍観者のわたしには相続人が増えようが減ろうが別に影響はないわけだが、その場の異様な雰囲気に呑まれていたことは否定できない。

ベルタの声は女性にしてはいくぶん低い。それに対してチルチルのほうは消え入りそうに細かった。それも断片的な発言だから意味がよくとれない。そのと切れと切れな発言を拾いあつめて、どうやら内容が把握できるという有様である。

唐突に二人が視界に入って来た。少し肥り気味のベルタが肩を貸している。チルチルのほうは北海道で羆と闘ったくらいの女性だから丈(たけ)も高いし肩が張った、話に聞くアマゾネスみたいな女傑である。が、いま人々の前に現れた彼女はベルタにすがってようやく歩いているようだった。脚の運びがのろい。歩幅がせまい。

食堂に入ってシャンデリアの照明を浴びた瞬間、居合わせた男女の口から悲鳴と驚きの入り混じった声が湧き起った。女のジャンパーは、わたしも見覚えのある白い獣の革でできたものだったが、いまそれは真赤に染まっていた。彼女が苦し気にあえぐ度に、赤く濡れたジャンパーはぬめぬめと光ってみえた。

血まみれの女はよろめく脚を支えてもらいながら、食堂に入って来た。元来、食卓と血潮ほど不似合いなものはない。女達は気圧されたような、若干遠慮気味の悲鳴をあげた。侵入者はそれを無視してコの字型に並べられたテーブルの一端に近づいて来た。

しかし彼女は食堂に二、三歩入ったところで足を停めると、ゼンマイが切れたブリキの人形のように、急に動きを停める。右腕を支えられた彼女は左腕を水平にあげると、そこで呼吸をととのえるかのように、しばらくのあいだ無言のままたたずんでいた。やがてゆっくりとした調子で語り始めた。

「……わたしは殺されかけた。わたしを殺そうとしたのはあいつなんだ」

人差指をたてて相手につきつけたいところだろうが、そうするだけの体力も残っていないとみえ、彼女は左腕をつきだして一本の丸太のような第二指の代用にした。

「お前だ、お前……」

ふるえを帯びた声でそこまでいうと、告発の中途で声が途絶え、ついで体が大きくゆれた。ベルタがなにか叫んで懸命に相手を抱きかかえようとした。わたしが飛び出たのはそのときのことだった。

ベルタの腕力が尽きて二人がよろめきそうになったのを、わたしは抱き止めた。ベルタはよろめきながら小さな声で「すみません」といい、頷くように頭をさげた。つづいて駆けつけたのは痩せて背のたかい弁護士の助手だった。外見は非力な男だが、意外に積極性に富み、てきぱきと働いた。彼は自分の手が血で汚れることを意に介することもなく、その点では解剖に慣れた医学生のようでもあった。

チルチルは仰向けになっている。顔の半分は朱に染まっていて、凄惨のきわみというか、場慣れしているわたしですら正視しかねるほどだった。助手は、しかしわたしよりも肝がすわっていた。彼はす早くチルチルのかたわらにひざまずく。それと同時にチルチルの唇がかすかに動いた。すかさず助手は床に手をついて、その口もとに耳を近づけた。

「しっかりするんだ。え？　なに？」

それに応えてチルチルはなにかいったようにも見えたが、傍らにいたわたしには何も聞こえなかった。

やがて法律家の卵はのろのろと立ち上がると、ぼんやりとした視線で人々を見廻して、ひとこと「死んだ」と告げた。

「彼女はなんていったんだ？」

テーブルの一角からいきなり野太い声がした。キンコン館の館主はいかつい顔をいかつくして、まるで彼を詰問するような調子だった。

助手は黙ってハンカチで手についた血を拭っている。

「おい、聞こえないのか。彼女はなんていったんだ？」

助手は一瞬そのハンカチをどこに捨てたものかと迷うように辺りを見廻したが、結局自分のポケットに入れた。上等なツィードが汚れるじゃないか、とわたしは思った。

やがて助手は声がした方向を見た。

「なにも聞こえなかった」

「そんなことはないだろう。おれの視力はいいんだぞ。たしかに何か喋っていた」

「唇は動いたが声にはならなかった」

「きみは耳を押しつけていたじゃないか。聞こえなかったとはいわせないぞ」

「うるさい人だな。聞こえたら聞こえたという。わたしには、何も隠さなくてはならぬ理由はない」

助手はつき放した答え方をした。相手の無礼な発言に腹をたてていることは明らかだが、表情はあくまで冷静だった。

そのとき、小腰を浮かせて発言したのは意外にも宗右衛門だった。「あのゥ……」といいかけて、慌ててコップの水をひとくち飲んだ。助手が落着いているのに比べると、役者が違うというべきか、網元の伜のほうは北国の牧場主の死に動転している様子だった。

しかし、コップの水が効いたとみえ、喋り始めた口調はなめらかなものであった。

「われわれが気にかけているのは、チルチルさんが犯人の名を告げたかどうかということなのです。われわれの取得分は、一人殺されるごとに増えていく。われわれのなかに一人の不心得者がいて、そいつがわれわれを一人ずつ殺して、自分の取り分をふやそうと狙っているのかも知れない。ですからわれわれは自衛のためにも、その人物の正体を知る必要があるんです。あなたにしても、まさかチルチルさんが罷に喰われかけたと思っているわけじゃないでしょう。秋夫氏の質問の真意はそこにあると思うんですが。少し訊き方が横柄であったことは認めますけど、でも――」

助手は角度をかえて宗右衛門のほうに視線を向けた。表情は前のままだが口調がやさしくなっていた。

「デモもメーデーもないんです。このチルチル氏が犯人の名を告げていたなら、即座に皆さんに教えましたよ。いまもいったとおり、隠さなくてはならぬ理由なんてないのですから。

この人が口を動かしかけたのは確かなことです。だが、喉がぜいぜいいうだけで声にはならなかったんです」

「解りました。しかし……」

宗右衛門は言いよどんで、ちょっと沈黙した。

「なんです……」

「つまりその、ぼくの最後の質問は、あなたが読唇術をマスターしているんじゃないのかな、ということなんです。そうだとすれば、チルチルさんのいったことが判った筈ですから」

助手は失笑しそうになると、あわてて表情をひきしめた。

「こういっては失礼だけど、あなたは少年探偵団の読みすぎじゃないですか。読唇術だなんてとんでもない」

「それは返事になっていないと思いますが」

「ですから読唇術も読心術もできないといっているんです。わたしも遺言のおこぼれに与かる一人ですが、わたしたちが皆殺しになるなんて考えてみたこともないですな。どうもあなた方は神経質になっているようだ」

法律顧問の一人として、かなりの謝礼をもらう。おこぼれに与かるとはその意味であった。

「まあまあお喋りはその辺で止めにして、救急車に連絡しなくちゃならん」

と、絵描きの春美が立ち上がりながらベルタのほうを振り返った。

「電話はどこです？」

「どこだったかしら。電話……電話……」

ベルタは落とし物を探すように辺りを見廻した。

「春美さん、救急車を呼ぶ必要はないはずです。呼ぶんなら警察だな。確実に呼吸が止まっています」

ベルタはわたしのほうを見て、目をまるくして意外そうな顔付をした。わたしが宗右衛門の護衛として来たことはうすうす知っている模様だが、まるで刑事みたいな口のきき方に、毒気をぬかれたという格好である。

「ベルタさん、そうなさい。ポリスに来てもらいなさい」

「ちょっと待った。あなたは一体何者です？　チルチルさんが絶命したかどうか、どうしてあなたに断定できるんですか。あなたはお医者じゃないでしょう？」

「医者じゃないけど、もと刑事です。東京の神楽坂署のね。捜査課にいたもんだから、殺人現場は何度となく見ているんです。絶命しているかどうかぐらいのことは、医者なみに解るんですよ」

人々は半信半疑といった顔つきでわたしのレクチュアを聴いていた。そして一様に、信じてもいいものかどうかを胸のなかで検討しているようだった。

ベルタが意を決したように食堂をでていく。電話は通路のはずれにあるとみえて、そちらのほうからダイアルをまわす音がした。受話器を耳にあてたとみえ、もしもしと呼びかける声が何度かくり返された。やがて受話器をかける音。再びダイアルを回転させる音。

それが三度つづいてから、ベルタが戻って来た。小首をかしげている。

「ベルタさん、どうしたの？」

未亡人が低い声でたずねた。

「変なんです。電話が通じないんです。ダイアルしても誰も出ないんです」

「まさか警察のストライキじゃないだろうな」

キンコン館の主人がこの場に不似合いの冴えない冗談をいったが、笑う者はいなかった。

「ちょっと様子を見て来ます」

宗右衛門が言い残して玄関のほうに出ていったと思うと、ドアを開けた瞬間に悲鳴を上げた。

「こりゃひどい、雪が腰までつもっている」

「どれどれ」

と、春美が様子を見に出ていった。やがて彼の驚いた声が聞こえてきた。

「どうしたというんだ」

誰にともなく怒鳴りつけるようにいって、キンコン館主が肩を張って立っていったが、まもなく興奮した彼のだみ声が聞こえてきた。

「こりゃ大変だ。これじゃ車が動かない。電話が通じたとしても、医者も警察も来るわけがないよ」

そして三人が足早に戻って来た。宗右衛門は両手をズボンのポケットに突っ込み、肩をそば立てていかにも寒そうにみえた。

「そんなにひどいの？」

「ええ、ほんの二、三時間ですっかり積もっています。雪の重みで電話線が切れたんじゃないですか」

春美が答えた。人々は黙って顔を見合わせていた。

「奥さん、寒い部屋はありませんか。屍体をこのままにしておくわけにもいかんでしょう」

肥った弁護士の助手が、この場の雰囲気に不似合いな晴々とした声でいった。

「あの、霊安室として使うのですか」

「まあその意味もありますが、食堂に屍体が転がっていたのでは、食事が喉をとおるまいと思って」

人々はまた顔を見合わせた。その大半は、彼の発言に批判的な表情をうかべている。こういうときにめしの心配をするとは何事かという顔つきだった。

「あんたのいうことも解らんわけでもないが、これは殺人事件だからな、むやみに屍体を動かすと、その筋から文句がでるぞ」

「わたしも兄のいうことに賛成ですな。明日になれば吹雪もおさまるでしょうし、そうなったらわたしが電話のある家まで歩いて行ってきます」

では屍体をどうするか。まさか食堂の真中に放置して置くわけにもゆくまい。このことで、いとこ達のあいだで賑やかな議論が起った。

「明日になれば雪も止むだろう。誰かが電話のある家まで行けば、警察に連絡することができて、やがて警察が駆けつける。そのときにですよ、屍体が動かされていたら現場をいじくったということで文句をいわれますぜ」

と弁護士が意見をのべる。

「それじゃなにかい、あんたは屍体を観賞しながら食事をしようというのかい？　こりゃ驚いた。あなたがそれほど大胆なおひとだとは思わなかった。大胆というよりも、ドンカンといったほうが適切な表現だけど」

肥った法律家とキンコン館の館主とのあいだにこうした応酬がくり返され、後者はますます感情的になっていった。

「止せ止せ、そんなことで角つき合わせるなんてつまらん話だ。屍体をながめながら食事をしたのでは食欲がわかないというのはお互いさまじゃないか」

「そんなことはわかっているわよ。問題は、諸君の眼の前にある屍体を、どうやったら消せるかということでしょ？　残念ながらわがいとこ諸君のなかにはフーディニはいないようだわね」

宮嶌奈美が歯切れのいい口調で意見をのべ、人々の顔を見廻した。

「フーディニはわたしですよ。われわれ奇術の大家にとって屍体を消すのは朝めし前のことでしてね」

画家が早口で応じた。

「どうなさいますの？」

奈美がいささか気取った声をだした。遺産の分配にありつけば明日からはビリオネヤの仲間入りができるのである。口のきき方も自ずから上品になっちまう。

「ナニ、難しいことじゃないんです。ご主人の許可を仰いでのことですが、明日から食堂をどこか他の部屋に移してもらえばいいのです。結果的には食堂から屍体が消えてなくなったことになります」

「それ名案ですわね。名案じゃございません？　小森のおばさま」

おばさまというのは断るまでもなくこの家の女主人のことである。このおばさま、それが聞こえなかったようにあらぬ方に視線を投げて、いうなれば放心の状態にあったのだが、みなが自分の顔を見つめていることに気づくと、あわてて元のきりっとした顔にもどった。

「ええ、ええ、そうしましょ。でもチルチルさんは可哀想なことをしたわねえ。皆さんと会うのを楽しみにしていたのに」

「失礼ですが、どうかなさったのですか」

と、宗右衛門が口をはさんだ。いかにも彼らしいことだ、とわたしは思う。宗右衛門は漁師の伜にしては、珍しく相手の気を忖度することのできる、早くいえば心やさしい人間なのだ。但し、相手が女性の場合にかぎるのだが――。

そう声をかけられて、小森駒子ははじめて我に返ったように、表情にも張りをみせた。女主が女主の威厳を取り戻したとでもいったところだ。

「あなたにちょっとお訊きしたいことがあるのよ」

「何でしょうか」

「さっき、妙なことをいいましたわね。遺産の取得分の金額をふやすために、殺人が起るという……」

「いいましたけど……」

と、宗右衛門はとまどった表情を浮かべている。

「ここはわたくしの家です。この家のなかでは滅多な冗談は控えていただきたいですわ」

「解りました。そうします。ですが、お言葉を返すわけではありませんけど、あれは洒落や冗談じゃないんです。一人が死ねば残ったものの取り前がふえていくというのは、わたしを別として、なかなか魅力のある取り決めなんです。なにしろ金額が金額ですから、ふと変な気を起こす人がいないとは限らないと思います」

「それはあなたの空想です」

口調はやわらかかったが、きびしい学校の先生が生徒に教訓をたれるような調子だった。一変して笑顔が消え、眼の光がきびしくなった。

宗右衛門にかわって画家の春美が反論した。

「そんなことは承知しています。けれども、すでに犠牲者はふたりも出ているのですよ。伯母さんだってご存知な筈ですけど、ＸＸ製薬の六郎さんが小さな船の上から転落した事件は、過失なんかではなくて、殺人だと思うんです。犯人はぼくらのなかの誰かでしょうね。それとも、彼に雇われた殺し屋かな？」

「断定するだけの根拠はあるの？　警察では過失ということで処理したというではありませんか」

またまた緊迫した状態になった。ベルタも、他の客たちもこのなりゆきにあっけにとられた様子である。

「根拠はないんです。ただ、善人たちには想像もできないでしょうが、人間の金銭欲には天井がありません。一流会社のトップの人々や政治家たちが欲にかられて破滅していく例は、アラスカにいらしてもお耳に入ったことと思いますけど」

金鉱王の未亡人は不潔な話を聞いたように眉をひそめた。いかにも意志のつよそうな、はねるように引かれた眉であった。髪の色に合わせて鳶色に染めた眉毛である。

「わたしの」

と言いかけて、自分の失言に気づいたらしかった。

「いいえ、わたしの亡くなった主人の可愛い甥や姪のなかに、そんな強欲なひとがいるわけはないわ。古い、昔の、わたしが少女時代の言葉でいえば、そんな『人非人』が一族のなかにいるとは思えないのよ。いくら欲望は無限なりといっても、政治家の場合は五千万とか一億とかの話なのよ。あなた方に贈譲される金額は四百五十億なの、彼らとは桁が違うの。そこを忘れてくれては困るわよ」

お釈迦さんが頭の悪いお弟子に説法するような、懇切丁寧な口調だ。

「自分の預金口座に五十億円が振り込まれたことを想像してごらんなさい。それも、額に汗することもなくて転がり込んだお金よ。それだけの遺産を貰えばどんな欲張りでも気が変わるんじゃない?」

「でもね伯母さん、欲望が無限というのは人間性に根ざす定理なんですよ。勿論、ノーマルな人間は別です。しかし世の中には感覚の狂った人間のいることも事実なんだといいたいですね。わたしが心配しているのは彼らのことなのですが」

「わたしの一族のなかに異常性格の人がいるというの。あら」

未亡人はいたずらっ児のように丸い目をくりくりさせて、挑むようにいった。あとの男女はただもう呆気にとられて、黙々として聞いている。キンコン館の主人は伯母の考え方に批判的なのか、ときどき赭い頬にうすら笑いを浮べていた。ミチルは伯母の肩を持つように、ときどき大きく頷いて、未亡人の発言を肯定するかのような態度をとっていた。

終始傍観者の立場をくずさなかった旅役者の息子は、そっとあくびを嚙み殺した。

「伯母さま」

話が一段落したところで、キッチンドリンカーの奈美が声をかけた。先程から手ぐすね引いて、口をはさむ機会を狙っていたようなタイミングの良さだった。

ふと、わたしの耳もとで声がした。わたしは自分に話しかけられたものと思って、す早くふり返った。山荘の女主人が話しかけているのはわたしではなく、弁護士にであった。

「先生、どうしたらよいのでしょう？」

山荘の女主人が上ずった声をだした。

先生と呼ばれたのは、いうまでもなく肥満した弁護士である。

「さあてね」

彼は思い出したように拡げたナプキンをつまみ上げて、それを丁寧にたたむとテーブルの上においた。時間を稼ごうとするかのような、ゆっくりとした動作だった。

「……わたしは民事の弁護士でして刑事の事件は専門外なのですが、幸いなことに、と申しては穏当を欠くけれど、この席に、強力犯を専門としていた元刑事がいるんです。神楽坂署の名刑事で、ときには相棒を連れずに徒手空拳で悪党のアジトに踏み込んだこともあります。というのも、プロのサッカー選手なみの足技の持主でしてな、悪党どもの虚をついて彼らを片端から足蹴にして、捕えてしまう。そうしたことが何度かあります。そんなわけで靴形平次というニックネームで呼ばれるようになったのですが、署長はこうしたやり方に批判的でしてね、部下のなかから犠牲者を出したくないということでしばしば口論となった。それがきっかけで退職すると私立探偵を開業したのです。その名刑事がいまこの席に来ておるのです。殺しの現場を何回となく踏んでいるわけで、いまの場合は同君の指示に従ったほうがよいと思うのだが……」

「この人が現職の軽井沢署の刑事ならばイチャモンをつける気はない。だが彼は現役の刑事じゃないんだ。刑事をクビになって私立探偵を開業したような人にこの場を委せるわけにはゆかんですな。まず第一に、現地の警察に連絡をとって、変死者が出たことを報告すべきじゃないですか」

キンコン館の館主が呂律のまわらぬ口調で一席ぶった。幅の広い赭ら顔がシャンデリアの灯りを受けて鈍く光っている。

「窓の外を見てみなさい」

弁護士は大儀そうに立ち上がって、内側に面した窓を指さした。全員の視線がそちらに向けられる。キンコン館主はいささかふらつく足取りで壁際まで行くと、片手でカーテンを払おうとして、たたらを踏んだ恰好になった。酒を呑みすぎたせいだろうか、足許が怪しい。只酒だから鱈腹のんでやろうという根性はみえみえである。わたしも酒はたしなむが、意地の汚いのみ方はしていないつもりだ。

「カーテンを払って」

と、後ろから肥った法律家の声がした。教壇の上から児童を叱る先生、といった感じがする。その声に操られた木偶とでもいうか、キンコン館の当主はカーテンに手をかけて、横に払おうとしたが、そこでまたバランスをとりそこねて、つんのめりそうになった。

「兄さん、見ちゃいられないよ。さ、ぼくが開けるからさ」

画家の春美が小走りで駆けよると、しずかにカーテンを払った。ブドウ酒色をして厚い生地で、いかにも金のかかった品物でございといっているようなカーテンであった。

本来はその窓から中庭が見えるのだろう。だがいまは窓ガラスに吹きつけられた雪に遮ぎられて視界はゼロに近かった。

「あら、ちょっとの間に降ったもんね」

と誰かがいった。

「窓ガラスに雪がつもったのは、夕食になる前からでしたよ。それに、雪の重さでそうなったのか、電話が通じない。線が切れているようだ」

「まあ！」

「ということはです、改めて説明するまでもないと思いますが、変死者が出たということを警察に通知するわけにもいかないし、夜道を歩いて知らせにいくこともできない。勿論、タクシーを呼ぶこともできぬ状況下にあるんです」

「あら」

と別の女性がいった。四国のキッチンドリンカーだった。今夜は控えているのだろうか、顔色もふつうだし、口のきき方も正常であった。

「話が戻りますが、わたしが靴形平次くんに全権をゆだねてはどうかと提言したのは、こうしたわけがあるからです。平次くんを除くと、殺しに対応できる人はいないように思うのだが……」

弁護士は肉のだぶついたあから顔をつき出すようにして、一座を見廻した。「反対」と叫ぶものもいないかわりに、双手を挙げて賛成するものもいなかった。わたし自身も酒を呑んで早寝をしたい心境だから、出来得べくんば全員に反対票を投じてもらいたかった。

「さあ、黙っていたのでは埒があかない。イエスかノーかをはっきりさせようじゃないですか」

「皆さんなにを躊躇しているの？　先生のおっしゃることは正論だと思いますわ」

じれったくなったのだろうか、小森未亡人が立ち上がると、片手をテーブルについて、身をのり出している。地底を這いまわって金鉱さがしをしていたからにはいっぱしの女丈夫である筈だが、うっすらとお化粧をした彼女はまだ色香が残っていて、どこかに妖艶な魅力があった。欲得を別にして、この女性にプロポーズされたら即座に受けてもいいな、とわたしは阿呆なことを考えていた。

未亡人にけしかけられて決断がついたというのだろうか、先ず塩元結の色男が、決然として挙手をした。そしてしっかりした口調で賛成論をぶち上げた。ただおとなしいぼんぼんだと思っていたわたしは、あらためてこの網元の伜を見直した。それに釣られたというか、ぞろりぞろりと緩慢な動作で手をあげる者がふえ、キンコン館の主人を最後に全員が賛成票を投じたことになった。

「まあ、よかったな」

会場がしずかになった頃、肥満した法律家はわたしを顧りみると、そういってニヤリとした。わたしは作り笑いをうかべて顎の先を撫でていた。

6

わたしが変死者の死体をいじるのは、たとえが悪いかもしれないが、産婆が赤ちゃんを取り上げるみたいなものだった。職業意識に徹すれば、こわいだの不気味だのというトーシローみたいな感情は少しも湧いてこない。自慢じゃないけど、神楽坂署のデカだった頃のわたしは、屍体をいじくりながら鯛焼きを喰ったことがある。あのときは、なにしろ腹が減っていた。まる一日なにも喰っていなかったのだ。

「わたしで良ければ」

と、わたしはテーブルに坐った人々の顔を見廻しながら答えた。

「お願い致しますわ。でも、皆様おなかを減らしておいででしょうから、別のお部屋で食事をすませましょ。その後でお願いしたら？」

「異存はないですな。わたしも空腹で目まいがするほどだ」

わたしがそういうと、キンコン館の主人が片手をあげて真先に賛成した。

「ぼくは不賛成だな。まず屍体を霊安室に搬んで上げるのが死者に対する礼儀じゃないですか。まして殺されたのは赤の他人じゃないんだ、われわれと同じ小森一族の血が流れているんだから」

牧田数夫が顔を上げ、昂然とした口調で発言した。この旅役者の伜が人々を見廻して、反論するものがいれば受けて立とうといわぬばかりに左右を見廻しているのを見ていると、血は争えないというか、花道で見得を切らせたら大向うから声がかかりそうな気がした。

「わたしはどうでもいい。しかし霊安室がこの家にあるんですか」

「それはたとえてみればの話です。このチルチルさんを安らかに眠らせる場所というと、雪を掘った穴のなかでしょうな」

「どうかね？」

決をとろうとするかのように肥った弁護士が立ち上がった。こうした場合に彼の肥満体がものをいう。べつに威圧しているわけではないのに、なんとなく反論しにくい気持ちになる。

「奥さん、ほんの一時期ですが屍体を横たえておく場所はないですか。庭はこれだけ広いんですから、手頃な場所があると思うんだが」

「屍体を埋ける場所はいくらでもあるんだけど、この雪のなかを庭のはずれまで行くのは嫌でしょう。いっそのこと、裏口のそばはどう？　チルチルさんにしても、庭のはずれに埋められるのは嫌だろうと思うのよ」

「おばさんがそういわれるなら、敢えて反対はしませんよ」

決をとるまでもなく、結局は駒子未亡人のいうとおりになった。

「それじゃ若い方にお願いしますが、手を貸してもらえませんか。それに、ゴミを入れるようなポリ袋はないでしょうか。まさか剝き出しで埋けるわけにはゆきますまい」

わたしの意見はすんなりと認められた。

ベルタは手際よく仕度をしてくれた。

ふたりの若者はどうすればよいのかわからずに、ただ黙って立っている。

「わたしだって初体験なんだが、まず上半身をくるみます。つぎに下半身を袋でくるむ。いやな仕事だということはわかりますが、これも何かの縁だと思ってつき合ってください」

有無をいわせず手伝わせた。チルチルは死んでから間もないので、われわれは苦心することなく屍体にポーズをとらせて、さして苦労もせずに二枚のポリ袋に「格納」することができた。若者たちは死人の顔を見まいとするように、半ば顔をそむけてつき合ってくれたのである。テーブルの人々はこわごわとした表情をうかべて、じっとこちらをみている。作業が一段落するまで、全員が黙りこくっていた。

足の先と頭の両方から袋をかぶせたのだが、チルチルは体格のいい女性だったため、ビニールの寸法が足りなくて腹部をおおうことができなかった。するとベルタが気をきかせて鍬を持って来てくれたので、わたしは袋をひらいて一枚のシートにすると、それで腹部をくるんだ。

「ベルタさん、すみませんが裏口のドアを開けて下さい。それから長靴があったら三人分を並べておいてくれませんか」

彼女はいやな顔をせずに、てきぱきと動いてくれた。

五分後のわたしたちはブーツをはいて裏口をでると、それぞれが手にしたスコップで、ドアから十メートルほどの処に穴を掘った。この辺は夜になると狐や狸、それに狢がでるというので、屍体が喰われることのないように、穴はかなり深く掘った。そして二本のロープでバランスをとりながら、チルチルを穴の底に横たえた。屍体を見なれたものとして彼女の死に感傷的な思いはしなかったが、いざ雪をかぶせ墓標のかわりに木の枝をつき刺したときに、生前の男勝りの彼女のプロフィルが浮かんできて、ちょっと涙ぐみそうになった。その様子を若者たちに見られまいとして、家に入るまでわたしは顔をそむけていた。

裏口には全員がそろって埋葬の次第を見ていた。ご苦労さんだの、寒かったでしょうというねぎらいの言葉をかけられたが、宗右衛門は黙々として蒼白な表情を隠そうとはしなかった。思ったとおり殺人事件が起きたではないか、彼の表情はそう語っていた。

もう一人黙然としていたのはミチルだった。チルチルが男性的で磊落（らいらく）な性格であったのとは逆に、ミチルはおとなしいたちなのだろうか、気落ちしたとでもいうふうにしょんぼりとしていた。家に入ると、涙ぐんだ様子を見せまいとしてか不自然なほど陽気にふるまったが、いつになく鼻のつまった声になっているので、泣いていたことがすぐに判る。

三人が裏口のドアから入ろうとすると、出しぬけに塩をまかれた。顔を上げるとキッチンドリンカーの奈美が艶然として笑っている。珍しく今夜はしらふだが、酒を呑まないときの彼女がこれほど美人だとは思いもしなかった。

「いつぞやは失礼しました」

「どう致しまして。だけどしらふのあなたは別人のように綺麗ですな」

わたしは感じたとおりのことをいった。彼女は裾の長い黒のベルベットの服を着て、ガラス玉をつないだようなネックレスをしていたが、イヤリングは嫌いなのだろうか、着けていなかった。

「ダイニングルームが変更になったそうよ」

「どこにですか」

「駒子おばさん達が居間として使っていらしたお部屋なの。玄関を入ったすぐ左側だわ」

わたしはベルタに先導されてダイニングルームに直行したので、玄関ホールの左手になにがあったのか目に入らなかった。

「居間というと……」

「いえ、大きなお部屋だから全員が揃ってお食事ができるのよ。その前にシャワーをあびたらどう？」

われら三人はすっかり冷えていた。熱いシャワーをあびて人心地をとり戻したいと思っていたところである。

「じゃ、そうさせて貰いますかな」

すべての客が食欲を失っていたようだ。小森未亡人がアラスカから取り寄せたという大ぶりな鮭のぶあついステーキにも、地元産のマルメロのシャーベットにも舌鼓を打つということはしなかった。ただ小森未亡人と調理してくれたベルタに対するお義理からナイフなりフォークなりを動かしているふうに見えた。ふと気がついてみると、天真爛漫に呑み且つ喰っているのはわたしぐらいのものだった。グラスのふち越しに肥った弁護士と視線が合ったとき、彼は非難するようなきびしい目つきをしていた。場合が場合だ、もっと厳粛なつらつきで喰ったらどうだ。彼の目はそういっているように思えた。

食事が終り皿を片づけたあと、ベルタが珈琲をサーヴしてくれた。アラスカ人の好みに合う品種がどんなものなのかわたしは全く知らないが、香がよく味はまろやかで、はなはだ結構なものだった。わたしが常用しているインスタント珈琲とは桁がちがっている。

珈琲を辞退したのはミチルだけだった。眠られなくなると困るから、というのが理由である。そんなにデリケートな神経の持主には見えないが、とわたしは秘かに思った。

「ところで探偵さん、今夜の事件をどうご覧になりますか。端的にいって事故死か殺人かということですが」

画家の春美が抑えた声で訊いた。彼は平素でもおっとりとした静かな喋り方をする。ときがときであり場所が場所だから、今夜の彼は死者を悼むにふさわしいトーンで質(たず)ねた。

「そうですな、雪に滑って頭を打ったとは考えられませんな。降ってる最中の出来事でしょうから、滑るということは考えられない。すると後頭部の傷は木の伐り株につまずいて転倒したというのじゃなくて、誰かに撲られたんでしょう。気絶するほど強烈にね」

「通行人もいない夕ぐれ近い頃のことですよ、追い剝ぎがでるわけもないじゃありませんか」

「だからよ、これはおれたちのなかの誰かがやったことじゃねえか」

キンコン館の主人がいきなり話をひったくった。

「春美みたいな聖人君子には思いつかないけどよ、われわれのなかから一人死んでいけば、残った連中に分配される遺産の取り前はとたんにアップするんだ。何も犯人だけじゃねえよ、お前を除いた全員が遺産を独りじめにしたくってうずうずしてるんだ」

「秋夫さん、少し言葉がきつすぎやしませんか」

そう言葉をはさんだのは伊予大洲に住む旅役者の伜だった。

「なんだとお？」

と秋夫は喧嘩腰になる。古い表現をするならば早くも顔面朱をそいだよう。

「おめえはなあ、あたしゃおあしは要りませんなんて、耶蘇の坊主みたいな悟ったことをいうつもりかよ」

牧田数夫は口を歪めてにやりと笑った。

「そりゃ暴論だな。アラスカの伯父さんが下さるというものは頂戴しますよ。一生こつこつ働いたって億という銀行預金なんて出来っこない。この度のお話はありがたくお受けします。だがね、わたしは欲ばりじゃない。ものには限度というものがあることも、ようく心得ていますよ。血のつながった皆さんを殺してまで金額をふやそうなんてことは、これっぽっちも考えたことはないんです」

「そうかね。だからといって、おれにゃお前さんという人間を信用できんがね、なにしろ二時間前に会ったばかりだからな」

　秋夫はせせら笑ってそう応じるとタバコを取り出してライターをこすった。

　彼が口をつぐんでしまうと、人々は今夜がチルチルの通夜であることを思い出したように押し黙った。男性たちは口淋しいと感じたのかタバコを吸い始めた。わたしもそれに便乗してインドネシア煙草に火をつけた。

「おばさん、ちょうどいい機会ですから、もう少し議論をさせて下さい。しめっぽくなってはいけない。感情に走らないように注意しますから」

「ええ、いいわよ。喧嘩腰にならないようにね。チルチルさんのお通夜だということを忘れないで」

　と、小森未亡人は秋夫にやんわりと釘を刺すことも忘れなかった。

「それはもう、よく心得ています」

　秋夫は揉み手をするんじゃないかと思うほど低姿勢だった。まだ書類は作成されていないのだから、小森未亡人の機嫌をそこなってひょんなことになったら大変だ、胸中でそう考えているのは明らかである。

「判ればいいのよ」

　秋夫は調子のはずれた声で精一杯の追従(ついしょう)笑いをした。わたしの隣りの宗右衛門がそっと鼻を鳴らすと、気取られぬようにそっぽを向いた。幸いなことに未亡人のご機嫌とりに多忙な秋夫は、見たところそれに気づく余裕はないようだった。

わたしはそっと宗右衛門に声をかけた。彼はそっぽを向いたきり、秋夫を完全に黙殺していたのである。

「何です！」

とわたしにまで突っ慳貪になっていた。

「おいおい、おれにまで怒ることたぁねェでしょう？」

とわたしが笑うと、彼ははっとした表情をして、片方の頬にえくぼを刻んで笑顔になった。

「ごめん。あの男のことを考えると情けなくなってくる。われわれの一族のなかになぜこんな異分子が生まれたのかなって考えるとね」

「さあ、討論会が始まるってんです。拝聴しようじゃねえですかい」

やっと機嫌がなおったといったふうに宗右衛門は体の向きをかえて、おでこにかかった柔かそうな髪をかき上げた。姉を失ったばかりの傷心のミチル、それに四国善通寺の宮嶌奈美の二人は話がよく聞こえるように、あいているイスに移動していく。そして二人が着席するとすぐに、牧田数夫が話し始めた。父親にセリフの喋り方を教えてもらったことがあるのだろうか、それとも親譲りとでもいうのだろうか、数夫は歯切れのいい口調だった。

「ぼくの考えを話しますと、バスの運転手の万策さん及び製薬会社の水無瀬六郎さんの死は事故だろうと思うんです。われわれが急に大きな金額の遺産分配にあずかったことを、神様が嫉妬なさったとでもいうんでしょうか、万策さんは轢逃げ事故に遭い、一方六郎さんは酔って海に転落してしまった。二つ続いたのは偶然にそうなっただけで、背後に何者かが画策したとみるのは考え過ぎでしょう」

何かいいかけた秋夫を掌で押しとどめると、数夫は話をつづけた。酔っ払いのざれごとなど聞く耳は持たぬといわんばかりの態度だった。秋夫としては珍しいことだが、気圧されでもしたのだろうか、一瞬だまり込んでしまった。数夫はそうした年長のいとこのことなどてんから無視したように話をつづけた。

「しかし、今回のチルチルさんの死は神様のやきもちが動機じゃないと思いますね。これは明らかに殺人です。犯人は二人のいとこたちの死に依って触発されたのでしょう。いとこが死ぬたびに自分たちの取り前がふえていくということに気づいたわけですね」

「といいますと、推理小説によくある連続殺人ですの？」

素面のキチンドリンカーが口をはさんだ。アルコールが全身に廻ってくだを巻いたり泣いたりしたことを知らない数夫にしてみると、美しく装ったいとこから声をかけられればつい頰の筋肉がゆるむ。

「そうです。だからぼくは、これが連続殺人に発展するんじゃないかと心配しているんです」

「すると最後まで生き残ったものの手取りは四百五十億円にのぼるってことね？」

「そういうわけです。今夜からわれわれはベッドルームに施錠することを忘れちゃならない。護身用の拳銃でも持って来たなら、それを片手に握ったまま眠ることですな。夢をみて自分の腹を射つようなまねはしないようにね」

そういって笑ったのは彼ひとりだった。あとの連中は数夫の話の意味を考えようと、ひとしきり頭の中身を回転させていた。

「判ったわ。雪が止んだらすぐにお暇しちゃう」

奈美が本気とも冗談ともつかぬ調子でいった。どこか数夫説を馬鹿にしたようなニュアンスがないでもなかった。もう一人の婦人客であるミチルは性格が素直というのか、物事を単純に信じやすいたちででもあるのだろうか、総毛立った顔つきであらぬ方を見つめていた。

「ちょっと数夫さん、冗談がきつ過ぎるわよ。何ですか、連続殺人が起こるとか起こらないとか。男性とは違って女性はデリケートなのよ。みんな今夜は眠られなくなるんじゃないですか」

「はあ、どうも」

牧田数夫は先生に叱られた小学生とでもいうか、二、三度つづけて叩頭した。

その後に肥った弁護士の出番が廻ってきた。彼は灰皿を除けるとテーブルクロスの上に書類をひろげ、若い助手の介添えで甥や姪たちに署名捺印をさせた。一瞬にして億万長者がぞろりと誕生したわけだが、それにしては至極あっさりしたものだった。むかし車の免許をとったことがあるが、そのときのほうが遥かにものものしい雰囲気だったような気がする。

予定されていた行事が終了したのは午後の十一時になろうとする頃だった。小森未亡人は肥満した法律家が恐縮するほど喜び、丁重な礼をのべた。

「これで主人との約束を果すことができました。今夜はゆっくりとやすめます。これも先生のお陰です」

海外生活の長い彼女はすべてがあちら風になっているのかと思っていたが、想像していたのとはまるで違った古風なタイプの日本婦人であった。

7

弁護士と助手とは相部屋だった。二階の廊下のいちばん端の、ちょうど入口の真上にあたるところに位置している。廊下には緋色の絨毯がしかれてあるので、われわれがスリッパで歩くとほとんど足音がしなかった。後で知ったのだが、外出から戻ったときに靴をぬぐ風習が未亡人には大変に気に入ったというか、故郷に帰ったという気持ちを実感するというか、屋内ではスリッパをはくことになっていた。衛生的だというのがもう一つの理由だったそうである。

わたしと宗右衛門も相部屋だったが、これは彼から身辺の警護を依頼されている以上、願ってもないことだった。室内には小さなデスクがあったり洋服だんすがあったり、シングルの寝台が二つ並んでいたりして、彼にいわせるとBクラスのホテルなみだそうである。

廊下を隔ててドアが向き合っている。だから窓のブラインドを上げて外を見ると、はるか彼方に明りのついた門柱が見えた。気のせいかかなり積ったようで、雪は暗い空からなおも斜めに降りつづいていた。それを眺めているうちに、北海道の奥地で会ったときの西部女みたいなチルチルのことが思い出されて、柄にもなくちょっと感傷的になった。

ブラインドをおろして振り向くと宗右衛門はベッドの上に用意されてあるネルの寝間着に着更えて、これから寝ようとしているところだった。頭にナイトキャップをかぶり、するとが本格的である。恥ずかしながらわたしは、ナイトキャップというと寝酒のことだとばかり思っていたのだ。

わたしは服を着たままでもう一つのベッドに腰をおろした。

「わたしは眼が冴えてしまったな。あんたのほうが落ち着いている」

「そうじゃないんです。地震がこわくて昨晩はほとんど眠ってないのですよ」

「信州はめったに地震がない土地柄なんだけどな。いずれにしてもエネルギーは使い果したわけだから、ここしばらくは何も起らんですよ」

わたしは怪し気な地震論を披露した。家業が漁師だといってもやはり宗右衛門はぼんぼんだから、ひとのいうことを信じ易い傾向にある。このときもほっとした表情をみせ、紙巻をくわえると、ライターとシガレットケースをわたしの前においた。

「チルチルさんの死はショックだったなあ」

「そうだね、あんたは初対面の挨拶をする暇もなかったからな。わたしは北海道の農場で一緒させて貰ったんだが、なかなか豪快で親切な人だったなあ。あんた会ったことないんですか」

しかし彼はわたしの話など聞いてはいなかった。そして宙空を見るような虚ろな眼で壁紙の模様をながめていた。

「……やはりぼくの心配があたりましたね。連続殺人といういやな予感は――」

「現実のものとなった」

宗右衛門の話をひったくるようにして、彼がいおうとしていることを早口でいった。

「そうです。あなたにしたって、ぼくのいうことを被害妄想だなんて軽く考えていたんでしょう、違いますか」

「そりゃまあそうですけどもね。大量の連続殺人なんてものが現実に起るとは思えなかったからな」

「ぼくもね、そう考えるのは無理もないことだと思います。ほかのいとこたちにしても、チルチルさんが連続殺人の最初の犠牲者であることを真剣に考えようとはしていない。対策についての討論をするのだろうから、どんな白熱したディスカッションになるのかと期待していたんだけど、お座なりの常識的なことをいったきりで終ってしまった。もしあれが連続殺人の最初の事件であると考えたなら、これからどんなふうに自分を守るかということを熱心に討議しなくてはならないのにね。ぼくは黙っていたけども、失望したです。ぼくにはあなたというベテランのボディガードがいるからいいんだが、彼らは徒手空拳で自分の命を守らなくちゃならない。それなのに、十分も喋らないうちにあっさり散会にしてしまって」

終りのほうは嘆き節みたいに聞こえた。宗右衛門は口をつぐむと何かほかのことを考えているように虚ろな表情をうかべていたが、そのうちにゆっくりとわたしの顔を見ると、のろのろとした調子でいった。

「門を入ってこの家に辿り着く途中で、ぼくは転びましたね？」

「ああ、覚えてる。誰かに狙い射ちされたのかと思って肝をひやしたですよ」

「雪のなかの木の根っこにつまずいたんだと思っていたんです。でも今になってふっと思い出したのは、あれはチルチルさんの体ではなかったかということなんです。つまずかれたショックであの人は気絶した状態からわれに返ったのじゃないか……と」

「単なる想像ですか」

「いや、これも今になって思い出したんだけど、薄く雪をかぶった下に、うす紫の色がすけて見えたんです。あのときは深く考えもしなかったんですが、チルチルさんのオーバーはたしかうすい紫色でしたね？」

わたしは黙ったままうなずいてみせた。

「……ああ、女性用語でいえばうすいラベンダーってとこだったな」

「とすると、彼女はここに到着する寸前に襲われたんじゃないでしょうか」

「そういうことも考えられるわな。チルチルは道に迷ってさ、やっと家の灯がみえてほっとしたところを撲られたんだな」

「映画なんかでも乱闘シーンなんて日常的なものになっているんですが、ガツンと撲られたときの被害者のショックはどんなものですかね。ショックといっても肉体的なやつと精神的なやつがあると思うんですが」

「そりゃま、打ちどころの問題だろうね。途端に意識を失う場合もあるし、短い時間であるにしろ激痛を自覚する場合もあるんじゃないのかね」

「チルチルさんの苦痛が強烈でなかったことを祈りますね。なんてったって同じ血が流れているいとこ同士なんだから」

その血液の一部を共有する筈の誰かの犯行であることを、漁師のジュニアはころっと忘れているようだ。

「ぼくは死刑反対論者じゃないんですけど、絞首刑や電気椅子みたいな残酷な方法には批判的だな。いちばん理想的なのは銃殺刑だというのがぼくの考えなんです」

現実から逃避したかったのであろうか、宗右衛門の話は主題から逸脱して、しまいには釣り人の批判論になっていった。釣り上げた魚を宙にぶらさげて、ニタつきながら記念撮影をするなどもっての外だというのである。

「重力は上顎の一点にかかっているんですよ、その痛さを思いやることができないんでしょうかね。しかも魚は酸欠状態でのたうち廻っているんだ」

冗談をいっているのかと思ったが、目つきは真剣そのものだった。一瞬わたしはどう相槌を打てばよいのか戸惑ってしまった。

「まあまあ、そう興奮しないで」

「興奮しちゃいませんけどもさ」

彼はそういいながら荒々しく息づいた。そして気をしずめようとしてか窓のほうに視線を向けた。この雪の降るなか誰からも覗かれる心配はないというわけだろうが、部屋の窓のカーテンはすべて払われていた。

「でもねえ、興奮するなというほうが無理じゃないですか。あのチルチルさんがですよ、あのチルチルさんの引きずるような足音、血まみれの姿、最後の絶叫……どれもこれもショックが強すぎます」

「そりゃそうだろうなあ。わたしは殺しの場面にゃ馴れているから何てこともないんだけど、ド素人のあんたにゃ刺激がつよすぎる。しかしね、ショックを受けたのはあとの連中だって同じことなんだ。あの肥った弁護士先生だって今頃は寝酒かなにかを呑んで、ささくれ立った神経をなだめることに必死だと思うよ。考えてみればさ、全員のなかで最も恵まれているのはあんただってことになる。なにしろ靴形平次って異名をとったもと神楽坂署の名刑事が護衛してるんだから、こんな心強いことはねェでしょう」

「ええ、その点はそのとおりです。必要以上にビクつく必要はないですよね」

彼は下手な脚本家が書いた出来のわるいセリフみたいなことをいった。そしてテーブルをよけて窓際に立った。

ポーチの灯りと門柱にはめ込まれた灯り、それに中間に立っている庭園灯に照らされて、白い庭園は広範囲にわたって眺望することができる。雪は気のせいだろうか、少し激しくなったみたいだ。

「ぼくがつまずいたのはどの辺でしょうか」

しばらく黙って眺めていた宗右衛門が、急にふり返った。

「ちょうど中間です。あのとき、どっちへ逃げればいいかなと思って見廻したんですが、どちらへ逃げるにしても距離がありすぎてね」

「叔母がつくらせたらしい案内図があるでしょう？　あれで見ると、門のほうが見渡せる部屋はこの寝室だけなんですね」

「そりゃ気がつかなかった」

まるでホテルなみに、テーブルの上に『全館案内図』式の平面図がのっている。火災や地震が発生した場合にそなえて、逃げ道を記したものだった。いざというときには裏口をぬけて雑木林に逃げ込め、と記されている。

「すこし神経質になってるな」

「でも沢山の客を泊めるとなると、やはり万事につけてそうなるでしょう。腐った肉をたべさせてはいけないとか」

「たとえ停電になったとしても、なまものは炊事場の外の雪に埋めりゃいいさ」

そういったとき、反射的にわたしはチルチルのことを思い出した。つい先刻、遺体を裏口を出たところに仮埋葬して、参列者全員がスコップを握ると雪をかけてきたのである。死人を見るのは馴れているわたしだが、馬車の馬に鞭をくれて颯爽と荒野を突っ走ったときの女丈夫を思い浮かべると、鼻のなかがキュンとなったものだ。

チルチルは冷たかろ、とわたしは思った。

「わたしはですね」

と、宗右衛門は色白の顔をこちらに向けた。頼りなげな、女性の母性本能を掻き立てずにはおかぬ顔つきをしている。

「隣はだれでしたっけ?」

「宮嶌さんだ。宮嶌奈美さん。善通寺の……」

「いえ、名前を聞けば判ります。いとこのなかで毎年のように遊びに来てくれるのは、奈美さんとミチルさんでしたから。地理的にいうと離れているんですが、感覚的には隣の町に住んでいるといったふうなものでした。今夜の奈美さんは少し元気がなかったように見えましたけど、女学生の頃はお転婆でね」

宗右衛門のなまっ白い顔に笑みがひろがった。

「そう、笑っていなさい。辛気くさい顔をしてちゃいけない」

わたしがそういうと、彼は急に現実世界に引き戻されたような顔になった。

「いいかけたことを忘れていました。わたしがいおうとしたのは、犯人は途中で奈美さんを見かけると後を追って来たのじゃないかということです。そしてチルチルさんを襲うと、彼女が死んだものと早合点して、ポーチに立ってチャイムを鳴らしたというわけです。従って、その時刻に到着した客が判れば、犯人の正体もおのずとはっきりするんじゃないですか」

「明快な仮説ですな。まずチルチルさんがいつ頃やって来たかということが判れば、その時刻から犯人が割り出せるでしょうが、便乗した車を降りた判明時刻はするとしても、彼女がこの家の前を通り越したあと、ここに戻り着くまでにどれくらいの時間がかかったかということがはっきりしないことには、答の出しようがないでしょう？」

「そういえば、そうですな」

意気込んでいた宗右衛門は、途端に背をまるめてベッドのふちに腰を落としてしまった。ええとこのお子の常として、反論するということはないのである。

「あんた頭のいい人だな。この考えを煮詰めてゆけば犯人の正体をある程度絞り込めるかも知れない。ある程度ですけどね」

「でもね」

沈黙がつづいたあとで、宗右衛門が顔を上げた。わたしはもうその話題は終わったものと考えて、胸中で今夜の夕食のうまかった料理のことを回想しているときであった。

「犯人の見当をつけるなら早めにやるに越したことはないですね。怪しい人物が浮かべば、対処する方法も万全なものとなりますから」

「そりゃ結構だけど、犯人の候補が登場したからといって、われわれはどうすればいいのかね？　一人だけ、いや、われわれ二人だけが安全圏内にいて、枕を高うして安眠するのかね？　あとの連中は運を天にまかせることにして……」

「いや、そういう不人情なことはできません。一応警告だけはすることにして……」

「でもそれは机上の空論ってやつじゃないかな。仮に孫太郎に容疑者を絞り込めたとしても、さてその後をどうするかが問題だ。まさか回覧板をまわすこともできないじゃないですか。第一、回覧板をみて孫太郎氏が気を悪くする……」

「冗談はやめてください」

宗右衛門は威勢よく声を高めたものの後がつづかなかった。

「……ですから、つまりその、ぼくの考えというのはですね、いとこのなかで女性だけをこの部屋に招待してですね、お茶の会を開きますからとでもいってですよ、その席上で世間話でもするような調子で、犯人はわれわれ『いとこ』のなかにいるといったことを、探偵さんにスピーチして貰うわけですよ。ぼくがいったのではミステリーマニアの寝言だぐらいに受けとられて、まともに受けとってくれるものはいません。そこへいくと、あなたの発言には耳を傾けてくれます」

「まあね、女を口説くのは得意中の得意とする処だから、それなりの効果は期待できるだろうが……」

それにしても話が先走りすぎていた。まず小森夫人かベルタに会って、問題の時間ここに到着したのは誰だったか（場合によっては複数のこともあり得るわけだが）を訊き出す。単独でやって来たというなら危険分子はひとりだけということになるが、いとこ同士が誘い合ってどっとやって来た場合もあるだろうから、そうなるとそのなかからホンボシを選び出すのはかなりの難業ということになる。そうしたことを考えると、この考えもさして名案というほどのものでもないことに気づいて、わたしがだいていた情熱は急激にさめていった。

解説

山前(やままえ)　譲(ゆずる)
（推理小説研究家）

いわゆる安楽椅子探偵の謎解きである三番館シリーズを、光文社文庫独自の構成によって集大成した全四巻の全集は、第一巻の『竜王氏の不吉な旅』、第二巻の『マーキュリーの靴』、第三巻の『人を呑む家』と刊行され、本書『クライン氏の肖像』で完結となる。ここに収録された短編では、弁護士が私立探偵に調査を依頼するという基本パターンから外れたものや、作者の趣味が濃厚に反映されたものなど、シリーズとはいえ色々なヴァリエーションを楽しむことができる。

三番館シリーズの短編集をオリジナルの刊行順に列記すると、①太鼓叩きはなぜ笑う（一九七四・八刊　四編収録）、②サムソンの犯罪（一九七六・二刊　七編収録）、③ブロンズの使者（一九八四・七刊　六編収録）、④材木座の殺人（一九八六・九刊　六編収録）、⑤クイーンの色紙（一九八七・九刊　五編収録）、⑥モーツァルトの子守歌（一九九二・十二刊　七編収録）となる。

本書には光文社文庫オリジナルの『クイーンの色紙』から二編、そして唯一の四六判ハードカバーでの刊行となった『モーツァルトの子守歌』から七編と、全九編が収録されている。一九八六年から一九九一年にかけての発表だが、結果として「モーツァルトの子守歌」が作者の創作活動の最後の作品となってしまう。そしてボーナス・トラックとして未完成のまま残されていた長編『白樺荘事件』を収録した。

ミステリーファンにとって興味深いのは「クイーンの色紙」と「鎌倉ミステリーガイド」だろう。ともにミステリー界の情報が作中に取り入れられているからだ。とくに「クイーンの色紙」での作者のミステリー読書歴の回顧は貴重だ。

従兄弟ふたりの合作によるエラリー・クイーンの一方のフレデリック・ダネイが日本を初めて訪れたのは、一九七七年のことだった。九月十二日にヒルトン・ホテルで歓迎レセプションが行われている。パーティ嫌いではあるものの、本格物の作者としてはこの千載一遇(せんざいいちぐう)の機会を逃すわけにはいかなかった。ドキュメンタリー・タッチの展開に引き込まれる。作中、〝長篇を書くからといって、三、四回に及ぶ取材旅行をしたにもかかわらず、そしてそれから六、七年が経過しているにもかかわらず、一行も書いていない〟とあるが、それはもちろん「竜王氏の不吉な旅」の長編化のことだ。ちなみにバーテンの謎解きの鍵となる失敗もまた作者の実体験だった。

「鎌倉ミステリーガイド」は作者が長年住まいを構えた鎌倉をたっぷり描いている。藤沢(ふじさわ)から江ノ電で極楽寺(ごくらくじ)、そして極楽寺から源氏山(げんじやま)公園へという散策コース（散策というにはかなりハードだが）は作者のお気に入りだった。これは「クイーンの色紙」以上にリアルな展開である。

物故者以外は仮名となっている。言わずもがなかもしれないが、実名を示しておこう。

新庄文子→新章文子(しんしょうふみこ)　太地総一朗→大慈宗一郎(だいじそういちろう)　矢部主計→阿部主計(あべかずえ)
高見彬公→高木彬光(たかぎあきみつ)　和久信三→和久峻三(わくしゅんぞう)　井渕康子→井口泰子(いぐちやすこ)
綾川竜哉→鮎川哲也　麻井計一郎→浅利佳一郎(あさりけいいちろう)　斉戸栄→斎藤栄(さいとうさかえ)

『サンタクロース殺人事件』の翻訳者は村上光彦(むらかみみつひこ)、長年ポケミスの装丁を担当したのは勝呂(すぐろ)忠(ただし)である。一一三ページのK社は河出書房新社、J社は実業之日本社、一二〇ページのK社は光文社で、作者の担当編集者が読めば、思わず笑ってしまいそうな趣向も織り込まれている。ちなみに心霊写真もどきに腹を抱えて笑ったK社のH氏は、「クイーンの色紙」の武井氏と同一人物である。

宇田川白髯斎は架空の人物だが、怪談話は創作ではないので、鎌倉を散策する機会があれば思い出していただきたい。両作ともお馴染みの探偵が登場しないのも特徴的だ。それに代わって三番館の常連が活躍している。

作者の音楽趣味を遺憾(いかん)なく織り込んだストーリーも目立つ。オークションに出せば数億円の値がつくと囁かれている音楽家の肖像画が消えた「クライン氏の肖像」、ダイイング・メッセージの謎がクラシック音楽と絡んでいく「死にゆく者の……」、死後二百年の節目が話題となった有名な作曲家にまつわる「モーツァルトの子守歌」である。多少のフィクションは混じっているものの、クラシック音楽の蘊蓄が披瀝される場面では楽しんで書いている作者の姿が目に浮かぶ。

こうなるとお馴染みの展開である「人形の館」や「ジャスミンの匂う部屋」が物足りなく感じてしまうのは、ないものねだりというものだろうか。写楽の版画が忽然として消えてしまった「写楽昇天」やエレベーターから強盗犯が消えてしまう「風見氏の受難」のように、消失の謎が多いのもこの時期の特徴と言える。

そして『白樺荘事件』である。

この長編は、一九八八年十月にスタートした全十三巻の「鮎川哲也と十三の謎」(東京創元社)において、第十二巻として予告された。すべて書下ろしで、最終巻は公募するといったように(それは翌年から鮎川哲也賞に発展的展開を見せた)、『黒いトランク』の刊行経緯を思い出させる企画だった。「白樺荘」と名付けられた建物への愛着はこの三番館シリーズでも窺えるはずだ。そして『白樺荘事件』は『白の恐怖』のバージョンアップであると仄聞していた。現在光文社文庫より刊行されている『白の恐怖』は、長編としては短めである。そして、『風の証言』などの前例があるように、中編の長編化は作者にとって手慣れたものだった。

「鮎川哲也と十三の謎」は第一巻から順に第十一巻まで刊行された。公募された第十三巻の今邑彩『卍の殺人』は一九八九年十一月に刊行されている。しかし、『白樺荘事件』だけ刊行されないまま時は過ぎていくのだった。この時期、小説は三番館シリーズの短編しか書かれていない。それも一年に数作程度だから『白樺荘事件』の執筆に費やす時間はあったように思えるが、作者はエッセイの執筆などで多忙な日々を過ごしていた。

まず、かつて「幻影城」に発表した「幻の探偵作家を求めて」の続編である。たとえば隔月誌の「ＥＱ」では、一九八九年七月の羽志主水を皮切りに一九九五年七月の杉山平一まで、インターバルがあるものの精力的に書き進められた。また、音楽之友社の月刊誌「教育音楽小学版」では「うた　その幻の作家を探る」を一九八八年七月から一九九一年三月まで連載している。下調べや全国に展開された取材、そして原稿の執筆と、忙しかったのだ。

ただそうした仕事が『白樺荘事件』の執筆を妨げたとも言えない。遺された原稿には（まだ？）星影龍三は登場しない。代わって活躍しているのは三番館シリーズの探偵である。遺産相続人を求めて彼は日本各地を旅するが、そこにエッセイのための取材行が生かされているからだ。とくに重要な舞台である岡山市や岡山県牛窓町（現・瀬戸内市）は一九八八年九月に訪れている。筆者はその取材に同行したが、まさか『白樺荘事件』の舞台となるとは！

一九九〇年には北海道北広島町（現・北広島市）に別宅を構えている。落ち着いて執筆する環境は整ったように思えた。「平成三年」とか、モーツァルト没後二百年の話題から、最初は順調に書き進められていたのは間違いない。だが、『白樺荘事件』が刊行される兆しはいっこうになく、鮎川ファンをやきもきさせるのだった。鮎川哲也賞の選考委員も引き受けている。一九九三年四月には、鮎川哲也編集を謳った光文社文庫の公募アンソロジー『本格推理』の第一巻が刊行された。一九九九年十一月まで全十五巻が刊行されたが、「編集」は名目ではなく、作品のセレクトには熱意を注いでいた。長編の執筆よりも——。

軽井沢の「白樺荘」に最初の死が訪れ、豪雪に埋もれて外部との連絡手段を失ったところで、物語は途絶えている。矛盾点がいくつかあり、推敲がまだ十分ではないことは明らかだ。はたして星影龍三は姿を見せるのか。それとも三番館のバーテンが？　永遠に解かれない謎が残されてしまった。

『太鼓叩きはなぜ笑う』の「あとがき」で作者は、同時期にスタートしたアイザック・アシモフの黒後家蜘蛛の会シリーズについて触れ、〝なんだか換骨奪胎のそしりを受けそうな気がしますけれど、これはあくまでも偶然の一致です〟と書いていた。しかし、安楽椅子探偵ものはそれまでにも多数発表されていたのだから、気にすることはなかった。

一方、『モーツァルトの子守歌』の「あとがき」では、〝万事にものぐさとなったわたしは、起承転結のきちんとした小説を書くことに疲れを感じるようになった〟そうだが、そんな時にエラリー・クイーンの『クイーン検察局』に出遭ったという。この短編集が安楽椅子探偵と同じ系列であると気付いた作者は、〝ヘボ探偵がもて余した難事件を持ち込むと、名探偵は安楽椅子に坐ったままで、謎の核心を推理してみせる。それでおしまい、というこの形式は「隅の老人」をはじめとして古くからあったことに、わたしはやっと気がついた。と同時に、よしおれもこの手でいこうと決めたのである〟と、シリーズのスタート時を振り返っている。

このスタイルの短編が書きやすかったことは、三番館のバーテンが鬼貫警部や星影龍三よりも活躍したことが証明している。二十年近く書き継がれただけに、時代背景はそれなりに変化しているが、三番館は最後まで居心地がいいバーだった。そして、達磨みたいによく肥った、ヒゲの剃り痕のあおあおとしたバーテンのピュアな謎解きの楽しさも最後まで変わりなかった。

初出誌と底本一覧

①クイーンの色紙「ミステリマガジン」一九八六年七月号
②人形の館「小説推理」一九八七年三月号
③鎌倉ミステリーガイド「別冊小説宝石」一九八七年五月号
④クライン氏の肖像「小説NON」一九八七年五月号
⑤死にゆく者の……「小説推理」一九八七年九月
⑥ジャスミンの匂う部屋「小説宝石」一九八八年二月号
⑦写楽昇天「別冊小説宝石」一九八八年五月号
⑧風見氏の受難「別冊小説宝石」一九九一年九月号
⑨モーツァルトの子守歌「ミステリマガジン」一九九一年十月号
⑩白樺荘事件

*①③の底本は『クイーンの色紙』(光文社文庫 一九八七年九月)、②④⑤⑥⑦⑧⑨は『モーツァルトの子守歌』(立風書房 一九九二年十二月)、⑩は著作権継承者所有の原稿データを使用しました。

光文社文庫

本格推理小説集

クライン氏の肖像　鮎川哲也「三番館」全集 第4巻

著者　鮎川哲也

2023年11月20日　初版1刷発行

発行者　三宅貴久
印刷　KPSプロダクツ
製本　ナショナル製本

発行所　株式会社　光文社
〒112-8011　東京都文京区音羽1-16-6
電話 (03)5395-8147　編集部
8116　書籍販売部
8125　業務部

ISBN978-4-334-10122-0　Printed in Japan

組版　萩原印刷